Issue d'une famille d'immigrés palestiniens, Etaf Rum est née à Brooklyn. Elle a créé la librairie-café Books and Beans, très suivie sur Instagram (@booksandbeans, plus de 160 000 abonnés) et enseigne la littérature américaine en Caroline du Nord, où elle réside avec ses deux enfants. *Le Silence d'Isra* est son premier roman.

**Suivez l'actualité de l'auteure sur :
https://etafrum.com**

LE SILENCE D'ISRA

ETAF RUM

LE SILENCE D'ISRA

*Traduit de l'anglais (États-Unis)
par Diniz Galhos*

Éditions de
L'Observatoire

Titre original :
A WOMAN IS NO MAN

L'éditeur de cet ouvrage s'engage dans une démarche de certification FSC® qui contribue à la préservation des forêts pour les générations futures.

Pour en savoir plus :
www.editis.com/engagement-rse/

Le Code de la propriété intellectuelle n'autorisant, aux termes de l'article L. 122-5, 2° et 3° a, d'une part, que les « copies ou reproductions strictement réservées à l'usage privé du copiste et non destinées à une utilisation collective » et, d'autre part, que les analyses et les courtes citations dans un but d'exemple et d'illustration, « toute représentation ou reproduction intégrale ou partielle faite sans le consentement de l'auteur ou de ses ayants droit ou ayants cause est illicite » (art. L. 122-4).
Cette représentation ou reproduction, par quelque procédé que ce soit, constituerait donc une contrefaçon, sanctionnée par les articles L. 335-2 et suivants du Code de la propriété intellectuelle.

Copyright © 2019 by Etaf Rum
© Éditions de l'Observatoire / Humensis, 2020
ISBN : 978-2-266-31064-2
Dépôt légal : janvier 2021

À Reyann et Isah,
nour hayati

« Il n'est de plus grande agonie
que de garder une histoire tue en soi. »

Maya Angelou

« J'écris pour ces femmes qui ne parlent pas,
pour celles qui n'ont pas de voix
parce qu'elles sont terrorisées,
parce qu'on nous a plus appris à respecter
la peur qu'à nous respecter nous-mêmes.
On nous a appris que le silence
pouvait nous sauver, mais c'est faux. »

Audre Lorde

Je suis née sans voix, par un jour nuageux et froid à Brooklyn. Personne ne parlait jamais de ce mal. Ce n'est que des années plus tard que j'ai su que j'étais muette, lorsque j'ai ouvert la bouche afin de demander ce que je désirais : j'ai alors pris conscience que personne ne pouvait m'aider. Là d'où je viens, le mutisme est la condition même de mon genre, aussi naturel que les seins d'une femme, aussi impératif que la génération à venir qui couve dans son ventre. Mais jamais nous ne vous l'avouerons, bien entendu. Là d'où je viens, on nous apprenait à dissimuler notre condition. On nous apprenait à nous réduire nous-mêmes au silence, on nous apprenait que notre silence nous sauverait. Ce n'est que maintenant, bien des années plus tard, que je sais que tout cela est faux. Ce n'est que maintenant, en écrivant cette histoire, que je sens venir ma voix.

Cette histoire, vous ne l'avez jamais entendue. Peu importe combien de livres vous avez lus, combien de contes vous avez entendus, vous pouvez me croire : personne ne vous a jamais raconté une histoire telle que celle-ci. Là d'où je viens, nous gardons ces histoires pour nous-mêmes. Les raconter au monde extérieur serait une incongruité dangereuse. Le déshonneur le plus absolu.

Mais vous nous avez déjà vus. Par un après-midi ensoleillé, baladez-vous dans New York. Traversez Manhattan jusqu'à ce que les rues se fassent aussi sinueuses et confuses que dans l'Ancien Monde. Dirigez-vous vers l'est, passez le pont de Brooklyn, laissez les tours de Manhattan rapetisser derrière vous. De l'autre côté, vous tomberez sur des embouteillages. Prenez un taxi jaune et descendez Flatbush Avenue, cette artère centrale du sud de Brooklyn. Continuez vers le sud sur la Troisième Avenue, là où les immeubles aux façades écaillées se font plus petits, deux, trois étages tout au plus. Le pont Verrazano-Narrows domine l'horizon telle une mouette géante déployant ses ailes, la sublime silhouette de Manhattan n'est plus qu'un lointain mirage. Poussez plus au sud encore un moment, au-delà des entrepôts reconvertis en cafés chics et bars à huîtres à la mode, et des quincailleries familiales transmises de génération en génération. Lorsque les *coffee shops* commenceront à se raréfier, remplacés par des enseignes en langues étrangères, vous saurez que vous n'êtes plus très loin. Traversez deux blocs vers l'est pour tomber sur la Cinquième Avenue. Vous trouverez ainsi Bay Ridge. Notre quartier de sept kilomètres carrés est le plus mixte de Brooklyn. Dans nos rues, vous croiserez des gens originaires d'Amérique latine, du Moyen-Orient, d'Italie, de Russie, de Grèce et d'Asie, parlant tous dans leur langue maternelle, et perpétuant leurs traditions et leur culture. Des fresques et des graffitis recouvrent les édifices. Des drapeaux multicolores pendent aux fenêtres et aux balcons. Les odeurs de churros, de chiche-kebab et de potée emplissent l'air, un véritable ragoût d'humanité. Quittez la Cinquième Avenue par la Soixante-Douzième Rue, où vous vous retrouverez entouré de boulangeries, de bars à chicha et de boucheries halal. Suivez cette rue arborée jusqu'à déboucher sur une vieille maison semblable à toutes celles de sa rangée, briques rouge passé, porte marron terne, au numéro 545. C'est là que notre famille habite.

Mais notre histoire ne débute pas à Bay Ridge, pas vraiment. Il faut d'abord revenir aux chapitres précédents, avant que je trouve ma voix, avant même que je naisse. Nous ne sommes pas encore dans cette maison de la Soixante-Douzième Rue, pas encore à Brooklyn, pas même en Amérique. Nous ne sommes pas encore montés à bord de cet avion qui du Moyen-Orient nous mènera jusqu'au Nouveau Monde, nous n'avons pas encore survolé l'Atlantique, nous ne savons même pas qu'un jour nous le survolerons. Nous sommes en 1990, et nous sommes en Palestine. C'est ainsi que tout commence.

Isra

BIR ZEIT, PALESTINE

Printemps 1990

Isra Hadid avait passé l'essentiel de ses dix-sept premières années à aider sa mère à cuisiner, jour après jour : farcir les feuilles de vigne dans la chaleur de l'après-midi, ou les courges spaghettis, faire mijoter la soupe aux lentilles lorsque l'air fraîchissait et que les vignobles qui entouraient leur maison se dépeuplaient. Dans la cuisine, Mama et elle se serraient l'une contre l'autre devant la cuisinière comme pour partager un secret, perdues dans la vapeur qui les entourait, jusqu'à ce que le coucher de soleil tranche la brume d'un rayon orangé. De leur fenêtre, les Hadid dominaient la campagne avoisinante, des collines recouvertes de toits de tuiles rouges et d'oliviers, de couleurs vives, un paysage éclatant, dense et sauvage. Isra avait l'habitude d'entrebâiller la fenêtre, car elle adorait sentir l'odeur des figues et des amandes le matin, et la nuit entendre le bruissement des cimetières au pied de leur colline.

Il était tard, et bientôt résonnerait l'appel de la prière du soir, *al-maghrib*, qui mettrait fin à la préparation du repas. Isra et Mama se retireraient alors dans la salle d'eau, où, retroussant les manches de leur robe d'intérieur, elles laveraient la sauce rouge sombre qui maculait leurs doigts. Isra priait depuis ses sept ans, s'agenouillait à côté de Mama cinq fois par jour, entre le lever et le coucher du soleil. Ces derniers temps, elle attendait la prière comme un moment privilégié : elle avait hâte de se tenir à côté de Mama, épaule contre épaule, son pied frôlant celui de sa mère. Pour elle, c'était le seul contact physique de la journée. Elle entendit le chant puissant de l'*adhan*, l'appel à la prière.

« *Al-maghrib* devra attendre, aujourd'hui, dit Mama en arabe, en jetant un regard à la fenêtre. Nos invités sont arrivés. »

On frappa à la porte et Mama se précipita dans la cuisine pour se rincer rapidement les mains, avant de les sécher à l'aide d'un torchon propre. Elle quitta la pièce, enveloppa son corps frêle dans une *thobe* noire, et recouvrit ses longs cheveux bruns d'un voile assorti. Mama n'avait que trente-cinq ans, mais Isra trouvait qu'elle paraissait beaucoup plus vieille, son visage marqué de profondes rides, aussi dures que ses travaux quotidiens.

Son regard croisa celui d'Isra : « Veille bien à ce que tes mains ne sentent plus du tout l'ail avant de te présenter à nos invités. »

Isra se lava les mains en faisant bien attention à ne pas tacher le caftan rose que Mama lui avait choisi pour l'occasion. « Comment tu me trouves ?

— Très belle, répondit Mama en tournant les talons. Épingle bien ton voile de sorte qu'on ne voie pas un seul de tes cheveux. Il ne faudrait pas faire mauvaise impression sur nos invités. »

Isra obéit. Du couloir, elle entendit son père déclamer son *salam* habituel aux invités, avant de les guider vers la *sala*. Dans quelques instants, il la rejoindrait à la cuisine pour lui demander de l'eau, aussi sortit-elle trois verres du placard et les remplit-elle. Leurs invités se plaignaient souvent de la raideur du chemin qui menait jusque chez eux, en particulier lorsque le vent se faisait brûlant et que leur maison semblait se dresser à quelques centimètres à peine du soleil, comme c'était le cas aujourd'hui. Isra habitait sur l'une des collines les plus escarpées de la Palestine, sur un terrain que Yacob prétendait avoir acheté pour la vue, cette vue qui lui donnait un sentiment de puissance, comme s'il avait été roi de ces terres. Isra écoutait alors son père divaguer, en silence. Elle n'avait jamais osé lui rappeler qu'ils étaient tout sauf puissants. La vérité, c'était que la famille de Yacob avait été chassée de leur demeure en bord de mer, à Lydd, alors qu'il n'avait que dix ans, en pleine invasion de la Palestine par Israël. C'était pour cette raison qu'ils vivaient aux abords de Bir Zeit, sur une colline abrupte qui dominait deux cimetières, un chrétien sur la gauche, un musulman sur la droite. Un terrain dont personne d'autre ne voulait, le seul qu'ils avaient pu s'offrir.

Pourtant, Isra adorait cette vue imprenable sur Bir Zeit. Au-delà des cimetières, elle distinguait son école pour filles, un bâtiment en ciment de trois étages mangé par les vignes, et, séparée de cet édifice par un champ d'amandiers, la mosquée au dôme bleu où Yacob et les trois frères d'Isra allaient prier, tandis que Mama et elle priaient à la maison. Lorsqu'elle regardait par la fenêtre, Isra éprouvait toujours le même mélange d'impatience et d'appréhension. Que pouvait-il y avoir au-delà de son village ? Elle avait beau aspirer à en sortir pour connaître le vaste monde, le petit monde qui était le sien était bien plus sûr et confortable. Et puis la voix de sa mère ne cessait de résonner à son oreille, lui rappelant encore et encore : *La place d'une femme est dans son foyer*. Quand bien même serait-elle partie à l'aventure, Isra n'aurait su où porter ses pas.

« Prépare le *chai* », dit Yacob en entrant dans la cuisine, alors qu'Isra lui tendait les verres d'eau. « Et ajoute quelques feuilles de menthe en plus. »

Ce rappel était inutile : Isra connaissait leurs us et coutumes par cœur. Aussi loin que remontent ses souvenirs, elle avait toujours vu sa mère servir et recevoir. Mama posait une boîte de Quality Street sur la table basse de la *sala* chaque fois qu'ils avaient des invités, et elle leur servait toujours des graines de pastèque grillées avant de leur proposer du baklava. Les boissons aussi suivaient un ordre immuable : d'abord le *chai* à la menthe, le café turc à la fin. Mama disait qu'inverser l'ordre était une insulte, et c'était vrai. Isra avait un jour entendu une femme raconter la fois où une voisine lui avait d'abord servi du café turc. « Je suis aussitôt sortie, avait déclaré la femme. Ils auraient voulu me chasser de chez eux qu'ils ne s'y seraient pas pris autrement ! »

Alors que la voix de sa mère lui parvenait de la *sala*, Isra sortit des tasses en porcelaine rouge et or. Yacob gloussa à propos de quelque chose qui échappa à Isra, et les autres hommes éclatèrent de rire. Elle se demanda ce qui pouvait bien les amuser à ce point.

Quelques mois auparavant, la semaine de ses dix-sept ans, elle était rentrée de l'école pour trouver Yacob assis dans la *sala* avec un jeune homme et ses parents. Chaque fois qu'elle repensait à ce jour, la première fois qu'ils avaient reçu un prétendant, c'était le souvenir de Yacob qui s'imposait, en train de hurler après Mama une fois les invités partis, furieux qu'elle n'ait pas servi le *chai* dans le vieux service à thé réservé aux grandes occasions. « À présent, ils savent que nous sommes pauvres ! » s'était écrié Yacob, dont la paume le démangeait. Mama n'avait rien dit, et s'était retirée en silence dans la cuisine. Leur pauvreté était l'une des raisons qui poussaient Yacob à vouloir marier Isra au plus vite. C'étaient ses fils qui l'aidaient à labourer les champs et à gagner de quoi subsister, c'étaient eux qui perpétueraient son nom. Une fille n'était qu'une simple invitée de passage, qui attendait qu'un autre homme veuille bien les emporter, elle et son fardeau financier.

Depuis cette première fois, deux autres hommes avaient demandé la main d'Isra, un boulanger de Ramallah et un chauffeur de taxi de Naplouse, mais Yacob les avait éconduits. Il n'avait de cesse de parler de cette famille venue spécialement d'Amérique pour trouver un bon parti, et Isra comprenait enfin pourquoi : son père avait hâte de recevoir chez lui ce nouveau prétendant.

Les sentiments d'Isra étaient partagés lorsqu'elle s'imaginait partir en Amérique, ce pays qu'elle ne connaissait que par le journal télévisé et quelques brèves lectures à la bibliothèque de son école. Elle avait déduit de ces bribes d'informations que la culture occidentale n'était pas aussi stricte que la leur. Et cela l'emplissait à la fois d'enthousiasme et de crainte. Qu'adviendrait-il de sa vie si elle partait s'installer en Amérique ? Comment une fille comme elle, si respectueuse des traditions, pourrait-elle s'acclimater à ce pays, si libre ?

Il lui arrivait souvent de réfléchir à son avenir la nuit durant, incapable de fermer l'œil, désirant plus que tout savoir quelle serait sa vie lorsqu'elle quitterait le foyer de Yacob. Son mari l'aimerait-il d'amour ? Combien d'enfants auraient-ils ? Quels noms leur donnerait-elle ? Certaines nuits, elle rêvait qu'elle épousait l'amour de sa vie et qu'ils s'installaient dans une petite maison au sommet d'une colline, avec de vastes fenêtres et un sol carrelé rouge. D'autres nuits, elle voyait les visages de ses enfants – deux garçons et deux filles – tournés tendrement vers son mari et elle, une famille aimante, semblable à celles dont il était question dans les livres qu'elle avait lus. Mais tous ces espoirs semblaient à présent loin derrière elle. Jamais elle ne s'était imaginé vivre en Amérique. Elle en était même incapable, et cette prise de conscience la terrifiait.

Elle aurait voulu pouvoir ouvrir la bouche et dire à ses parents : *Non ! Ce n'est pas de cette vie que je veux.* Mais à un très jeune âge déjà, Isra avait appris que l'obéissance était la seule voie qui menait à l'amour. Aussi, ses seuls actes d'insoumission demeuraient secrets, et consistaient essentiellement à lire. Tous les après-midi, après être rentrée de l'école, après avoir mis le riz à tremper, étendu le linge de ses frères, mis la table et fait la vaisselle une fois le dîner achevé, Isra regagnait discrètement sa chambre et lisait à sa fenêtre ouverte, à la lueur de la lune pâle. La lecture était l'une des nombreuses choses que Mama lui avait interdites, mais là-dessus Isra n'en avait fait qu'à sa tête.

Elle se souvint qu'une fois elle avait dit à sa mère qu'elle n'avait pas trouvé la moindre mûre à cueillir, alors qu'en réalité elle avait passé son après-midi à lire dans le cimetière. Yacob l'avait battue à deux reprises cette nuit-là, afin de la punir pour sa désobéissance. Il l'avait traitée de *charmouta*, de putain. Il lui avait dit qu'il allait lui montrer ce qui arrivait aux jeunes filles rebelles, puis l'avait poussée contre le mur et l'avait fouettée avec sa ceinture. La pièce était alors devenue blanche. Tout lui avait paru plat, sans relief. Elle avait fermé les yeux jusqu'à ce qu'elle ne sente plus rien, jusqu'à ce qu'elle ne puisse plus bouger. En repensant à cet instant, Isra sentit la peur enfler en elle, mais autre chose aussi : une curieuse forme de courage.

Isra disposa les tasses fumantes sur le plateau et passa à la *sala*. Mama lui avait appris que le truc pour maintenir le plateau en équilibre, c'était de ne jamais regarder la fumée qui s'échappait des tasses. Isra considérait donc le sol à ses pieds. Un bref instant, elle s'arrêta. Du coin de l'œil, elle devinait les hommes assis dans un coin de la pièce, les femmes à l'opposé. Elle jeta un regard fugace à Mama, assise comme elle en avait l'habitude : tête baissée, les yeux rivés au tapis turc à ses pieds. Isra observait les motifs rouges. Des spirales et des tourbillons, se courbant tous de la même façon, commençant là où le motif précédent s'achevait. Elle détourna le regard. Elle ressentait l'envie irrépressible de jeter un coup d'œil à son jeune prétendant, mais elle sentait que Yacob l'épiait, elle pouvait presque entendre sa voix dans le creux de son oreille : *Une jeune fille comme il faut ne pose jamais le regard sur un homme !*

Isra continua donc de scruter le sol, en s'autorisant néanmoins un bref écart. Elle aperçut les chaussettes du jeune prétendant, rose et gris, à motif écossais, avec un liséré blanc en haut. Elle n'avait jamais rien vu de pareil dans les rues de Bir Zeit. Elle en eut la chair de poule.

Le visage d'Isra se perdait dans les volutes de fumée qui s'élevaient du plateau, et, très adroitement, elle servit les trois hommes. Puis ce fut au tour de la mère du prétendant. Isra remarqua la façon dont elle avait jeté son voile bleu marine sur sa tête, comme par inadvertance : le tissu dissimulait à peine sa chevelure teinte au henné. Isra n'avait encore jamais vu de musulmane porter le voile avec une telle désinvolture. Ou alors peut-être à la télévision, dans ces films égyptiens en noir et blanc qu'elle regardait avec Mama, ou dans des clips libanais, ou même dans certaines illustrations de son livre préféré, *Les Mille et Une Nuits*, ce recueil de contes du Moyen-Orient. En tout cas, jamais à Bir Zeit.

Alors qu'elle se penchait vers elle, Isra remarqua que la mère du prétendant la dévisageait. C'était une grosse femme au dos voûté, le sourire en coin, les yeux noirs en amande, plissés aux commissures. À son expression, Isra se dit qu'elle était loin de la trouver charmante. Après tout, Mama lui avait souvent répété qu'elle était d'apparence quelconque, avec son visage terne comme la farine et ses yeux d'un noir de charbon. Le seul atout d'Isra était ses cheveux longs, sombres comme le Nil. Seulement, personne ne pouvait les voir sous son voile. Isra songeait que, de toute façon, ça n'aurait fait aucune différence. Elle n'avait absolument rien de spécial.

Ce fut cette dernière remarque qu'elle se fit qui la blessa le plus. Plantée devant la mère du soupirant, elle sentit sa lèvre supérieure frémir. Elle s'approcha encore un peu de la femme, les mains crispées sur le plateau. Isra devinait le regard sombre que lui lançait Yacob, l'entendit se racler la gorge, surprit Mama en train d'enfoncer ses ongles dans ses cuisses, mais elle se pencha en direction de la femme dans les tintements de tasses de porcelaine qui tremblotaient, et lui demanda : « Désirez-vous du café turc ? »

Mais cela ne marcha pas. Les Américains n'avaient même pas paru se rendre compte qu'elle avait servi le café en premier. En fait, peu après, le prétendant avait exprimé son souhait de l'épouser, et Yacob avait aussitôt accepté, dans un sourire plus large que tous ceux qu'Isra l'avait vu afficher.

« Leur servir le café en premier ? Qu'est-ce qui a bien pu te passer par la tête ? » s'était écriée Mama après le départ de leurs convives, alors qu'Isra retournait dans la cuisine afin de finir de préparer le repas. « Tu n'es plus si jeune que ça ! Presque dix-huit ans, quand même ! Tu tiens vraiment à rester chez moi toute ta vie ?

— J'étais très nerveuse, marmonna Isra en espérant que Yacob ne la punirait pas. C'était un accident.

— Mais bien sûr. » Mama se débarrassa de sa *thobe*. « Comme la fois où tu as mis du sel dans le thé d'Oum

Ali parce qu'elle avait dit que tu étais maigre comme un clou.

— C'était aussi un accident.

— Tu as de la chance que cette famille ne soit pas aussi respectueuse des traditions que la nôtre, fit Mama, sans quoi tu aurais pu faire une croix sur l'Amérique. »

Isra posa des yeux pleins de larmes sur sa mère. « Qu'est-ce qui va m'arriver, en Amérique ? »

Mama ne releva pas la tête, courbée au-dessus de sa planche à découper, en train d'émincer oignons, gousses d'ail et tomates, la base de tous leurs repas. Humant ces odeurs si familières, Isra aurait voulu que sa mère la prenne dans ses bras, lui murmure à l'oreille que tout irait pour le mieux, lui propose même de lui confectionner quelques voiles, au cas où on n'en trouverait pas en Amérique. Mais Mama demeura silencieuse.

« Sois reconnaissante, finit-elle par dire en jetant une poignée d'oignons émincés dans une poêle. Dieu vient de t'offrir une opportunité sans pareille. Un avenir resplendissant en Amérique. Bien mieux que tout ça. » Des deux mains, elle désigna le plan de travail rouillé, le vieux tonneau dans lequel ils faisaient bouillir l'eau pour leur toilette, le linoléum qui se décollait du sol. « Tu préférerais continuer à vivre ainsi ? Pas de chauffage l'hiver, des nuits à dormir sur un matelas aussi fin qu'une feuille de papier, et tout juste de quoi manger ? »

Face au silence d'Isra, qui fixait les oignons dans la poêle, Mama tendit la main pour lui relever le menton. « Tu sais combien de jeunes filles seraient prêtes à tuer pour être à ta place, pour avoir ne serait-ce qu'une chance de quitter la Palestine pour s'installer en Amérique ? »

Isra baissa les yeux. Elle savait que Mama avait raison, mais elle ne parvenait pas à s'imaginer vivre en Amérique. Le problème, c'est qu'elle n'avait pas non plus l'impression d'être à sa place en Palestine, où les gens menaient des existences prudentes, suivant les traditions à la lettre afin de ne pas être ostracisés. Isra aspirait à beaucoup plus, elle rêvait de ne plus être obligée de se conformer aux conventions, elle rêvait d'aventure, et plus que tout, d'amour. La nuit, lorsque finissant sa lecture elle cachait son livre sous son matelas, Isra s'imaginait ce que c'était de tomber amoureuse, d'être aimée en retour. Elle s'imaginait parfaitement l'homme idéal, même si ses traits lui échappaient. Il lui construirait une bibliothèque où seraient réunis ses histoires et ses poèmes préférés. Ils liraient chaque nuit à la fenêtre, du Rumi, du Hafez, du Gibran. Elle lui parlerait de ses rêves, et il l'écouterait. Elle lui préparerait du thé à la menthe le matin et de la soupe le soir. Ils se promèneraient dans les montagnes, main dans la main, et pour la première fois de sa vie, elle se sentirait digne d'être aimée. *Regardez Isra et son mari*, diraient les gens. *Ils sont unis par un amour qu'on ne rencontre que dans les contes.*

Isra s'éclaircit la voix. « Mais, Mama, et l'amour ? »

À travers les fumerolles de vapeur, Mama lui lança un regard terrible. « Quoi, et l'amour ?

— J'ai toujours rêvé de tomber amoureuse.

— Tomber amoureuse ? Qu'est-ce que tu racontes ? Est-ce que j'ai élevé une *charmouta* ?

— Non... non... » Isra hésita. « Mais que se passera-t-il si le prétendant et moi ne nous aimons pas ?

— Si vous ne vous aimez pas ? Qu'est-ce que l'amour a à voir avec le mariage ? Tu crois que ton père et moi nous nous aimons ? »

De nouveau, le regard d'Isra se riva au sol. « Forcément un peu, non ? »

Mama soupira. « Bientôt, tu apprendras qu'il n'y a pas de place pour l'amour dans la vie d'une femme. Tu n'as besoin que d'une chose : *sabr*, la patience. »

Isra s'efforça de cacher sa profonde déception. Elle choisit très précautionneusement ses mots : « Peut-être que la vie est différente en Amérique, pour les femmes. »

Mama la fixa d'un regard inexpressif et implacable. « Comment ça, différente ?

— Je n'en sais rien, répondit Isra d'une voix plus douce, afin de ne pas fâcher sa mère. Peut-être que leur culture n'est pas aussi stricte que la nôtre. Peut-être que les femmes sont mieux traitées.

— Mieux traitées ? répéta Mama sur le ton de la moquerie, avant de secouer la tête en faisant revenir les légumes. Comme dans ces contes que tu lis, c'est ça ? »

Isra rougit. « Non, pas comme ça.

— Comme quoi, alors ? »

Isra aurait voulu demander à sa mère si les mariages en Amérique étaient semblables aux mariages d'ici, où l'homme décidait de tout, et battait sa femme si elle le mécontentait. Isra avait cinq ans la première fois qu'elle vit Yacob battre Mama. Parce que l'agneau était trop cuit. Isra se souvenait encore du regard suppliant de sa mère qui le conjurait d'arrêter, et de l'expression maussade de Yacob tandis qu'il la frappait. Des ténèbres nouvelles s'étaient alors immiscées en Isra, qui plus jamais n'avait vu le monde de la même façon. C'était un monde où on battait non seulement les enfants, mais aussi les mères. Cette nuit-là, confrontée au regard de Mama, à ses violents sanglots, Isra avait éprouvé une fureur sans précédent.

À nouveau, elle choisit prudemment ses mots. « Est-ce que tu crois qu'on accorde plus de respect aux femmes, en Amérique ? »

Mama la toisa d'un air terrible. « Plus de respect ?

— Ou peut-être plus de valeur ? Je n'en sais rien. »

Mama reposa la cuiller dont elle venait de se servir. « Écoute-moi bien, ma fille. Peu importe la distance qui te séparera de la Palestine, une femme restera toujours une femme. » Une nouvelle fois, elle força Isra à relever la tête. « Une femme n'a rien d'autre en ce monde que son *bayt wa dar*, sa maison et son foyer. Le mariage, la maternité : c'est là la seule valeur de la femme. »

Isra hocha la tête, mais en son for intérieur, elle rejetait tout cela. Elle plaqua ses paumes contre ses cuisses et ravala ses larmes. Mama se trompait. Le fait qu'elle n'ait pas trouvé le bonheur avec Yacob n'impliquait pas qu'elle aussi échouerait. Elle aimerait son mari comme jamais Mama n'avait pu aimer Yacob, elle s'efforcerait de toute son âme de le comprendre, de lui plaire, et s'assurerait ainsi qu'il l'aime en retour.

Isra s'aperçut alors que les mains de sa mère tremblaient. Quelques larmes roulèrent sur ses joues.

« Tu pleures, Mama ?

— Non, non. » Elle détourna le regard. « C'est à cause de ces oignons. »

Isra ne revit pas son prétendant avant le mariage religieux, la semaine suivante. Son mari s'appelait Adam Ra'ad. Le regard d'Adam ne croisa le sien que brièvement, lorsque l'imam récitait des passages du Saint Coran, puis lorsque tous deux prononcèrent le mot *qouboul*, « j'accepte », trois fois. La signature du contrat de mariage fut simple et rapide, contrairement à la fête qui aurait lieu après qu'Isra aurait reçu son visa d'immigration. Isra avait entendu Yacob dire à quelqu'un d'autre que ça ne prendrait qu'une semaine ou deux, Adam étant citoyen américain.

De la fenêtre de la cuisine, Isra voyait Adam dehors, en train de fumer une cigarette. Elle étudia son mari qui allait et venait le long du sentier, face à leur maison, un demi-sourire aux lèvres, les yeux plissés. Il semblait avoir autour de trente ans, peut-être un peu plus : ses rides commençaient déjà à se creuser. Une moustache noire impeccablement taillée recouvrait sa lèvre supérieure. Isra s'imagina ce qu'elle éprouverait en l'embrassant, et sentit ses joues s'empourprer. Adam, songea-t-elle. Adam et *Isra*. Ça sonnait bien.

Adam portait une chemise bleu marine et un pantalon de toile brune, serré aux chevilles. Ses chaussures étaient en cuir marron brillant, piquées de petits trous, avec un talon noir solide, de bonne qualité. Ses semelles caressaient la poussière, en toute aisance. Elle se l'imagina plus jeune, pieds nus, jouant au foot dans les rues de Bir Zeit. Cela ne demanda pas un gros effort à Isra. Sur ce chemin irrégulier, ses pieds se posaient avec assurance, comme s'il avait grandi sur ce genre de terrain accidenté. Quel âge avait-il lorsqu'il avait quitté la Palestine ? Était-il encore enfant ? Déjà adolescent ? Jeune homme ?

« Et si Adam et toi alliez vous asseoir un peu au balcon ? » proposa Yacob à Isra au retour d'Adam. Le regard de ce dernier croisa celui d'Isra et il lui sourit, révélant des dents tachées. Elle détourna les yeux. « Allez-y, insista Yacob. Il faut bien que vous fassiez connaissance. »

En rougissant, Isra le mena jusqu'au balcon. Adam la suivit, un peu gêné, tête basse, les deux mains dans les poches. En tant qu'homme, pourquoi aurait-il éprouvé la moindre nervosité ?

C'était un superbe matin de mars. Le temps idéal pour cueillir des fruits. Isra avait récemment taillé le figuier collé au mur de la maison, en préparation de la floraison d'été. À côté de ce figuier se dressaient deux amandiers penchés qui commençaient à fleurir. Isra vit les yeux d'Adam s'écarquiller devant ce merveilleux paysage. La vigne recouvrait le balcon, et il fit glisser ses doigts sur une grappe de petites baies vertes qui grossiraient en grains grenat d'ici l'été. À en juger par son expression, Isra se dit qu'il n'avait sans doute jamais vu de vigne de sa vie. Ou en tout cas pas depuis son enfance. Elle aurait voulu lui poser tant de questions. Pourquoi avaient-ils quitté la Palestine, et quand ? Comment s'étaient-ils rendus en Amérique ? Elle ouvrit la bouche, cherchant ses mots, mais rien ne lui vint.

Au milieu du balcon se trouvait une balancelle en fer forgé. Adam y prit place, et attendit qu'elle le rejoigne. Elle inspira profondément et s'assit à côté de lui. De là où ils étaient, ils pouvaient voir les deux cimetières, sinistres et délabrés. Isra espéra que cela n'entacherait pas l'estime qu'Adam lui portait. Elle puisa un supplément de courage dans ce que disait toujours Yacob : « Peu importe où on vit, du moment qu'on habite une maison qui nous appartient. Sans occupation et sans massacre. »

C'était un matin serein. Ils restèrent ainsi un moment, à contempler la vue. Un frisson parcourut le dos d'Isra. Elle ne pouvait s'empêcher de penser aux djinns qui vivaient dans les cimetières et les ruines. Depuis son enfance, Isra avait entendu une multitude d'histoires concernant ces créatures surnaturelles qui, disait-on, prenaient souvent possession des êtres humains. De nombreuses femmes du voisinage juraient avoir aperçu des êtres maléfiques près des deux cimetières. Isra murmura une rapide prière. Elle se demanda si le fait de s'asseoir pour la première fois à côté de son mari face à des tombes était un signe de mauvais augure.

Adam, lui, fixait l'horizon d'un regard vide, perdu au loin. À quoi pouvait-il penser ? Pourquoi ne disait-il rien ? Attendait-il qu'elle engage la conversation ? Pourtant, c'était à lui de prendre la parole en premier ! Isra repensa aux interactions entre hommes et femmes dans les livres qu'elle avait lus. C'était d'abord de brèves présentations, puis on en arrivait aux histoires plus personnelles de chacun, et l'affection réciproque naissait peu à peu. C'était ainsi que deux personnes tombaient amoureuses l'une de l'autre. En tout cas, c'était ainsi que Sinbad le Marin était tombé amoureux de la princesse Shera dans les contes des *Mille et Une Nuits*. Même si pendant la majeure partie du conte,

Shera était transformée en oiseau. Isra se dit qu'il lui fallait faire preuve d'un peu plus de réalisme.

Adam se tourna pour la regarder. Elle avala sa salive, tira sur les bords de son voile. Les yeux d'Adam s'attardèrent sur les mèches de cheveux noirs qui en dépassaient. Isra prit alors conscience qu'il n'avait pas encore vu sa chevelure. Elle s'attendait à ce qu'il dise quelque chose, mais il se contentait de la scruter. Son regard glissait de bas en haut, ses lèvres s'entrouvraient lentement. Quelque chose dans ses yeux la troublait. Une intensité. Mais de quoi s'agissait-il ? Dans le voile vitreux de son regard, elle pouvait voir le restant de ses jours, reliés et compulsés comme les pages d'un livre. Si seulement elle avait pu les feuilleter afin de savoir ce qui l'attendait.

Isra reporta son attention sur les cimetières. Peut-être n'était-ce que de la nervosité de la part d'Adam, songea-t-elle. Ou peut-être ne lui plaisait-elle pas. Ça n'aurait rien d'étonnant. Après tout, personne ne l'avait jamais considérée comme une beauté. Elle avait les yeux petits et noirs, la mâchoire carrée. Plus d'une fois, Mama s'était moquée de ses traits angulaires, en disant que son nez était long et pointu, son front trop large. Elle était convaincue qu'Adam était justement en train de scruter son front. Elle tira de nouveau sur son voile. Elle pourrait peut-être sortir la boîte de Quality Street que Mama gardait pour les grandes occasions. Ou peut-être préparer du thé. Elle envisagea de lui proposer de goûter au raisin, mais se rappela que les grains étaient encore verts.

En se retournant de nouveau vers Adam, elle remarqua que ses genoux tremblaient. Puis, soudainement, il se pencha vers elle et déposa un baiser sur sa joue.

Isra le gifla.

Outrée, elle s'attendait à ce qu'il lui présente des excuses, qu'il lui dise qu'il n'avait pas voulu l'embrasser, que son corps avait agi de lui-même, quelque chose comme ça. Mais il se contenta de tourner la tête, rouge comme une tomate, pour plonger son regard parmi les tombes.

Au prix d'un grand effort, Isra s'obligea à faire de même. Peut-être y avait-il quelque chose au milieu de ces tombes qu'elle ne voyait pas, quelque secret qui aurait permis de comprendre ce qui était en train d'arriver. Elle repensa au conte des *Mille et Une Nuits*, au désir de la princesse Shera de devenir humaine afin de pouvoir épouser Sinbad. Isra ne comprenait pas. À quoi bon vouloir être une femme quand on pouvait être un oiseau ?

*

« Il a essayé de m'embrasser », dit Isra à Mama lorsque Adam et sa famille furent partis. Elle chuchotait afin que Yacob ne l'entende pas.

« Comment ça, il a essayé de t'embrasser ?

— Il a voulu m'embrasser, et je l'ai giflé ! Je suis désolée, Mama. Tout s'est passé si vite, je ne sais pas ce que j'aurais pu faire d'autre. » Isra posa ses mains tremblantes entre ses cuisses.

« Bien, déclara Mama après un long silence. Veille à ce qu'il ne te touche pas jusqu'à la cérémonie de mariage. Il ne manquerait plus que cette famille américaine se mette à raconter à tout le monde que nous avons élevé une *charmouta*. Tu sais, c'est ainsi que s'y prennent les hommes. Ils rejettent toujours la faute sur la femme. » Mama désigna alors le bout de son auriculaire. « Ne lui donne même pas ça !

— Non, bien sûr que non !

— La réputation, c'est la chose la plus importante au monde. Assure-toi qu'il ne te touche plus.

— Ne t'inquiète pas, Mama. Je ne le laisserai plus faire. »

*

Le lendemain, Adam et Isra se rendirent à Jérusalem en autocar, jusqu'à un bâtiment du nom de consulat général des États-Unis, le lieu où l'on se rendait pour demander des visas d'immigration. Isra était nerveuse à la simple idée de se retrouver de nouveau seule à seul avec Adam, mais elle ne pouvait rien y faire. Yacob ne pouvait les accompagner parce que son *hawiya* palestinien, délivré par l'armée israélienne, aurait passablement compliqué les choses. Isra avait elle aussi un *hawiya*, mais à présent qu'elle était mariée à un citoyen américain, il lui serait beaucoup plus facile de traverser les check-points.

C'était à cause de ces check-points qu'Isra n'était jamais allée à Jérusalem, qui, à l'instar de la plupart des villes palestiniennes, était sous contrôle israélien et où l'on ne pouvait pénétrer sans autorisation. Ces autorisations étaient demandées aux centaines de check-points et de barrages créés par Israël sur le territoire palestinien afin de restreindre la circulation des personnes entre les villes et les villages, et parfois au sein même des agglomérations. Certains check-points étaient gardés par des soldats israéliens lourdement armés et des chars d'assaut. D'autres étaient de simples grilles, que les soldats cadenassaient lorsqu'ils finissaient leur service. Adam jurait à chaque barrage, agacé par ces mesures de contrôle et les embouteillages qu'elles occasionnaient. À chaque identification, il brandissait son passeport américain à l'intention des soldats israéliens, à qui il s'adressait en anglais. Isra, qui avait étudié cette langue à l'école, comprenait partiellement ces échanges, et était très impressionnée par son aisance.

Arrivés enfin au consulat, ils firent la queue durant des heures. Isra se tenait derrière Adam, tête baissée, n'ouvrant la bouche que lorsqu'il lui adressait la parole. Mais Adam ne lui dit qu'un ou deux mots, et Isra se demanda s'il lui en voulait de l'avoir giflé sur le balcon. Elle envisagea de lui présenter ses excuses, mais au fond d'elle-même, elle continuait de croire qu'elle avait eu la bonne réaction. Bien qu'ils aient signé le contrat de mariage religieux, il n'avait aucun droit de l'embrasser ainsi, pas avant la nuit de leur cérémonie de mariage. Pourtant, le mot *pardon* ne cessait de rouler sur sa langue. De toutes ses forces, elle le ravala.

Au guichet, on leur dit qu'Isra recevrait son visa sous dix jours à peine. Yacob pourrait enfin organiser la cérémonie, se dit-elle tandis qu'Adam et elle se promenaient dans Jérusalem. À travers les ruelles de la vieille ville, les sens d'Isra étaient stimulés comme jamais. L'odeur de camomille, de sauge, de menthe et de lentilles dans de gros sacs de jute, alignés devant un magasin d'épices, et le doux parfum de *knafa* qui provenait d'un *doukan* tout proche. Elle aperçut des poules et des lapins dans des cages grillagées, devant une boucherie, et plusieurs boutiques aux étalages brillant d'une myriade de bijoux plaqués or. Des vieillards portant des *hatta* vendaient des écharpes colorées à chaque coin de rue. Des femmes toutes de noir vêtues pressaient le pas. Certaines portaient des voiles brodés, des pantalons moulants et des lunettes de soleil rondes. D'autres ne portaient pas même le voile, et Isra comprit que c'étaient des Israéliennes. Leurs talons claquaient sur les trottoirs irréguliers. Des garçons les sifflaient. Des voitures se frayaient un chemin dans les ruelles étroites à coups de klaxon, laissant dans leur sillage des nuages de gaz d'échappement. Des soldats israéliens surveillaient les rues, leurs longs fusils barrant leur poitrine encore juvénile. L'atmosphère était emplie de bruit et de poussière.

Pour le déjeuner, Adam acheta deux sandwichs falafel à un vendeur ambulant, près de la mosquée al-Aqsa. Tandis qu'ils mangeaient, Isra contemplait le dôme recouvert de feuilles d'or.

« C'est beau, hein ? lança Adam entre deux bouchées.

— Oui, répondit Isra. C'est la première fois que je la vois. »

Adam se tourna vers elle. « C'est vrai ? »

Elle hocha la tête.

« Pourquoi ?

— C'est très difficile de venir jusqu'ici.

— Je suis parti il y a si longtemps que j'avais oublié tout cela. On a dû traverser une bonne demi-douzaine de barrages. C'est absurde !

— Quand as-tu quitté la Palestine ? »

Adam mâchait. « Nous sommes arrivés à New York en 1976, j'avais seize ans. Mes parents sont revenus ici deux fois, mais pas moi, je devais rester aux États-Unis pour tenir l'épicerie de mon père.

— Tu es déjà entré dans cette mosquée ?

— Bien sûr. Bien des fois. Je voulais devenir imam, tu sais. Un été, j'ai passé toutes mes nuits du ramadan ici. J'ai appris par cœur le Coran tout entier.

— Vraiment ?

— Oui.

— Alors tu es imam, en Amérique ?

— Oh, non.

— Alors quoi ?

— Je tiens une supérette.

— Mais pourquoi n'es-tu pas devenu imam ? demanda Isra, enhardie par cette première conversation avec son mari.

— Impossible en Amérique.

— Comment ça ?

— Mon père voulait que je l'aide à gérer le commerce familial. J'ai dû faire une croix dessus.

— Oh. » Isra observa une pause. « Je ne m'attendais pas à cette réponse.

— Pourquoi ?

— J'ai toujours cru que… » Elle préféra s'interrompre.

« Quoi ?

— Je croyais que tu étais libre. » Il afficha alors une drôle d'expression. « Tu sais, vu que tu es un homme. »

Adam ne répondit rien, la fixant toujours. Puis il finit par répondre : « Je suis libre », et il détourna le regard.

Pendant qu'ils finissaient leurs sandwichs, Isra observait Adam. Elle ne parvenait pas à effacer de sa mémoire le durcissement de son expression lorsqu'ils avaient parlé de son rêve d'enfant. Son sourire pincé. Elle se l'imaginait dans la mosquée, en plein ramadan, dirigeant la prière du soir, récitant le Coran d'une voix forte et mélodieuse. Et puis elle se l'imaginait derrière la caisse enregistreuse de sa supérette, en train de compter la monnaie, en train de ranger les rayons, alors que son seul rêve était de diriger les prières à la mosquée, et cela attendrit Isra. Pour la première fois, assise là, à côté de lui, elle se dit qu'après tout, il ne lui serait peut-être pas si difficile d'aimer cet homme.

*

Isra passa sa dernière nuit à Bir Zeit juchée sur une chaise dorée, les lèvres peintes de la couleur des mûres, son corps dissimulé sous des couches de tissu blanc, les cheveux coiffés en chignon haut et parsemés de paillettes. Tout autour d'elle, les murs tournaient. Elle les voyait s'éloigner, s'éloigner jusqu'à ce qu'elle devienne presque invisible, puis s'approcher, s'approcher encore comme pour l'écraser. Des femmes aux robes multicolores dansaient autour d'elle. Des enfants s'installaient aux quatre coins de la salle pour manger du baklava et boire du Pepsi. À plein volume, la musique éclatait comme un feu d'artifice. Tout le monde l'acclamait, battant des mains au rythme de son cœur qui s'emballait. Elle répondait à leurs félicitations par des hochements de tête et des sourires, mais en son for intérieur, elle se demandait combien de temps encore elle pourrait retenir ses larmes. Elle se demandait si les convives comprenaient ce qui était en train de se passer, s'ils avaient vraiment conscience que, dans quelques heures à peine, elle monterait à bord d'un avion en compagnie d'un homme qu'elle ne connaissait quasiment pas, pour se rendre dans un pays dont la culture était si différente de la sienne.

Adam était assis à côté d'elle, sa chemise blanche déboutonnée sous son tout nouveau costume noir. Il était le seul homme présent dans la salle. Les autres avaient leur salle à eux, loin des femmes qui dansaient. Même les frères cadets d'Adam, Omar et Ali, dont Isra avait fait la connaissance quelques minutes avant la cérémonie, n'étaient pas autorisés à entrer ici. Elle ignorait leurs âges, mais ils avaient sans doute dépassé les vingt ans. De temps à autre, l'un d'eux pointait la tête pour voir les femmes danser, et l'une d'elles s'empressait de lui rappeler qu'il devait rester avec les hommes. Isra parcourut la salle des yeux, à la recherche de ses frères à elle, encore trop jeunes pour être relégués dans la pièce des hommes. Elle les aperçut en train de courir à l'autre bout de la salle. Elle se demanda si elle les reverrait un jour.

Si le bonheur était mesurable à l'aune des décibels, alors la mère d'Adam était la plus heureuse des personnes présentes. Farida était une femme corpulente, imposante, et Isra avait l'impression que la piste de danse rapetissait en sa présence. Elle portait une *thobe* rouge et noire aux manches brodées de motifs orientaux, et une large ceinture de pièces d'or barrait sa taille épaisse. Ses petits yeux étaient cernés de khôl. Elle chantait sur toutes les chansons d'une voix pleine d'assurance, en faisant tournoyer un long bâton blanc dans les airs. Toutes les deux minutes, elle portait sa main à sa bouche et poussait un *zoughreta*, ce cri puissant et perçant. Sa seule fille, Sarah, qui devait avoir onze ans, jetait des pétales de rose sur la scène. C'était une version plus jeune, plus mince de sa mère : yeux noirs en amande, longues boucles brunes et sauvages, peau dorée comme les blés. Isra s'imagina Sarah, plus grande, assise comme elle l'était elle-même en ce moment, son corps gracile enfoui sous sa robe blanche de mariée. Cette simple pensée la fit tressaillir.

Puis elle chercha sa mère du regard. Mama était assise dans un coin, en train de se tordre les doigts. Elle n'avait pas quitté sa chaise de toute la cérémonie, et Isra se demanda si elle désirait danser. Peut-être était-elle trop triste pour le faire. Ou peut-être craignait-elle de faire mauvaise impression. Enfant, Isra avait entendu bon nombre de femmes critiquer la mère d'une mariée qui avait exprimé trop ostensiblement sa joie durant la cérémonie, trop heureuse de se débarrasser enfin de sa fille. Elle se demanda si, secrètement, Mama se réjouissait de ne plus l'avoir à sa charge.

Adam se mit à tambouriner sur une *darbouka*. Surprise, Isra détourna son regard de Mama. Elle vit Farida tendre le bâton blanc à Adam pour le faire descendre de l'estrade. Adam rejoignit la piste et se mit à danser avec le bâton dans une main et la *darbouka* dans l'autre. La musique était assourdissante. Tout autour, les femmes battaient des mains, lançant des regards envieux à Isra comme si elle venait de remporter quelque chose qui leur revenait de droit. Elle pouvait presque lire dans leurs pensées : *Comment est-ce qu'une chance pareille est tombée sur une fille aussi quelconque ? C'est ma fille qui devrait partir pour l'Amérique.*

Puis Adam et Isra dansèrent ensemble. Elle ne savait pas trop comment s'y prendre. Même si Mama l'avait poussée à danser à chaque grande occasion, en lui disant que c'était bon pour son image, que les mères des jeunes hommes à marier la remarqueraient plus si elle dansait, Isra ne l'avait jamais écoutée. Il lui paraissait contre nature de danser si librement, de se donner ainsi en spectacle. Mais Adam avait l'air parfaitement à son aise. Il sautait sur un pied, une main dans le dos, l'autre faisant tournoyer le bâton au-dessus de sa tête. Du point de vue d'Isra, avec le drapeau palestinien en écharpe et un tarbouche sur la tête, il ressemblait à un sultan.

« Danse aussi avec tes mains », articula-t-il.

Isra releva les bras au-dessus de sa taille et se mit à jouer des poignets. Elle surprit le hochement approbateur de Farida. Un groupe de femmes les encercla, remuant leurs mains au rythme de la *darbouka*. Elles portaient des *thobe* rouges à motifs, des ceintures de pièces dorées leur ceignaient la taille. Certaines tenaient des chandelles à la main. D'autres calaient des bougies entre leurs doigts et levaient leurs mains illuminées au plafond. L'une d'elles arborait même une couronne de bougies qui donnaient l'impression qu'elle avait la tête en feu. La salle semblait un énorme brasier.

La musique cessa alors. Adam saisit Isra par le coude et la fit sortir de la piste de danse. Farida leur emboîta le pas, un panier blanc dans les mains. Isra aurait voulu retourner s'asseoir sur son siège, mais Adam la fit s'arrêter au milieu de l'estrade. « Fais face à la foule », lui dit-il.

Farida ouvrit le panier et dévoila le tas de bijoux en or qui s'y trouvait, soulevant des « oh » et des « ah » parmi les femmes. Elle passa un à un ces bijoux à Adam, qui les mettait à Isra. Celle-ci regarda ses mains, ses doigts longs et épais. Elle réprima un tressaillement. Très vite, de lourds colliers pendirent à son cou, leurs gros colifichets pesant sur sa peau. Des bracelets serraient ses poignets tels des liens, leurs extrémités ressemblaient à des serpents. Des pendants en forme de pièces de monnaie lui piquaient les oreilles, ses doigts disparaissaient sous les bagues. Après avoir passé ainsi vingt-sept bijoux en or, Farida jeta le panier vide en l'air et poussa de nouveau un *zoughreta*. La foule fit retentir des acclamations, et Isra se tint devant elle, chargée d'or, incapable de bouger, tel un mannequin dans une vitrine.

Elle ignorait totalement quelle vie l'attendait, et elle ne pouvait absolument rien y faire. Cette prise de conscience soudaine la fit frissonner d'horreur. Mais ces sentiments ne seraient que temporaires, se rappela-t-elle. À coup sûr, elle serait plus maîtresse de son destin après cette cérémonie. Elle arriverait bientôt en Amérique, pays de la liberté, où elle connaîtrait peut-être l'amour auquel elle aspirait depuis toujours, et aurait une existence autrement plus enviable que celle de sa mère. Cette possibilité la fit sourire. Peut-être qu'un jour, si Allah daignait lui donner des filles, celles-ci auraient une existence plus enviable que la sienne, à leur tour.

Première partie

Deya

BROOKLYN

Hiver 2008

Debout devant la fenêtre de sa chambre, Deya Ra'ad pressait ses doigts contre la vitre. C'était le mois de décembre, et une fine couche de neige recouvrait l'alignement de vieilles maisons en briques et de pelouses ternies, les platanes nus qui bordaient la chaussée, les voitures garées tout le long de la Soixante-Douzième Rue. La seule touche de couleur de sa chambre était le caftan cramoisi, pendu à côté des dos de ses livres. Sa grand-mère, Farida, avait cousu cette robe tout spécialement pour cette occasion, avec de grosses broderies au fil doré autour du col et sur les manches : dans la *sala*, un prétendant attendait Deya. C'était le quatrième, cette année. Le premier parlait à peine anglais. Le deuxième était divorcé. Le troisième avait besoin d'une *green card*. Deya avait dix-huit ans, elle était encore au lycée, mais ses grands-parents lui avaient dit qu'il était grand temps de se consacrer à ses devoirs de femme : le mariage, la maternité, la famille.

Elle passa devant le caftan sans le regarder et enfila un pull gris et un jean bleu. Ses trois sœurs cadettes lui souhaitèrent bonne chance, et elle leur adressa un sourire rassurant en quittant la chambre pour se rendre à l'étage. Lors de sa rencontre avec son premier prétendant, Deya avait supplié de se présenter avec ses sœurs. « Il n'est pas convenable pour un homme de faire la connaissance de quatre sœurs simultanément, avait tranché Farida. Et c'est l'aînée qui doit se marier en premier.

— Et si je n'ai pas envie de me marier ? avait demandé Deya. Pourquoi est-ce que toute ma vie devrait tourner autour d'un homme ? »

Finissant de boire son café, Farida lui avait à peine lancé un regard. « Parce que c'est ainsi que tu deviendras mère et auras des enfants. Tu peux te plaindre autant que tu veux, mais que ferais-tu de ta vie, sans mari ? Sans famille ?

— On n'est pas en Palestine, Teta. On est en Amérique. Les femmes ont bien d'autres choix, ici.

— N'importe quoi. » Plissant les yeux, Farida avait scruté le marc de son café turc au fond de sa tasse. « Peu importe l'endroit où l'on vit. Le plus important, c'est de protéger notre culture. Le seul souci que tu dois avoir, c'est de te trouver un homme comme il faut qui pourra subvenir à tes besoins.

— Mais il y a d'autres façons de vivre, ici, Teta. En plus, je n'aurais pas besoin de trouver un homme pour subvenir à mes besoins si tu me laissais aller à l'université. Je pourrais me débrouiller toute seule. »

À ces mots, Farida avait brusquement relevé la tête pour lui lancer un regard sombre. « *Majnouna ?* Tu es folle ? Non, non, non. » Elle hocha dédaigneusement la tête.

« Mais je connais plein de filles qui ont fait des études avant de se marier. Pourquoi pas moi ?

— C'est hors de question. Personne n'a envie d'épouser une fille qui est allée à l'université.

— Et pourquoi ça ? Parce que les hommes ont juste envie d'avoir chez eux une imbécile qu'ils peuvent commander comme bon leur semble ? »

Farida poussa un profond soupir. « Parce que les choses sont ainsi. Elles l'ont toujours été. Demande à qui tu veux, tout le monde te dira pareil. Le mariage, c'est la chose la plus importante pour une femme. »

Chaque fois qu'elle se remémorait cette discussion, Deya s'imaginait que sa vie était une histoire, comme toutes celles qu'elle avait lues, avec une intrigue, de la tension, du conflit, qui aboutissaient à un happy end qu'elle ne parvenait pas encore à deviner. Elle faisait souvent cela. Il était bien plus facile d'appréhender sa vie comme une œuvre de fiction que de l'accepter pour ce qu'elle était : une existence limitée. Dans la fiction, le champ des possibles était infini. Dans la fiction, Deya était aux commandes de sa vie.

Pendant un long moment d'hésitation, elle fixa les ténèbres de l'escalier, avant d'en gravir les marches, très lentement, jusqu'au rez-de-chaussée où habitaient ses grands-parents. Dans la cuisine, elle prépara un *ibrik* de thé. Elle remplit cinq verres de thé à la menthe qu'elle déposa sur un plateau d'argent. En traversant le couloir, elle entendit Farida déclarer en arabe dans la *sala* : « Elle sait cuisiner et faire le ménage encore mieux que moi ! », soulevant un bruissement d'approbation. Sa grand-mère avait dit la même chose aux précédents prétendants, mais cela n'avait pas marché. Tous s'étaient rétractés après avoir vu Deya. Et à chaque refus, comprenant que le *nasib*, le destin, se dérobait, Farida s'était giflée elle-même, à pleines mains, en sanglotant violemment, le genre de mise en scène pathétique à laquelle elle avait souvent recours pour se faire obéir de Deya et de ses sœurs.

Deya parcourut le couloir avec le plateau, évitant son reflet dans les miroirs qui s'y trouvaient. Visage pâle, yeux d'un noir de charbon, lèvres couleur de figue, et une longue cascade de cheveux noirs qui recouvraient ses épaules. Ces derniers temps, elle avait la sensation que, plus elle contemplait son visage, moins elle se reconnaissait dans son reflet. Il n'en avait pas toujours été ainsi. La première fois que Farida lui avait parlé de mariage, alors qu'elle n'était encore qu'une enfant, Deya avait cru qu'il s'agissait d'un sujet tout à fait trivial. Une étape parmi tant d'autres quand on grandissait et qu'on devenait une femme. Elle ne comprenait pas alors ce que cela signifiait, de devenir une femme. Elle ignorait que cela impliquait, d'épouser un quasi-inconnu, et de restreindre le sens de sa vie à son seul statut de femme mariée. Ce n'est qu'en grandissant que Deya comprit véritablement quelle était sa place dans sa communauté. Elle avait appris qu'elle devait vivre d'une façon bien précise, en suivant des règles bien précises, et qu'en tant que femme, elle n'aurait jamais de véritable emprise sur sa propre existence.

Elle afficha un sourire de façade et entra dans la *sala*. La pièce baignait dans la pénombre, les fenêtres obstruées par d'épais rideaux rouges confectionnés par Farida, assortis aux sofas bordeaux. Les grands-parents de Deya avaient pris place sur l'un, les invités sur l'autre, et Deya posa le sucrier sur la table basse qui les séparait. Elle baissa les yeux, rivés sur le tapis rouge de Turquie que ses grands-parents avaient acheté lorsqu'ils étaient arrivés en Amérique. Un motif en parcourait la bordure, des arabesques sans queue ni tête, qui s'entremêlaient en boucles infinies. Deya ne savait pas trop si c'étaient les motifs qui avaient grossi ou si c'était elle qui avait rapetissé. Son regard suivit les entrelacs, et elle fut prise de vertige.

Le prétendant releva la tête lorsqu'elle s'approcha de lui, lui lançant un coup d'œil à travers la vapeur qui s'élevait du thé à la menthe. Elle le servit sans un regard, bien consciente que le sien s'attardait sur elle. Ses parents et ses grands-parents l'épiaient aussi. Cinq paires d'yeux la jaugeaient. Que voyaient-ils, au juste ? L'ombre d'un être humain qui faisait le tour de la pièce ? Sans doute pas même ça. Peut-être ne voyaient-ils rien du tout, rien qu'un plateau d'argent flottant dans l'air, passant d'une personne à l'autre jusqu'à ce que chacun soit servi.

Deya pensa à ses parents. Qu'auraient-ils pensé s'ils s'étaient trouvés dans cette pièce avec elle, à cet instant précis ? Auraient-ils souri en l'imaginant avec un voile blanc ? L'auraient-ils poussée, comme le faisaient ses grands-parents, à suivre leur exemple ? Elle ferma les yeux pour les rechercher au plus profond d'elle, mais elle ne trouva rien.

Son grand-père se tourna vivement vers elle et s'éclaircit la voix. « Pourquoi vous n'iriez pas vous asseoir dans la cuisine, tous les deux ? proposa Khaled. Vous pourriez faire un peu connaissance. » À côté de lui, Farida tendait un regard anxieux vers Deya, et son expression révélait ses pensées : *Souris. Agis normalement. Ne le fais pas fuir comme tous les autres, celui-ci.*

Deya se souvint du dernier prétendant qui avait fini par revenir sur sa demande en mariage. Il avait dit à ses grands-parents qu'elle était trop insolente, trop curieuse. Qu'elle n'était pas assez arabe. Mais à quoi ses grands-parents s'étaient-ils attendus lorsqu'ils s'étaient installés dans ce pays ? Avaient-ils cru que leurs enfants et leurs petits-enfants seraient aussi arabes qu'eux ? Que leurs habitudes et leurs coutumes demeureraient inchangées ? Ce n'était pas sa faute si elle n'était pas assez arabe. Elle avait passé toute sa vie à cheval sur ces deux cultures. Elle n'était ni arabe ni américaine. Elle n'avait sa place nulle part. Elle ne savait pas ce qu'elle était. Qui elle était.

Deya soupira et son regard croisa celui de son prétendant. « Suis-moi. »

Elle le toisa tandis qu'ils prenaient place, face à face, à la table de cuisine. Il était grand, un peu enrobé, la barbe coupée court. Ses cheveux châtain foncé étaient plaqués en arrière, avec une raie sur le côté. *Plus mignon que les précédents*, pensa Deya. Il ouvrit la bouche comme pour prendre la parole, mais aucun son n'en sortit. Après un moment de silence, il s'éclaircit la voix et dit : « Je m'appelle Nasser. »

Elle coinça ses doigts entre ses cuisses et tâcha d'être naturelle. « Je m'appelle Deya. »

Une pause. « Je, euh... » Il hésita. « J'ai vingt-quatre ans. Je travaille dans une supérette avec mon père, parallèlement à mes études. Je suis en médecine. »

Elle lui adressa un sourire contraint. À son expression impatiente, elle sut qu'il attendait qu'elle lui rende la pareille, en récitant une vague présentation de sa personne, qui résumerait l'essence de son existence en une phrase ou deux. Face au silence de Deya, il reprit la parole : « Et toi, tu fais quoi ? »

Elle savait bien qu'il lui posait cette question par pure gentillesse. Tous deux savaient qu'une jeune Arabe ne faisait *rien*. Enfin, rien si ce n'est cuisiner, faire le ménage et suivre le dernier feuilleton turc à la mode. Peut-être leur grand-mère leur aurait-elle permis d'en faire plus, à elle et à ses sœurs, s'ils avaient vécu en Palestine, entourés de gens qui leur ressemblaient. Mais ici, à Brooklyn, Farida les cantonnait chez elles et priait pour qu'elles restent bonnes. Pures. Arabes.

« Je ne fais pas grand-chose, répondit Deya.

— Tu fais certainement quelque chose. Tu n'as pas de hobbies ?

— J'aime bien lire.

— Tu lis quoi ?

— Tout ce qui me passe sous la main. Peu importe ce dont il s'agit, je lis de tout. J'ai tout le temps pour lire, tu peux me croire.

— Pourquoi ça ? demanda-t-il dans un froncement de sourcils intrigué.

— Ma grand-mère ne nous laisse pas faire beaucoup de trucs. Ça ne lui plaît même pas que je lise.

— Pourquoi ?

— Elle pense que les livres exercent une mauvaise influence.

— Ah. » Il rougit, comme s'il comprenait enfin. Au bout d'un moment, il reprit : « Ma mère m'a dit que tu fréquentais une école musulmane pour filles. Tu es en quelle classe ?

— En terminale. »

Une nouvelle pause. Il remua sur sa chaise. Sa nervosité rassurait Deya, dont les épaules se détendirent.

« Tu voudrais aller à la fac ? » demanda Nasser.

Deya le dévisagea. Personne ne lui avait jamais posé cette question sur ce ton. Jusque-là, cela avait toujours été d'une voix où perçait la menace, comme si toute réponse positive aurait remis en question l'ordre du monde. Comme si c'était la pire chose qu'une jeune fille pouvait souhaiter.

« Oui, répondit-elle. J'aime bien étudier. »

Il sourit. « Je t'envie. Je n'ai jamais été bon élève. »

Elle le regarda dans les yeux. « Ça te gêne ?

— Quoi donc ?

— Que j'aie envie d'aller à la fac ?

— Non. Pourquoi ça me gênerait ? »

Deya l'observa attentivement, hésitant à le croire sur parole. Il faisait peut-être semblant à seule fin de lui laisser croire qu'il était différent des autres prétendants, qu'il était plus progressiste. Peut-être ne lui disait-il que ce qu'elle voulait entendre.

Elle se redressa sur sa chaise, évitant cette question par une autre : « Pourquoi tu n'es pas bon élève ?

— L'école, ça ne m'a jamais vraiment plu, répondit-il. Mais mes parents ont insisté pour que je fasse médecine. Ils veulent que je sois docteur.

— Et toi, tu veux être docteur ? »

Nasser éclata de rire. « Pas vraiment. Je préférerais reprendre l'affaire familiale, peut-être même ouvrir ma propre boutique, un jour.

— Et tu le leur as dit ?

— Oui. Mais ils m'ont répondu que je devais faire des études supérieures, et que, si ce n'était pas médecine, alors ce serait du droit ou des études d'ingénieur. »

Deya l'observa de nouveau. Elle ne se serait jamais attendue à éprouver autre chose que de la colère et de l'agacement au cours de ces rendez-vous arrangés en vue d'un mariage. L'un de ses prétendants avait passé toute leur conversation à lui dire combien il gagnait avec sa station d'essence ; un autre l'avait interrogée sur son lycée, lui avait demandé si elle avait l'intention de devenir femme au foyer et d'élever ses enfants, si elle était prête à porter le voile constamment, et pas uniquement quand elle allait au lycée en uniforme.

Pourtant, Deya aussi avait des questions à poser. *Que ferais-tu si nous nous mariions ? Est-ce que tu me laisserais aller au bout de mes rêves ? Est-ce que tu me laisserais seule à la maison pour m'occuper des enfants tandis que tu irais travailler ? Est-ce que tu m'aimerais ? Est-ce que tu me considérerais comme ta propriété ? Est-ce que tu me battrais ?* Elle aurait pu poser ces questions à voix haute, mais elle savait que les gens ne disaient jamais que ce qu'on avait envie d'entendre. Elle savait que, pour comprendre son interlocuteur, il fallait entendre les mots qu'il ne prononçait pas, il fallait observer très attentivement ses moindres réactions.

« Pourquoi tu me regardes comme ça ? demanda Nasser.

— Pour rien, c'est juste que… » Elle scruta ses propres doigts. « Ça m'étonne que tes parents t'aient obligé à faire des études supérieures. J'aurais cru qu'ils t'auraient laissé faire tes propres choix.

— Qu'est-ce qui peut te faire croire ça ?

— Tu sais. » Le regard de Deya se planta dans le sien. « Tu es un homme. »

Nasser lui répondit par un regard perplexe. « Tu crois vraiment ça ? Tu crois que je peux faire ce que je veux parce que je suis un homme ?

— Notre monde est ainsi fait. »

Il se pencha en avant, les mains plaquées sur la table. Deya n'avait jamais été aussi proche d'un homme, et elle s'adossa à sa chaise, pressant ses mains entre ses cuisses.

« Tu es bizarre », dit Nasser.

Elle se sentit rougir, et détourna la tête. « Ne répète pas ça à ma grand-mère.

— Pourquoi pas ? C'était un compliment.

— Elle ne le prendrait pas comme tel. »

Une nouvelle pause, et Nasser saisit sa tasse de thé. « Alors, dit-il après avoir avalé une gorgée, comment tu t'imagines ta vie future ?

— Comment ça ?

— À quoi aspires-tu, Deya Ra'ad ? »

Elle ne put s'empêcher d'éclater de rire. Comme si ses aspirations avaient la moindre importance. Comme si son avis entrait en compte. Si cela n'avait tenu qu'à elle, elle aurait remis son mariage à dans dix ans. Elle se serait inscrite à un programme d'études à l'étranger, serait partie en Europe, peut-être à Oxford, aurait passé ses journées dans des cafés et des bibliothèques, un livre dans une main et un stylo dans l'autre. Elle serait devenue auteure, pour aider les gens à comprendre le monde à travers ses histoires. Mais son avis n'avait aucune importance. Ses grands-parents lui avaient interdit de s'inscrire à l'université avant le mariage, et elle ne voulait pas gâcher sa réputation au sein de leur communauté en leur désobéissant. Ou pire encore, qu'ils la désavouent, et lui interdisent de revoir ses sœurs, la seule vraie famille qu'elle ait jamais connue. À bien des égards, elle avait déjà été abandonnée : se couper des dernières racines qu'il lui restait, c'eût été beaucoup trop douloureux. Elle redoutait l'existence que ses grands-parents lui réservaient, mais elle avait encore plus peur de l'inconnu. Aussi mettait-elle ses rêves de côté, et faisait ce qu'on lui disait de faire.

« Je veux simplement être heureuse, répondit-elle à Nasser. Rien de plus.

— Eh bien, c'est assez simple, comme aspiration.

— Vraiment ? » Elle le regarda droit dans les yeux. « Si c'est aussi simple, pourquoi je n'ai encore jamais vu personne d'heureux ?

— Je suis sûr que tu en as déjà vu. Tes grands-parents, ils sont heureux, non ? »

Deya dut se retenir de rouler des yeux. « Teta passe ses journées à se plaindre de sa vie, de ses enfants qui l'ont abandonnée, et Sido n'est quasiment jamais à la maison. Tu peux me croire sur parole. Tous les deux sont malheureux. »

Nasser secoua la tête. « Tu les juges peut-être un peu trop sévèrement.

— Ah bon ? Tes parents, eux, ils sont heureux ?
— Bien sûr, qu'ils le sont.
— Ils s'aiment ?
— Bien sûr, qu'ils s'aiment ! Ça fait plus de trente ans qu'ils sont mariés.
— Ça ne veut rien dire, répliqua Deya d'un ton méprisant. Mes grands-parents sont mariés depuis plus de cinquante ans, et ils ne peuvent pas se supporter. »
Nasser resta muet. À en juger par son expression, Deya comprit que son pessimisme était loin de lui plaire. Mais qu'aurait-elle pu lui dire d'autre ? Aurait-il mieux valu qu'elle mente ? C'était déjà bien assez d'être obligée de mener une existence dont elle ne voulait pas. Fallait-il en plus commencer à mentir avant même le mariage ? Mais alors, où s'arrêterait le mensonge ?

Nasser finit par s'éclaircir la gorge. « Tu sais, dit-il, ce n'est pas parce que tu ne perçois pas de bonheur dans la vie de tes grands-parents qu'ils ne sont pas heureux. Ce qui rend quelqu'un heureux ne rend pas forcément heureux son voisin. Ma mère, par exemple : la famille, c'est ce qu'elle chérit le plus au monde. Du moment qu'elle a mon père et ses enfants, elle est heureuse. Mais tout le monde ne considère pas la famille comme la chose la plus importante au monde, bien évidemment. Pour certains, c'est l'argent qui prime, pour d'autres, la complicité. Tout le monde est différent.
— Et pour toi ? demanda Deya.
— Quoi ?
— Tu as besoin de quoi pour être heureux ? »
Nasser pinça les lèvres. « La sécurité financière.
— L'argent ?

— Non, pas l'argent. » Il observa une pause. « Je veux avoir une carrière stable et vivre à l'aise, peut-être même prendre ma retraite encore jeune. »

Cette fois, elle roula des yeux. « Le travail, l'argent, ça revient au même.

— Peut-être bien, fit-il en rougissant. Et c'est quoi, ta réponse à toi ?

— Rien.

— Ce n'est pas juste. Il faut que tu répondes, toi aussi. Qu'est-ce qui te rendrait heureuse ?

— Rien. Rien ne saurait me rendre heureuse. »

Il écarquilla presque imperceptiblement les yeux. « Comment ça, rien ? Il y a forcément quelque chose qui te rend heureuse. »

Elle tourna la tête pour regarder par la fenêtre et sentit qu'il la dévisageait. « Je ne crois pas au bonheur.

— Ce n'est pas vrai. Peut-être que tu ne l'as pas encore trouvé, tout simplement.

— Peut-être.

— Est-ce que c'est… » Il s'interrompit. « Tu penses que c'est à cause de tes parents ? »

Elle savait qu'il essayait d'attirer son regard, mais elle continuait de fixer la fenêtre. « Non, mentit-elle. Ce n'est pas à cause d'eux.

— Alors pourquoi ne crois-tu pas au bonheur ? »

Même si elle essayait de le lui expliquer, il ne comprendrait pas. Elle se tourna vers lui. « Je n'y crois pas, c'est tout. »

Il la regardait d'un air morose. Elle se demanda ce qu'il pouvait bien voir en elle, se demanda s'il savait que, s'il l'ouvrait comme une coquille de noix, il ne trouverait derrière ses côtes qu'une poignée de boue et de pourriture.

« À mon avis, tu ne penses pas ce que tu dis, finit-il par déclarer en lui souriant. Tu sais ce que je crois ?

— Non.

— Je crois que tu joues juste un rôle, pour voir comment je réagis. Tu voulais voir si ça me ferait fuir.

— Intéressant, comme théorie.

— Je crois qu'elle est vraie. Je serais même prêt à parier que tu fais souvent ça.

— Quoi ?

— Tu repousses les gens afin qu'ils ne te fassent pas de mal. » Elle détourna alors le regard. « Pas de problèmes. Rien ne t'oblige à l'admettre.

— Il n'y a rien à admettre.

— Très bien, mais je peux te dire quelque chose ? » Elle se tourna vers lui. « Je ne te ferai aucun mal. Je te le promets. »

Elle se força à sourire. Elle aurait aimé le croire sur parole. Mais comment aurait-elle pu ?

*

Dès que Nasser fut parti, Farida se précipita dans la cuisine, ses yeux écarquillés pleins de questions : est-ce qu'il avait plu à Deya ? Avait-elle l'impression de lui avoir plu ? Consentirait-elle au mariage ? Deya avait rejeté quelques demandes en mariage, sans avoir à y réfléchir à deux fois. Mais dans la majorité des cas, c'était le prétendant qui avait abandonné. Ses parents les avaient poliment informés que l'union ne pourrait être célébrée, et chaque fois Farida avait pleuré et s'était giflée, avant de revenir à la charge, encore plus déterminée. Quelques appels téléphoniques, et elle trouvait un nouveau prétendant en moins d'une semaine.

Mais cette fois, c'était différent. « Apparemment, tu n'as pas réussi à le faire fuir, celui-là », déclara Farida en arborant un large sourire sur le seuil de la cuisine. Elle portait la robe rouge et or qu'elle enfilait lorsqu'ils recevaient un prétendant, avec un foulard crème noué sans soin sur sa tête. Elle approcha. « Ses parents ont dit qu'ils aimeraient nous rendre de nouveau visite, très bientôt. Qu'est-ce que tu en penses ? Nasser t'a plu ? Je peux leur dire oui ?

— Je n'en sais rien, répondit Deya, nettoyant la table d'un revers de torchon humide. J'ai besoin de temps pour réfléchir.

— Pour réfléchir ? Réfléchir à quoi ? Tu devrais t'estimer heureuse d'avoir le choix. Certaines jeunes filles n'ont pas cette chance – moi, par exemple, on ne m'a pas demandé mon avis.

— Ce n'est pas un choix, marmonna Deya.

— Comment ça ? Bien sûr, que c'est un choix ! » Farida fit glisser ses doigts sur la table de la cuisine afin de s'assurer qu'elle était bien propre. « Mon père et ma mère ne m'ont jamais demandé si je voulais épouser ton grand-père. Ils m'ont juste dit ce que je devais faire, et j'ai obéi.

— Eh bien, je n'ai ni père ni mère, moi, riposta Deya. Ni oncle, ni tante, ni qui que ce soit à part mes sœurs !

— N'importe quoi. Tu nous as, nous », fit Farida, en évitant cependant de croiser son regard.

Depuis ses six ans, les grands-parents de Deya les élevaient, ses trois sœurs et elle. Depuis des années, leur famille n'était composée que de ces six membres, contrairement aux grandes familles élargies qui étaient la norme dans la culture arabe. En grandissant, Deya avait souvent senti l'aiguillon de la solitude, mais ce sentiment était plus douloureux encore durant l'Aïd, lorsque ses sœurs et elle se retrouvaient chez elles, sachant que personne ne viendrait leur rendre visite durant cette fête religieuse de première importance. Ses camarades de classe se vantaient des festivités qui avaient lieu chez elles, l'argent et les cadeaux que les membres de leur famille leur offraient, et Deya souriait, comme s'il en allait de même pour ses sœurs et elle. Comme si elles aussi avaient des oncles, des tantes et des gens qui les aimaient. Comme si elles avaient une famille. Mais elles ignoraient ce qu'était une famille. Tout ce qu'elles avaient en ce monde, c'étaient des grands-parents qui les élevaient par obligation, et leurs sœurs.

« Nasser ferait un excellent mari, dit Farida. Il deviendra médecin, un jour. Il pourra t'offrir tout ce que tu désires. Tu serais bien idiote de l'éconduire. Des propositions pareilles, ça n'arrive pas tous les jours.

— Mais je n'ai que dix-huit ans, Teta. Je ne suis pas encore prête à me marier.

— À t'entendre, on dirait que je veux te vendre comme esclave ! Toutes les mères que je connais sont en train de préparer leurs filles au mariage. Dis-moi un peu, tu en connais beaucoup, des camarades à toi, dont les mères ne sont pas occupées à leur chercher des prétendants ? »

Deya soupira. Sa grand-mère avait raison. La plupart recevaient quatre ou cinq hommes par mois, et aucune ne semblait s'en plaindre. Elles se maquillaient, s'épilaient les sourcils, comme si elles n'attendaient plus qu'une chose, qu'un homme les emporte loin de chez elles. Certaines étaient déjà fiancées, et finissaient leur dernière année de lycée comme s'il s'agissait d'une corvée inutile. Comme si elles avaient trouvé dans leur prochain mariage quelque chose de si épanouissant que les études n'avaient plus la moindre importance. Deya les considérait souvent et leur demandait en son for intérieur : *Tu n'aspires donc à rien d'autre que ça ? Il y a forcément bien plus à attendre de la vie.* Mais ses pensées prenaient alors un tour différent, et l'incertitude la possédait. Elle se disait qu'après tout, c'était peut-être elles qui avaient raison. Peut-être que le mariage était la réponse à tout.

Farida s'approcha encore, secouant la tête. « Pourquoi est-ce qu'il faut tu compliques les choses ? Qu'est-ce que tu veux de plus ? »

Deya la regarda droit dans les yeux. « Je te l'ai déjà dit ! Je veux aller à l'université !

— *Ya Allah*, dit Farida en faisant traîner ses mots. C'est reparti. Combien de fois je devrai te le répéter ? Tant que tu vivras ici, il est hors de question que tu ailles à l'université. Si ton mari t'autorise à poursuivre tes études *après* le mariage, c'est lui que ça regardera. Mais ma tâche à moi, c'est de vous assurer un avenir sûr, à toi et à tes sœurs, en vous trouvant de bons maris.

— Et pourquoi tu refuses de m'assurer un avenir sûr en me laissant entrer à l'université ? Pourquoi est-ce que tu consens à ce que mon destin dépende d'un inconnu ? Et s'il se comporte comme Baba ? Et si...

— Plus *un* mot, déclara Farida dont la lèvre supérieure frémissait. Combien de fois je devrai te répéter de ne jamais parler de tes parents sous ce toit ? » À l'expression de Farida, Deya savait qu'elle voulait la gifler. Pourtant Deya avait raison. Elle gardait assez de souvenirs de sa mère et de son père pour savoir qu'elle n'aspirait pas à la même existence.

« J'ai peur, Teta, chuchota Deya. Je n'ai pas envie d'épouser un homme que je ne connais pas.

— Les mariages arrangés, c'est dans nos traditions, répondit Farida. Ce n'est pas parce qu'on vit en Amérique que ça devrait changer. » Elle secoua la tête, cherchant une bouilloire au fond d'un placard. « Si tu continues à rejeter les demandes en mariage, tu te réveilleras un jour vieille fille, sans personne qui veuille de toi comme femme, et tu passeras le restant de tes jours dans cette maison avec moi. » Son regard croisa celui de Deya. « Tu connais des jeunes filles qui ont désobéi à leurs parents, qui ont refusé de se marier, pire encore, qui ont divorcé. Regarde un peu quelle vie elles mènent, à présent ! Elles habitent encore chez leurs parents, la tête constamment baissée, rongée par la honte ! C'est ça que tu veux ? »

Deya tourna la tête.

« Écoute, Deya. » La voix de Farida se fit plus douce. « Je ne te demande pas d'épouser Nasser dès demain. Passe un peu de temps avec lui, apprends à le connaître, c'est tout. »

Deya se refusait à admettre que Farida avait raison, mais malgré elle, elle changea de point de vue. Peut-être l'heure était-elle venue de se marier. Peut-être ferait-elle mieux d'accepter la demande de Nasser. Après tout, son avenir ne se trouvait pas sous le toit de Farida. C'était tout juste si elle pouvait aller faire des courses sans surveillance. En outre, Nasser avait l'air assez gentil. Bien plus que les autres hommes dont elle avait vaguement fait connaissance au cours de ces derniers mois. Et si ce n'était pas lui, ce serait forcément un autre. À un moment ou à un autre, il faudrait bien qu'elle dise oui. Elle ne pourrait pas refuser éternellement. À moins de vouloir détruire sa réputation, ainsi que celle de ses sœurs. Elle entendait déjà le chœur de leurs voisines : *Ce n'est pas une jeune femme comme il faut. Ce n'est pas quelqu'un de respectable. Elle doit forcément avoir un problème.*

Deya était bien de cet avis. Elle avait un problème : elle ne pouvait s'empêcher de réfléchir à tout cela, et se sentait incapable de se décider.

« D'accord, finit-elle par dire. C'est bon. »

Farida écarquilla les yeux. « Vraiment ?

— Je veux bien le revoir. Mais à une condition.

— Laquelle ?

— Je ne veux pas quitter Brooklyn.

— Ne t'inquiète pas pour ça. » Farida afficha un sourire forcé. « Il habite tout près d'ici, à Sunset Park. Je sais que tu tiens à rester près de tes sœurs.

— Oui, dit Deya. Et s'il te plaît, fais en sorte qu'elles se marient elles aussi à Brooklyn, d'accord ? » Elle s'exprimait d'une voix douce, dans l'espoir de susciter l'empathie de sa grand-mère. « Fais en sorte qu'on reste ensemble, d'accord ? S'il te plaît. »

Farida hocha positivement la tête. Deya crut voir les yeux de celle-ci s'embuer, pour étrange que cela puisse paraître. Mais Farida pencha la tête en remettant en place son foulard.

« Bien sûr, répondit-elle. C'est le moins que je puisse faire. »

*

Farida avait beau interdire à Deya de parler de ses parents, cela n'effaçait pas pour autant les souvenirs qu'elle en gardait. Deya se rappelait très clairement le jour où elle avait appris la mort d'Adam et Isra. Elle allait bientôt avoir sept ans. C'était une belle journée d'automne, mais, par la fenêtre de sa chambre, Deya avait vu le ciel se ternir d'un voile métallique. Farida avait fini de débarrasser la *soufra* après le repas, avait fait la vaisselle, et avait enfilé sa robe de chambre avant de descendre lentement au sous-sol, où Deya vivait avec ses parents et ses sœurs. Dès que sa grand-mère était apparue sur le seuil de la porte, elle avait su que quelque chose n'allait pas. Aussi loin que remonte sa mémoire, elle n'avait jamais vu Farida au sous-sol.

Farida était allée voir si Amal, la plus jeune des sœurs, dormait dans son berceau, avant de s'asseoir au bord du lit de Deya et de ses deux autres sœurs.

« Vos parents… » Farida avait inspiré profondément avant de s'arracher ces mots : « Ils sont morts. Dans un accident de voiture, hier soir. »

Après cela, tout se brouillait. Deya ne se rappelait plus ce que Farida avait dit, ne se souvenait plus de l'expression de ses sœurs. Elle ne gardait de ce moment que des bribes éparses. La panique. Les geignements. Un cri très aigu. Elle avait enfoncé ses doigts dans ses cuisses. Elle avait cru qu'elle allait vomir. Elle se souvenait d'avoir regardé par la fenêtre et d'avoir remarqué qu'il s'était mis à pleuvoir, comme si l'univers pleurait aussi la perte de leurs parents.

Farida s'était levée et, en sanglotant, était remontée au rez-de-chaussée.

*

C'était tout ce que Deya savait de la mort de ses parents, alors que dix ans s'étaient écoulés depuis. Peut-être était-ce pour cette raison qu'elle avait passé son enfance à lire, comme si elle cherchait un sens à sa vie dans toutes ces histoires. Les livres étaient sa seule source sûre de réconfort, le seul espoir qui lui restait. Ils disaient des vérités qui se dérobaient dans la vraie vie, et elle avait l'impression qu'ils la guidaient comme Isra l'aurait fait si elle avait été là. Il y avait tant de choses que Deya voulait savoir, sur sa famille, sur le monde, sur elle-même.

Souvent, elle se demandait combien de personnes au monde étaient aussi ensorcelées qu'elle par les mots, combien n'aspiraient comme elles qu'à se plonger dans un livre et à ne jamais en ressortir. Combien espéraient trouver entre des pages imprimées leur propre histoire, combien auraient tout donné pour comprendre. Et pourtant, peu importait le nombre de livres qu'elle lisait, le nombre d'histoires qu'elle se racontait, Deya se sentait toujours aussi seule à la fin. Elle avait passé sa vie à la recherche d'une histoire qui l'aiderait à comprendre qui elle était et quelle était sa place dans ce monde. Mais son histoire à elle était confinée aux murs de cette maison, à ce sous-sol de la Soixante-Douzième Rue, et elle désespérait de la comprendre un jour.

*

Ce soir, Deya et ses sœurs dînèrent entre elles, comme souvent, tandis que Farida regardait son feuilleton du soir dans la *sala*. Elles ne recouvrirent pas la *soufra* d'une multitude de plats, avec des rondelles de citron, des olives vertes, des piments et de la pita fraîche, comme elles le faisaient lorsque leur grand-père dînait à la maison. Elles se contentèrent d'un repas simple, réunies autour de la table de la cuisine, l'oreille tendue en direction du couloir afin de s'assurer que Farida ne quittait pas la *sala* d'où elle ne pouvait les entendre.

Les sœurs cadettes de Deya étaient ses seules amies. Les différences d'âge étaient minimes, un ou deux ans tout au plus entre chacune, et leurs centres d'intérêt étaient aussi complémentaires qu'un programme scolaire. Si Deya avait été une matière, ç'aurait été les arts plastiques : complexe, torturée, vibrante d'émotion. Nora, sa cadette et sa plus grande confidente, ç'aurait été les mathématiques : elle était directe, précise, carrée. C'était auprès de Nora que Deya cherchait conseil : sa façon de penser, claire et assurée, la réconfortait. Nora tempérait les excès d'émotivité de Deya, structurait le chaos qui bouillonnait en elle. Puis venait Layla, qui semblait incarner les sciences : toujours curieuse, toujours à la recherche de réponses, toujours logique. Et enfin Amal, la plus jeune des quatre sœurs, qui portait parfaitement son prénom : c'était la plus optimiste de toutes. Si Amal avait été une matière, ç'aurait été la religion : elle appréhendait toute conversation en termes de *halal* et de *haram*, de bien et de mal. C'était toujours Amal qui les ramenait à Dieu, les mettait toutes d'accord grâce à la foi.

« Alors, qu'est-ce que tu as pensé de Nasser ? demanda Nora après une gorgée de soupe aux lentilles. Il était aussi fou que le dernier ? » Elle souffla sur sa cuiller. « Ce cinglé qui voulait que tu te mettes tout de suite à porter le voile ?

— Je crois pas qu'on puisse trouver aussi fou que cet homme, répondit Deya en riant.

— Il était gentil ? demanda Nora.

— Plutôt », fit Deya en veillant bien à sourire. Elle ne voulait pas qu'elles s'inquiètent. « En fait, oui, il était gentil. »

Layla la dévisageait. « Tu n'as pas l'air très enthousiaste. »

Deya s'aperçut que toutes ses sœurs la scrutaient intensément, et leurs regards la faisaient transpirer. « Ça me rend un peu nerveuse, rien de plus.

— Tu vas le revoir ? » demanda Amal, et Deya remarqua qu'elle se mordillait les doigts.

« Oui. Demain, je crois. »

Nora se pencha en avant, en calant une mèche de cheveux derrière son oreille. « Il est au courant, pour nos parents ? »

Deya hocha la tête en remuant sa cuiller dans sa soupe. Le fait que Nasser sache ce qui leur était arrivé ne la surprenait pas. Les informations circulaient librement dans les communautés telles que la leur, où les gens se soudaient les uns aux autres par peur de se perdre parmi les Irlandais, les Italiens, les Grecs et les juifs hassidiques. C'était comme si tous les Arabes de Brooklyn se tenaient par la main de Bay Ridge jusqu'à Atlantic Avenue, et partageaient absolument tout par le bouche à oreille. Ils n'avaient aucun secret les uns pour les autres.

« À ton avis, il se passera quoi ? demanda Layla.

— Comment ça ?

— Quand tu le reverras. De quoi vous allez parler ?

— Des sujets obligés, sûrement, répondit Deya en haussant un sourcil. Combien d'enfants je veux, où est-ce que j'aimerais vivre... tu sais, les fondamentaux. »

Ses sœurs éclatèrent de rire.

« Au moins, comme ça, tu sauras à quoi t'attendre si tu décides d'aller plus loin, fit Nora. Ça vaut mieux que d'avoir de mauvaises surprises.

— C'est sûr. En plus, il m'a vraiment semblé très prévisible. » Deya considéra son assiette de soupe. Lorsqu'elle releva la tête, ses yeux étaient malicieusement plissés. « Vous savez ce qu'il m'a répondu quand je lui ai demandé ce qui le rendrait heureux ?

— L'argent ? fit Layla.

— Un bon boulot ? » ajouta Nora.

Deya éclata de rire : « Exactement. Le stéréotype.

— Tu t'attendais à ce qu'il te réponde quoi ? dit Nora. L'amour ? La passion ?

— Non. Mais j'aurais bien aimé qu'il fasse au moins *semblant* d'aspirer à quelque chose de plus exaltant.

— Tout le monde n'a pas ton talent pour faire semblant, répliqua Nora dans un large sourire.

— Peut-être qu'il était juste nerveux, dit Layla. Il t'a demandé ce qui te rendrait heureuse, *toi* ?

— Oui.

— Et qu'est-ce que tu as répondu ?

— Que rien ne pouvait me rendre heureuse.

— Pourquoi tu lui as dit ça ? demanda Amal.

— Juste pour l'embêter.

— Bien sûr, fit Nora en levant les yeux au ciel. N'empêche, c'est une question intéressante. Voyons voir, qu'est-ce qui me rendrait heureuse ? » Elle remua sa cuiller dans sa soupe. « La liberté, finit-elle par dire. Pouvoir faire ce que je veux.

— Pour moi, ce serait le succès, fit Layla. Devenir docteure, ou faire quelque chose de vraiment formidable.

— Devenir docteure, sous le toit de Farida ? Bon courage ! » dit Nora en riant.

Layla roula des yeux. « Dit la fille qui voudrait être libre. »

Et toutes éclatèrent de rire.

Deya jeta un coup d'œil à Amal qui continuait de se mordiller les doigts. Elle n'avait pas touché à sa soupe. « Et toi, *habibti* ? demanda Deya en lui caressant l'épaule. Qu'est-ce qui te rendrait heureuse ? »

Amal regarda par la fenêtre. « Rester avec vous trois », répondit-elle.

Deya soupira. Même si Amal ne se souvenait pas de leurs parents (elle n'avait que deux ans lorsqu'ils avaient trouvé la mort dans cet accident de la route), Deya savait qu'elle était en train de penser à eux.

Mais il était plus facile de perdre quelque chose dont on ne se souvenait pas vraiment, songea Deya. Au moins comme ça, on n'était pas hanté par ses souvenirs, on n'était pas obligé de revivre des choses qui faisaient mal. Deya enviait ses sœurs pour cette raison. Elle se rappelait trop de choses, trop souvent, même si ses souvenirs étaient déformés et parcellaires, semblables à des rêves à moitié oubliés. Afin de leur donner du sens, elle recollait ces fragments épars en une histoire, avec un début et une fin, une raison et une vérité. Parfois, elle se surprenait à mélanger des souvenirs, à en perdre la chronologie, à ajouter des bouts par-ci, par-là pour que son enfance lui semble cohérente, entière et rationnelle. Et elle se demandait alors quelles bribes étaient de vrais souvenirs, et lesquelles n'étaient que de pures inventions.

Malgré la chaleur qui se dégageait de sa soupe, Deya avait froid. Constatant qu'Amal fixait un regard absent sur la fenêtre, elle lui prit la main.

« Je n'arrive pas à m'imaginer cette maison sans vous, murmura Amal.

— Oh, allez, fit Deya. Ce n'est pas comme si j'allais m'installer dans un autre pays. Je serai juste au coin de la rue. Vous pourrez me rendre visite quand ça vous chantera. »

Nora et Layla sourirent, mais Amal soupira. « Tu vas me manquer.

— Vous aussi, vous allez me manquer », répondit Deya, et sa voix se brisa au milieu de sa phrase.

Dehors, la lumière du jour fuyait et le vent se levait. Deya observa des oiseaux filer dans le ciel.

« J'aimerais tellement que Mama et Baba soient encore avec nous », dit Nora.

Layla soupira : « J'aimerais juste pouvoir me souvenir d'eux.

— Moi aussi, fit Amal.

— Je ne me souviens pas beaucoup d'eux, moi non plus, précisa Nora. Je n'avais pas encore six ans quand ils sont morts.

— Au moins tu étais assez grande pour te rappeler à quoi ils ressemblaient, objecta Layla. Amal et moi, on ne se souvient absolument de rien. »

Nora se tourna vers Deya. « Mama était belle, pas vrai ? »

Deya se força à sourire. Le visage de leur mère était quasiment effacé de sa mémoire : elle ne se souvenait plus que de ses yeux, si noirs. Elle aurait aimé avoir un accès direct au cerveau de Nora, afin de consulter les souvenirs qu'elle avait de leurs parents, voir s'ils correspondaient aux siens. Mais plus que tout, elle aurait voulu ne rien trouver, pas un seul bout de souvenir. Tout aurait été plus simple ainsi.

« Je me rappelle qu'une fois on était allés au parc. » Nora avait légèrement baissé la voix. « Pour un pique-nique, tous ensemble. Tu t'en souviens, Deya ? Mama et Baba nous avaient acheté des cônes glacés Mister Softee. On était assis à l'ombre, et on regardait les bateaux passer sous le pont Verrazano-Narrows, minuscules comme des jouets. Et Mama et Baba m'ont caressé les cheveux. Je me souviens qu'ils riaient. »

Deya ne dit rien. Cette journée au parc était le souvenir le plus récent qu'elle gardait de ses parents, mais ce qu'elle en avait retenu était bien différent. Elle se souvenait que ses parents étaient assis chacun à un bout de la couverture, en silence. Dans ses souvenirs, ils se parlaient très peu, et ne se touchaient jamais. Elle avait jadis cru que c'était par pudeur, que peut-être, lorsqu'ils étaient seuls, ils s'exprimaient pleinement leur amour. Mais, même lorsqu'elle les observait en cachette, ils n'avaient jamais le moindre geste d'affection l'un pour l'autre. Deya ignorait pourquoi, mais ce jour-là, au parc, en voyant ses parents aussi distants, elle avait eu la sensation de comprendre pour la première fois le sens profond du mot *tristesse*.

Les quatre sœurs passèrent le reste de leur soirée à parler de leur vie à l'école, jusqu'à ce que vienne l'heure du coucher. Layla et Amal embrassèrent leurs deux sœurs aînées avant d'aller dans leur chambre. Nora s'assit au bord du lit où Deya était déjà couchée, et se mit à tripoter la couverture du bout de doigts. « Dis, fit-elle.

— Hm ?

— Tu le pensais vraiment, ce que tu as dit à Nasser ? Que rien ne peut te rendre heureuse ? »

Deya s'assit en s'adossant à la tête de lit. « Non, je... je n'en sais rien.

— Pourquoi ça t'est passé par la tête ? Ça m'inquiète. »

En l'absence de réponse, Nora se pencha vers sa sœur. « Dis-moi. Qu'est-ce qui ne va pas ?

— Je n'en sais rien, c'est juste que... Des fois, je me dis que le bonheur, ça n'existe pas, en tout cas pas pour moi. Je sais que ça peut paraître un peu exagéré, mais... » Elle observa une pause pour tenter de trouver les mots justes. « Je me dis qu'en tenant tout le monde à distance, en n'attendant rien de personne, rien de l'avenir, je m'épargnerai peut-être d'être déçue.

— Mais tu sais que ce n'est pas bon pour toi, de voir les choses comme ça, fit Nora.

— Bien sûr, que je le sais, mais je ne peux pas m'en empêcher.

— Je ne comprends pas. Comment es-tu devenue aussi négative ? »

Deya resta silencieuse.

« C'est à cause de Mama et Baba ? insista Nora. C'est ça ? Tu as toujours ce drôle de regard quand tu parles d'eux, comme si tu savais quelque chose que nous ignorons. Qu'est-ce que c'est ?

— Ce n'est rien, répondit Deya.

— Clairement pas. Il est forcément arrivé quelque chose. »

Les paroles de Nora transpercèrent Deya en plein cœur. Quelque chose était arrivé, tout était arrivé, rien n'était arrivé. Elle se souvint de ces jours où elle frappait de toutes ses forces à la porte de la chambre d'Isra. *Mama. Ouvre-moi, Mama. S'il te plaît, Mama. Tu m'entends ? Tu es là ? Tu peux m'ouvrir, Mama ? S'il te plaît.* Mais Isra n'ouvrait pas. Deya restait devant cette porte et se demandait ce qu'elle avait bien pu faire. Qu'est-ce qui n'allait pas chez elle, au point que sa propre mère était incapable de l'aimer ?

Deya savait que, même si elle parvenait à décrire au plus juste cette scène, et tant d'autres, Nora serait incapable de comprendre ce qu'elle ressentait. De le comprendre vraiment.

« Ne t'inquiète pas, d'accord ? finit-elle par dire. Tout va bien.

— Promis ?

— Promis juré. »

Nora bâilla en s'étirant. « Alors, raconte-moi une de tes histoires, lâcha-t-elle. Pour que je fasse de beaux rêves. Parle-moi de Mama et Baba. »

Leur rituel du soir avait débuté à la mort de leurs parents, et avait perduré depuis. Cela ne dérangeait pas Deya, mais elle ne pouvait pas se souvenir de tout. Elle ne voulait pas se souvenir de tout. Raconter une histoire, ce n'était pas aussi simple que de simplement évoquer des souvenirs. Il fallait les refaçonner, décider quels passages il était préférable de taire.

Nora n'avait pas besoin de savoir combien de nuits Deya avait attendu le retour d'Adam, en pressant si fort le nez contre la fenêtre qu'il était encore douloureux le lendemain. Elle n'avait pas besoin de savoir que les rares fois où il rentrait avant l'heure du coucher, il la prenait dans ses bras, tout en cherchant Isra des yeux, dans l'attente qu'elle aussi vienne l'accueillir. Mais Isra ne venait jamais. Son regard ne croisait jamais le sien, ses lèvres ne se fendaient jamais d'un sourire lorsqu'il arrivait. Au mieux, elle restait plantée à l'autre bout du couloir, pâle comme un spectre, la mâchoire serrée.

D'autres nuits, c'était pire : dans son lit, Deya entendait les cris d'Adam de l'autre côté du mur, les sanglots de sa mère, et d'autres bruits plus terribles encore. Un impact contre la cloison. Un glapissement sonore. De nouveau, les cris d'Adam. Deya se bouchait les oreilles, fermait les yeux, se roulait en boule, et se racontait une histoire dans sa tête jusqu'à ce que les bruits s'évanouissent au loin, jusqu'à ce qu'elle n'entende plus sa mère supplier « Adam, par pitié... Adam, arrête... ».

« À quoi tu penses ? demanda Nora qui regardait sa sœur dans les yeux. Tu es en train de te souvenir de quoi ?

— De rien », répondit Deya, en sentant cependant que son expression la trahissait. Parfois Deya se demandait si c'était la tristesse de sa mère qui la rendait si triste. Parfois Deya se disait qu'à la mort de sa mère, tout son chagrin l'avait quittée pour se réfugier en elle.

« Allez, dit Nora en se rasseyant dans le lit. Ça se voit rien qu'à la tête que tu fais. Dis-moi.

— Ce n'est rien. En plus, il se fait tard.

— Je t'en supplie. Bientôt tu seras mariée, et alors... » Sa voix ne fut plus qu'un murmure. « Tes souvenirs, c'est la seule chose qu'il me reste d'eux.

— D'accord. » Deya soupira. « Je vais te raconter ce dont je me suis souvenue. » Elle se redressa et s'éclaircit la voix. Mais elle ne raconta pas la vérité à Nora. Elle ne lui raconta qu'une histoire.

Isra

Printemps 1990

Isra arriva à New York le lendemain de la cérémonie de mariage, au terme d'un vol de douze heures en partance de Tel-Aviv. C'est à bord de l'avion, en pleine phase d'approche de l'aéroport John F. Kennedy, qu'elle eut sa première vision de la ville. Elle ne put s'empêcher d'écarquiller les yeux et de presser le nez contre le hublot. Elle eut la sensation d'être tombée amoureuse. Amoureuse de cette ville, avec ses superbes immeubles, si hauts, qui se comptaient par centaines. Vue du ciel, l'île de Manhattan semblait si fragile, comme si tous ces édifices avaient pu la rompre, comme s'ils étaient bien trop lourds pour cette petite parcelle de terre. À mesure que l'avion s'approchait du sol, Isra sentait quelque chose enfler en elle. Les édifices de Manhattan, minuscules comme des jouets, devinrent des montagnes, ses tours et ses citadelles jaillissant vers le ciel comme des feux d'artifice de pierre, imposantes tant par leur taille que par leur majesté : Isra se sentait toute petite et, en même temps, elle était subjuguée par leur beauté, comme si cette ville sortait tout droit d'un conte. Rien de ce qu'elle avait éprouvé au cours de ses nombreuses lectures ne pouvait être comparé à la sensation qui la saisissait devant ce spectacle.

À l'atterrissage, elle distinguait toujours le contour des bâtiments de Manhattan, même si ce n'était à présent plus qu'un horizon distant, vaguement bleuté. En plissant les yeux, elle avait presque l'impression de contempler les montagnes de la Palestine, les édifices évoquaient des collines lointaines, couvertes de poussière. Isra se demandait quelles autres merveilles elle découvrirait dans les jours à venir.

« Ici, c'est le Queens », lui dit Adam tandis qu'ils attendaient dans la file des taxis, à la sortie de l'aéroport. À bord du minivan, Isra s'assit sur la banquette du fond à côté de la vitre, espérant qu'Adam l'y rejoindrait, mais ce furent Sarah et Farida qui prirent place à côté d'elle. « On en a pour quarante-cinq minutes de route jusque chez nous, à Brooklyn, fit Adam en s'asseyant avec ses frères sur la banquette du milieu. Enfin, s'il n'y a pas d'embouteillage. »

À travers la vitre, Isra observait le Queens, les yeux grands ouverts et humides, sous les rayons de soleil du mois de mars. Elle recherchait les cimes éblouissantes des édifices qu'elle avait vus du ciel, en vain. Elle ne voyait rien d'autre qu'un dédale de routes grises qui sinuaient et se recourbaient sur elles-mêmes, et des voitures, des centaines de voitures qui filaient de part et d'autre de leur taxi, sans s'arrêter. Adam dit qu'ils se trouvaient à deux *miles* de la sortie pour Brooklyn, et

Isra remarqua que le taxi changeait de file pour suivre un panneau où était écrit BELT PARKWAY RAMP.

Ils s'engagèrent sur une route étroite si proche de l'eau qu'Isra redoutait que le taxi dérape et tombe dans les flots. Elle ne savait pas nager. « On est très près de l'eau, non ? » parvint-elle à dire en apercevant un immense navire au loin, au-dessus duquel planait une nuée de mouettes.

« Oh, ce n'est rien, ça, répondit Adam. Attends un peu de voir le pont. »

C'est alors qu'il apparut, juste devant elle, long, élégant, argenté, tel un oiseau déployant ses ailes au-dessus de la rivière. « C'est le pont Verrazano-Narrows, indiqua Adam en voyant les yeux d'Isra s'écarquiller. Il est beau, hein ?

— Très beau, fit-elle, prise de panique. Nous allons le traverser ?

— Non, dit Adam. Il relie Brooklyn à Staten Island.

— S'est-il déjà écroulé ? » chuchota-t-elle, les yeux rivés au pont qui grossissait.

À son ton, elle sut qu'il souriait : « Pas que je sache.

— Mais il est si frêle ! On a l'impression qu'il pourrait se briser d'un instant à l'autre. »

Adam éclata de rire. « Détends-toi, dit-il. Nous sommes dans la plus belle ville au monde. Ici, tout a été construit par des architectes et des ingénieurs. Profite de la vue. »

Isra s'efforça de retrouver son calme. À droite du chauffeur, Khaled ricanait : « Ça me rappelle la première fois où Farida a vu le pont. » Il se retourna vers sa femme. « Ma parole, elle a failli hurler de peur !

— Pas étonnant », répliqua Farida, et Isra remarqua sa nervosité lorsqu'ils passèrent sous le pont. Lorsqu'ils revirent le ciel, Isra expira fortement, soulagée que l'ouvrage ne se soit pas écroulé sur eux.

Ce ne fut qu'après avoir quitté cette route qu'Isra fut confrontée à Brooklyn. Le paysage urbain ne correspondait pas du tout à ses attentes. « Magnifique » était un adjectif qui allait à merveille à Manhattan : en comparaison, Brooklyn paraissait terne, comme s'il ne méritait même pas d'être si proche de cette île. Elle ne voyait que des bâtiments en briques mornes recouverts de fresques et de graffitis, délabrés pour beaucoup, et des gens qui se frayaient un chemin dans les rues bondées en affichant des expressions maussades. Cela la décontenança. Enfant, elle s'était souvent interrogée sur le monde tel qu'il était en dehors de la Palestine, se demandant si les lieux dont il était question dans les livres qu'elle avait lus étaient aussi beaux dans la réalité. En contemplant Manhattan du ciel, elle s'était convaincue que c'était bien le cas, et s'était réjouie de faire partie de ce nouveau monde. Mais à présent qu'elle observait Brooklyn par la vitre de ce taxi, à présent qu'elle voyait ces graffitis qui souillaient les murs et les bâtiments, elle en venait à penser que les livres avaient tout faux, et que Mama avait raison lorsqu'elle lui disait que le monde était toujours décevant, où qu'on aille.

« On habite ici, dans le quartier de Bay Ridge », déclara Adam alors que le chauffeur s'arrêtait devant une rangée de vieilles maisons en briques. Isra, Farida et Sarah attendirent sur le trottoir que les hommes déchargent les bagages. D'une main, Adam tenait la valise d'Isra et, de l'autre, il désignait le pâté de maisons. « Beaucoup d'Arabes new-yorkais vivent dans ce quartier, déclara-t-il. Tu vas tout de suite te sentir chez toi. »

Isra scruta les lieux. La famille d'Adam vivait dans une grande rue arborée, bordée de maisons serrées les unes contre les autres comme des livres sur une étagère. La plupart étaient construites en briques rouges, avec un bow-window en façade. La leur avait un rez-de-chaussée, un premier étage et un sous-sol, avec une petite volée de marches étroites qui conduisait à la porte principale du rez-de-chaussée. Le quartier était bien tenu, il n'y avait ni égouts à ciel ouvert ni détritus sur la voie publique, et la chaussée était bitumée. Pourtant, la couleur verte manquait cruellement au tableau : seule une rangée de platanes agrémentait le trottoir sur toute sa longueur. Pas de fruits à cueillir, pas de balcons, pas de jardins devant les maisons. Elle espérait qu'il y en ait au moins derrière.

« C'est ici », dit Adam en passant la grille de la maison qui portait le numéro 545.

Il ouvrit la porte principale et fit entrer Isra devant lui. « Les maisons sont plutôt petites, ici », la prévint-il alors qu'ils enfilaient le couloir. Isra acquiesça en silence. De là où elle était, elle pouvait voir la totalité du rez-de-chaussée. Il y avait une *sala* sur sa gauche, et après cela, une cuisine. À sa droite, un escalier qui menait au premier étage et, derrière l'escalier, presque cachée, une chambre.

Isra jeta un coup d'œil au salon. Il avait beau être bien plus petit que celui de ses parents, il était aussi richement décoré qu'un salon de palais. Le sol était recouvert d'un tapis turc cramoisi au centre duquel figurait un motif doré, le même qu'on retrouvait sur les divans bordeaux, les coussins rouges, et les rideaux longs et épais qui dissimulaient les fenêtres. Dans un coin de la pièce se trouvait un sofa au cuir usé, comme oublié là, contre lequel un vase doré et scintillant semblait se blottir.

« Ça te plaît ? demanda Adam.

— C'est magnifique.

— Je sais que ce n'est pas aussi lumineux ni aussi aéré qu'au pays. » Son regard se posa sur les fenêtres, cachées derrière les rideaux. « Mais ici, c'est comme ça. Qu'est-ce qu'on y peut ? »

Quelque chose dans sa voix attira l'attention d'Isra, qui se rappela malgré elle leur premier moment partagé sur le balcon, le regard avide d'Adam qui embrassait les vignes, et tout le paysage qui s'offrait à eux. Elle se demanda si la Palestine lui manquait, s'il avait l'intention de s'y réinstaller un jour.

« Ça te manque, le pays ? » Le son de sa propre voix la fit sursauter, et elle baissa aussitôt la tête.

« Oui, répondit Adam. Ça me manque. »

Isra releva les yeux et constata qu'il fixait toujours les rideaux. « Tu voudrais retourner y vivre ? demanda-t-elle.

— Un jour, peut-être. Si la situation s'améliore. » Il se retourna et s'engagea dans le couloir. Isra le suivit.

« Mes parents sont ici, au rez-de-chaussée, fit-il en indiquant leur chambre. Sarah et mes frères sont en haut.

— Et nous, où serons-nous ? » s'enquit-elle, espérant que leur chambre ait une fenêtre.

Adam pointa du doigt une porte close au fond du couloir. « En bas. »

Adam ouvrit la porte et fit signe à Isra de descendre. Elle s'exécuta, tout en se demandant comment ils pourraient vivre dans un sous-sol. Si la lumière du jour manquait déjà aux étages supérieurs, qu'est-ce qui pouvait bien l'attendre en bas ? Les dernières marches, précaires, disparaissaient dans l'obscurité. Tout n'était que ténèbres. Isra tendit les mains devant elle en descendant : la lumière qui sourdait de la porte ouverte faiblissait un peu plus à chaque pas. Arrivée tout en bas, elle chercha à tâtons un interrupteur. La froidure du mur parut aussitôt contaminer le bout de ses doigts. Elle finit par trouver un bouton, et appuya.

Un gros miroir au cadre doré était accroché au mur qui lui faisait face. Il semblait curieux d'installer une glace dans un lieu si désolé, si morne. À quoi pouvait servir un miroir dans les ténèbres, sans le moindre rayon de lumière à refléter ?

Elle entra dans la première chambre du sous-sol. Elle était petite et vide : quatre murs gris, nus, une fenêtre sur sa gauche, et une porte fermée à l'autre bout. Isra l'ouvrit sur une autre pièce, à peine plus grande que la première, et dans laquelle se trouvaient un lit queen size, une petite commode, et un autre miroir surdimensionné. À côté du miroir, une armoire, et un seuil qui donnait sur une salle de bains. Isra comprit que ce serait leur chambre. Elle était dépourvue de fenêtres.

Isra considéra son reflet dans le miroir. Son visage semblait terne et grisâtre dans la lumière du néon, son corps encore plus menu et fragile. Elle voyait dans la glace une jeune fille qui aurait dû hurler et se débattre lorsque sa mère avait resserré les lacets de sa robe de mariée, une jeune fille qui aurait dû supplier et pleurer lorsque son père l'avait mise dans un taxi à destination de l'aéroport. Mais c'était une lâche. Elle détourna la tête. *C'est le seul visage familier que je croiserai à présent*, songea-t-elle. Et sa vue lui était intolérable.

*

Au rez-de-chaussée, le parfum terreux de la sauge emplissait la cuisine. Farida était en train de préparer du thé. Penchée au-dessus de la cuisinière, elle fixait un regard absent sur la vapeur. En l'observant, Isra repensa à la *maramiya* qui poussait dans le jardin de sa mère, aux quelques feuilles que Mama coupait tous les matins pour les faire infuser dans leur thé, pour soulager les indigestions de Yacob. Isra se demanda si Farida faisait pousser de la *maramiya*, elle aussi, ou si elle achetait de la sauge séchée au marché.

« Je peux vous aider, *hamati* ? » demanda Isra en s'approchant de la cuisinière. C'était la première fois qu'elle appelait Farida « belle-maman ».

« Non, non, non, répondit Farida en hochant la tête. Ne m'appelle pas *hamati*. Appelle-moi Farida. »

De toute sa vie, Isra n'avait jamais connu de femme mariée qui se faisait appeler par son prénom. Sa mère était connue sous le nom d'Oum Walid, la mère de Walid, son fils aîné, et jamais sous celui de Saousan. Il en allait de même pour sa tante Ouidad, qui pourtant n'avait jamais eu de fils. Tout le monde l'appelait Mart Jamal, la femme de Jamal.

« Je n'aime pas ce mot, dit Farida en lisant la perplexité d'Isra sur son visage. Ça me donne l'impression d'être vieille. »

Isra sourit, et posa son regard sur le thé qui bouillait.

« Et si tu mettais la *soufra* ? lança Farida. Je suis en train de nous préparer à manger.

— Où est Adam ?

— Il est parti travailler.

— Ah. » Isra avait cru qu'il passerait cette journée à la maison, qu'il lui ferait peut-être visiter le quartier, qu'il lui montrerait un peu Brooklyn. Quel homme allait travailler le lendemain de son mariage ?

« Il avait un service à rendre à son père, fit Farida. Il sera bientôt de retour. »

Pourquoi ses frères ne s'en étaient-ils pas chargés ? Cette question lui brûlait les lèvres, mais Isra craignait de commettre un impair. Elle s'éclaircit la voix pour demander : « Omar et Ali l'ont accompagné ?

— Ces deux-là, je n'ai pas la moindre idée d'où ils sont allés, répondit Farida. Les garçons, c'est quand même quelque chose, à éduquer. Ça va, ça vient, comme ça leur chante. Rien à voir avec les filles. Incontrôlables. » Elle tendit à Isra une pile d'assiettes. « Tu dois certainement le savoir : tu as des frères. »

Isra eut un sourire fuyant. « C'est vrai.

— Sarah ! » s'écria Farida.

Sarah était dans sa chambre, au premier étage. « Oui, Mama ? répondit-elle en donnant de la voix.

— Descends et viens aider Isra à mettre la *soufra* ! » répliqua Farida. Elle se tourna vers sa bru. « Il ne faudrait pas qu'elle se croie dispensée des tâches ménagères juste parce que tu vis ici. C'est comme ça que ça commence, les problèmes.

— Elle a beaucoup de choses à faire, à la maison ? demanda Isra.

— Bien sûr », répondit Farida, qui, relevant les yeux, aperçut Sarah sur le seuil de la cuisine. « Elle a onze ans, c'est pratiquement une femme. Quand j'avais son âge, ma mère à moi n'avait même plus à lever le petit doigt. Je remplissais déjà des pots et des pots de feuilles de vigne farcies et je pétrissais de la pâte pour toute la famille.

— Parce que tu n'allais pas à l'école, Mama, intervint Sarah. Tu avais le temps de faire tout ça. Moi, j'ai des devoirs à faire.

— Tes devoirs peuvent attendre, déclara Farida en lui tendant l'*ibrik*. Presse-toi de nous servir du thé. »

Sarah remplit quatre verres. Isra remarqua que, contrairement à ce que Farida lui avait ordonné, elle ne se pressait pas le moins du monde.

« Le thé est prêt ? » Une voix masculine.

Isra se retourna et vit Khaled entrer dans la cuisine. Elle le regarda attentivement. Il avait le cheveu dru et argenté, la peau jaunâtre et ridée. Il évitait de la regarder dans les yeux, et elle se demanda si sa gêne venait du fait qu'elle ne portait pas le voile. Pourtant, rien ne l'obligeait à le porter en sa présence sous son toit. Il était à présent son beau-père, ce qui selon le Coran faisait de lui un *mahram*, un parent.

« Le quartier te plaît, Isra ? » demanda Khaled en jetant un coup d'œil à la *soufra*. Malgré ses traits fanés et la barbe de trois jours couleur d'acier qui recouvrait ses joues, on devinait sans mal qu'il avait jadis été un beau jeune homme.

« Beaucoup, *ami* », répondit Isra en se demandant si le fait de se faire appeler « beau-papa » l'agacerait autant que Farida.

Celle-ci, tout sourire, jeta un regard à son mari. « Te voilà "*ami*", maintenant, mon vieux !

— Tu n'es plus toute jeune toi non plus, répondit-il en lui rendant son sourire. Allez. » Il leur fit signe de s'asseoir. « Mangeons. »

Isra n'avait jamais vu autant de nourriture sur une *soufra*. Du houmous recouvert de bœuf haché et de pignons. Du *halloumi* grillé. Des œufs brouillés. Des falafels. Des olives noires et vertes. Du *lebné* et du *za'atar*. De la pita fraîche. Même pendant le ramadan, lorsque Mama préparait tous leurs plats préférés et que Yacob faisait des folies en leur achetant de la viande, Isra n'avait jamais vu une telle profusion de plats. Les parfums de chacune de ces spécialités se mêlaient les uns aux autres, emplissant la cuisine d'une odeur familière, une odeur de chez-soi.

Farida se tourna vers Khaled et le regarda droit dans les yeux. « Tu as quelque chose de prévu, aujourd'hui ?

— Je n'en sais rien. » Il trempa un bout de pita dans l'huile d'olive, puis dans le *za'atar*. « Pourquoi ?

— Il faut que j'aille faire des courses.

— De quoi as-tu besoin ?

— De viande et d'autres choses. »

Isra s'efforçait de ne pas dévisager Farida. Elle n'était pas beaucoup plus vieille que Mama, et ne lui ressemblait en rien. On ne percevait aucune once de peur dans la voix de Farida, et elle ne baissait pas les yeux en présence de Khaled. Isra se demanda s'il la battait.

« Je suis obligée de venir, moi aussi ? demanda Sarah à l'autre bout de la table. Je suis fatiguée.

— Tu peux rester ici avec Isra », répondit Khaled sans relever la tête.

Sarah poussa un soupir de soulagement. « Dieu merci. Je déteste faire les courses. »

Isra observa Khaled qui buvait son thé, sans s'offusquer de l'effronterie de Sarah. Si Isra s'était adressée à Yacob de cette façon, il l'aurait aussitôt giflée. Mais peut-être que les parents ne frappaient pas leurs enfants, en Amérique. Elle tenta de s'imaginer quelle aurait été sa vie si elle avait été élevée par Khaled et Farida, ici, aux États-Unis.

Au bout d'un moment, Khaled s'excusa pour aller se préparer. Isra et Sarah quittèrent également la table, en allant déposer les plats et assiettes vides dans l'évier. Farida, elle, restait assise pour siroter son thé.

« Farida ! appela Khaled du couloir.

— *Shou ?* Qu'est-ce que tu veux ?

— Ressers-moi du thé. »

Farida prit un énième falafel, manifestement pas pressée du tout d'obéir à l'ordre de son époux. Perplexe et anxieuse, Isra la regardait finir son repas. Quand allait-elle se décider à resservir Khaled ? Devait-elle s'en charger à sa place ? Elle jeta un regard à Sarah, mais celle-ci non plus ne semblait pas s'en soucier. Isra tenta de toutes ses forces de se détendre. Peut-être était-ce ainsi que les épouses se comportaient avec leur mari, en Amérique. Peut-être que, après tout, les choses étaient différentes ici.

*

Adam rentra au coucher du soleil. « Habille-toi, lui dit-il. On va se promener. »

Isra contint son enthousiasme. Elle se tenait devant une fenêtre du salon, où pendant un bon moment elle avait scruté les platanes en se demandant quelle pouvait être leur odeur, boisée, doucereuse, ou alors une odeur qu'elle n'avait jamais sentie jusqu'ici. Elle resta tournée vers les vitres afin qu'Adam ne s'aperçoive pas qu'elle rougissait.

« Est-ce que je dois dire à Farida de se préparer, elle aussi ? demanda-t-elle.

— Non, non. » Adam éclata de rire. « Elle sait déjà à quoi ça ressemble, Brooklyn. »

Au sous-sol, face à la glace de sa chambre, Isra ne savait pas quoi se mettre. Elle faisait les cent pas dans la pièce, essayant une multitude de voiles de couleur différente. Chez elle, elle aurait mis le voile lavande, cousu de perles d'argent. Mais elle était en Amérique, à présent. Peut-être valait-il mieux opter pour du noir ou du marron afin de passer inaperçue. Ou peut-être pas. Peut-être qu'une couleur plus claire était mieux indiquée, peut-être que ça la ferait paraître plus heureuse et enthousiaste.

Elle jugeait du rendu d'un voile vert mousse à côté de la peau de son visage quand Adam entra dans la chambre. Il jeta un regard nerveux au voile, et, dans la glace, elle remarqua qu'il serrait la mâchoire. Il s'approcha d'elle, sans quitter le voile des yeux, et elle sentit son cœur gonfler, oppressé par sa poitrine. Il la regardait comme il l'avait fait ce jour-là sur le balcon, et ce ne fut qu'à cet instant qu'Isra comprit : c'était le voile qui lui déplaisait.

« Rien ne t'oblige à porter ce truc, tu sais », finit-il par dire. Abasourdie, elle écarquilla les yeux. « C'est vrai. » Il observa une pause. « Tu sais, ici, tout le monde se fiche de voir tes cheveux. Tu n'es pas obligée de les cacher. »

Isra ne sut pas quoi répondre. Dès sa plus tendre enfance, on lui avait appris que le port du voile était la chose la plus importante pour une musulmane. Que la pudeur était la plus grande vertu féminine. « Mais, et notre religion ? murmura-t-elle. Et Dieu ? »

Adam lui lança un regard compatissant. « Nous devons être vigilants, ici, Isra. Tous les jours, des gens fuient des pays déchirés par la guerre pour s'installer ici. Certains sont arabes. Certains sont musulmans. Certains sont les deux, comme nous. Mais on pourrait passer le restant de nos jours ici sans pour autant être américains. Tu crois faire ce qu'il y a de mieux en portant le voile, mais ce n'est pas ce que penseront les Américains qui te croiseront. Ils ne verront ni ta pudeur ni ta bonté. Ils ne verront en toi qu'une étrangère, une personne qui n'a rien à faire chez eux. » Il poussa un soupir, et la regarda droit dans les yeux. « C'est très dur. Mais nous n'avons pas le choix, nous devons tâcher de nous intégrer. »

Isra retira son voile et le posa sur le lit. Jamais elle n'avait envisagé d'apparaître en public sans se couvrir la tête. Mais debout devant la glace, en contemplant les longues mèches qui cascadaient sur ses épaules, elle ressentit de nouveau une bouffée d'espoir. Peut-être était-ce là un avant-goût de liberté. Elle n'avait aucune raison de s'y opposer avant d'avoir essayé.

*

Ils ne tardèrent pas à sortir. Isra manipulait nerveusement une de ses mèches de cheveux alors qu'ils passaient le seuil de la maison. Adam sembla ne pas le remarquer. Il lui dit que la meilleure façon de connaître Brooklyn, ce n'était ni en voiture ni en métro, mais à pied. Aussi, ils marchèrent. La lune brillait au-dessus d'eux dans un ciel sans étoiles, illuminant les arbres bourgeonnants qui bordaient la rue. Ils remontèrent la Soixante-Douzième Rue jusqu'à un carrefour, et soudainement Isra eut l'impression de se retrouver dans un tout nouveau monde.

« C'est la Cinquième Avenue, dit Adam. Le cœur de Bay Ridge. »

Où qu'Isra portât son regard, tout n'était que lumières. De part et d'autre de la chaussée, une variété infinie de commerces : des boulangeries, des restaurants, des pharmacies, des cabinets juridiques. « Bay Ridge est un des quartiers les plus métissés de Brooklyn », disait Adam tandis qu'ils marchaient. « Des immigrés des quatre coins du monde vivent ici. On le remarque rien qu'aux aliments qu'on y vend : ravioles à la viande, kefta, ragoût de poisson, *challah*. Tu vois ce bloc ? » Adam pointa un pâté de maisons au loin. « Absolument tous les commerces de ce bloc appartiennent à des Arabes. Il y a une boucherie halal au coin de la rue, où mon père achète de la viande tous les dimanches, et puis il y a aussi une pâtisserie libanaise où ils font du *saj* frais tous les matins. Pendant le ramadan, ils le farcissent de fromage fondu, de sirop, de graines de sésame, exactement comme au pays. »

Isra scrutait les boutiques, hypnotisée. Elle reconnut l'odeur de *kebbeh*, de *chawarma* d'agneau, l'arôme puissant et sirupeux du baklava, et jusqu'à un soupçon de chicha double pomme. D'autres odeurs familières flottaient également dans l'air. Le basilic frais. La graisse de moteur. Les égouts, la sueur. Elles se mêlaient les unes aux autres pour n'en former plus qu'une, et en clin d'œil Isra eut l'impression d'être tombée dans une crevasse au milieu du bitume pour se retrouver chez elle.

Autour d'elle, les gens se pressaient, avec des poussettes, des sacs de commissions, entraient dans les commerces et en sortaient en un flot continu. Ils ne ressemblaient pas du tout à l'image qu'elle s'était faite des Américains, les femmes avec leurs lèvres peintes d'un rouge vif, les hommes avec leurs costumes noirs impeccables. Beaucoup de celles qu'elle croisait lui ressemblaient, habillées aussi simplement et modestement qu'elle, et beaucoup portaient même le voile. Les hommes quant à eux ressemblaient à Adam, avec leur peau basanée, leur barbe de trois jours et leurs vêtements de travail.

En observant ces visages si familiers qui se succédaient sur la Cinquième Avenue, Isra ne savait plus trop quoi penser. Ces gens étaient exactement comme elle, ils habitaient en Amérique et tâchaient de s'y intégrer. Et pourtant on voyait encore des voiles : ils ne cessaient d'être eux-mêmes. Alors pourquoi Adam tenait-il tant à ce qu'elle cesse d'être elle-même ?

À force d'observer la foule, Isra en vint bientôt à ne même plus penser au voile. Elle ne prêtait plus attention qu'à ces personnes qui défilaient sous les réverbères, ces gens qui vivaient en Amérique et qui n'étaient absolument pas américains, ces femmes qui lui ressemblaient en tout, arrachées à leur foyer, déchirées entre deux cultures, luttant de toutes leurs forces pour repartir de zéro. Et une fois de plus, elle se demandait à quoi ressemblerait sa nouvelle vie.

*

Cette nuit-là, Isra se coucha tôt. Adam prenait sa douche, et elle se dit qu'il vaudrait mieux qu'il la trouve endormie lorsqu'il la rejoindrait. C'était la première nuit qu'elle passait seule avec lui, et elle savait ce qui arriverait si elle restait éveillée. Elle savait qu'il la pénétrerait. Elle savait que ce serait douloureux. Elle savait également – même si elle n'y croyait pas vraiment – qu'elle finirait par y prendre plaisir. C'était Mama qui le lui avait dit. Mais Isra n'était pas prête. Dans le lit, elle ferma les yeux, tâchant de faire taire ses pensées. Elle avait l'impression que son esprit courait frénétiquement en rond.

Elle entendit Adam fermer le robinet de la douche, tirer le rideau avant de chercher quelque chose dans l'armoire de la salle de bains. Elle tira la couverture sur son corps, comme un bouclier. Immobile sous les draps froids, les paupières mi-closes, elle le vit entrer dans la chambre. Il ne portait qu'une serviette autour des reins : elle voyait parfaitement son corps mince et doré, les poils drus et noirs qui recouvraient sa poitrine.

Il resta un instant figé sur place, les yeux rivés sur elle comme pour la pousser à le regarder, mais elle ne pouvait se résoudre à ouvrir complètement les yeux. Il se débarrassa de la serviette et s'avança vers le lit. Les paupières d'Isra se soudèrent, et elle s'efforça de respirer amplement pour se détendre. Mais son corps tout entier ne fit que se raidir à l'approche d'Adam.

Il se coucha, repoussa les draps, tendit la main pour la toucher. Elle s'écartait insensiblement, centimètre après centimètre, et se retrouva bientôt au bord du lit, à deux doigts de tomber. Mais il l'attrapa, et la cloua sur le matelas. Puis il lui monta dessus. Elle sentait son haleine de cendre à chaque expiration. Ses mains furent prises de tremblements furieux, et elle s'agrippa à sa nuisette blanc ivoire. Il écarta les mains d'Isra et se mit à remonter sa nuisette et retirer ses sous-vêtements, un ensemble d'un blanc immaculé que Mama lui avait offert tout spécialement pour cette nuit, afin qu'Adam sache qu'elle était pure. Mais Isra ne se sentait pas pure. Elle se sentait sale, et ravagée par la peur.

Adam saisit ses hanches à pleines mains pour immobiliser son corps qui se débattait. Elle garda les yeux fermés lorsqu'il écarta ses cuisses de force, serra les dents lorsqu'il s'enfonça en elle. C'est alors qu'elle entendit un cri. Était-ce elle qui criait ? Elle avait peur d'ouvrir les yeux. Les ténèbres avaient quelque chose de rassurant, de familier. Allongée dans ce lit, les paupières closes, elle sentit les souvenirs de son foyer la submerger. Elle se revit en train de courir à travers champs, en train de cueillir des figues, gardant les meilleures pour Mama, qui l'attendait au sommet de la colline avec un panier vide. Elle se revit en train de jouer aux billes dans le jardin, en train de courir après tandis qu'elles roulaient sur le flanc de la colline. Elle se revit en train de souffler sur des pissenlits, dans le cimetière, en train de réciter une prière sur chaque tombe.

Puis elle sentit quelque chose couler entre ses cuisses : elle savait que ce devait être du sang. Elle tenta d'ignorer la sensation de brûlure qui irradiait son entrejambe, douloureuse comme un coup de poing qui l'aurait traversée, tenta d'oublier qu'elle se trouvait dans une chambre qu'elle ne connaissait pas avec un homme qu'elle ne connaissait pas, son intimité transpercée. Elle regrettait que Mama ne lui ait pas parlé de l'impuissance qu'on éprouvait quand un homme nous pénétrait, de la honte qui nous emplissait lorsqu'on se voyait contrainte de s'abandonner, de ne plus bouger. *Mais ce doit être normal*, se dit Isra. *C'est forcément normal.*

Aussi resta-t-elle immobile tandis qu'Adam continuait d'entrer en elle et de ressortir, jusqu'à ce que la cadence s'accélère, jusqu'à ce qu'il pousse une profonde expiration, et s'écroule sur elle. Puis il se souleva, quitta le lit et s'éloigna d'un pas chancelant.

Isra roula sur elle-même et ensevelit son visage dans les draps. Il faisait froid dans les ténèbres de la chambre, et elle tira la couverture sur sa peau piquetée par la chair de poule. Qu'était-il en train de faire ? Elle l'entendit entrer dans la salle de bains. Il alluma, et chercha quelque chose dans l'armoire. Puis il éteignit et réintégra la chambre.

Isra ignorait pourquoi, mais elle crut alors qu'elle allait mourir. Elle s'imagina Adam en train de lui trancher la gorge avec un couteau, lui tirer à bout portant en pleine poitrine, l'immoler par le feu. Qu'est-ce qui pouvait bien la pousser à s'imaginer des choses aussi horribles ? cela, elle n'en avait pas la moindre idée. Mais allongée là, dans ce lit, elle ne voyait plus que du sang et des ténèbres.

Elle le sentit s'approcher de nouveau, et son cœur battit plus fort. Elle n'arrivait pas à distinguer son visage, mais sentit ses mains se poser sur ses genoux. D'instinct, ses jambes se mirent à trembler. Il s'approcha encore. Lentement, il écarta ses cuisses. Puis il passa un bout de tissu sur la chair meurtrie d'Isra.

Il s'éclaircit la voix. « Je suis désolé, dit-il. Mais il faut que je le fasse. »

Étendue là, secouée de tremblements, Isra pensa à Farida. Elle se l'imagina plus tôt dans la journée, descendre furtivement l'escalier jusqu'au sous-sol, afficher un demi-sourire sournois en déposant des serviettes et des chiffons propres à l'intention de son fils. Isra comprenait parfaitement ce qu'Adam était en train de faire : il recueillait des preuves.

Deya

Hiver 2008

« On va se marier cet été », déclara Naïma tandis que Deya et ses camarades de classe déjeunaient. Les vingt-sept élèves de terminale occupaient une seule et même table au fond du réfectoire. Deya était assise au bout, comme à son habitude, recroquevillée contre le mur, tête baissée. Tout autour d'elle, ses camarades parlaient bruyamment, chacune obnubilée par ses joies et ses peines. Sans un mot, elle les écoutait badiner.

« Le mariage aura lieu au Yémen, là où vit Soufiane, poursuivait Naïma. C'est là qu'habite aussi le reste de ma famille, donc c'est assez logique.

— Alors tu pars t'installer au Yémen ? » lança Loubna. Elle aussi se marierait cet été, avec son cousin au deuxième degré qui vivait dans le New Jersey.

« Oui, répondit fièrement Naïma. Soufiane a une maison là-bas, il est propriétaire.

— Mais, et ta famille alors ? fit Loubna. Tu vas te retrouver toute seule.

— Je ne serai pas toute seule. Je serai avec Soufiane. »

Cela faisait à présent des mois que Deya écoutait en silence Naïma leur raconter les moindres détails de sa relation avec Soufiane : ses parents l'avaient emmenée l'été passé au Yémen, leur pays d'origine, afin de lui trouver un futur mari, et elle avait fait la connaissance de Soufiane, un tapissier dont elle était tombée aussitôt amoureuse. Leurs familles respectives avaient récité la *Fatiha* à l'issue de leur première entrevue et, avant la fin du mois, ils avaient fait appel à un cheikh et avaient signé le contrat de mariage. Quand une de ses camarades lui avait demandé comment elle savait que Soufiane était son *nasib*, Naïma avait répondu qu'elle avait récité la *salat al-Istikhara*, la prière de la consultation, et que Soufiane lui était apparu la nuit même en rêve, ce qui, à en croire sa mère, était le signe qu'il fallait consentir au mariage. Naïma, au comble de la joie et de l'excitation, n'arrêtait pas de répéter qu'ils s'aimaient.

« Mais tu le connais à peine. » Ces mots venaient d'échapper à Deya.

Naïma la regarda, stupéfiée. « Bien sûr, que je le connais ! répliqua-t-elle. Ça fait presque quatre mois qu'on se parle au téléphone. Sans rire, je dépense au moins cent dollars par mois en cartes téléphoniques.

— Ça ne veut pas dire que tu le connais, insista Deya. C'est déjà assez dur de connaître vraiment une personne qu'on voit au quotidien, alors un homme qui vit dans un autre pays… » Toutes ses camarades de classe la dévisageaient, mais Deya ne lâchait pas Naïma des yeux. « Tu n'as pas peur ?

— Peur de quoi ?

— De te tromper. Comment est-ce que tu arrives à t'imaginer t'installer à l'étranger avec un inconnu sans avoir peur que ça tourne mal ? Comment est-ce que tu... » Elle s'interrompit : son cœur battait trop vite.

« C'est comme ça que tout le monde se marie, déclara Naïma. Et les jeunes couples, ça passe son temps à déménager, c'est bien connu. Du moment qu'on s'aime, ça ne peut que bien se passer. »

Deya secoua la tête. « Tu ne peux pas aimer quelqu'un que tu ne connais pas.

— Comment tu le sais ? Tu as déjà été amoureuse ?
— Non.
— Alors évite de parler de ce que tu ne connais pas. »

Deya ne répondit pas. C'était vrai. Elle n'était jamais tombée amoureuse. En fait, l'amour qui la liait à ses sœurs était le seul qu'elle connaissait. Pourtant elle en avait assez appris sur l'amour grâce à ses lectures pour savoir qu'il était absent de sa vie. Elle se sentait constamment assaillie par toutes les formes d'amour, comme si Dieu se moquait d'elle. De la fenêtre de sa chambre, elle pouvait voir des mères avec des poussettes, des enfants perchés sur les épaules de leur père, des amoureux marchant main dans la main. Dans les salles d'attente des cabinets médicaux, elle feuilletait des magazines où s'étalaient des photographies de familles souriantes, de couples enlacés, et même des portraits de femmes, seules, mais au visage illuminé par l'amour-propre. Dans les feuilletons qu'elle regardait avec sa grand-mère, l'amour était l'ancre de l'intrigue, le liant qui empêchait le monde de tomber en morceaux. Et lorsque, profitant de l'absence momentanée de ses grands-parents, elle zappait sur les chaînes de télévision américaines, là encore, l'amour était au cœur de toutes les émissions, de toutes les séries. Et Deya se sentait encore plus seule, elle aspirait d'autant plus à s'accrocher à autre chose qu'à ses sœurs. Elle avait beau les aimer de tout son cœur, elle ne pouvait s'en contenter.

Mais après tout, qu'est-ce que ça signifiait, l'amour ? L'amour, c'était le regard morne d'Isra à sa fenêtre, qui refusait de se poser sur sa fille ; l'amour, c'était Adam, presque toujours absent de chez eux ; l'amour, c'étaient les tentatives incessantes de Farida pour la marier, pour se débarrasser de ce fardeau qu'elle représentait ; l'amour, c'était une famille qui ne leur rendait jamais visite, pas même pendant les vacances. Et c'était peut-être là le problème. Peut-être était-ce pour cela qu'elle avait l'impression d'être une intruse parmi ses camarades de classe, peut-être était-ce pour cela qu'elle ne parvenait pas à partager leur vision du monde, qu'elle ne croyait pas à leur définition de l'amour. C'était parce qu'elles avaient un père et une mère qui tenaient à elles, parce qu'elles avaient grandi dans un cocon d'amour familial, parce qu'elles n'avaient jamais fêté un anniversaire toutes seules. C'était parce qu'elles avaient déjà fondu en larmes dans les bras d'un proche après une rude journée, parce que, toute leur vie, elles avaient connu la consolation absolue que représentaient ces simples mots : « je t'aime ». C'était parce qu'elles avaient toujours été aimées qu'elles croyaient en l'amour, qu'elles étaient convaincues que l'amour les attendait, même lorsque tout prêtait à croire qu'il n'en serait rien.

*

« J'ai changé d'avis », dit Deya à ses grands-parents le soir même, alors qu'ils étaient tous dans la *sala*. Il neigeait dehors, et Khaled avait dû renoncer à son rituel nocturne qui consistait à jouer aux cartes au bar à chicha : le froid aggravait ses rhumatismes. Les nuits de mauvais temps, Khaled restait à la maison pour jouer avec elles, mélangeant les cartes en souriant de loin en loin, la commissure de ses yeux toujours plissée.

Deya adorait ces veillées pendant lesquelles Khaled leur racontait des histoires de la Palestine, même si beaucoup d'entre elles étaient tristes. Elle se sentait alors liée à leur histoire, qui le reste du temps lui semblait si distante. La famille de Khaled avait jadis été propriétaire d'une très belle maison à Ramla, avec un toit de tuiles rouges et de superbes orangers. Et puis un jour, alors qu'il n'était âgé que de douze ans, des soldats israéliens avaient envahi leurs terres et les avaient transférés dans un camp de réfugiés sous la menace de leurs armes. Khaled avait raconté que son père avait été contraint de s'agenouiller, le canon d'un fusil d'assaut enfoncé dans son dos, que plus de sept cent mille Arabes palestiniens avaient été expulsés de chez eux et poussés à fuir. Avec un regard sombre, il leur avait dit qu'on appelait cet exode la *Nakba*. La catastrophe.

Ils jouaient à la Main, un jeu de cartes palestinien. Khaled mélangea deux jeux avant de distribuer. Deya consulta ses quatorze cartes, avant de répéter, d'une voix plus forte : « J'ai changé d'avis. »

Ses sœurs échangèrent des regards. Sur le sofa, derrière elles, Farida alluma la télévision pour regarder Al Jazeera. « Changé d'avis à propos de quoi ? »

Deya ouvrit la bouche, mais rien ne vint. Elle parlait arabe depuis son plus jeune âge, c'était sa langue maternelle, et pourtant elle avait parfois du mal à trouver les bons mots. L'arabe aurait dû lui être plus naturel que l'anglais, et c'était souvent le cas, mais il arrivait que sa lourdeur la gêne, qu'elle ait besoin de réfléchir une fraction de seconde à ses mots avant de les prononcer. À la mort de ses parents, ses grands-parents étaient devenus les seules personnes avec lesquelles elle parlait arabe. Elle parlait anglais avec ses sœurs, à l'école, et tous ses livres étaient écrits dans cette langue.

Elle posa ses cartes et s'éclaircit la voix. « Je n'ai pas envie de revoir Nasser.

— Pardon ? » Farida releva la tête. « Et pourquoi ça ? »

Deya sentit que Khaled la fixait, et elle le regarda droit dans les yeux, d'un air suppliant. « Je t'en prie, Sido. Je ne veux pas me marier avec quelqu'un que je ne connais pas.

— Tu apprendras bien assez tôt à le connaître, fit Khaled en reportant son attention sur ses cartes.

— Peut-être que si je pouvais passer quelques semestres à l'université avant de... »

Farida frappa le sofa avec la télécommande. « Encore l'université ? Combien de fois on a parlé de ces bêtises ? »

Khaled décocha un regard acéré à Deya. Elle eut peur de recevoir une gifle.

« Tout ça, c'est à cause de ces livres, poursuivit Farida. Tous ces livres qui te mettent des idées idiotes dans la tête ! » Elle se releva, et agita les mains en direction de Deya. « Dis-moi un peu, à quoi ça te sert, de lire ? »

Deya croisa les bras sur sa poitrine. « À apprendre.

— Apprendre quoi ?

— Tout. »

Farida secoua la tête. « Il y a des choses qu'on ne peut apprendre que par soi-même, des choses qu'aucun livre ne pourra jamais t'enseigner.

— Mais…

— *Bikafî !* s'écria Khaled. Ça suffit ! » Deya et ses sœurs échangèrent des regards nerveux. « L'université, ça pourra attendre après le mariage. » Khaled remélangea les cartes et fit de nouveau peser son regard sur sa petite-fille. « *Fahmeh ?* Tu as compris ? »

Elle soupira. « Oui, Sido.

— Alors c'est réglé. » Il parut se reconcentrer sur les cartes. « Après, je ne vois pas quel mal il y a à lire.

— Tu le sais *parfaitement* », dit Farida en lui jetant un regard terrible. Mais Khaled ne releva pas la tête. Farida serrait violemment la mâchoire.

« Je ne vois pas ce qu'il y a de mal à lire des livres, insista Khaled en observant les cartes. À mon avis, ce qui ne va pas, c'est que tu ne le permettes pas. » Son regard croisa enfin celui de Farida. « Tu ne penses pas que c'est plutôt cette interdiction qui peut entraîner des problèmes ?

— La seule chose qui peut entraîner des problèmes, c'est de leur lâcher la bride.

— Leur lâcher la bride ? » Le regard de Khaled se fit soudainement sombre. « Tu ne trouves pas qu'on les couve assez comme ça ? Tous les jours, elles rentrent directement de l'école, elles t'aident dans toutes les tâches ménagères, elles ne mettent jamais un pied dehors sans nous. Elles n'ont pas de portable, pas d'ordinateur, elles ne parlent pas aux garçons, c'est tout juste si elles ont des copines. Ce sont des filles bien, Farida, et très bientôt elles seront toutes mariées. Il faut que tu te calmes un peu.

— Que je me calme ? » Elle posa les mains sur ses hanches. « C'est facile à dire, pour toi. C'est à moi de veiller à ce qu'elles restent sur le droit chemin, à moi de faire en sorte que leur réputation reste sans tache jusqu'au mariage. Dis-moi un peu, sur qui on rejettera la faute s'il arrive quelque chose ? Hein ? Qui pointeras-tu du doigt quand ces livres auront fini de lui mettre des idées bizarres dans le crâne ? »

L'atmosphère changea alors. Khaled secoua la tête. « C'est le prix que nous payons pour avoir immigré ici, lâcha-t-il. Pour avoir abandonné notre pays, pour avoir fui. Il ne se passe pas un jour sans que je pense à ce que nous avons fait. Peut-être aurions-nous dû rester, peut-être aurions-nous dû nous battre pour notre terre natale. Des soldats nous auraient peut-être tués, nous aurions peut-être crevé de faim, mais mieux vaut ça que de venir nous perdre ici, nous et notre culture... » Sa phrase se tut d'elle-même.

« Allez, dit Farida. Tu sais bien que ça ne sert à rien, ce genre de pensées. Le passé, c'est le passé, on ne gagne rien à regretter. Tout ce que nous pouvons faire, c'est continuer d'aller de l'avant, du mieux qu'on peut. Et ça inclut de protéger nos petites-filles. »

Khaled ne répondit pas. Il s'excusa, et alla prendre une douche.

*

Deya et ses sœurs rangeaient la *sala* lorsque Farida apparut sur le seuil. « Viens avec moi », dit-elle à Deya.

Elle suivit sa grand-mère jusqu'à sa chambre. Farida ouvrit son placard et plongea la main tout au fond d'une étagère. Elle en ressortit un vieux livre qu'elle tendit à Deya. Celle-ci eut une impression de déjà-vu en apercevant le dos du livre. C'était une édition arabe des *Mille et Une Nuits*. Elle reconnut alors l'ouvrage : il avait appartenu à sa mère.

« Ouvre-le », dit Farida.

Deya obéit, et une enveloppe glissa d'entre les pages. Lentement, elle l'ouvrit. À l'intérieur se trouvait une lettre, écrite en arabe. Dans la pénombre de la chambre, elle plissa les yeux pour la lire.

12 août 1997

Chère Mama,

Je me sens très déprimée aujourd'hui. Je ne sais pas ce qui m'arrive. Tous les matins, je me réveille avec la même impression bizarre. Je reste sous les draps, je n'ai pas envie de me lever. Je n'ai envie de voir personne. Je ne pense qu'à une chose, mourir. Je sais que Dieu ne veut pas que nous donnions la mort, à nous-même ou à autrui, mais je n'arrive pas à me débarrasser de cette pensée. Mon esprit tourne en rond, incontrôlable. Qu'est-ce qui m'arrive, Mama ? J'ai tellement peur de ce qui est en train de se passer au fond de moi.

Ta fille,
Isra

Deya relut une fois la lettre, puis une deuxième fois, puis une troisième. Une image de sa mère s'imposa à elle, avec son visage fermé qui ne souriait jamais, et un frisson de terreur la parcourut. Était-ce possible ? S'était-elle donné la mort ?

« Pourquoi tu ne m'as pas montré ça plus tôt ? » s'écria Deya, bondissant du lit sur lequel elle était assise et secouant la lettre sous le nez de Farida. « Tu as passé toutes ces années à refuser de parler d'elle, et tu conservais pourtant cette lettre ?

— Je ne voulais pas que tu gardes ce souvenir de ta mère, répondit Farida en regardant sa petite-fille calmement.

— Alors pourquoi me la montrer maintenant ?

— Parce que je veux que tu comprennes. » Son regard s'intensifia. « Je sais que tu as peur que ta vie ressemble à celle de ta mère, mais Isra, Dieu ait pitié de son âme, avait un gros problème.

— Quoi ?

— Tu n'as pas lu cette lettre ? Ta mère était possédée par un djinn.

— Possédée ? » répéta Deya d'un ton incrédule, même si au fond d'elle-même ses certitudes vacillaient. « Elle était sans doute déprimée, tout simplement. Elle aurait dû voir un docteur. » Elle fixa Farida d'un regard qu'elle voulut déterminé. « Ça n'existe pas, les djinns, Teta. »

Farida fronça les sourcils en secouant la tête. « Et pourquoi pratique-t-on des exorcismes depuis des millénaires, à ton avis ? » Elle approcha, et arracha la lettre des mains de Deya. « Si tu ne me crois pas, alors va lire tes livres. Tu verras. »

Deya resta muette. Sa mère avait-elle été possédée ? L'un des souvenirs qu'elle s'efforçait d'oublier lui revint brutalement. Un jour, en rentrant de l'école, elle avait surpris Isra en train de se jeter par terre, du haut des marches de l'escalier qui menait au sous-sol où ils vivaient. Et pas qu'une fois. Elle s'était jetée encore, et encore, et encore, les mains jointes sur sa poitrine, la bouche béante, jusqu'à ce qu'elle se rende compte de la présence de sa fille aînée.

« Deya », avait-elle dit, effrayée. Elle s'était vite relevée, et s'était approchée en traînant des pieds. « Ta sœur est malade aujourd'hui. Va chercher les médicaments à l'étage. »

Ce qu'elle avait alors éprouvé, le nœud qui s'était serré dans son ventre, cela, Deya ne l'oublierait jamais. Elle aurait voulu dire à sa mère qu'elle aussi se sentait malade. Que ce n'était pas un rhume, ou la fièvre, mais quelque chose de bien pire, quelque chose qu'elle ne parvenait pas à nommer. Est-ce qu'une maladie ne se définissait que par des symptômes physiques ? Qu'en était-il de ce qui se passait à l'intérieur de notre être ? Qu'est-ce qui se passait en elle, Deya, qu'est-ce qui se passait en elle depuis qu'elle était enfant ?

Deya s'éclaircit la voix. Et si Isra avait réellement été possédée ? Ça aurait expliqué les souvenirs qu'elle avait d'elle, la lettre, le fait que sa mère ait envisagé le suicide. Elle releva soudainement la tête pour dévisager sa grand-mère. « Cette lettre, dit-elle. Quand l'a-t-elle écrite ? »

Le regard de Farida reflétait sa nervosité. « Pourquoi ?

— Il faut que je sache quand elle l'a écrite.

— Ça n'a pas d'importance, répondit Farida en balayant la question d'un revers de main. Ça ne t'avancera à rien de ressasser le contenu de cette lettre. Je voulais juste que tu comprennes que la tristesse de ta mère n'avait rien à voir avec son mariage. Tu dois aller de l'avant.

— Dis-moi quand elle a écrit cette lettre, exigea Deya. Je ne partirai pas de cette chambre tant que tu ne me l'auras pas dit. »

Farida poussa un soupir agacé. « Très bien. » Elle ressortit la lettre de l'enveloppe et la lui tendit.

Deya lut la date : 1997. Quelque chose s'effondra en elle. C'était l'année de la mort de ses parents. Ça ne pouvait pas être une coïncidence. Et si sa mère n'était pas morte dans un accident de voiture ?

Elle releva de nouveau les yeux sur Farida. « Dis-moi la vérité.

— La vérité sur quoi ?

— Est-ce que ma mère s'est suicidée ? »

Farida eut un mouvement de recul. « Quoi ?

— Est-ce qu'elle s'est suicidée ? Est-ce pour cette raison que tu refuses de parler d'elle depuis sa disparition ?

— Bien sûr que non ! s'exclama Farida, ses yeux suivant un point imaginaire par terre. Ne sois pas ridicule. »

Mais Deya sentait bien sa gêne : elle était convaincue que sa grand-mère lui cachait quelque chose. « Comment je peux être sûre que tu ne me mens pas ? Tu m'as caché cette lettre pendant toutes ces années ! » Deya fixait Farida, mais celle-ci continuait d'éviter son regard.

« Est-ce qu'elle s'est suicidée ? »

Farida poussa un nouveau soupir. « Tu ne me croirais pas, quoi que je dise. »

Deya fronça les sourcils. « Ça veut dire quoi, ça ?

— La vérité, c'est que tu ressembles beaucoup à ta mère. Tu es trop sensible à ce qui t'entoure. » Elle finit par regarder Deya dans les yeux. « Et même si je te disais la vérité, tu ne me croirais pas. »

Deya tourna la tête. Était-ce vrai ? Ses craintes étaient-elles fondées ? Sa mère avait-elle planté en elle un germe de tristesse dont elle ne pourrait jamais se défaire ?

« Regarde-moi, fit Farida. Il y a beaucoup de choses que j'ignore, mais s'il y a bien quelque chose que je sais, c'est ça : tu dois laisser le passé derrière toi pour pouvoir avancer. Crois-moi. Je le sais d'expérience. »

Isra

Printemps 1990

Isra se réveilla confuse, légèrement nauséeuse. Elle se demanda pourquoi la clameur distante de l'*adhan* ne l'avait pas réveillée à l'aube. Et puis elle se souvint : elle se trouvait à Brooklyn, à dix mille kilomètres de chez elle, dans le lit de son mari. Elle se leva d'un bond. Le lit était vide, Adam avait disparu. Une vague de honte la submergea lorsqu'elle repensa à la nuit passée. Elle ravala sa salive, tâchant de refouler ses sentiments. Il était inutile de ressasser ce qui s'était passé. C'était ainsi, et on n'y pouvait rien.

Isra fit les cent pas dans sa nouvelle chambre, laissant glisser ses mains sur le lit en bois et l'armoire qui semblaient occuper le peu de place disponible. Pourquoi n'y avait-il pas de fenêtre ? Elle repensa mélancoliquement à toutes les nuits qu'elle avait passées chez elle à lire à sa fenêtre ouverte, à contempler la lune briller au-dessus de Bir Zeit, à écouter les murmures du cimetière, avec toutes ces étoiles si lumineuses dans le ciel de minuit qu'à leur vue elle en avait la chair de poule. Elle passa dans l'autre pièce du sous-sol, qui avait une fenêtre. Celle-ci se trouvait au niveau du trottoir : Isra pouvait voir le perron de la maison, une rangée de maisons pressées les unes contre les autres et, au-delà, rien qu'un petit bout de ciel. L'Amérique était censée être le pays de la liberté, alors pourquoi tout y était-il si contraint et restreint ?

La fatigue ne tarda pas à la rattraper, et elle regagna son lit. Farida lui avait dit qu'il lui faudrait plusieurs jours pour venir à bout du décalage horaire. Lorsqu'elle se réveilla au coucher du soleil, Adam n'était toujours pas rentré, et Isra se demanda s'il évitait sa compagnie. Peut-être avait-elle fait quelque chose qui l'avait mécontenté la nuit passée, lorsqu'il l'avait pénétrée. Peut-être ne lui avait-elle pas paru assez enthousiaste. Mais comment aurait-elle pu savoir ce qu'il convenait de faire ? Adam aurait au moins pu prendre le temps de le lui apprendre. Il avait forcément couché avec d'autres femmes avant leur mariage. Même si le Coran interdisait l'acte de chair avant le mariage aux deux sexes, Mama disait que les hommes passaient leur temps à commettre la *zina*, qu'ils étaient incapables de s'en empêcher.

Il était presque minuit lorsque Adam rentra. Isra était assise à la fenêtre lorsqu'elle l'entendit descendre l'escalier et le vit allumer la lumière. Il manqua de sursauter en la trouvant ainsi, les mains posées sur les genoux, comme une enfant.

« Qu'est-ce que tu fais là, assise dans le noir ?
— Je regardais dehors.

— Je pensais que tu dormirais, à cette heure.
— J'ai dormi toute la journée.
— Oh. » Il détourna le regard. « Eh bien, dans ce cas, si tu allais me préparer quelque chose à manger pendant que je prends ma douche ? Je meurs de faim. »

À l'étage, Farida avait soigneusement rangé au frigo plusieurs assiettes de riz et de poulet, recouvertes de film plastique où elle avait écrit les prénoms de ses fils. Isra prit celle d'Adam et réchauffa le plat au four micro-ondes. Puis elle mit la *soufra*, ainsi que Mama lui avait enseigné. Un verre d'eau à droite, une cuiller à gauche. Deux pitas chaudes. Une coupelle d'olives vertes et quelques tranches de tomate. Elle mit de l'eau à bouillir pour le thé à la menthe. À l'instant où la bouilloire se mit à siffler, Adam fit son apparition.

« Ça sent rudement bon, dit-il. C'est toi qui as cuisiné ?

— Non, répondit Isra en rougissant. J'ai passé le plus clair de la journée à dormir. C'est ta mère qui a préparé cela pour toi.

— Ah, je vois. »

Isra ne parvint pas à interpréter son ton, mais la simple possibilité qu'il fût déçu la mettait mal à l'aise. « Je cuisinerai pour toi dès demain, sans faute.

— Je n'en doute pas. Ton père nous avait dit que tu étais une excellente cuisinière quand nous lui avons fait notre demande en mariage. »

Était-elle vraiment une excellente cuisinière ? Elle ne s'était jamais posé la question, et n'avait jamais considéré la cuisine comme un talent.

« Il avait dit aussi que tu n'étais pas bavarde. »

Isra sentit son visage passer du rose à l'écarlate. Elle ouvrit la bouche pour répondre, mais aucun mot n'en sortit.

« Je ne voulais pas t'embarrasser, reprit Adam. Il n'y a pas de honte à parler peu. En fait, c'est même une qualité que j'apprécie. Il n'y a rien de pire que de rentrer chez soi pour y trouver une femme qui pépie sans arrêt. »

Isra hocha la tête, sans trop savoir ce qu'elle approuvait ainsi. Elle observa Adam tandis qu'il mangeait à l'autre bout de la table, se demandant s'il était capable de lui donner l'amour qu'elle appelait de tous ses vœux. Elle scrutait son visage, en quête de quelque soupçon de chaleur. Mais ses yeux marron foncé restaient rivés à un point qui se trouvait loin derrière elle, son regard se perdait comme s'il avait complètement oublié sa présence.

Ce n'est que lorsqu'ils se couchèrent qu'Adam la regarda de nouveau, et Isra lui sourit.

Ce sourire la surprit autant que lui. Mais Isra voulait à tout prix lui plaire. La nuit passée, il l'avait prise par surprise, mais elle savait à présent à quoi s'attendre. Elle se dit que si elle souriait et faisait semblant d'y prendre plaisir, peut-être qu'elle finirait par vraiment aimer ça. Peut-être qu'Adam ne demandait rien de plus pour l'aimer : qu'elle efface toute trace de résistance de son visage. Elle se devait de lui donner ce qu'il désirait, et prendre plaisir à le lui donner. Et c'était bien ce qu'elle entendait faire. Elle était prête à se donner tout entière, si c'était le prix à payer pour qu'il lui donne son amour.

*

Il ne fallut pas longtemps à Isra pour savoir en quoi consisterait sa vie en Amérique. Malgré tous les espoirs qu'elle avait nourris d'un meilleur sort réservé aux femmes, sa vie était tout à fait ordinaire. Et sur les points qui différaient de la vie en Palestine, c'était pour le pire. Elle ne voyait presque jamais Adam. Tous les matins à six heures, il allait prendre le métro pour Manhattan, et ne rentrait pas avant minuit. Elle l'attendait dans leur chambre, tendant l'oreille pour surprendre le cliquetis de la porte qui s'ouvrait, le bruit sourd de ses pas dans l'escalier. Il avait toujours une explication pour ses absences. « J'ai dû travailler tard à la supérette », disait-il. « Il a fallu que j'aide mon père à rénover son épicerie. » « Il y avait trop de monde à l'heure de pointe sur la ligne R, je n'ai pas pu monter dans la rame. » « J'ai retrouvé des amis au bar à chicha. » « J'ai joué aux cartes, et je n'ai pas vu l'heure passer. » Même lorsqu'il parvenait à rentrer de bonne heure, jamais l'idée d'une sortie avec elle ne lui traversait l'esprit. Il préférait passer des heures à ne rien faire devant la télévision, une tasse de thé à la main, les deux pieds sur la table basse, tandis qu'Isra secondait Farida en cuisine dans la préparation du dîner.

Lorsque Isra n'aidait pas Farida dans les tâches ménagères, elle passait le plus clair de son temps à regarder par la fenêtre. Là encore, la déception était immense. Dehors, elle ne voyait rien d'autre que des maisons rectangulaires. Des superpositions de briques, tassées les unes contre les autres des deux côtés de la rue. Les platanes rangés en ligne droite le long du caniveau, leurs racines qui crevaient par endroits le ciment. Des vols de pigeons traversaient les cieux gris et bas. Et par-delà les rangées de maisons de briques ternes et de béton maussade, par-delà l'alignement de platanes et les pigeons gris foncé, la Cinquième Avenue, avec ses petits commerces et ses voitures qui filaient.

Isra ne mit pas longtemps à comprendre que la vie de Farida était quasi identique à celle de Mama. Elle passait ses journées à cuisiner et à nettoyer, vêtue d'une ample chemise de nuit en coton. Elle buvait du thé et du *kahwa* du lever au coucher du soleil. Lorsque ses fils étaient là, elle les choyait comme s'ils étaient des poupées de porcelaine et non des hommes. Pour le dîner, elle ne cuisinait que les plats qu'ils aimaient, préparait leurs pâtisseries préférées, et veillait à ce qu'ils repartent au travail ou en cours avec des Tupperware remplis de riz aux épices et de viande rôtie. Tout comme Mama, Farida n'avait qu'une fille, Sarah, qui était pour elle ce qu'Isra avait été pour sa mère : un bien qu'elle ne possédait qu'à titre temporaire, et dont elle ne se souciait que lorsqu'il fallait faire le ménage ou la cuisine.

La grande différence entre la vie de Mama et celle de Farida portait sur les cinq prières quotidiennes, que la belle-mère d'Isra ne respectait pas. Tous les jours, Farida se levait à l'aube et se rendait immédiatement dans la cuisine pour y faire du thé, marmonnant une rapide prière en attendant que la bouilloire se mette à siffler : « Dieu, épargne la honte et le déshonneur à ma famille. » Plantée sur le seuil, stupéfiée, Isra contemplait Farida grommeler ainsi face à sa cuisinière. Un jour, elle lui avait demandé pourquoi elle ne s'agenouillait pas pour prier Dieu, et Farida avait éclaté de rire : « Quelle différence ça fait, la façon dont je récite mes prières ? C'est ça qui ne va pas, de nos jours, avec tous ces gens qui se disent religieux. Ils ne s'intéressent qu'aux petits détails. Mais après tout, une prière, c'est une prière, non ? »

Isra donnait toujours raison à Farida pour ne pas la fâcher. Elle faisait ses cinq prières quotidiennes dans sa chambre, où sa belle-mère ne pouvait la voir. Parfois, après s'être acquittée de ses tâches de l'après-midi, elle se rendait discrètement au sous-sol afin de réciter la prière de la mi-journée et celle de l'après-midi l'une après l'autre, avant de retourner dans la cuisine sans que personne se soit aperçu de sa brève absence. Farida ne lui avait pas interdit de prier, mais Isra voulait mettre toutes les chances de son côté, elle voulait à tout prix s'attirer l'amour de sa belle-mère. Mama ne lui en avait prodigué que très peu, au compte-gouttes, lorsqu'elle assaisonnait convenablement la soupe aux lentilles ou frottait si fort le sol que le ciment en brillait presque. Mais Farida était bien plus forte que Mama. Peut-être qu'en plus de cette force incroyable, elle avait aussi plus d'amour à donner.

Lorsqu'elles avaient fini de laver le sol, d'essuyer les miroirs, de mettre la viande à décongeler et le riz à détremper, elles s'asseyaient à la table de la cuisine, une tasse de thé entre les mains, pour parler. En fait, c'était surtout Farida qui parlait, et c'était tout un monde qui s'échappait alors de ses lèvres. Elle racontait à Isra sa vie en Amérique, ce qu'elle faisait pour s'occuper quand plus aucune tâche ménagère ne la retenait, comme par exemple rendre visite à son amie Oum Ahmed, qui habitait à quelques blocs de chez eux, ou accompagner Khaled au marché le dimanche, ou même, quand elle avait la tête à ça, se rendre à la mosquée le vendredi pour glaner les dernières rumeurs du quartier. Isra se penchait en avant, les yeux écarquillés, ne perdant pas une miette de ce que Farida racontait. Dès ses premières semaines en Amérique, elle en était venue à apprécier sa belle-mère, et même à l'admirer. Farida et ses opinions bien trempées. Farida et sa force hors du commun.

Isra et Farida pliaient le linge, la toute dernière tâche de la journée. Elles baignaient dans une atmosphère humide, chargée du parfum d'eau de Javel. Farida était assise par terre, le dos calé contre le lave-linge, jambes croisées sous ses fesses, triant des chaussettes noires par paires. À côté d'elle, Isra était assise comme à son habitude, jambes serrées l'une contre l'autre, bras posés sur ses cuisses comme pour se faire plus petite. Dans le tas de linge à plier, elle tendit la main vers un caleçon qu'elle ne reconnut pas. Sûrement le caleçon d'un des frères d'Adam, se dit-elle. Lorsque ses doigts touchèrent le tissu coloré, elle se sentit rougir, et tourna aussitôt la tête afin que Farida ne le remarque pas. Elle ne voulait pas lui paraître immature, à rougir ainsi à la simple vue d'un sous-vêtement masculin.

« Ça fait plaisir d'avoir enfin quelqu'un pour m'aider », dit Farida en pliant un jean délavé.

Isra afficha un large sourire. « Je suis heureuse de pouvoir vous aider.

— Voilà à quoi se résume la vie d'une femme, crois-moi. Passer son temps à courir à gauche et à droite pour obéir à des ordres. »

Isra écarta un caleçon vert menthe et se pencha vers Farida. « C'est comme ça que vous voyez votre vie ?

— Comme ça et pas autrement, répondit Farida en secouant la tête. Des fois, je regrette de ne pas être née homme, juste pour savoir ce que c'est. Ça m'aurait épargné beaucoup de peine, pas de doute. » Elle tendit la main vers une paire de chaussettes, s'immobilisa, et se retourna vers Isra. « Les hommes passent leur temps à se gargariser du mal qu'ils se donnent pour subvenir aux besoins de leur famille. Mais ils ne savent pas ce que… » Elle observa une courte pause. « Ils ne s'imaginent même pas ce que c'est que d'être une femme.

— Vous me rappelez Mama.

— C'est une femme, elle aussi, non ? Elle sait ces choses aussi bien que moi. »

Une nouvelle pause, et Isra se saisit d'un autre vêtement. Elle se demandait ce que Mama et Farida avaient fait pour mériter le même sort, cette existence solitaire, sans amour. Quelle faute avaient-elles commise ?

« Je pensais que les choses seraient différentes, ici », avoua Isra.

Farida releva la tête. « Comment ça, différentes ?

— Je croyais que ce n'était qu'en Palestine que les femmes avaient la vie dure, vous savez, à cause des vieilles coutumes, des anciennes traditions.

— Ah ! s'exclama Farida. Tu as cru que les femmes menaient la belle vie en Amérique à cause de ce que tu as pu voir à la télévision ? » Ses yeux en amande se plissèrent en meurtrières. « Je vais te dire une bonne chose. Les hommes sont les seuls à pouvoir s'arracher à leur condition, et pour y arriver, ils n'ont aucun mal à nous grimper sur les épaules, nous les femmes. Ceux qui te diront le contraire sont des menteurs.

— Pourtant Khaled semble vraiment vous aimer, fit Isra.

— M'aimer ? » Farida éclata de rire. « Regarde un peu tout ce que je fais pour cet homme ! Je remplis une *soufra* de plats pour lui, tous les jours, je lave et repasse ses vêtements, je récure le moindre recoin de cette maison afin qu'il s'y sente bien. J'ai élevé ses enfants, ces hommes et cette fille, sans son aide. Et tu dis qu'il m'aime ? » Elle regarda Isra droit dans les yeux. « N'oublie jamais ceci, mon enfant. Si tu passes ta vie à attendre l'amour d'un homme, tu mourras déçue. »

Isra eut pitié de Farida. Elle comprenait l'aigreur de cette femme qui avait élevé ses enfants seule, dans un pays qui n'était pas le sien, en attendant jour après jour le retour de Khaled, en espérant qu'il finisse par l'aimer. Isra se demanda si elle aussi connaîtrait le même sort.

« Est-ce que tous les hommes travaillent autant, en Amérique ? demanda-t-elle en pliant un T-shirt blanc.

— Je me suis posé la même question quand on s'est installés ici, répondit Farida. Khaled consacrait tellement d'heures à son travail, en me laissant seule ici, avec les enfants, pour ne revenir parfois qu'à minuit ! Au début, je lui en voulais, mais j'ai fini par comprendre que ce n'était pas sa faute. Dans ce pays, la plupart des immigrés travaillent comme des chiens, en particulier les hommes. Ils n'ont pas le choix. Comment pourrait-on survivre, autrement ? »

Isra la dévisagea. Dans le cas d'Adam, il en irait forcément autrement que pour les hommes de la génération de Khaled et Yacob. C'était dur en ce moment, soit, mais les choses finiraient forcément par s'arranger. « Adam travaillera toujours autant ?

— Oh, tu t'y feras, répondit Farida. Bientôt tu auras des enfants, et tu auras bien d'autres sujets d'inquiétude. » Voyant qu'Isra la fixait sans rien dire, les yeux ronds, elle ajouta : « Crois-moi, tu seras bien contente de le savoir à la supérette, et pas à la maison en train de te dire quoi faire. Quand Khaled prend un jour de congé, j'ai envie de m'arracher les cheveux. Fais ci, fais ça. Un vrai cauchemar. »

Mais ce n'était pas ce genre de relation qu'Isra désirait : elle ne voulait pas ressembler à Mama ou à Farida. Elle savait que la situation n'était pas facile parce qu'Adam et elle se connaissaient à peine. Mais les choses changeraient forcément lorsqu'ils deviendraient père et mère. Adam aurait alors une raison de rentrer à la maison. Pour voir ses enfants, pour les serrer dans ses bras, pour les élever. Il aurait une raison de l'aimer, elle. « Mais Adam passera plus de temps ici quand nous aurons des enfants, non ?

— Oh, par pitié, dit Farida en étirant ses jambes pour les plier de nouveau. Ne sois pas idiote. Tu as déjà vu un homme rester à la maison pour contribuer à l'éducation de ses enfants ? C'est à toi qu'incombe cette tâche. »

Un bref instant, Isra entendit la voix de Mama dans sa tête, son ton moqueur tandis qu'elle se penchait sur sa cuisinière. *Que ce soit en Palestine ou en Amérique, une femme est toujours toute seule.* Mama avait-elle donc raison ? Non, songea Isra. Cela ne pouvait être vrai. Il lui fallait simplement gagner l'amour d'Adam.

Deya

Hiver 2008

Les jours qui suivirent sa lecture de la lettre d'Isra furent confus. Deya ne pouvait s'empêcher d'y penser. S'était-elle méprise sur sa mère ? Les souvenirs qu'elle avait d'elle étaient-ils faux ? C'était une possibilité. Et si sa mère avait réellement été possédée par un djinn ? Cela aurait expliqué sa profonde tristesse : ce n'était ni à cause de sa vie d'épouse, ni parce qu'elle ne voulait pas être mère, ni, pire encore, parce qu'elle ne voulait pas de Deya. Pourtant, cela ne suffisait pas à la convaincre. La théorie du djinn semblait sortir tout droit d'un roman : les malédictions et les exorcismes, ça n'existait pas dans le monde réel. Mais ça n'empêchait pas pour autant son esprit de tourner en roue libre. Sa mère s'était-elle suicidée ? Et si c'était le cas, comment son père était-il mort ?

À la maison, Deya n'échangeait que de courtes phrases avec ses sœurs. Au lycée, elle se traînait d'une salle de classe à l'autre, incapable de se concentrer sur le cours de littérature de sœur Bouthayna, qui était pourtant son cours préféré : d'habitude, elle était toujours au premier rang, le nez plongé dans le livre qu'elles étudiaient. À présent, le regard tendu vers la fenêtre tandis que sœur Bouthayna leur lisait un passage de *Sa Majesté des mouches*, Deya se demandait si sa grand-mère n'avait pas raison. Peut-être que, si elle n'avait pas passé sa vie entre les pages de tous ces livres, en tournant le dos au reste du monde, elle aurait été plus maîtresse de son existence. Peut-être aurait-elle su comment laisser toutes ces vieilles histoires derrière elle et aller de l'avant. Peut-être aurait-elle su être plus réaliste quant à son avenir.

Après les cours, elle rentra chez elle en bus scolaire, ne détachant ses yeux de la vitre que lorsqu'il arriva à destination. Ses sœurs et elle descendirent la Soixante-Dix-Neuvième Rue, Deya d'un pas vif, comme si elle pouvait ainsi semer ses pensées, ses sœurs derrière, traînant des pieds dans la fine couche de neige qui recouvrait le trottoir. C'était un jour froid et nuageux, empli d'un parfum d'arbre humide et d'un faible relent difficile à cerner. Les gaz d'échappement, peut-être. Ou une odeur de chats errants. L'un des arômes de Brooklyn qu'elle sentait souvent au cours du trajet à pied, long de neuf blocs, entre chez elle et l'arrêt de bus. Il y avait un gobelet de café vide près du caniveau, en carton bleu et blanc, écrasé, souillé de boue. Elle lut la phrase imprimée en lettres dorées – RAVIS DE VOUS SERVIR ! – et soupira. Impossible de s'imaginer un homme avoir l'idée d'une pareille phrase. Non, c'était sûrement une femme qui l'avait trouvée.

Quelque chose attira l'attention de Deya lorsqu'elle tourna pour s'engager sur la Soixante-Douzième Rue. Au loin, une femme se tenait devant chez elle, hésitante. Deya s'arrêta pour l'observer. Elle était grande, mince, habillée à l'américaine, les cheveux attachés en queue-de-cheval. De là où elle était, elle n'aurait su dire précisément quel âge elle avait – la trentaine, peut-être plus. Trop jeune pour être une amie de Farida, trop vieille pour être une amie de ses sœurs. Deya s'approcha sans la quitter du regard.

La femme s'avança vers le perron, lentement, prudemment, regardant autour d'elle comme si elle ne voulait pas être surprise. Deya scruta son visage. Elle ne parvenait pas à analyser parfaitement ses traits, mais elle avait la vague impression d'avoir déjà vu cette femme. Elle avait quelque chose de familier. Mais qui pouvait-elle bien être ?

Elle tenait quelque chose à la main, quelque chose que Deya était trop loin pour identifier. La femme posa l'objet sur le perron de la maison. Puis, tout à coup, elle se retourna pour se précipiter vers un taxi qui l'attendait, et disparut à bord.

Deya se retourna et constata que ses sœurs s'étaient arrêtées, en pleine discussion. Elles se disaient qu'elles se feraient toutes marier par Farida, l'une après l'autre, comme des dominos. Parfait, se dit Deya. Elles n'avaient rien remarqué. Elle avança en inspectant la rue, le trottoir fissuré, l'herbe morte, les poubelles vertes au coin du pâté de maisons. Tout paraissait normal. Tout sauf l'enveloppe blanche qui reposait sur le perron.

Ce n'était sans doute rien. Ses grands-parents recevaient constamment du courrier. Cependant Deya se saisit soudainement de l'enveloppe. En l'examinant, elle comprit la prudence de la femme. L'enveloppe ne portait pas les noms de ses grands-parents. C'était son nom à elle qui y figurait. Une lettre. Pour elle. C'était plus qu'inhabituel. Elle fit disparaître l'enveloppe dans sa poche avant que ses sœurs l'aperçoivent.

*

Elle attendit la nuit pour l'ouvrir, en faisant semblant de lire un livre jusqu'à ce qu'elle ait la certitude que ses sœurs dormaient. Puis elle alla verrouiller la porte de la chambre et ressortit l'enveloppe. Son prénom et son nom y figuraient toujours : DEYA RA'AD. Elle n'avait pas rêvé. Elle l'ouvrit et regarda ce qu'elle contenait. Ce n'était pas une lettre, mais une carte de visite.

Elle la tira de l'enveloppe et l'approcha de la lampe de chevet. Elle n'avait rien de curieux en soi. Petite, rectangulaire, rigide. Trois mots en caractères gras – BOOKS AND BEANS – prenaient presque toute la place au recto, ne laissant qu'un petit espace aux trois lignes qui suivaient :

800 Broadway
New York, NY 10003
212-readmor

Elle retourna la carte de visite. Quelques mots écrits à la main : DEMANDER LA GÉRANTE.

Elle fit glisser ses doigts sur la carte et s'imagina cette femme mystérieuse faire de même. Qui pouvait-elle bien être ? Deya ferma les yeux et tâcha de se rappeler ses traits, dans l'espoir de trouver quelque chose qu'elle n'avait pas relevé sur le moment, mais tout ce qu'elle arrivait à puiser dans sa mémoire, c'était le visage de sa mère. Une pensée lui traversa alors l'esprit, une idée absurde, délirante, mais à laquelle elle se raccrocha malgré elle. Était-ce possible ? Se pouvait-il que cette femme soit Isra ? Après tout, Deya n'avait pas assisté à l'accident, elle n'avait pas assisté aux funérailles, qui à en croire Farida avaient eu lieu en Palestine. Et si Farida avait tout inventé ? Et si Isra était encore vivante ?

Deya s'assit dans son lit. C'était invraisemblable. Ça ne concernait pas qu'Isra : son père aussi était mort. Farida n'aurait pu mentir sur la mort de deux personnes. Et pourquoi aurait-elle menti ? Sa mère était nécessairement morte. Si ce n'était pas dans un accident de voiture, alors elle s'était suicidée. Et quand bien même serait-elle encore en vie, pourquoi réapparaître ainsi, après toutes ces années ? Non, jamais elle n'aurait essayé de reprendre contact. Dix ans auparavant, Isra n'avait que faire d'elle, ou presque. Pourquoi se serait-elle intéressée maintenant à sa fille ?

Deya secoua la tête, s'efforçant de repousser sa mère au fin fond de sa mémoire. Mais elle en était incapable. Les souvenirs la prenaient à la gorge, comme toujours : Isra, assise dans la cuisine, tournant le dos à Deya, en train de rouler des feuilles de vigne sur la table. Hypnotisée, Deya l'observait farcir de riz chaque feuille, avant d'en faire un petit rouleau, long comme un doigt, qu'elle posait dans un grand plat métallique.

« Tu fais ça vraiment très bien, Mama », avait murmuré Deya.

Isra n'avait pas répondu. Elle avait pris une pincée de riz et l'avait goûtée, afin de s'assurer qu'il était bien assaisonné. Puis elle s'était remise à la tâche.

« Je peux en rouler une ? » avait demandé Deya. Toujours aucune réponse. « Mama, tu peux m'apprendre ? »

Sans relever les yeux, Isra lui avait passé une feuille de vigne. Deya avait attendu les instructions, mais Isra était demeurée muette. Alors Deya l'avait imitée. Elle avait débarrassé la feuille de sa tige, placé une petite boule de riz en bas, et rabattu les deux côtés de la feuille sur le dessus afin de recouvrir totalement le riz. Puis elle avait posé la feuille farcie dans le récipient et regardé sa mère dans les yeux, dans l'espoir d'y lire de l'approbation. Isra n'avait pas prononcé un mot.

Deya serrait fort la carte de visite entre ses doigts, au point de l'écorner. Elle détestait ce souvenir, elle détestait tous ses souvenirs. Tremblante, elle écrasa la carte dans le creux de son poing. Qui était cette femme, et que lui voulait-elle ? Se pouvait-il qu'elle soit sa mère ? Deya respira amplement afin de se calmer. Elle savait ce qu'il lui restait à faire. Dès le lendemain, elle appellerait ce numéro, et saurait ce dont il retournait.

*

Le jour suivant se traîna en longueur. Dans les couloirs du lycée, Deya était comme perdue, se demandant quand elle aurait l'opportunité d'appeler. Durant le cours d'étude coranique, le dernier avant le déjeuner, elle n'avait qu'une hâte, que frère Hakim arrive à sa conclusion. Elle l'observait d'un air absent faire le tour de la classe, regardait sa bouche s'ouvrir et se fermer. Frère Hakim était son professeur de religion depuis son enfance : il lui avait appris tout ce qu'elle savait de l'islam.

« Le mot *islam* signifie *tawakkoul*, dit-il à sa classe. La soumission à Dieu. Dans l'islam, nous recherchons la paix, la pureté et la gentillesse. Nous nous dressons contre l'injustice et l'oppression. C'est tout bonnement le cœur de l'islam. »

Deya roula des yeux. Si c'était vrai, alors on n'était pas musulman dans sa famille. Ce n'était pas chez elle qu'elle avait appris sa religion, et ses grands-parents n'étaient pas de fervents croyants, pas vraiment. Une fois, Deya avait envisagé de porter constamment le voile, pas seulement en tant que partie intégrante de son uniforme scolaire, mais Farida le lui avait interdit : « Personne ne voudra t'épouser avec ce truc sur la tête ! » lui avait-elle dit. Deya était restée perplexe. Elle s'était attendue à ce que Farida soit fière d'elle, fière qu'elle s'efforce d'être une bonne musulmane. Mais en réfléchissant plus longuement, Deya avait pris conscience que la plupart des règles que Farida considérait comme les plus importantes ne relevaient pas du tout de la religion, mais bel et bien des règles de propriété arabes.

L'heure du déjeuner arriva enfin : la seule chance de Deya d'appeler le numéro. Elle décida de demander à Meriem, une fille discrète, à la peau pâle, de lui prêter son téléphone portable. Elle faisait partie des rares filles de sa classe qui avaient l'autorisation parentale d'avoir un portable. Deya se disait que Meriem devait ce traitement de faveur à son innocence absolue.

Ses parents n'avaient aucune raison de redouter qu'elle discute au téléphone avec des garçons, ou qu'elle fasse quelque autre bêtise. En fait, durant toutes leurs années de scolarité commune, Deya ne l'avait jamais vue faire quoi que ce soit de mal. À un moment ou un autre, la majorité des filles de leur classe avait trouvé le moyen de violer les règles, même Deya. Pour elle, cela s'était passé un vendredi après-midi, après la prière de *Joumou'ah* : elle avait jeté une chaise en métal dans l'escalier de secours. À ce jour, Deya ignorait pourquoi elle avait fait cela. Tout ce dont elle se souvenait, c'étaient ses camarades qui la fixaient avec des sourires malicieux en lui disant qu'elle n'en était pas capable, et puis l'instant d'après, elle, dans l'escalier extérieur, jetant avec délectation, par-dessus la rambarde, cette chaise qui s'était fracassée quatre étages plus bas. Le proviseur avait appelé Farida pour l'informer que Deya avait été suspendue. Mais lorsque cette dernière était rentrée chez elle, tête baissée, Farida avait simplement éclaté de rire avant de lui dire : « Ça ne fait rien. Il y a des choses plus importantes que les études. »

Ce n'était pas la seule fois où Deya avait enfreint les règles. Un jour, elle avait demandé à l'une de ses camarades, Yousra, de lui acheter un CD d'Eminem, parce qu'elle savait que Farida s'y serait opposée. La famille de Yousra n'était pas aussi stricte que les grands-parents de Deya, qui ne l'autorisaient qu'à écouter de la musique arabe. Yousra avait passé le CD sous le manteau à Deya, et elle l'avait écouté en boucle un nombre incalculable de fois. Elle s'identifiait à l'intensité du rappeur, admirait son attitude frondeuse et son courage. Si seulement Deya avait pu faire entendre sa voix comme lui. La nuit, quand les cours ne s'étaient pas bien passés ou quand Farida l'avait excédée, Deya enfilait son casque et s'endormait en écoutant les paroles d'Eminem, heureuse de savoir que, quelque part sur cette terre, quelqu'un d'autre qu'elle se sentait opprimé par les limites et les interdits de son monde, réconfortée à l'idée qu'on n'était pas obligé d'être une femme ou un immigré pour savoir ce que c'était de ne pas se sentir à sa place.

À présent qu'elle y repensait, Deya se rendait compte que c'était la seule fois de sa vie où elle avait demandé un service à qui que ce soit. Ça ne lui ressemblait pas de quémander l'aide d'autrui : elle veillait toujours à ne gêner personne, à n'embêter personne. Mais dans ce cas précis, elle n'avait pas d'autre recours. Dans le réfectoire, mâchoires serrées, elle aborda Meriem. Meriem lui adressa un sourire timide en lui tendant son téléphone, et Deya s'efforça de ne pas rougir de honte en se précipitant dans les toilettes les plus proches. En entrant, elle évita soigneusement de croiser son reflet dans les miroirs. De croiser ce visage de lâche. En composant le numéro, elle sentait son cœur cogner dans sa poitrine. Après quatre sonneries, quelqu'un décrocha. « Bonjour », dit une voix féminine.

Deya toussa. Elle avait soudainement la bouche sèche. « Euh, bonjour. » De toutes ses forces, elle essayait de chasser l'émotion de sa voix. « C'est bien Books and Beans ?

— Oui. » Une courte pause. « Que puis-je pour vous ?

— Euh... je pourrais parler à la gérante ? C'est de la part de Deya.

— Deya ?
— Oui. »

Un nouveau silence. Puis : « Je n'arrive pas à y croire. » Deya perçut la nervosité dans le ton de la femme.

Elle s'aperçut également que ses propres mains tremblaient, et elle pressa le téléphone portable contre son voile. « Qui est à l'appareil ?

— Je suis... » La femme n'alla pas au bout de sa phrase. Les veines de Deya charriaient un torrent d'adrénaline.

« Qui êtes-vous ? insista Deya.

— Je ne sais pas par où commencer, répondit son interlocutrice. Ça va te paraître étrange, mais je ne peux pas te dire qui je suis au téléphone.

— Pardon ? Pourquoi ça ?

— Je ne peux pas, c'est tout. »

Le cœur de Deya battait si fort qu'elle croyait entendre ses pulsations résonner dans la cabine des toilettes. Elle avait plus l'impression de se trouver dans un polar ou un thriller que dans la vraie vie.

« Deya, fit la femme. Tu es toujours là ?

— Oui.

— Écoute... » Elle parlait à présent à voix basse, et Deya put entendre les tintements d'une caisse enregistreuse dans le fond. « Est-ce qu'on peut se voir, en chair et en os ?

— En chair et en os ?

— Oui. Tu peux passer à la librairie ? »

Deya réfléchit. Les seules fois où elle sortait seule, c'était quand Farida l'envoyait faire des courses urgentes, par exemple des boissons lorsque des amies passaient sans prévenir. Elle lui donnait alors la somme exacte et lui disait de se dépêcher d'aller acheter à l'épicerie du coin de la Soixante-Treizième Rue une boîte de thé Lipton, ou à la boulangerie italienne de la Soixante-Dix-Huitième Rue un assortiment de biscuits arc-en-ciel. Deya repensa au vent qui soufflait dans son voile lorsque, à ces rares occasions, elle parcourait ce simple trajet. L'odeur de pizza, la mélodie lointaine d'un camion de glaces. C'était tellement agréable de marcher seule dans la rue. Elle se sentait alors toute-puissante. D'habitude, Khaled et Farida accompagnaient Deya et ses sœurs partout, que ce soit à leur pizzeria préférée, à Elegante sur la Soixante-Neuvième Rue, au Bagel Boy de la Troisième Avenue ou même à la mosquée les vendredis, les sœurs entassées sur la banquette arrière de la Chevrolet 1976 de Khaled, les yeux rivés au plancher chaque fois que leur voiture croisait un homme. Mais lorsqu'elle devait faire ces courses seules, et qu'elle longeait la Cinquième Avenue au milieu d'inconnus des deux sexes, Deya n'avait pas à baisser les yeux : personne ne l'épiait. Pourtant, malgré elle, elle baissait la tête. Même lorsqu'elle essayait de toute la force de sa volonté de regarder droit devant elle, elle en était incapable.

« Ça m'est impossible, finit par répondre Deya. Mes grands-parents ne me laissent pas sortir seule. »

Il s'ensuivit une longue pause. « Je sais.

— Comment pouvez-vous le savoir ? Et puis comment savez-vous où j'habite ?

— Je ne peux pas te le dire au téléphone. Il faut qu'on se voie. » Un bref silence. « Peut-être que tu pourrais sécher les cours. Tu penses que ce serait possible ?

— Je n'ai jamais séché les cours, fit Deya. Et même si je le faisais, pourquoi je devrais vous faire confiance ? Je ne vous connais pas.

— Jamais je ne te ferai de mal. » Le ton de la femme était très doux, et Deya crut vaguement reconnaître sa voix. « Tu peux me croire : jamais. »

Elle connaissait cette voix. Mais était-ce celle de sa mère ? Cette possibilité avait beau être absurde, Deya ne pouvait s'empêcher de l'envisager. Elle se souvenait très clairement de la dernière fois où elle avait entendu la voix de sa mère.

« Je suis désolée », avait murmuré Isra, encore et encore. *Je suis désolée*. Dix ans étaient passés, et Deya ignorait toujours pourquoi.

« Mama ? » Le mot lui avait échappé.

« Quoi ?

— C'est toi, Mama ? C'est toi ? » Deya glissa dos à la paroi de la cabine pour se retrouver assise par terre. Cette femme était peut-être sa mère. Peut-être voulait-elle faire de nouveau partie de sa vie. Peut-être avait-elle changé. Peut-être était-elle vraiment désolée.

« Oh, Deya ! Non, je ne suis pas ta mère. » La femme chevrotait. « Je suis tellement désolée. Je ne voulais pas te blesser. »

Deya s'entendit sangloter avant de se rendre compte qu'elle pleurait. Les larmes ruisselaient abondamment sur ses joues. Jusqu'à cet instant, elle n'imaginait pas à quel point elle était désespérée, anéantie, à quel point elle aurait voulu que sa mère soit à ses côtés. Elle finit par ravaler ses larmes. « Excusez-moi, dit-elle alors. Je sais que ma mère est morte. Je sais qu'ils sont morts, tous les deux. » Silence à l'autre bout de la ligne. « Qui êtes-vous ? répéta Deya.

— Écoute, Deya. Il y a quelque chose que je dois absolument te dire. Trouve un moyen de passer à la librairie. C'est très important. » En l'absence de réponse de Deya, la femme reprit : « Et s'il te plaît, s'il te plaît, quelle que soit ta décision, ne dis rien de tout cela à tes grands-parents. Je t'expliquerai tout quand on se verra, mais ne dis rien à personne. D'accord ?

— D'accord.
— Merci. Passe une bonne journée...
— Attendez ! s'exclama alors Deya.
— Oui ?
— Quand est-ce que je dois passer ?
— Quand tu voudras. Je t'attendrai. »

Isra

Printemps 1990

Par un frais matin d'avril, six semaines après son arrivée en Amérique, Isra trouva son visage plus terne que l'argile. À peine réveillée, elle examina son reflet dans le miroir de la salle de bains. Son teint était cireux, semblable à celui d'une morte, et elle porta ses mains à son visage, frottant les poches sombres sous ses yeux, tirant sur une mèche de cheveux secs. Que lui arrivait-il ?

Plusieurs jours passèrent avant qu'elle sente un écheveau se démêler dans son ventre. Puis quelque chose se resserrer tout au fond d'elle. Enfin, quelque chose de chaud bouillonner au fond de sa gorge. Elle se rinça la bouche, espérant faire passer le goût métallique, en vain.

Dans un des tiroirs de la salle de bains se trouvait une poignée de petites bandes blanches, des tests de grossesse que Farida avait laissés à sa disposition afin qu'une fois par mois elle puisse s'aviser de son état. D'une main tremblante, Isra en prit un. Elle se souvenait encore de l'expression de sa belle-mère lorsque, un mois auparavant, Isra, rouge comme une pivoine, lui avait demandé si elle avait des serviettes hygiéniques ultra-absorbantes. Sans un mot, Farida avait envoyé Khaled en acheter à la supérette, mais au frémissement de son œil droit, et à l'atmosphère soudain glaciale, Isra avait bien compris qu'elle était tout sauf ravie.

« Je suis enceinte », murmura Isra en retrouvant Farida dans la cuisine, tenant le test du bout des doigts comme s'il s'agissait d'un tesson de verre.

Farida releva la tête d'un gros bol rempli de pâte et afficha un si large sourire qu'Isra put voir sa molaire en or. « *Mabrouk*, dit Farida, les yeux embués. C'est une excellente nouvelle. »

À la vue de ce sourire, Isra éprouva un profond bonheur. Cela faisait si longtemps que cela ne lui était pas arrivé qu'elle eut quelque difficulté à reconnaître ce sentiment.

« Viens, assieds-toi, enchaîna Farida. Reste un peu avec moi pendant que je finis de faire le pain. »

Isra s'assit. Elle regarda Farida saupoudrer la pâte de farine, l'envelopper dans un torchon propre, et la poser dans un coin. Puis Farida prit un autre torchon humide renfermant de la pâte, et appuya du doigt dessus. « Celle-ci est prête, déclara-t-elle en étirant la pâte collante entre ses doigts. Passe-moi le plat. »

Farida découpa la pâte en plusieurs parts qu'elle disposa dans le récipient. Elle les aspergea d'huile d'olive et les mit au four. Isra observa la cuisson en silence, sans savoir quoi dire ni quoi faire. Farida chantonnait, retirant du four les pains plats à mesure que l'un ou l'autre était à point. Isra espérait que cette joie durerait. La dernière fois que Farida avait souri au point de montrer sa dent en or, c'était lorsque Adam lui avait donné une liasse de billets, cinq mille dollars au total. C'étaient les bénéfices mensuels de la supérette : Adam lui avait dit qu'il tenait à ce qu'ils lui reviennent. Isra se souvenait encore des yeux ronds de Farida devant tout cet argent, la façon dont elle avait serré la liasse contre sa poitrine avant de disparaître dans sa chambre. Mais à la lueur approbatrice qui brillait à présent dans le regard de Farida, Isra sut que sa grossesse était encore plus importante que l'argent. Elle regarda à l'intérieur du four, sentant en elle quelque chose gonfler et retomber comme les pitas qui cuisaient. Était-ce vraiment du bonheur qu'elle éprouvait ? Ce ne pouvait être autre chose, songea-t-elle.

*

Ce jour-là, Adam rentra de bonne heure. De la cuisine, Isra l'entendit se déchausser et entrer dans la *sala*, où Farida regardait sa série. « *Salam*, maman », dit-il. Isra entendit Farida l'embrasser sur les deux joues et le féliciter.

Était-il heureux ? Isra n'aurait su le dire. Tout l'après-midi, elle s'était inquiétée de sa réaction, se demandant s'il désirait avoir un enfant aussi vite, s'il aurait préféré attendre deux ou trois ans afin d'être plus stable financièrement. Plus d'une fois, Farida avait déclaré qu'Adam les aidait à payer les frais d'inscription universitaire d'Ali : aurait-il assez d'argent pour couvrir tous les frais qu'occasionnerait la naissance d'un enfant ? Lorsqu'elle avait posé cette question à Farida, celle-ci avait souri en répondant simplement : « Ne t'inquiète pas pour ça. Avec les banques alimentaires et l'assurance santé pour les plus démunis, tu peux faire autant d'enfants que tu veux. »

Adam entra dans la cuisine en fredonnant une chanson d'Abdel Halim, et sourit franchement lorsque son regard croisa celui d'Isra. « Je n'en reviens pas : je vais devenir papa », déclara-t-il.

Isra poussa un soupir de soulagement. « *Mabrouk*, chuchota-t-elle. Félicitations. »

Il l'attira à lui, passant un bras autour de sa taille et posant sa main sur son ventre. Elle réprima tout mouvement de recul. Elle n'était toujours pas habituée à ce qu'il la touche. Elle se disait parfois que sa vie était bien curieuse : du jour au lendemain, elle était passée de l'état de jeune fille à marier qu'aucun homme n'avait jamais touchée à celui d'épouse que son mari pénétrait dès que l'envie lui en prenait. Le passage de l'un à l'autre avait été abrupt, et elle se demandait si elle s'habituerait un jour à son nouveau sort, si elle finirait par y prendre plaisir, comme les femmes étaient censées le faire.

« Il faut que tu prennes soin de toi, maintenant, dit Adam en caressant son ventre plat. Rien ne doit arriver à notre enfant. »

Isra le dévisagea, frappée par la douceur de sa voix, par la façon dont les rides se multipliaient à la commissure de ses yeux lorsqu'il souriait. Peut-être passerait-il plus de temps avec elle, à présent. Peut-être que, au fond, cet enfant était tout ce qu'il attendait de la vie.

« Notre vie va complètement changer, tu sais, lui dit Adam. Avoir des enfants, fonder une famille... » Il observa une pause, passant le bout de son index sur son ventre comme s'il y écrivait quelque chose. « Ça change vraiment tout. »

Isra le regarda dans les yeux. « Comment ça ?

— Eh bien, déjà, tu auras beaucoup plus de choses à faire. Tu devras plus laver, plus nettoyer, plus cuisiner, plus cavaler à droite et à gauche. C'est loin d'être facile. » Constatant qu'Isra écarquillait les yeux sans rien dire, il ajouta : « Mais les enfants sont une source de joie et de bénédiction, bien évidemment. Comme le dit le Coran.

— Bien sûr, dit Isra en se rappelant qu'elle n'avait pas encore fait la prière du coucher du soleil. Mais est-ce que tu m'aideras ?

— Comment ?

— Est-ce que tu m'aideras ? répéta-t-elle, d'une voix incertaine. Pour notre enfant ? »

Adam eut un léger mouvement de recul. « Tu sais que j'ai énormément de travail.

— Je me disais simplement que tu pourrais peut-être rentrer plus tôt, de temps en temps, lâcha Isra dans un murmure. Je pourrais te voir un peu plus. »

Adam soupira. « Tu crois que je tiens vraiment à travailler jour et nuit ? Bien sûr que non. Mais je n'ai pas le choix. Mes parents comptent sur moi pour subvenir aux besoins de notre famille. » Il caressa la joue d'Isra du dos de la main. « Tu comprends cela, n'est-ce pas ? » Elle hocha positivement la tête. « Bien. » Son regard glissa en direction de la cuisinière, attiré par une fumerolle de vapeur. « Qu'y a-t-il pour dîner ?

— Des tourtes à la viande et aux épinards », répondit Isra, légèrement gênée. Il avait été tout à fait ridicule de sa part de s'attendre à ce qu'Adam décide de moins travailler au profit de la famille qu'ils allaient fonder. Avait-elle jamais vu un homme aider sa femme dans l'éducation de leurs enfants ? C'était là sa responsabilité exclusive, son devoir de femme.

Elle s'approcha d'Adam, espérant qu'il lui dirait autre chose. Mais sans un mot de plus, celui-ci s'avança vers la cuisinière, tira une tourte aux épinards du plat, et en croqua une bouchée.

*

« Non, non et non », dit un soir Farida en goûtant le thé qu'Isra lui avait préparé durant la page publicité, en plein milieu de sa série préférée. « Qu'est-ce que ça veut dire ?

— Qu'y a-t-il ? demanda Isra.

— Ce thé est amer. »

Isra se défendit : « Je l'ai préparé exactement comme vous l'aimez, avec trois feuilles de *maramiya* et deux cuillers de sucre.

— Eh bien il est infect. » Elle tendit la tasse à Isra. « Tu peux tout jeter. »

Estime-toi heureuse, voulait lui dire Isra. *Estime-toi heureuse qu'une femme enceinte te prépare ton thé, cuisine et nettoie pendant que tu regardes la télévision.* « Pardonnez-moi, dit-elle à la place. Je vais vous en refaire. »

Farida lui adressa un sourire peiné. « Rien ne t'y oblige.

— J'y tiens, j'y tiens, répondit Isra. Vraiment. »

De retour dans la cuisine, Isra prit trois des feuilles de sauge les plus vertes sur le bord de la fenêtre. Elle plongea un sachet de thé dans la théière juste après la deuxième ébullition, et s'assura que les cristaux de sucre se soient totalement dissous. Elle voulait que son thé soit parfait. Mais malgré tous ses efforts, elle se souvenait systématiquement de toutes les fois où elle avait trop épicé les sandwichs au falafel de ses frères, de toutes les fois où ils lui avaient crié dessus parce qu'elle n'avait pas convenablement repassé leurs uniformes, et de cette fois où elle avait prononcé ce murmure inaudible : « Je te déteste », après que Yacob l'eut battue. Pourtant c'était avec Farida qu'Isra passerait le restant de ses jours. Elle avait besoin de son amour, et elle était prête à tout pour en être digne.

« Où est Sarah ? demanda Farida lorsque Isra lui tendit une nouvelle tasse de thé. Est-elle dans sa chambre ?

— Je crois, oui, répondit Isra.

— *La hawlillah*, marmonna Farida. Qu'est-ce que je vais bien pouvoir faire de cette fille ? »

Isra resta muette. Elle avait appris à reconnaître les moments où Farida se parlait à elle-même. Sarah était un sujet sensible pour Farida. Les jours où Isra se levait assez tôt pour faire la prière de l'aube, elle trouvait Farida plantée au beau milieu du couloir, bras croisés, inspectant l'uniforme de sa fille afin de s'assurer qu'elle était présentable. « Tiens-toi bien, disait alors Farida, presque en sifflant. Et tu n'adresses pas la parole aux garçons, c'est bien compris ?

— Je sais, Mama », répondait toujours Sarah. Après l'école, Farida veillait à ce que Sarah rachète le temps qu'elle avait passé à l'école. Isra savait qu'être la seule fille dans une maison essentiellement masculine revenait à être un paillasson sous leurs pieds. Mais elle se demandait quelle opinion s'en faisait Sarah.

À l'expression rebelle que cette dernière affichait chaque fois que Farida prononçait un mot, Isra savait que sa rancune était considérable.

« Sarah ! s'écria Farida au pied de l'escalier. Descends !

— J'arrive ! » répondit Sarah, tout aussi fort.

« Va voir ce qui la retient », ordonna Farida à Isra après une minute d'attente. Isra obéit. En haut de la volée de marches, elle aperçut Sarah dans sa chambre. Elle lisait, son livre ouvert devant son visage tel un heaume, absorbant les mots comme s'ils la nourrissaient. Ce spectacle fascina Isra.

« Qu'est-ce qu'elle fait ? cria Farida au bas de l'escalier.

— Je n'en sais rien, mentit Isra.

— Sarah… », chuchota Isra pour la mettre en garde. Mais il était trop tard : Farida l'avait déjà rejointe à l'étage.

« J'en étais sûre ! » Elle entra comme une furie dans la chambre et arracha le livre des mains de Sarah. « Pourquoi tu n'es pas descendue à l'instant où je te l'ai demandé ?

— Je voulais finir mon chapitre.

— Finir ton chapitre ? » Farida posa une main sur sa hanche. « Et qu'est-ce qui te fait croire que ton livre est plus important qu'apprendre à cuisiner ? »

Sarah poussa un soupir, et Isra sentit son estomac se nouer. Dans sa tête, elle entendait la voix de Mama qui lui disait que les livres ne servaient à rien, que la seule chose qu'une femme devait apprendre, c'était la patience, et qu'aucun livre ne l'enseignait.

« Dis-moi un peu, fit Farida en s'approchant de Sarah. Tu crois que c'est avec des livres que tu apprendras à cuisiner et à faire le ménage ? Que tu trouveras un mari ? Que tu sauras éduquer tes enfants ?

— La vie, ce n'est pas qu'un mari et des enfants, répliqua Sarah. Je ne t'ai jamais entendue dire à Ali d'arrêter d'étudier ni de refermer un livre. Pourquoi lui a le droit d'aller à l'université ? Pourquoi tu ne le presses jamais de se marier ?

— Parce que le mariage, c'est la chose la plus importante pour une fille, répondit sèchement Farida. Pas l'université. Tu seras très bientôt nubile. Il est temps que tu grandisses un peu et que tu te mettes bien ça dans la tête : une femme, ce n'est pas un homme.

— Mais ce n'est pas juste ! s'écria Sarah.

— Et ne me réponds pas ! riposta Farida en levant sa main ouverte. Un mot de plus et je te gifle. »

Sarah se protégea à moitié. « Mais Mama, reprit-elle d'une voix plus douce, c'est vraiment pas juste.

— Que ce soit juste ou pas, c'est ainsi. » Farida se retourna pour quitter la chambre. « Maintenant, descends et va aider Isra en cuisine. »

Sarah soupira de nouveau et se hissa hors de son lit.

« Et plus vite que ça ! insista Farida. On n'a pas toute la nuit. »

Dans la cuisine, Isra et Sarah se tenaient dos à dos, chacune un torchon à la main. Sarah était une fille mince et menue, à la peau dorée et aux cheveux bouclés, indomptables, qui lui tombaient en dessous des épaules. La plupart du temps, elle ne disait pas grand-chose lorsqu'elles faisaient le ménage toutes les deux. Parfois, son regard croisait celui d'Isra, et elle poussait un profond soupir.

Depuis l'arrivée d'Isra, Sarah et elle s'étaient à peine adressé la parole. Dès qu'elle rentrait de l'école, la première chose que faisait Sarah était de filer dans sa chambre pour y poser son cartable. Isra avait fini par comprendre que c'était très probablement pour cacher les livres qu'elle rapportait. Puis Sarah la rejoignait dans la cuisine pour l'aider à mettre la *soufra*, ou faire la vaisselle, ou plier le linge dont Isra n'avait pas eu le temps de s'occuper. Certains soirs, elles se joignaient à Farida dans la *sala* et regardaient avec elle ses séries turques préférées. Sarah buvait du thé à la menthe et grignotait des biscuits secs, et lorsque Farida était trop obnubilée par l'écran, elle en profitait pour ouvrir les graines de pastèque grillées avec ses incisives, habitude proscrite par sa mère afin que Sarah ne gâte pas son beau sourire.

Isra avait pitié de Sarah, à présent qu'elle la voyait s'affairer dans la cuisine, essuyant les plans de travail, lavant les assiettes, rangeant les tasses dans le placard. Était-ce à cela qu'elle ressemblait quand elle était encore chez elle, chez Mama, remuant ciel et terre jusqu'à ce que tout soit impeccable ?

« Alors, comment te sens-tu ? » demanda Farida à Isra, en s'accroupissant face au four pour surveiller la cuisson de ses gâteaux au sésame. C'était la troisième fournée de la semaine.

« *Alhamdoulillah*, répondit Isra, je me sens bien. »

Farida retira ses gâteaux du four. « Tu as eu des nausées matinales ?

— Non, dit Isra d'un ton hésitant.

— C'est bon signe. » Isra remarqua que Sarah s'était interrompue dans ses tâches ménagères pour prêter l'oreille à ce que disait sa mère. « Et tes fringales ? reprit Farida. Tu as eu envie de choses sucrées ? »

Isra réfléchit un court instant. « Pas plus que d'ordinaire. »

Farida pinça un gâteau, et avala le petit bout qui lui resta entre les doigts. Ses yeux s'agrandirent lorsque la pâte toucha ses papilles. « Ça aussi, c'est bon signe.

— Dans quel sens, c'est bon signe ? » intervint alors Sarah. Dans la chaude lueur du coucher de soleil qui s'épanchait de la fenêtre, sa peau semblait presque jaune, et, à cet instant précis, Isra ne put s'empêcher d'imaginer la paume de Farida s'abattre sur sa joue. Elle se demanda si Sarah se faisait battre régulièrement.

« Eh bien, fit Farida, à en croire les vieilles femmes, quand une future mère a des nausées matinales et a envie de choses sucrées, c'est qu'elle attend une fille. »

Sarah ne dit rien, mais fronça les sourcils à l'intention de sa mère.

« Et comme tu n'as ni l'un ni l'autre de ces symptômes, c'est que tu dois attendre un garçon ! » conclut Farida en adressant un large sourire à Isra.

Celle-ci ne sut quoi dire. Elle sentit quelque chose se nouer en elle. Peut-être avait-elle des nausées matinales, après tout.

« Pourquoi fais-tu cette tête ? demanda Farida en goûtant un autre gâteau. Tu ne veux pas avoir un garçon ?

— Non, je...

— Un garçon, c'est bien mieux, crois-moi. Il veillera sur toi quand tu seras vieille, il perpétuera le nom de notre famille...

— Tu es en train de dire que ça ne t'a pas fait plaisir de m'avoir ? demanda Sarah d'un ton tranchant. Parce que je n'étais pas un garçon ?

— Ce n'est pas ce que j'ai dit, riposta Farida. Mais tout le monde préfère avoir un garçon. Tu peux demander à qui tu veux, la réponse sera toujours la même. »

Sarah secoua la tête. « Je ne comprends pas. Ce sont les filles qui aident leurs mères. Omar et Ali n'ont jamais rien fait pour toi.

— Tu racontes n'importe quoi. Tes frères se feraient couper un bras ou une jambe pour moi.

— Mais bien sûr », dit Sarah en roulant des yeux.

En écoutant Sarah, Isra se demanda si c'était ça, être américaine : avoir une voix. Elle aurait aimé exprimer ainsi son avis, elle aurait aimé dire toutes ces choses à Mama : lui dire que les filles étaient tout aussi précieuses que les garçons, que leur culture était injuste, et que Mama, en tant que femme, ne pouvait que le reconnaître. Elle aurait aimé dire à Mama qu'elle en avait assez, d'être toujours reléguée au deuxième rang, d'être sans cesse victime de la honte, de l'irrespect, du mépris et de la violence, sauf lorsqu'il fallait faire le ménage ou la cuisine. Elle aurait aimé lui dire qu'elle souffrait qu'on lui fasse croire qu'elle n'avait aucune valeur, qu'elle n'était qu'un objet que le premier venu pouvait accaparer par le mariage.

« Ne fais pas attention à ce que Mama raconte », lui murmura Sarah lorsque Farida quitta la cuisine.

Isra releva la tête, surprise que Sarah lui adresse la parole. « Comment ça ?

— Ton enfant est de toute façon une bénédiction, même si c'est une fille. »

Isra manipula maladroitement un pli de sa chemise de nuit et détourna le regard. Elle se souvint d'avoir adressé les mêmes mots à Mama lorsqu'elle était enceinte : *De toute façon, c'est une bénédiction.* Elle ne voulait pas devenir l'une de ces femmes qui ne désiraient pas avoir de fille, elle ne voulait pas devenir comme Mama, qui lui avait raconté qu'elle avait pleuré des jours durant après sa naissance.

« Bien sûr, que c'est une bénédiction, répondit Isra. Bien sûr.

— Je ne vois vraiment pas ce qu'il y a de spécial à avoir des fils, poursuivit Sarah. Ta mère aussi est comme ça ?

— Oui, admit Isra. J'espérais que ce serait différent, ici. »

Sarah eut un haussement d'épaules. « La plupart de mes camarades américaines disent que leurs parents s'en moquent. Mais si tu entendais les amies de ma mère... tu n'en croirais pas tes oreilles. Si ça ne dépendait que d'elles, on serait encore en Arabie, à enterrer vivantes nos filles. »

Sarah fit une grimace, et Isra ne put s'empêcher de voir en elle la petite fille qu'elle avait été. Jamais elle n'aurait cru qu'elles puissent avoir quoi que ce soit en commun : Sarah avait grandi en Amérique, fréquentait une école publique mixte, avait eu une existence si différente de la sienne. Isra se hasarda à un modeste sourire, et reçut en échange un large sourire de la part de Sarah.

« Alors, tu maîtrises un peu l'anglais ?

— Je sais lire et écrire dans cette langue, répondit fièrement Isra.

— C'est vrai ? Je croyais qu'en Palestine personne ne se débrouillait en anglais.

— C'est au programme scolaire.

— Et tu sais parler anglais ?

— Pas très bien, fit Isra en rougissant. J'ai un très gros accent.

— Je suis sûre qu'il n'est pas aussi horrible que ça. Mon frère m'a dit que tu étais dans une école pour filles, et que je devrais m'estimer heureuse que nos parents m'aient mise dans une école publique.

— Je n'arrive même pas à imaginer ce que ça doit être d'aller dans une école avec des garçons, dit Isra. Mes parents ne l'auraient jamais toléré.

— Eh bien les miens n'ont pas eu le choix. Ils n'ont pas les moyens de m'envoyer dans une école pour filles. En principe, je ne devrais pas parler aux garçons de ma classe, mais comment je pourrais l'éviter ? En me baladant avec un panneau sur la tête qui dirait : "Merci de ne pas m'adresser la parole si vous êtes un garçon" ? » De nouveau, Sarah leva les yeux au plafond.

« Et si tes parents découvraient que tu leur désobéis ? demanda Isra. Farida a failli te gifler, tout à l'heure. Ils ne te battraient pas ?

— Sûrement, répondit Sarah en détournant le regard.

— Est-ce que… est-ce qu'ils te battent fréquemment ?

— Seulement quand je leur réponds effrontément ou quand je ne les écoute pas. Un jour, Baba m'a frappée avec sa ceinture après avoir trouvé dans mon cartable le mot d'un camarade de classe. Mais j'essaye de m'arranger pour ne jamais me faire pincer quand je fais quelque chose qui ne leur plaît pas.

— Comme quand tu caches tes livres dans ta chambre ? »

Sarah releva soudainement les yeux. « Comment tu le sais ? »

Isra eut un autre sourire discret. « Parce que moi aussi, je cachais des livres chez moi.

— Je ne savais pas que tu aimais lire.

— J'adore ça, fit Isra. Mais je n'ai rien lu depuis un moment. Je n'ai emporté qu'un seul livre quand j'ai quitté la Palestine.

— Lequel ?

— *Les Contes des Mille et Une Nuits*. C'est celui que je préfère.

— *Les Contes des Mille et Une Nuits* ? » Sarah réfléchit un instant. « C'est l'histoire d'un roi qui jure d'épouser et de tuer une nouvelle femme chaque nuit parce que sa première épouse l'a trompé, c'est ça ?

— Oui ! répondit Isra, ravie que Sarah l'ait lu, elle aussi. Mais il se fait prendre à son propre jeu par Schéhérazade, qui lui raconte une nouvelle histoire chaque nuit, pendant mille et une nuits, et il finit par lui épargner la vie. J'ai dû lire ce livre un bon million de fois.

— Vraiment ? fit Sarah. Il n'est pas aussi bon que ça, quand même.

— Oh, si ! J'adore la narration, toutes ces histoires liées les unes aux autres, et puis l'idée que cette femme raconte des histoires pour avoir la vie sauve. Je trouve ça très beau. »

Sarah haussa les épaules. « Je n'aime pas beaucoup les histoires fantastiques. »

Isra écarquilla soudainement les yeux : « Ce ne sont pas des histoires fantastiques !

— C'est plein de génies et de vizirs, des choses qui n'existent pas. Je préfère les histoires qui parlent de la vraie vie.

— Mais ça parle de la vraie vie, insista Isra. Ça parle de la force et de la ténacité des femmes. Personne ne demande à Schéhérazade d'épouser le roi. C'est elle qui se propose, au nom de toutes les femmes, afin de sauver toutes les musulmanes en âge de se marier. Ces histoires qu'elle raconte pendant mille et une nuits, c'est de la résistance. Sa voix est une arme, qui illustre le pouvoir extraordinaire des histoires en général, et la force des femmes en tant qu'individus.

— J'en connais une qui a un peu trop lu le même livre, fit Sarah en souriant. Moi, quand je l'ai lu, je n'ai vu ni force ni forme de résistance. Tout ce que j'ai vu là-dedans, c'est l'histoire complètement imaginaire d'un type qui assassinait tout un tas de femmes sans défense.

— J'en connais une qui est un peu trop cynique pour son âge, rétorqua Isra.

— Peut-être, oui.

— Et toi, quel est ton livre préféré ?

— *Sa Majesté des mouches*, répondit Sarah. Ou alors *Ne tirez pas sur l'oiseau moqueur*. Ça dépend des jours.

— Ce sont des romans d'amour ? » demanda Isra.

Sarah poussa un rire cruel. « Non. Je préfère les romans plus réalistes.

— C'est très réaliste, l'amour !

— Pas pour nous. »

Ces trois mots furent comme une claque pour Isra : elle dut baisser les yeux pour reprendre contenance.

« Si tu veux, reprit Sarah, je peux te rapporter des livres, demain. Et ne t'inquiète pas, je ferai bien attention à ne te prendre que des romans d'amour. »

Isra sourit. Un sourire fugace, incertain. Elle s'imagina Farida la surprenant en pleine lecture d'un roman écrit en anglais, pire encore, d'un roman d'amour. Non, elle ne voulait pas la fâcher. Elle déglutit. « C'est gentil, mais je préfère les romans arabes.

— Tu es sûre ? Je connais quelques romans écrits en anglais qui te plairaient.

— Non, vraiment, répondit Isra. Et puis de toute façon, avec le bébé, je n'aurai plus le temps de lire.

— Comme tu voudras. »

Le manque de temps n'était pas une fausse excuse, pour Isra. En fait, dernièrement, elle se demandait même si elle était prête à devenir mère, et ce n'était pas qu'à cause de la charge de travail que lui imposait Farida. Elle s'inquiétait aussi de n'avoir rien à offrir à son enfant. Comment pourrait-elle lui apprendre le monde alors qu'elle-même n'y connaissait rien ? Serait-elle une bonne mère ? Et puis qu'est-ce que c'était, une bonne mère ? Pour la première fois de sa vie, Isra ne savait plus trop si elle voulait suivre l'exemple de sa mère ou non. Elle en voulait terriblement à Mama de l'avoir abandonnée de la sorte, en la donnant à une famille d'inconnus qui vivaient à l'étranger. Mais en son for intérieur, Isra savait que Mama n'avait fait qu'obéir aux désirs de Yacob : elle n'avait tout simplement pas eu son mot à dire. Mais peut-être que si, après tout. Mama avait-elle pris part à cette décision ? Isra ne savait plus quoi penser et, plus tard dans la soirée, elle se retrouva assise à la fenêtre de la cuisine, réfléchissant aux choix qu'elle devrait bientôt faire en tant que mère. De tout son cœur, elle espérait que ses décisions seraient les bonnes.

*

Ce soir-là, Adam rentra avant le coucher du soleil. Il apparut sur le seuil de la cuisine, vêtu d'un jean noir usé et d'une chemise bleue. Isra ne le remarqua pas tout de suite : l'air absent, elle contemplait le ciel orangé par la fenêtre. Il se racla la gorge et dit : « Sortons. »

Isra s'efforça de cacher sa joie. Les seules fois où elle sortait de cette maison, c'étaient les dimanches où Khaled et Farida allaient faire des courses en emmenant Sarah. Lorsque Sarah restait, Farida demandait à Isra de veiller sur elle : elle redoutait de la laisser seule à la maison, sans surveillance. Adam n'avait plus proposé de promenade à Isra depuis sa première soirée à Brooklyn.

Dehors, l'air était frais et vif, les réverbères luisaient déjà. Ils descendirent paisiblement la Cinquième Avenue, passant devant les boucheries, les supermarchés, les boulangeries et les « tout à un dollar ». Les rues étaient aussi vivantes que la première fois où Isra les avait parcourues. Le trafic était congestionné, et des foules de passants ne cessaient d'entrer et de sortir des divers commerces. Les trottoirs étaient sales et usés, et on sentait une faible odeur de poisson cru, qui, à en croire Adam, provenait du marché aux poissons chinois au coin de la rue. De temps à autre, ils croisaient des grilles vert foncé qui encerclaient de larges escaliers descendant sous terre, en pleine rue.

« Ce sont des stations de métro », dit Adam, avant de lui promettre qu'ils monteraient bientôt dans une rame. Isra marchait près de lui, une main sur son petit ventre, l'autre se balançant librement. Elle aurait aimé qu'il la lui prenne, mais Adam tirait sur sa cigarette, le regard fixé au loin.

Ils traversèrent pour entrer dans un commerce de bouche, Elegante, où Adam acheta une part de pizza à Isra. Selon lui, c'était la meilleure pizzeria de tout Brooklyn. Isra n'avait jamais rien mangé de pareil. Elle mordit dans la pâte fine et chaude recouverte de fromage, lécha la succulente sauce qui lui maculait le bout des doigts. Elle était émerveillée par le riche mélange de saveurs, et le réconfort que cette nourriture lui faisait éprouver, alors que c'était la première fois qu'elle y goûtait.

« Ça t'a plu ? demanda Adam lorsqu'elle eut fini sa part.

— Oui », répondit-elle en faisant disparaître les derniers vestiges de sauce à la commissure de ses lèvres du bout de sa langue.

Adam éclata de rire. « Il te reste de la place pour un dessert ? » Elle hocha vivement la tête.

Il lui acheta une glace au camion Mister Softee. Une glace italienne à la vanille, saupoudrée de vermicelles multicolores. Isra la dévora. La glace que vendait le *doukan* de son village (du sorbet à la fraise ou à la mûre planté sur un simple bâton), n'avait rien à voir avec ce qu'elle dégustait, ce dessert si crémeux, si riche.

Adam l'observait se délecter avec un sourire de fierté, comme si Isra n'était qu'une enfant. « Une autre ? »

Elle porta ses deux mains à son ventre. « *Alhamdoulillah*. Je suis pleine.

— Parfait. » Il sortit une cigarette de son paquet. « Ça me fait plaisir. » Isra rougit.

Ils se dirigèrent vers leur maison. Isra retenait sa respiration lorsque Adam crachait sa fumée. Il ne ressemblait en rien aux hommes des romans qu'elle avait lus. Rien d'un *faris*, rien d'un prince charmant.

Il était toujours agité, même après une longue journée de travail, remuant nerveusement ses couverts dans son assiette au dîner, ou se mordillant le bout des doigts. Il avait souvent des absences, et son regard se perdait alors au loin. Il serrait violemment la mâchoire lorsqu'il était irrité. Il sentait toujours le tabac. Isra se dit qu'elle aimait pourtant son sourire, ces dizaines de rides qui se creusaient autour de ses yeux pour redonner vie à son visage. Elle aimait aussi sa voix, légèrement mélodieuse, parfaite pour l'appel à la prière, du moins se l'imaginait-elle : elle ne l'avait toujours pas vu prier.

Devant leur maison, il se tourna pour la regarder dans les yeux. « Cette promenade t'a plu ?
— Oui. »
Il tira une longue bouffée de fumée avant d'écraser sa cigarette sur le trottoir. « Je sais que je devrais t'inviter plus souvent à sortir, dit-il, mais j'ai toujours tellement de travail. Entre ma supérette et l'épicerie, je n'ai pas une minute.
— Je comprends, fit Isra.
— Certains jours, j'ai l'impression que le temps me file entre les doigts comme de l'eau, comme si je devais un jour me réveiller pour me rendre compte qu'il ne m'en reste plus. » Il s'interrompit, et caressa le ventre d'Isra. « Mais ça en vaut la peine, tu sais. Nos enfants n'auront pas à se démener comme nous. Ils auront une belle vie, grâce à nos efforts. »

Isra le regarda un moment et, pour la première fois, se sentit reconnaissante pour tout le travail qu'il abattait. Elle sourit et posa ses mains sur son ventre, ses doigts effleurant ceux d'Adam. « Merci pour tout ce que tu fais, dit-elle. Nos enfants seront fiers de toi. »

Deya

Hiver 2008

« Je viens d'avoir la mère de Nasser au téléphone », dit Farida à Deya dès qu'elle fut rentrée de l'école. Ses yeux luisaient de satisfaction. « Il passera te voir demain. »

Deya servit un thé à Farida dans la *sala*, n'écoutant qu'à moitié ce qu'elle lui disait. Elle n'arrêtait pas de penser à cette femme de Books and Beans. Devait-elle sécher les cours pour la rencontrer ? Et si sa professeure principale appelait Farida pour lui faire part de son absence ? Et si elle se perdait en se rendant dans cette librairie ? Et si quelque chose lui arrivait dans le métro ? Elle avait entendu bon nombre d'histoires sur les dangers du réseau souterrain, des femmes s'y faisaient souvent agresser, violer, et même assassiner dans les recoins sombres de ces couloirs sans fin. La petite monnaie que lui donnait Farida pour s'acheter des friandises au distributeur de la cafétéria ne suffirait pas pour une course en taxi. Pourtant il fallait qu'elle tente sa chance : il fallait qu'elle sache pourquoi cette femme était entrée en contact avec elle. Elle ne pouvait continuer à vivre dans l'ignorance.

« Je suis surprise que Nasser veuille te revoir, poursuivit Farida en mettant la main sur la télécommande. Tu as tout de même réussi à effrayer tous les prétendants que je t'ai trouvés cette année. Il faut croire que ce jeune homme a vu clair dans ton jeu, malgré toutes tes foutaises.

— Tu dois être très contente, dit Deya.

— Bien sûr, que je suis contente. » Farida se mit à zapper. « Un bon parti, c'est ce que toute mère souhaite pour sa fille.

— C'est ce que tu souhaitais aussi pour ta propre fille ? Même si ça impliquait que tu ne la reverrais plus jamais ? » Farida avait marié Sarah à un homme qui vivait en Palestine alors que Deya n'était encore qu'une enfant, et elle ne l'avait plus revue depuis.

« Ça n'a rien à voir », répliqua Farida. Ses mains tremblaient, et elle reposa la télécommande. Toute mention de Sarah faisait vibrer en elle une corde plus que sensible. « Tu vas te marier ici, à Brooklyn. Tu ne partiras pas.

— N'empêche, fit Deya. Elle ne te manque vraiment pas ?

— Quelle différence ça fait ? Elle est partie, elle est partie, c'est ainsi. Et je t'ai déjà dit un millier de fois de ne pas parler de mes enfants sous ce toit. Pourquoi insistes-tu ? »

Deya détourna le regard. Elle aurait voulu frapper des pieds par terre, donner des coups aux portes et aux murs, briser les vitres de la fenêtre. Elle aurait voulu hurler à Farida : *Je refuse de t'écouter ! Tant que tu ne m'auras pas dit la vérité sur mes parents, je refuse de t'écouter !* Mais elle inspira, et toutes ces paroles s'évanouirent. Elle connaissait assez sa grand-mère pour savoir qu'elle n'avouerait jamais ce qui s'était réellement passé. Si Deya désirait vraiment des réponses, elle ne pouvait compter que sur elle-même pour les trouver.

*

Le lendemain matin, à l'arrêt du bus scolaire, Deya prit sa décision. Elle se rendrait à la librairie.

« Écoutez, dit-elle à ses sœurs alors qu'elles attendaient le bus. Je n'irai pas à l'école, aujourd'hui.

— Où est-ce que tu vas ? » demanda Nora en la regardant d'un air curieux. Layla et Amal la dévisageaient aussi, incrédules.

« J'ai quelque chose à faire. » Elle sentit l'un des coins de la carte de visite dans la poche de son *jilbab*. « Quelque chose d'important.

— Quoi ? » insista Nora.

Deya inventa dans l'instant une excuse un tant soit peu crédible. « Je vais à la bibliothèque constituer mon dossier de candidature à l'université.

— Sans la permission de Farida ?

— Et si tu te fais attraper ? lança Layla. Farida te tuera !

— Elle a raison, renchérit Amal. Je ne pense pas que ce soit une bonne idée. »

Deya tourna la tête en direction du bus scolaire qui approchait. « Ne vous inquiétez pas pour moi, dit-elle. Je sais ce que je fais. »

Lorsque le bus eut disparu au coin de la rue, Deya tira la carte de visite de sa poche et relut l'adresse : 800 Broadway, New York, NY 10003.

Elle considéra les petits caractères en plissant les yeux, s'apercevant pour la première fois que la librairie ne se trouvait pas à Brooklyn, mais à Manhattan. Une peur panique s'empara d'elle. Elle ne s'était retrouvée à Manhattan que deux ou trois fois, sans jamais quitter la banquette arrière de la voiture de Khaled. Comment parviendrait-elle à s'y rendre toute seule ? Elle inspira profondément. Il lui faudrait demander son chemin à des inconnus. Elle avait déjà prévu de le faire. Pas de quoi s'affoler. Elle se dirigea vers la station la plus proche sur Bay Ridge Avenue et descendit les marches, son cœur battant furieusement. La station était pleine de visages inconnus et bizarres, et un bref instant Deya fut tentée de prendre ses jambes à son cou et de rentrer chez elle. Elle se figea, et observa les gens qui lui passaient devant, dans le tintinnabulement des cartes magnétiques qu'ils faisaient glisser dans une fente pour passer les portillons métalliques. À l'autre bout de la station se trouvait un guichet où était assis un homme, avachi sur son siège. Deya alla s'adresser à lui.

« Excusez-moi, monsieur. » Elle plaqua la carte de visite contre la paroi de verre. « Pourriez-vous m'indiquer comment me rendre à cette adresse ?

— Broadway ? » Il leva soudainement les yeux au ciel. « Prenez la ligne R. Direction Manhattan. »

Elle le fixa d'un air perplexe.

« Prenez la ligne R, répéta-t-il plus lentement. Direction le centre-ville, *via* Forest Hills – Seventy-First

Avenue. Descendez à la station Fourteenth Street – Union Square. »

Ligne R. Direction centre-ville. Station Union Square. Deya se répéta les mots afin de les mémoriser.

« Merci beaucoup, dit-elle en cherchant la petite liasse de billets d'un dollar qui se trouvait dans sa poche. Et combien coûte un ticket de métro ?

— *Round trip* ? »

Elle répéta la curieuse association de mots pourtant plus que familiers : « *Round trip* ?

— C'est ça.

— J'ai peur de ne pas comprendre.

— *Round trip*. Un aller-retour pour le centre-ville.

— Oh. » Deya sentit ses joues s'empourprer. Le préposé devait la prendre pour une sombre idiote. Mais ce n'était pas sa faute à elle. Comment aurait-elle pu comprendre l'argot américain ? Ses grands-parents ne l'avaient jamais autorisée qu'à regarder des chaînes de télévision arabes. « Euh, oui, reprit-elle. *Round trip*, s'il vous plaît.

— Quatre dollars et cinquante cents. »

Quasiment la moitié de son argent de poche hebdomadaire ! Elle glissa les billets tièdes dans le porte-monnaie. Par chance, elle avait l'habitude d'économiser la quasi-totalité du peu d'argent qui lui était alloué. Elle n'en dépensait que pour ses livres, qu'elle achetait à l'occasion de vide-greniers, ou même à ses camarades de classe, qui au fil des ans avaient pris l'habitude de lui revendre leurs romans après les avoir lus. Elle savait qu'elles avaient pitié d'elle parce que sa famille n'était pas normale, pas comme toutes les autres.

Un grondement sourd se fit entendre au loin. Deya sursauta de surprise, elle saisit la carte plastifiée jaune moutarde et se précipita vers les bornes. Un autre grondement, plus agressif cette fois. À la soudaine précipitation des usagers autour d'elle, elle comprit que ces bruits provenaient des rames, et que les gens se précipitaient pour ne pas les rater. Elle les imita, et singeant leur geste décontracté, passa vivement sa carte dans la fente métallique. Aucune réaction de la machine : Deya réitéra, plus lentement. *Bip*. Ç'avait marché ! Elle franchit le tourniquet.

Sur le quai mal éclairé, Deya se mordilla les doigts, jetant des regards anxieux autour d'elle, secouée par le vacarme des trains qui passaient. Un homme qui s'avançait tout au bout du quai attira son attention. Il ouvrit sa braguette et un jet se mit à ruisseler sur les voies, face à lui. Il fallut un moment à Deya pour comprendre qu'il était en train d'uriner. Le souffle court, elle se retourna, et son regard se fixa sur un rat qui détalait entre les rails. Elle entendit alors un nouveau tumulte, ainsi qu'un faible sifflement. Relevant la tête, elle aperçut une lumière dans le tunnel sombre. C'était une rame de la ligne R. Elle inspira à pleins poumons lorsqu'elle passa à toute vitesse devant elle, et le train s'arrêta.

À bord, le vacarme de la vie quotidienne battait son plein. Tout autour de Deya, des gens fixaient d'un air absent un élément du décor, ou gardaient les yeux rivés sur leur téléphone. Ils étaient d'origine italienne, chinoise, coréenne, mexicaine, jamaïcaine, de tout coin du globe que Deya pouvait se figurer, et pourtant ils semblaient avoir quelque chose en commun, quelque chose de profondément américain. Mais de quoi s'agissait-il au juste ? Deya songea que cela tenait à leur façon de parler, d'une voix forte, ou du moins plus forte que la sienne. Leur façon de se tenir debout dans la rame, pleins d'assurance, sans avoir l'air de s'excuser pour l'espace qu'ils occupaient.

En les regardant, elle se sentait à part, une fois de plus. Elle ne pouvait s'empêcher d'imaginer ces inconnus comme un jury qui la toisait sans pitié. *Tu es quoi, toi ?* pensaient-ils certainement. *Pourquoi es-tu habillée ainsi ?* Elle voyait les jugements hâtifs couver dans leurs regards. Elle sentait qu'ils lisaient sa peur dans sa façon de se tenir, son manque d'assurance dans le moindre de ses gestes, considéraient sa tenue vestimentaire et croyaient aussitôt tout savoir d'elle. À tous les coups, cette jeune fille était la victime d'une culture fondée sur l'oppression, ou alors la perpétuatrice volontaire d'une tradition barbare. Selon toute probabilité, elle n'était pas instruite, pas civilisée, c'était une moins-que-rien. Peut-être même s'agissait-il d'une extrémiste, d'une terroriste. Une civilisation entière, fourmillant de coutumes et d'expériences diverses, réduite à une seule version de l'histoire.

Le gros problème était que, indépendamment de l'image qu'ils se faisaient d'elle, ou du peu de considération qu'ils lui vouaient, Deya ne valait guère mieux à ses propres yeux. Son âme était déchirée en son milieu, brisée. Prise entre deux eaux, contrainte par des courants contraires. Que ce soit ici ou là-bas, cela ne faisait aucune différence : elle n'avait sa place nulle part.

Il lui fallut près de cinq minutes pour se frayer un chemin jusqu'à une place libre. Une femme dut déplacer son sac en cuir pour qu'elle puisse s'asseoir. Deya l'observa attentivement. Peau claire. Cheveux couleur de miel. Lunettes en écaille parfaitement rondes. Elle avait l'air si sûre d'elle, assise là, avec sa toute petite robe noire. Ses jambes étaient longues et fines, et Deya sentit son parfum. Floral. Deya se dit qu'il devait s'agir de quelqu'un d'important. Si seulement elle aussi pouvait devenir quelqu'un d'important. Il y avait tellement de choses qu'elle voulait faire dans la vie, tellement de lieux qu'elle voulait voir, alors qu'elle n'était rien ni personne, et avait déjà de la peine à prendre le métro, alors que tant de personnes utilisaient quotidiennement ce moyen de transport sans même y penser.

Le regard de la femme croisa alors le sien. Deya s'efforça de lui adresser son plus beau sourire. Ces derniers temps, pour les personnes comme elle, il était déjà assez difficile de se balader en jean et en T-shirt, alors avec le voile ou le *jilbab*... Elle considérait comme une injustice d'avoir à vivre ainsi, avec la peur constante du regard de l'autre. Elle comprenait enfin pourquoi Farida lui avait interdit de porter le voile en dehors des cours. Elle se rendait enfin compte que la peur pouvait changer la personne qu'on était.

Après plusieurs inspirations profondes, Deya regarda furtivement autour d'elle. Où que son regard se pose, les autres usagers la scrutaient. De nouveau, elle sentit sa poitrine oppressée par une vive sensation de malaise. Elle déglutit avec difficulté, tentant de chasser ce sentiment, mais en vain. Elle se tourna vers la vitre sombre. Pourquoi avait-elle si peur ? Pourquoi était-elle si sensible, si affectée par le monde qui l'entourait ? Elle aurait voulu être plus forte, elle aurait aimé être de ces personnes capables d'écouter une chanson triste sans éclater en sanglots, de lire un article horrible dans le journal sans avoir la nausée, une de ces personnes qui n'éprouvaient pas les choses si intensément. Mais elle était tout le contraire.

Le trajet parut durer une éternité, ponctuée d'innombrables arrêts en station. Deya regardait à travers la vitre, lisait trois fois les panneaux afin de s'assurer qu'elle n'avait pas raté sa station. *Fourteenth Street – Union Square.* À Court Street, le conducteur de la rame annonça qu'il s'agissait du dernier arrêt à Brooklyn, et Deya prit alors conscience qu'ils allaient s'engager dans un tunnel qui passait sous l'Hudson. À la simple idée qu'elle allait se retrouver sous le lit du fleuve, elle se sentit à la fois effrayée et fascinée. Elle se demanda comment il était possible de construire un tunnel sous un fleuve, se dit que le concepteur de cet ouvrage devait être un vrai génie. Elle essaya de s'imaginer qu'elle créait quelque chose de sublime, quelque chose qui d'une façon ou d'une autre changerait le monde, sans y parvenir. Bientôt elle se marierait, et que se passerait-il ensuite ? Quelle serait alors son existence ? Une vie dictée par ses devoirs, prévisible en tout point. Elle serra la carte de visite entre ses doigts. Peut-être Farida avait-elle raison. Peut-être que sa vie s'avérerait différente de celle d'Isra. Peut-être Nasser la laisserait-il devenir la femme qu'elle souhaitait être. Peut-être qu'en se mariant, elle serait enfin libre.

Isra

Automne 1990

Par un matin gris de novembre, trois semaines avant le terme, Isra sentit les débuts du travail. Adam et Farida la conduisirent à la maternité mais refusèrent d'entrer dans la salle d'accouchement, en lui expliquant qu'ils ne supportaient pas la vue du sang. Isra éprouva une profonde terreur lorsqu'on la fit entrer dans la salle. Elle avait assisté à l'un des accouchements de Mama. Ses cris de douleur s'étaient gravés pour toujours dans son esprit. Mais c'était en réalité bien pire que ce qu'elle s'était imaginé. À mesure que les contractions se rapprochaient et s'intensifiaient, elle avait de plus en plus l'impression que quelqu'un la torturait de l'intérieur. Elle aurait voulu hurler comme Mama l'avait fait, mais, sans qu'elle sache pourquoi, elle se trouva dans l'incapacité d'ouvrir la bouche. Elle ne voulait pas exprimer sa souffrance, pas même par des sons. Elle se contentait d'inspirer entre ses dents, et de sangloter.

*

Ce fut une fille. Isra prit son enfant dans ses bras pour la première fois. Elle caressa sa peau si douce, la posa sur sa poitrine. Son cœur gonflait, à en éclater. *Je suis mère, à présent*, pensait-elle. *Je suis mère.*

Lorsque enfin ils entrèrent dans la salle d'accouchement, Farida et Adam murmurèrent un discret « *Mabrouk* », tous deux tête baissée. Isra aurait aimé qu'Adam ait une parole de réconfort, ou qu'il exprime sa joie d'une façon ou d'une autre.

« Il ne manquait plus que ça, fit Farida en secouant la tête. Une fille.

— Pas maintenant, maman », dit Adam. Il lança à Isra un regard désolé.

« Quoi ? répliqua Farida. Mais c'est vrai ! Comme si on avait besoin d'une autre *balwa*, comme si on n'avait pas assez de problèmes comme ça. »

Isra reçut ce mot comme un coup de poignard. Elle entendait presque la voix de Mama siffler à ses oreilles. Mama l'avait souvent traitée de *balwa*, d'embarras, de fardeau. À cet instant précis, le peu d'espoir qu'il lui restait d'une vie meilleure en Amérique s'évanouit définitivement. Une femme restait une femme, où qu'elle soit. Mama avait raison. Et ce serait aussi vrai pour sa fille que ça l'était pour Isra. Il lui sembla que la solitude et le désespoir suintaient des murs blancs et du sol de la maternité pour s'insinuer en elle.

« Je t'en prie, maman, dit Adam. Nous ne pouvons plus rien y faire.

— Pour toi, c'est facile à dire. Est-ce que tu sais à quel point il est difficile d'élever une fille, dans ce pays ? Hein ? Tu verras, tu ne tarderas pas à t'arracher les cheveux ! C'est un fils qu'il te faut pour t'aider. Pour perpétuer notre nom. » Elle pleurait à présent, dans des reniflements bruyants, et une infirmière lui tendit une boîte de mouchoirs.

« Félicitations », dit celle-ci en croyant qu'il s'agissait de larmes de joie. « C'est une vraie bénédiction. »

Farida hocha la tête. Son regard croisa celui d'Isra, et elle chuchota : « Garde ces mots bien présents à l'esprit : si tu ne donnes pas de fils à ton époux, il finira par trouver une femme qui saura lui en donner.

— Ça suffit ! s'exclama Adam. Allez, lève-toi, partons. Isra a besoin de repos. » Il tourna les talons et, avant de partir, regarda Isra pour lui dire : « Ne t'en fais pas. Tu auras un fils, *inch'Allah*. Tu es jeune. Nous avons encore tout notre temps. »

Isra lui renvoya un piètre sourire en retenant ses larmes. Elle tenait tellement à leur faire plaisir. Elle tenait tellement à gagner leur amour. De la musique jouait en sourdine, une douce mélodie que l'infirmière avait commencé à passer pendant l'accouchement. Isra put enfin l'écouter attentivement, et elle l'apaisa. Elle pria l'infirmière de la lui repasser, lui demanda ce que c'était. *La Sonate au clair de lune*. Isra ferma les yeux pour se perdre dans la mélodie lente et fluctuante, en se disant que tout irait bien.

*

« *Bint* », disait Farida chaque fois que quelqu'un appelait pour les féliciter. *Une fille*.

Isra faisait semblant de ne pas entendre. Sa fille était superbe. Ses cheveux étaient de la couleur du café, sa peau claire et ses yeux profonds comme le ciel de minuit. Et puis c'était un gentil bébé. Calme mais alerte. Isra fredonnait pour la réveiller, la berçait pour l'endormir, peau à peau, cœur à cœur. Elle sentait alors une nouvelle chaleur la gagner, comme le soleil baignant son visage lorsqu'elle cueillait des fruits chez elle. Elle donna à sa fille le prénom de Deya. *La lumière*.

Et la naissance de Deya avait bel et bien illuminé la vie d'Isra. Dès les premiers jours, à leur retour de maternité, l'amour d'Isra pour sa fille avait pris comme un incendie. Tout lui paraissait plus clair, plus coloré. Deya était son *nasib*. La maternité était le but de son existence. C'était pour cela qu'elle avait épousé Adam, pour cela qu'elle était partie en Amérique. Deya était sa raison de vivre. Isra était en paix.

Elle s'était toujours imaginé que l'amour était tel qu'on le décrivait dans les livres, tel que le chantaient Rumi et Hafez dans leurs poèmes. Jamais elle n'aurait pensé que l'amour maternel pouvait être son *nasib*. Peut-être était-ce à cause de sa relation avec Mama, peut-être était-ce parce qu'elle avait dû se battre pour lui arracher de rares bribes d'amour. Ou alors était-ce parce qu'Isra avait été élevée dans la croyance que l'amour était une chose que seul un homme pouvait lui apporter, à l'instar de tout le reste.

Quelle honte ! se dit-elle. Elle avait fait preuve d'un égoïsme forcené en restant aveugle à la bonté infinie d'Allah, en refusant de croire qu'Il pourvoirait à ses aspirations. Elle était bénie. Bénie d'être mère, et bénie – elle se le répétait – d'avoir un foyer à elle. Dans son pays, de très nombreuses familles vivaient encore dans des camps de réfugiés, des abris espacés les uns les autres de cinquante centimètres à peine. Ce sous-sol était à présent leur foyer. Le foyer de Deya. Elles étaient bénies.

Isra déposa sa fille dans son berceau, et son cœur se gonfla d'espoir. Elle déroula son tapis de prière et récita deux *rak'at* afin de remercier Allah pour tout ce qu'Il lui avait donné.

Deuxième partie

Farida

Printemps 1991

Ce fut Farida qui eut l'idée de ne pas allaiter Deya. L'allaitement empêchait de tomber enceinte, et Adam devait avoir un fils. Isra obéit sans discuter, préparant les biberons de lait en poudre au-dessus de l'évier de la cuisine, espérant regagner les faveurs de sa belle-mère. En voyant les seins lourds d'Isra, Farida ne put réprimer un sentiment de culpabilité. Un souvenir s'imposa alors à elle. Farida le rejeta aussitôt au fond de sa mémoire. *Inutile de ressasser le passé*, se dit-elle.

Et la stratégie fonctionna. Quatre mois plus tard, Isra tomba de nouveau enceinte.

Au retour de la visite au cabinet du docteur Jaber, Farida était assise côté passager. À sa gauche, Khaled tambourinait des doigts sur le volant, fredonnant une chanson de la diva égyptienne Oum Kalsoum. Dans le rétroviseur, Farida voyait parfaitement Isra, qui sur la banquette arrière serrait Deya contre elle en regardant à travers la vitre un attroupement de pigeons qui picoraient des miettes sur le trottoir. Farida se retourna vers elle.

« Alors, qu'est-ce que je t'avais dit ? lança-t-elle. Je savais que tu retomberais vite enceinte si tu n'allaitais pas. »

Isra sourit : « J'espère que ça fera plaisir à Adam.

— Bien sûr, que ça lui fera plaisir.

— Et s'il n'a pas envie d'avoir un autre enfant si tôt ?

— Mais bien sûr que si, il en a envie. Les enfants, c'est le ciment qui maintient homme et femme ensemble.

— Mais, et si... » Isra s'interrompit pour inspirer. « Et si c'était de nouveau une fille ?

— Non, non, non, rétorqua Farida en se retournant vers la route. Ce sera un garçon, cette fois. Je le sens. »

Khaled haussa un sourcil incrédule. « Tu le sens ?

— Oui, je le sens ! C'est l'intuition féminine.

— Mais bien sûr, dit-il en éclatant de rire. Je ne vois pas pourquoi tu tiens toujours autant à ce que ce soit un garçon. *Alhamdoulillah*, on en a bien assez comme ça.

— Oh, vraiment ? » Farida se tourna vers lui. « Et où était passée toute cette bonté durant mes grossesses à moi ? Tu as oublié les tortures que tu m'as fait endurer quand j'étais enceinte ? »

Khaled détourna le regard, écarlate de honte.

« Ah, tu n'as plus rien à dire, d'un coup !

— *Bikafi*. » Il lui lança un regard noir. « Ça suffit. »

Farida secoua la tête. Comment pouvait-il se montrer si indélicat après toutes ces années, après tout ce qu'il lui avait fait subir ? Après tout ce qu'elle avait fait pour lui ? Tout ce qu'elle avait fait *à cause* de lui ? Elle inspira et chassa ces idées de son esprit. Farida savait quelle était sa place dans ce monde. Les blessures de son enfance (la pauvreté, la faim, les violences) lui avaient appris que toutes les tragédies, des plus petites aux plus grandes, étaient irrémédiablement liées les unes aux autres. Elle n'était pas surprise lorsque son père rentrait et la battait sans la moindre pitié, la meurtrissure de la *Nakba* coulant dans ses veines. Et elle ne fut pas surprise non plus lorsqu'il la maria à un homme qui lui aussi la frappait. Comment aurait-elle pu s'en étonner, alors que leur extrême pauvreté les faisait vivre dans un état de honte perpétuelle ? Elle savait que les souffrances des femmes découlaient des souffrances des hommes, que l'asservissement des uns entraînait l'asservissement des autres. Les hommes de sa vie l'auraient-ils battue si eux-mêmes ne l'avaient pas été ? Farida en doutait, et c'était cette conscience de la douleur cachée derrière la douleur qui au fil des années lui avait permis de voir au-delà de la violence de Khaled, de ne pas se laisser détruire par cette violence. Rien ne servait de s'apitoyer. Dès les premières années de son mariage, elle avait décidé de ne tenir compte que des choses qu'elle pouvait contrôler.

Elle détacha son regard de Khaled pour le fixer à nouveau sur le rétroviseur. « Ne fais pas attention à ce qu'il dit, lança-t-elle à Isra. *Inch'Allah*, tu auras un fils, cette fois. »

Mais Isra semblait toujours inquiète.

Farida soupira. « Et si c'est une fille, mais ce ne sera pas une fille, mais *si* c'est une fille, Dieu nous en garde, ce ne sera quand même pas la fin du monde. »

Isra croisa son regard dans le rétroviseur. « Vraiment ?

— Vraiment, confirma Farida. Tu n'auras qu'à retomber enceinte, voilà tout. » Isra se sentit de nouveau bénie. Comme si personne n'avait jamais été aussi bon envers elle de toute sa vie.

*

« Allons-y. »
Sur le seuil de la cuisine, Farida considérait Isra qui, à genoux, dans une chemise de nuit rose délavée, se débarrassait d'une toile d'araignée sous le frigo. Elles venaient de finir de laver le sol, de pétrir la pâte et de mettre à mitonner un ragoût d'okras.
« Où allons-nous ? » demanda Isra.
Farida tira sur sa *thobe* bleu marine, au niveau de ses amples hanches. « Nous allons rendre visite à mon amie Oum Ahmed, répondit-elle. Sa bru vient d'avoir un garçon. C'est le premier petit-fils d'Oum Ahmed. »
Les mains d'Isra se portèrent instinctivement sur son ventre. Elle s'obligea à les en écarter. Farida savait que ce sujet la mettait mal à l'aise. En voyant la pauvre fille manipuler nerveusement l'ourlet de sa chemise de nuit, elle la prenait même en pitié. Elle ne devrait peut-être pas la mettre autant sous pression, mais sans cette sévérité, comment auraient-ils pu s'assurer de la pérennité de leur lignée dans ce pays ? Comment auraient-ils pu s'assurer de leurs moyens de subsistance à long terme ? En outre, la honte de mettre une fille au monde était partagée par bien des femmes. Il en avait toujours été ainsi. C'était peut-être une injustice, mais ce n'était pas elle, Farida, qui avait fixé ces règles. C'était tout

simplement un état de fait. Et Isra ne dérogeait pas à la règle.

*

Dehors, l'air était vif, les vestiges du vent d'hiver leur picotaient le nez. Farida ouvrait la marche, Isra lui emboîtait le pas, Deya dans sa poussette. Farida se rendit alors compte que ni elle ni sa bru n'étaient sorties depuis la visite au cabinet du docteur Jaber. Le froid avait été trop intense. Khaled s'était chargé seul des courses hebdomadaires, chez le boucher halal de la Cinquième Avenue le dimanche matin et, le vendredi, après la prière, à Three Guys from Brooklyn, afin d'y acheter des courgettes et des aubergines au goût de Farida. À présent que la météo s'améliorait, elle avait hâte de l'accompagner de nouveau. Farida détestait se l'avouer, et ne le reconnaissait jamais à voix haute, mais durant les quinze ans qu'elle avait passés en Amérique, le nombre de fois où elle était sortie de leur maison sans Khaled aurait presque pu se compter sur les doigts d'une main. Elle n'avait pas le permis, ne parlait pas anglais : les rares fois où elle quittait le foyer familial, passant maladroitement la tête dans l'encadrement de la porte avant de s'aventurer dehors, ce n'était que pour parcourir un pâté de maisons tout au plus, afin de rendre visite à l'une de ses voisines arabes. À cet instant, alors qu'elles se rendaient chez Oum Ahmed, qui vivait à quelques blocs seulement, elle ne pouvait s'empêcher de regarder par-dessus son épaule, en proie à l'envie impérieuse de rentrer chez elle. Sous son toit, elle savait où était son lit, à combien de fois il fallait s'y reprendre pour allumer le chauffe-eau, combien de pas séparaient le salon et la cuisine. Elle savait où se trouvaient les torchons propres, combien de temps il fallait pour préchauffer le four, combien de pincées de cumin il fallait ajouter à la soupe de lentilles. Mais ici, dans la rue, elle ignorait tout. Qu'arriverait-il si elle s'égarait ? Et si quelqu'un l'agressait ? Comment réagirait-elle ? Après quinze ans passés dans ce pays, elle ne se sentait toujours pas en sécurité.

Mais ça vaut toujours mieux que de vivre dans un camp de réfugiés, se rappela Farida en observant nerveusement les voitures qui passaient, se ressaisissant pour traverser. Bien mieux que ces années que Khaled et elle avaient gâchées dans ces abris de fortune. Elle repensa aux routes délabrées de son enfance, ces jours passés accroupie à côté de sa mère, les manches retroussées jusqu'aux coudes, à faire leur lessive dans un tonneau rouillé. Elle repensa à ces heures passées dans une file d'attente à l'antenne des Nations unies, à faire la queue pour des sacs de riz et de farine, ou des couvertures afin qu'ils ne meurent pas de froid durant les cruels hivers, à leur poids tandis qu'elle les rapportait d'un pas incertain jusque sous leur tente. Elle repensa à ces jours où les égouts à ciel ouvert empestaient si fort qu'elle devait porter une pince à linge sur le nez. À l'époque, dans le camp de réfugiés, elle avait porté sa misère comme un membre surnuméraire. Au moins ici, en Amérique, ils avaient chaud l'hiver, ils mangeaient à leur faim, et ils avaient au-dessus de leur tête un toit qui leur appartenait.

Elles arrivèrent au pâté de maisons d'Oum Ahmed. Toutes les maisons étaient identiques, à l'instar des gens qui circulaient sur les trottoirs. Ce n'était pas tant à cause de leur accoutrement, que Farida trouvait de fort mauvais goût, avec ces jeans déchirés et ces hauts très décolletés, qu'à cause de leur façon de se mouvoir, leur précipitation d'insectes. Elle se demanda à quoi pouvait ressembler la vie d'un Américain, ce que ça faisait de savoir parfaitement où l'on allait chaque fois qu'on sortait de chez soi, et de savoir exactement ce qu'on ferait, arrivé à destination. Toute sa vie, on l'avait poussée dans un sens ou dans un autre, d'une cuisine à la suivante, d'un enfant à l'autre. Mais c'était mieux ainsi, pensait-elle. Mieux valait être stable, savoir quelle était sa place, que de vivre comme ces Américains, qu'aucune valeur n'ancrait dans la vie. Rien d'étonnant à ce qu'ils finissent tous seuls, victimes de l'alcoolisme, de la toxicomanie, du divorce.

*

« *Ahlan wasahlan*. » Oum Ahmed souhaita la bienvenue à Farida et Isra en les guidant vers la *sala*. D'autres femmes s'y trouvaient déjà. Farida les connaissait toutes, et elles se levèrent pour les saluer, les embrasser sur la joue, et sourire en jetant de rapides coups d'œil à Deya. Farida remarqua qu'Isra rougissait, gênée. La plupart des femmes présentes étaient venues les féliciter à la naissance de Deya, et s'étaient permis des commentaires désobligeants sur le fait qu'Isra n'avait pas enfanté un fils. Plus d'une fois, Farida avait dû lancer un regard éloquent à Isra, se racler ostensiblement la gorge et lui faire signe de se tranquilliser. Elle aurait voulu qu'Isra comprenne que ce genre de remarques était normal, qu'elle ne devait pas tout prendre aussi personnellement. *Mais Isra est très sensible*, songeait Farida en secouant la tête. *Trop sensible*. Son expérience de la vie était trop limitée pour qu'il en fût autrement.

« Merci d'être venue », dit Oum Ahmed en servant du thé à Farida et Isra. Puis elle leur tendit une boîte violette de Quality Street, et attendit qu'elles aient choisi une friandise au papier brillant avant de se rasseoir à sa place.

« *Alf mabrouk*, déclara Farida en ouvrant l'emballage jaune d'un bâtonnet au caramel. Mille félicitations.

— Merci beaucoup. » Oum Ahmed se tourna vers Isra, et posa les yeux sur son ventre. « *Inch'Allah*, ce sera bientôt ton tour, mon enfant. »

Isra hocha la tête, la mâchoire serrée. Farida aurait aimé qu'elle dise quelque chose de gentil à Oum Ahmed, ou à n'importe quelle femme présente. Elles devaient vraiment la prendre pour une idiote, à la voir ainsi, toujours aussi discrète et silencieuse. Farida aurait voulu une bru qu'elle aurait pu exhiber à ses amies, tel un bracelet en or de vingt-quatre carats. Soit, Isra savait faire la cuisine et le ménage, mais elle ignorait tout de la vie en société. Elle était terriblement insipide, et Farida ne pouvait rien y faire. Lorsqu'il s'agirait de trouver une épouse à Omar, il lui faudrait prendre en compte cet aspect.

« Alors, raconte-moi un peu, fit Farida à Oum Ahmed, assise au milieu de ses convives. Ahmed doit être ravi d'avoir donné à ses parents leur premier petit-fils.

— Oh ! que oui, répondit Oum Ahmed en se gardant bien de croiser le regard d'Isra. *Alhamdoulillah.* Nous sommes tous très heureux.

— Il n'est de plus grande bénédiction qu'un garçon nouveau-né en bonne santé, déclara l'une des invitées. Bien sûr, nous aimons toutes nos filles, mais un fils, ça n'a rien de comparable.

— Soit, c'est vrai », acquiesça Farida. Elle sentait le regard d'Isra peser sur elle, mais le fait de ne pas prendre part à la conversation aurait pu passer pour une marque de jalousie et de ressentiment. « Adam fait tout pour nous, il gère nos commerces, aide à payer les factures. Je ne sais pas comment on s'en sortirait si c'était une fille. »

Les femmes hochèrent résolument la tête. « Surtout dans ce pays, ajouta l'une d'elles. Ici, on a deux fois plus besoin de garçons, et les filles sont deux fois plus difficiles à élever. »

Farida éclata de rire. « Tout à fait ! Je n'ai que Sarah, et pourtant le simple fait de l'élever ici me fait faire des cauchemars. Que Dieu ait pitié de toute femme devant élever une fille en Amérique ! »

De nouveau, toutes opinèrent du chef. Jetant un coup d'œil à Isra, dont le regard était rivé au visage de Deya, Farida regrettait qu'elle ait à entendre ces paroles. Mais ce n'était que la pure vérité. Autant qu'elle l'apprenne dès maintenant, songea Farida. Peut-être finirait-elle par comprendre qu'elle n'était pas la seule à penser ainsi. Loin de là ! Toutes les femmes présentes dans ce salon savaient que c'était vrai, de même que le père et la mère de chacune d'elles, et les parents de leurs parents, et toutes les générations qui les avaient précédés. Si Isra parvenait à comprendre à quel point il était important d'avoir un garçon, peut-être se montrerait-elle un peu moins susceptible quand on parlait des filles.

Oum Ahmed resservit du thé à ses invitées. « Cela dit, lâcha-t-elle, le visage dissimulé derrière la vapeur du thé, que ferions-nous sans nos filles ? Fatima et Hannah m'aident tellement. Je ne les échangerai même pas contre un millier de fils.

— Hmm », fit Farida en piochant un nouveau chocolat dans la boîte de Quality Street pour le faire aussitôt disparaître dans sa bouche. Elle se félicitait que Sarah ne soit pas là pour entendre ces choses.

« J'imagine qu'Ahmed a donné à son fils le nom de son père, avança-t-elle.

— Oui », répondit Oum Ahmed en reposant la théière sur la table basse avant de se rasseoir. « Noah.

— Eh bien, où est-il, ce petit Noah ? » demanda l'une des femmes en regardant partout autour d'elle. « Et où est la femme d'Ahmed ?

— C'est vrai, ça, renchérit Farida. Où est ta bru ? »

Oum Ahmed changea de position sur son siège. « Elle est à l'étage, en train de dormir. »

Les autres femmes la regardèrent d'un air ahuri. Farida ricana. Elle surprit les yeux écarquillés d'Isra, rivés à Oum Ahmed, et se dit qu'elle aurait sans doute préféré l'avoir comme belle-mère.

« Oh, allez, fit Oum Ahmed. Vous ne vous souvenez plus de vos nuits blanches avec vos enfants en bas âge ? La pauvre fille est exténuée.

— Ça, c'est sûr, je ne me souviens pas d'avoir fermé l'œil de la nuit », répliqua Farida. Les invitées gloussèrent, et Oum Ahmed enfonça ses mains entre ses cuisses. « En revanche, je me rappelle que je faisais la cuisine, le ménage, et que je continuais de nettoyer après tout le monde, poursuivit Farida. Et Khaled entendait bien que je lui serve son dîner dès son retour. »

Les paroles de Farida semblèrent allumer un incendie dans le salon. Les femmes se mirent à parler à hue et à dia, décrivant leur fatigue absolue, leur vie qui se résumait à une course effrénée dans tous les coins de la maison, comme ces blattes qu'elles chassaient régulièrement.

« Et je me souviens de tout cela, moi aussi, dit Oum Ahmed. Mais les choses ont changé.

— Vraiment ? lança Farida.

— Si ma bru a besoin de dormir, pourquoi ne dormirait-elle pas ? Pourquoi ne pourrais-je pas l'aider un peu ?

— L'aider ? » Le regard de Farida croisa brièvement celui d'Isra. Elle espérait que celle-ci ne s'attende pas à ce genre de traitement de sa part. « Ça ne serait pas plutôt à *elle* de t'aider ?

— Farida a raison, dit une femme assise face à leur hôtesse. À quoi bon marier nos fils si c'est pour ensuite aider leurs épouses ? Le but est d'alléger nos peines, pas de nous surcharger de travail. »

Oum Ahmed rit silencieusement, manipulant du bout des doigts un pan de sa blouse. « Allons, mes amies, fit-elle. Vous vous souvenez toutes de votre arrivée en Amérique, n'est-ce pas ? Nous nous sommes toutes retrouvées ici, sans père ni mère. Rien qu'un époux et des enfants. Vous vous souvenez de ce qu'on éprouvait, lorsque nos maris partaient travailler et nous laissaient seules nous occuper des enfants, dans ce pays dont on ne connaissait même pas la langue ? Vous vous en souvenez, de ces horribles années ? »

Farida resta muette. Les autres femmes sirotèrent leur thé en silence, lorgnant Oum Ahmed par-dessus leurs tasses.

« Ma bru est toute seule ici, reprit l'hôtesse. Exactement comme je l'étais jadis. La moindre des choses, c'est que je l'aide. »

Farida aurait préféré qu'Oum Ahmed ne prononce pas ces mots. Elle n'avait aucune envie qu'Isra attende autant de bienveillance de sa part. C'était quelque chose qu'elle avait toujours détesté chez les femmes : leur facilité à se comparer aux autres lorsque c'était à leur avantage. Et puis il ne fallait surtout pas rappeler à Isra que la bru d'Oum Ahmed, elle au moins, leur avait donné un garçon. Pas une fille. Comme si Farida avait besoin d'une autre fille. Un souvenir, comme une flétrissure, s'imposa à elle, et elle le rejeta. Elle avait horreur de repenser à ça. De repenser à elles. D'une main tremblante, elle débarrassa un chocolat de son emballage, dans un bruit sec et métallique qui lui bourdonna aux oreilles. Puis elle l'avala.

Deya

Hiver 2008

À peine eut-elle posé un pied sur le trottoir de la Quatorzième Rue que Deya se mit à trembler. Il régnait un vacarme absolu, c'était comme si toute la ville hurlait, comme si tous les bruits du monde convergeaient simultanément ici. Les taxis jaunes freinaient dans des grincements, des voitures klaxonnaient, et les gens se pressaient dans toutes les directions, telles des centaines de balles de ping-pong qu'on aurait jetées dans une pièce. C'était une chose de regarder la ville de la banquette arrière de la voiture de son grand-père, c'en était une totalement différente de se retrouver au beau milieu de la cohue, de sentir le moindre relent d'ordure et d'huile. Elle avait l'impression d'avoir été précipitée dans un labyrinthe gigantesque, où des milliers de personnes sachant où diriger leurs pas la bousculaient pour y parvenir.

Elle relut l'adresse, puis la lut encore. Elle ne savait absolument pas comment la trouver. Elle sentait la sueur s'accumuler au bord de son voile. Qu'est-ce qui lui avait pris de se rendre à Manhattan toute seule ? C'était une idée complètement stupide, et à présent elle était perdue. Qu'arriverait-il si elle ne parvenait pas à rejoindre l'arrêt de bus scolaire à temps ? Et si ses grands-parents découvraient ce qu'elle avait fait, s'ils apprenaient qu'elle avait séché les cours et pris le métro ? Qu'elle était allée à Manhattan ? Elle s'imagina la paume de Khaled frapper sa joue de plein fouet, et ses genoux se mirent à trembler.

Un homme s'arrêta près d'elle, tête baissée, pour consulter son smartphone. Oserait-elle lui demander son chemin ? Elle regarda autour d'elle, à la recherche d'une femme, mais elles lui passaient toutes devant sans s'arrêter. Elle s'obligea à l'aborder.

« Excusez-moi, monsieur », dit-elle en essuyant la sueur qui perlait à ses tempes.

Il ne releva pas la tête.

Elle s'éclaircit la voix et répéta plus fort : « Excusez-moi... »

Ses yeux croisèrent les siens. Elle sentit qu'il s'obligeait sciemment à ne pas laisser son regard glisser vers son voile. « Oui ? »

Elle lui tendit la carte de visite. « Savez-vous où se trouve cette librairie ? »

L'homme lut la carte avant de la lui rendre. « Pas vraiment, répondit-il. Mais le 800 Broadway, en principe, c'est par ici. » Il désigna une rue au loin.

« Merci infiniment », dit-elle, se sentant rougir alors qu'il lui passait devant pour reprendre son chemin. Elle était pitoyable. Elle ne savait pas se repérer toute seule, et était même incapable de soutenir le regard d'un homme sans se transformer en tomate. Non seulement elle n'avait rien d'une Américaine, mais elle avait en outre du mal à se considérer ne serait-ce que comme une personne normale. Elle parvint néanmoins à chasser ces idées, les gardant pour plus tard, lorsqu'elle aurait tout le temps de se poser et de repenser aux sentiments de petitesse qu'elle avait éprouvés en plein Manhattan. Elle se tourna vers la direction que l'homme lui avait indiquée.

*

Books and Beans se trouvait à un coin de rue discret sur Broadway. Excepté les cadres noirs de la porte et des vitrines, toute la façade était peinte d'un beau bleu marocain qui contrastait formidablement avec les briques rouges des commerces voisins. À travers les vitrines, Deya distinguait les rayonnages de livres dans la pénombre où brillaient des lampes ambrées. Elle contempla ainsi l'intérieur de la librairie pendant ce qui lui parut être des heures, puis finit par trouver le courage d'entrer.

Elle laissa ses yeux s'adapter à la semi-obscurité. La salle était tout en longueur, les murs disparaissaient derrière des étagères noires qui se dressaient jusqu'au plafond, remplies de centaines d'ouvrages. Des fauteuils de velours étaient comme blottis dans des coins, leur douceur atténuant la dureté des murs de briques nus, et une caisse se trouvait près de l'entrée, éclairée par la lueur tamisée d'une petite lampe. À côté de cette caisse, un gros chat blanc sommeillait.

Lentement, Deya s'avança dans l'allée centrale. Quelques personnes flânaient entre les rayonnages, le visage dissimulé dans la pénombre. *Elle est forcément quelque part*, se dit Deya en faisant glisser ses doigts sur les dos d'ouvrages anciens, inspirant à pleins poumons le parfum du vieux papier. Émerveillée par les richesses qui l'entouraient, elle erra sans s'en rendre compte vers les quelques sièges disposés au fond de la librairie, désirant plus que tout se trouver un coin tranquille près d'une fenêtre pour ouvrir un de ces merveilleux livres. C'est alors qu'elle vit une ombre remuer derrière une pile d'ouvrages à ranger. Quelqu'un était en train de la dévisager. Une femme.

Deya s'avança vers elle. Lorsqu'elle fut assez proche, le visage de la femme émergea des ténèbres. À présent, elle en était convaincue : c'était bien la même femme qui avait déposé cette enveloppe sur son perron. Celle-ci regarda le voile de Deya, son uniforme scolaire, et elle sourit. De toute évidence, elle savait qui elle était.

Mais Deya ne la reconnaissait toujours pas. Elle étudia attentivement son visage, espérant contre tout espoir qu'il s'agissait de sa mère. Ç'aurait pu être Isra. Comme elle, elle avait les cheveux d'un noir profond et le teint basané. Mais ses cheveux à elle ondoyaient librement sur ses épaules, ses joues étaient pleines et bronzées, ses traits plus épanouis. Deya s'approcha encore. Elle constata avec surprise que la femme portait une jupe courte, les jambes à peine recouvertes d'un collant, et elle se demanda comment elle pouvait marcher dans la rue sans se sentir complètement exposée au regard des autres. *Elle est sûrement américaine*, se dit Deya.

« C'est toi, Deya ?

— Je vous connais ? »

La femme prit un air peiné. « Tu ne me reconnais pas ? »

Deya s'approcha encore, se concentrant de toutes ses forces sur les traits de cette inconnue. Il y avait quelque chose de familier dans la franchise de son regard, ce regard qui dans la semi-obscurité soutenait le sien sans flancher. Deya s'immobilisa soudainement. Mais bien sûr ! Comment avait-elle fait pour ne pas la reconnaître plus tôt !

« Sarah ? »

Isra

Printemps 1991

Dès le début, la deuxième grossesse d'Isra fut une lutte silencieuse. Le matin, pendant que Deya dormait, elle pétrissait la pâte et mettait le riz à tremper. Elle coupait des tomates en dés, émincait des oignons, mettait des ragoûts à mijoter et de la viande à rôtir. Elle lavait les sols, faisait la vaisselle, entrebâillait la fenêtre pour aérer la maison lorsqu'elle en avait fini. Puis elle préparait un biberon et descendait au sous-sol, où elle réveillait sa fille de sa voix douce. Son ventre qui ne cessait de s'arrondir l'empêchait de serrer Deya dans ses bras comme elle en avait l'habitude : elle calait le biberon contre une paroi du lit d'enfant et, rongée par un sentiment croissant de culpabilité, la regardait le vider, à distance.

Isra redescendait une fois accomplies ses tâches domestiques de l'après-midi. Elle s'allongeait sur son lit et caressait son ventre tandis que Deya buvait son biberon. À l'étage, les bruits de la maison suivaient une partition bien arrêtée. Sarah qui ouvrait brusquement la porte à son retour de l'école, traînant son cartable par terre jusqu'à sa chambre. Farida qui lui intimait l'ordre de la rejoindre dans la cuisine. Sarah qui implorait : « Mais j'ai des devoirs à faire. » Plus d'une fois, Isra avait hésité à lui demander de lui rapporter un livre, mais elle y renonçait toujours. Elle ne pouvait courir le risque de fâcher Adam, qui travaillait encore plus depuis la naissance de Deya. Et puis de toute façon, avec ce deuxième enfant qui naîtrait bientôt, où aurait-elle trouvé le temps de lire ?

Elle gardait les mains sur son ventre, tentant de s'imaginer son enfant qui grandissait en elle. Serait-ce un garçon ou une fille ? Qu'arriverait-il s'il s'agissait encore d'une fille ? La veille, Farida avait annoncé qu'elle irait au pays chercher une épouse pour Omar et, sur le ton de la plaisanterie, elle avait dit qu'elle en trouverait une autre pour Adam si Isra lui donnait une deuxième fille. Isra s'était forcée à rire, sans trop savoir quelles étaient les véritables intentions de Farida. Après tout, ça arrivait. Isra connaissait des femmes, en Palestine, dont les époux s'étaient remariés parce qu'elles n'avaient su leur donner de fils. Et si Farida était sérieuse ? Elle écarta cette possibilité, et s'en voulut de nourrir de telles craintes. Peu importait si son deuxième bébé était une fille. Même le Coran disait que les filles étaient une bénédiction, un don. Ces derniers temps, elle avait ajouté ce verset à ses prières. *Les filles sont un moyen d'atteindre le salut et une voie menant au paradis.* En faisant courir ses doigts en arabesques sur son ventre, elle répéta ce verset dans un murmure.

Elle souriait, à présent, remplie d'espoir par cette prière. Elle devait se dévouer à la *tawakkoul*, la soumission à la volonté de Dieu. Elle devait croire à ce qu'Il avait décidé pour elle. Elle devait avoir foi en son *nasib*. Elle se souvint à quel point elle s'était sentie bénie à la naissance de Deya. Et si Allah avait permis qu'elle tombe enceinte si vite afin de lui donner un fils ? Peut-être qu'un fils pousserait Adam à l'aimer, elle. Elle ferma les yeux et récita une nouvelle prière, pour demander à Dieu de faire croître l'amour dans le cœur d'Adam.

Malgré ses nombreux efforts, elle n'avait su gagner son amour. Elle avait appris à identifier ses comportements, à anticiper ses sautes d'humeur, à le contenter au mieux. La plupart des nuits, par exemple, l'humeur d'Adam était volatile, tout particulièrement lorsque Farida lui demandait un énième service, comme de régler les frais universitaires d'Ali pour le semestre, ou alors lorsque Khaled lui demandait de faire des heures supplémentaires à l'épicerie. Isra se montrait alors encore plus accommodante que d'habitude, enfilait sa plus belle chemise de nuit, lui préparait son dîner exactement comme il l'aimait, et prenait bien garde de ne pas se plaindre ni de le provoquer. Et puis certaines nuits, il rentrait tout heureux, souriait à Isra lorsqu'elle le saluait dans la cuisine, la tirait parfois à lui afin de la serrer dans ses bras, frottant sa barbe rêche contre sa peau. À ces simples signes, Isra savait qu'il était de bonne humeur, et qu'après dîner, il s'allongerait sur elle, remonterait sa nuisette et, respirant bruyamment à son oreille, la pénétrerait. Dans l'obscurité, elle fermerait les yeux et attendrait que sa respiration s'apaise, sans trop savoir si elle devait se réjouir ou se lamenter lorsqu'il était de bonne humeur. Sans trop savoir si elle aurait préféré qu'il rentre chez eux en colère.

*

« Pourquoi es-tu toujours aussi silencieuse ? » demanda Adam un soir, alors qu'il avalait la soupe au *frikeh* qu'Isra avait passé sa journée à préparer. « Est-ce que j'ai épousé une statue ? »

Isra releva les yeux de son assiette, qu'elle avait posée sur la table parce qu'Adam n'aimait pas manger seul. Elle sentit son visage s'empourprer de surprise et de gêne. Que voulait-il qu'elle lui dise ? Elle dévouait ses journées aux tâches ménagères, toujours aux côtés de Farida, sans un moment à elle. Elle n'avait rien d'intéressant à raconter, contrairement à Adam, qui, lui, partait travailler tous les matins et passait le plus clair de ses journées en ville. N'était-ce pas plutôt à lui d'engager la conversation ? En outre, il lui avait dit qu'il aimait les femmes discrètes.

« Enfin quoi, je savais que tu n'étais pas très bavarde quand je t'ai épousée, fit Adam entre deux grosses cuillerées, mais au bout d'un an au contact de ma mère, tu aurais dû te décoincer un peu. » À son tour, il releva les yeux, et Isra constata qu'ils étaient vitreux, injectés de sang. Elle se demanda s'il était malade.

« Une sacrée femme, ma mère, poursuivit Adam. Tu n'as pas dû en croiser beaucoup, des comme elle, dans ton village. »

Isra le dévisagea. Pourquoi ses yeux étaient-ils si rouges ? Elle ne les avait jamais vus ainsi.

« Non, pas beaucoup de femmes qui lui ressemblent, marmonna-t-il dans sa barbe. Unique en son genre, comme le suggère son prénom. Mais elle a bien mérité d'être comme elle est, tu sais, après tout ce qu'elle a vécu. » Il posa ses coudes sur la table. « Tu savais que sa famille avait été transférée dans un camp de réfugiés alors qu'elle n'avait que six ans ? Probablement pas. Elle n'aime pas en parler. Mais elle a eu la vie dure, ma mère. Elle a épousé mon père et nous a élevés dans ces camps, elle s'est retroussé les manches, et elle a pris sur elle. »

Le regard d'Isra croisa le sien, et elle détourna aussitôt les yeux. Quand bien même aurait-elle essayé d'imiter Farida, elle en aurait été bien incapable. Elle n'était pas assez forte.

« Tiens, en parlant d'elle, dit Adam en s'essuyant la bouche du dos de la main, vous avez fait quelque chose de spécial, toutes les deux, ces derniers temps ?

— Il nous arrive de rendre visite à des voisines lorsque nous en avons fini avec les tâches ménagères, répondit Isra.

— Je vois, je vois. »

Elle le regarda avaler son dîner à grandes bouchées. Elle ne savait comment interpréter ce comportement inhabituel, et se dit qu'il vaudrait peut-être mieux lui demander si elle avait commis une faute. La bouche sèche, elle déglutit. « Tu es en colère contre moi ? »

Il but une gorgée d'eau et la considéra. « Pourquoi est-ce que je devrais être en colère contre toi ?

— Parce que je t'ai donné une fille. Ou peut-être parce que je suis de nouveau enceinte. Je n'en sais rien. » Elle regarda ses doigts. « On dirait que tu m'évites. C'est à peine si tu rentres à la maison, maintenant.

— Tu crois que je n'ai pas envie de rentrer chez nous ? dit-il en écartant les mains. Seulement, il faut bien que quelqu'un nourrisse cette famille ! Il faut bien que quelqu'un achète des couches, et du lait en poudre, et des médicaments ! Tu crois que c'est donné, la vie ici ?

— Pardonne-moi. Ce n'est pas ce que je voulais dire.

— Je fais de mon mieux pour subvenir aux besoins de ma famille ! Qu'est-ce que tu veux que je fasse de plus ? »

Isra hésita à lui répondre qu'elle voulait qu'il l'aime. Qu'elle voulait le voir et apprendre à le connaître, qu'elle voulait avoir l'impression de ne pas élever seule leur enfant. Mais s'il ne le comprenait pas de lui-même, comment aurait-elle pu le lui expliquer ? C'était impossible. Isra était une femme, après tout. Elle n'était pas censée exprimer si clairement son affection, elle n'était pas censée demander à un homme un peu plus de son temps, un peu plus de son amour. En outre, chaque fois qu'elle essayait, il dédaignait ses doléances.

Isra se poussa donc à lui demander quelque chose qui la taraudait depuis un certain temps, sans qu'elle ait trouvé jusque-là le courage d'aborder le sujet : « J'aurais bien aimé que tu m'apprennes à m'y retrouver sur la Cinquième Avenue. Il m'arrive parfois d'avoir envie de promener Deya en poussette, mais j'ai trop peur de me perdre. »

Adam posa sa cuiller et la regarda droit dans les yeux. « Tu voudrais te promener seule sur la Cinquième Avenue ? Hors de question. »

Isra soutint son regard.

« Tu veux faire un tour de pâté de maisons ? Aucun problème. Mais tu n'as rien à faire seule sur la Cinquième Avenue. Une jeune femme comme toi dans la rue ? Quelqu'un essayerait forcément de se jouer de toi. Il y a tant d'hommes corrompus dans ce pays. Et puis nous avons une réputation à tenir, ici. Qu'est-ce que les autres Arabes diraient s'ils voyaient ma jeune épouse se balader dehors, toute seule ? Si tu as besoin de quoi que ce soit, tu n'as qu'à demander à mes parents, ils s'en chargeront. » Il se leva, sans s'écarter de la table. « *Fahmeh ?* Tu as compris ? »

Isra ne parvenait pas à détacher son regard du sien. Ses yeux étaient si rouges. Un bref instant, elle se dit qu'il avait dû boire, mais elle écarta presque aussitôt cette explication. Boire du *charab* était interdit dans l'islam, et jamais Adam ne commettrait un tel péché. Non, non. Il travaillait trop dur, tout simplement. Il était sûrement en train de tomber malade.

« Tu as compris ? répéta-t-il, plus lentement.

— Oui, murmura-t-elle.

— Bien. »

Isra baissa les yeux sur son assiette. Elle se souvint de ses sots espoirs, avant qu'elle parte pour l'Amérique, ces rêves de liberté nouvelle. Comme souvent, elle eut l'envie de briser l'une de ces assiettes sur la *soufra*, mais se contenta d'enfoncer ses doigts entre ses cuisses, et de serrer de toutes ses forces. Elle respira longuement, jusqu'à ce que cet accès de rébellion se dissipe. Elle se raisonna en se disant qu'elle n'avait que dix-neuf ans. Adam devait craindre pour sa sécurité. Il était évident qu'il lui accorderait une plus grande liberté lorsqu'elle aurait mûri. Et puis soudain, un nouvel espoir vit le jour en elle : peut-être était-il surprotecteur par amour. Isra ne savait pas trop si c'était là l'un des effets de l'amour, le fait de croire qu'on possédait l'autre. Pourtant cette possibilité lui réchauffait le cœur. Elle posa les mains sur son ventre et s'autorisa un petit sourire, un rare moment de paix.

Deya

Hiver 2008

Deya était convaincue qu'elle rêvait. Elle était plantée au milieu de la librairie, devant Sarah, hébétée. Elle avait tant de choses à lui dire. Elle ouvrit la bouche, cherchant les mots justes, mais rien ne vint.

« Asseyons-nous », dit Sarah en faisant un geste de la main. Sa voix était puissante, emphatique.

Deya la suivit à l'autre bout de la librairie, comme hypnotisée. Elle scrutait les centaines de livres qui occultaient la quasi-totalité des murs de briques. Il y avait un petit café-bar tout au bout de la salle, avec des tables occupées par une poignée de personnes, un livre dans une main, un café dans l'autre. Sarah la guida jusqu'à un coin, où elles s'assirent face à face, à côté d'une fenêtre. L'arôme du café et la lueur du soleil d'hiver créaient une ambiance intime.

« Excuse-moi de ne pas t'avoir dit qui j'étais au téléphone, débuta Sarah. Je craignais que tu dises à mes parents que je t'avais contactée.

— Je ne comprends pas, dit Deya en se redressant sur sa chaise. Je te croyais en Palestine. Depuis combien de temps es-tu revenue ? Pourquoi Teta et Sido ne savent-ils pas que tu es ici ?

— C'est une longue histoire, répondit Sarah d'une voix douce. Et c'est une des raisons qui m'ont poussée à te contacter. »

Deya la considéra d'un air interdit. « Et c'est quoi, les autres raisons ?

— Je sais qu'ils veulent te marier très prochainement. Je voulais que tu saches que tu as le choix. Tu as un tas d'autres choix.

— D'autres choix ? » Deya avait envie d'éclater de rire. « C'est une blague ? »

Sarah eut un sourire discret. « Non, Deya. Tout le contraire, en vérité. »

Deya ouvrit la bouche, et les mots lui manquèrent dans un premier temps. Puis elle dit à sa tante : « Mais pourquoi as-tu fait tout le voyage jusqu'à New York pour me dire ça ? Et pourquoi maintenant ? Je ne comprends pas.

— Cela fait des années que j'ai envie de te revoir, mais je me devais d'attendre que tu sois en âge de comprendre. Quand j'ai su que tu avais déjà vu plusieurs prétendants, j'ai eu peur que tu te maries avant que j'aie la possibilité de te parler. Et à présent que tu es ici, je ne sais pas par où commencer.

— C'est à propos de mes parents ? »

Une pause, et Sarah regarda par la fenêtre. « Oui. À propos de tes parents, et de beaucoup d'autres choses. »

Deya étudia l'expression de Sarah. À sa façon de regarder à travers la vitre, Deya sentait bien qu'elle gardait quelque chose pour elle. « Et pourquoi je devrais te faire confiance ?

— Je n'ai aucune raison de te mentir, répondit Sarah. Mais rien ne t'oblige à me croire. Tout ce que je te demande, c'est de m'écouter avant de décider par toi-même.

— Je ne fais confiance à personne. »

Sarah sourit de nouveau et s'adossa à sa chaise. « Il n'y a pas si longtemps, j'étais exactement comme toi, confia-t-elle. Je me souviens de ce que c'est que de grandir dans cette maison. Comment pourrais-je l'oublier ? Je sais ce par quoi tu es en train de passer, et je veux t'aider à prendre les bonnes décisions, ou tout du moins te faire comprendre que tu as le choix.

— À propos du mariage ? »

Sarah opina.

« Tu crois que j'ai le choix ? C'est faux ! Et tu es une des personnes le mieux placées pour le savoir !

— Je sais ce que c'est, en effet. C'est pour cela qu'il fallait que je te parle.

— Je vois mal comment tu pourrais m'aider, répliqua Deya. Si tu en avais le pouvoir, tu te serais aidée toi-même.

— Oh, mais je me suis aidée moi-même.

— Comment ça ? »

Sarah répondit lentement, un demi-sourire rehaussant ses lèvres : « Je n'ai pas passé tout ce temps en Palestine. En fait, je n'y suis jamais retournée. Je ne me suis jamais mariée. »

Farida

Été 1991

Cet été-là, Farida et Khaled décidèrent d'emmener Omar en Palestine à la recherche d'une épouse. Ce n'étaient pas les jeunes Palestiniennes pratiquantes qui manquaient à Brooklyn, mais Farida se refusait à marier son fils avec l'une d'elles. Non, non et non. Tout le monde savait que les filles élevées en Amérique méprisaient ouvertement leur culture et leur éducation arabes. Certaines paradaient dans la rue avec des vêtements moulants, le visage recouvert de maquillage. Certaines sortaient avec des garçons en cachette de leurs parents. Certaines n'étaient même plus vierges ! Cette simple pensée faisait frissonner Farida. Non pas qu'Omar fût forcément vierge, mais bien évidemment c'était très différent pour un homme. Il était impossible de prouver qu'un homme était vierge ou pas. Cela n'engageait la réputation de personne. Elle pouvait encore entendre les paroles de sa mère : « Quand un homme quitte la maison, c'est un homme, et quand il revient, il l'est toujours. Personne ne peut lui enlever cela. » Mais une femme, c'était quelque chose de fragile. Et c'était précisément pour cette raison que Farida ne supportait pas l'idée d'avoir à élever d'autres filles dans ce pays. N'était-ce pas assez d'avoir à veiller sur Sarah ? Et sur Deya aussi, à présent ? Elle priait pour qu'Isra n'attende pas une deuxième fille.

Farida s'accrochait à cet espoir en montant à bord de l'avion, marchant entre Omar et Khaled, mal à l'aise. Elle n'arrivait pas à croire que cela faisait quinze ans qu'ils vivaient en Amérique. Lorsqu'ils étaient arrivés à New York, Khaled lui avait promis que ce ne serait que temporaire, qu'une fois qu'ils auraient réuni assez d'argent, ils retourneraient chez eux avec leurs enfants, et mourraient en Terre sainte. Mais plus les années passaient, plus Farida était convaincue que ce jour n'arriverait jamais. Elle faisait de son mieux pour alléger cette douloureuse vérité. Elle s'assurait que ses enfants connaissent la langue arabe, que Sarah reçoive une instruction traditionnelle, et que ses fils, pour américanisés qu'ils soient, finissent par faire ce qu'on attendait de tout bon Palestinien : épouser une bonne Palestinienne et transmettre leurs traditions à leurs enfants. Si elle ne protégeait pas leur culture, leur identité, elle finirait par les perdre. Elle avait cette certitude chevillée au corps.

C'était sa plus grande crainte, ces derniers temps, surtout en voyant Omar et Ali aller et venir comme bon leur semblait. Mais c'était ainsi, songeait Farida en scrutant Manhattan, la main de Khaled serrée dans la sienne tandis que l'avion poursuivait son ascension. Il ne lui restait plus qu'à marier Omar avant qu'il ne soit trop tard.

*

Au bout de deux mois de séjour, ils rentrèrent à New York avec Nadine.

« Félicitations », murmura Isra en venant les accueillir à la porte, d'abord dévisageant Nadine, puis baissant les yeux.

Farida savait que le sourire éclatant de Nadine et ses yeux bleus intimideraient Isra. Elle s'y était attendue. En fait, elle l'avait même prévu. Pas dans le but de blesser Isra, non, mais pour lui montrer à quoi se devait de ressembler une *vraie* femme. Aussitôt arrivée en Palestine, elle avait fait très clairement comprendre à toutes les mères des potentielles épouses qu'elle n'était pas à la recherche d'une seconde Isra. Lorsqu'elle avait cherché une femme pour son fils aîné, elle avait voulu une jeune fille timide et modeste qui excellait dans les tâches ménagères, par opposition à toutes ces femmes irrespectueuses qu'on trouvait en Amérique. Mais cette fois, elle voulait une jeune fille pleine de vie. Ils avaient besoin de bonne humeur sous leur toit, se disait-elle en jetant un bref regard au sourire humble d'Isra. Peut-être la simple présence de Nadine pousserait-elle Isra à grandir un peu, et à se comporter enfin en femme.

« Surtout, impose-toi », conseilla Farida à Omar le soir même, alors que Nadine s'installait à l'étage. Elle lui avait chuchoté les mêmes mots le jour où le jeune couple avait signé le contrat de mariage dans la *sala* de la famille de Nadine, et une autre fois encore la nuit de la cérémonie, mais cela ne faisait aucun mal de le répéter autant que possible. Omar était quasiment américain, avec son regard passif, à moitié abruti, sans la moindre petite idée de la façon dont ce monde fonctionnait. L'attitude typique des hommes de cette génération. Quand elle avait épousé Khaled, il suffisait qu'elle lève le regard du sol pour qu'il la batte, ne s'arrêtant que lorsqu'elle devenait aussi discrète qu'une souris. Elle se souvenait de ses premières années de mariage, des années avant qu'ils partent pour l'Amérique, cette époque où elle vivait dans la peur de ses colères, de ses gifles et de ses coups de pied qu'il faisait pleuvoir dès qu'elle osait répondre. Elle se rappelait qu'il rentrait dans leur abri après une journée à labourer la terre, révolté contre leurs conditions de vie – la dureté du matelas sur lequel ils dormaient, la rareté de la nourriture, les douleurs qui lui mordaient les os – et toujours prompt à passer sa colère sur elle ou sur leurs enfants. Certains jours, il les battait pour la moindre broutille, d'autres jours, il ne disait rien, la mâchoire serrée, ses yeux brûlant de fureur.

« Oublie toutes ces bêtises d'Américains sur l'amour et le respect », dit Farida à Omar cette nuit où ils rentrèrent chez eux avec Nadine. « Tu te dois de faire vivre notre culture, et cela passe par apprendre à ta femme quelle est sa place. »

*

Cela faisait des mois qu'ils n'avaient pas dîné tous ensemble. Les hommes étaient assis d'un côté de la table, les femmes de l'autre. Farida n'arrivait pas à se souvenir de la dernière fois où elle avait vu tous ses fils assis à la même *soufra*. Elle regarda Isra remplir de riz le bol d'Adam, Nadine tendre un verre d'eau à

Omar. Tout était dans l'ordre ! Il ne lui restait plus à présent qu'à marier Ali et Sarah. Elle jeta un regard à sa fille, avachie sur sa chaise avec cette absence absolue de grâce si commune aux adolescents. Bientôt, ce fardeau ne reposerait plus sur les épaules de Farida. Elle était épuisée : elle ne l'aurait jamais avoué, mais en réalité, elle avait hâte de ne plus avoir à s'inquiéter pour sa famille.

Les hommes étaient en pleine conversation, ils parlaient d'ouvrir une nouvelle supérette pour Omar, qui avait besoin de gagner sa vie. Farida les toisa : « Peut-être qu'Adam pourrait ouvrir le commerce, dit-elle. Aider un peu son frère à se lancer. »

Le visage d'Adam s'empourpra. « J'aimerais beaucoup l'aider, déclara-t-il en reposant sa cuiller. Mais j'ai tout juste assez de temps à consacrer à l'épicerie de papa. Entre ma supérette, les factures à payer et les besoins de la famille... » Il s'interrompit pour regarder Isra. « Je ne vois jamais ma femme et ma fille. Je travaille constamment.

— Je sais, mon fils, dit Khaled en tapotant l'épaule d'Adam. Tu fais tellement pour nous.

— N'empêche, reprit Farida, la main tendue vers un nouveau bout de pita. Ton père se fait vieux. C'est ton devoir d'aider.

— C'est ce que je fais, fit Adam d'un ton soudainement froid. Mais où est-ce que je trouverai le temps d'ouvrir encore un autre commerce ? Et puis pourquoi Omar n'assumerait pas lui-même cette responsabilité ?

— Mais pourquoi toute cette animosité ? » Farida fit claquer ses lèvres en regardant autour d'elle. « Quel mal y a-t-il à aider sa famille ? Tu es l'aîné. C'est ta responsabilité. » Elle croqua une bouchée de courge farcie. « Ton *devoir*.

— Je comprends bien, maman, dit Adam. Mais pourquoi Omar et Ali ne s'impliquent-ils pas plus ? Pourquoi est-ce que c'est toujours moi qui fais tout ?

— Ce n'est pas vrai, répliqua Farida. Tes frères font ce qu'ils peuvent.

— C'est à peine si Omar vient travailler à l'épicerie, et Ali passe ses journées à "étudier", selon lui, alors que je m'occupe du magasin tout seul. Il faut que tu donnes aussi des responsabilités à mes frères. Tu les gâtes trop.

— Il a raison, acquiesça Khaled en saisissant un pilon de poulet. Tu les gâtes trop. »

Farida se redressa sur sa chaise. « Ah, donc maintenant, c'est ma faute ? Bien sûr, allons-y, mettons ça sur le dos de la femme ! » Son regard se planta dans celui de Khaled. « Il s'agirait de ne pas oublier grâce à qui cette maison tient debout. »

Les yeux de Khaled se firent durs : « Que veux-tu dire par là, femme ? »

Sentant que Nadine l'observait, Farida retint les mots qu'en temps normal elle aurait dits pour rappeler à Khaled tout ce qu'elle avait fait pour leur famille.

Il avait beau s'être écoulé plus de trente ans depuis le jour de leur mariage, c'était avec un ressentiment intact qu'elle se souvenait de ces premières années. Toutes les blessures, toutes les déceptions qu'il lui avait infligées, ses accès de colère, soudains et terribles, la violence. Elle était si jeune alors, moins de la moitié de l'âge de Khaled, et elle avait passé les débuts de leur vie commune à se conformer à son rôle de subordonnée, se soumettant à ses sautes d'humeur par peur d'être battue. Mais peu importait qu'elle fût silencieuse comme un mur, peu importaient ses efforts surhumains pour lui plaire, la plupart des soirées s'achevaient par des coups. Bien évidemment, son père l'avait battue bien avant son époux, mais cela n'avait rien de comparable : avec Khaled, c'étaient des coups qui maculaient son visage de noir et de bleu, qui meurtrissait ses flancs au point qu'elle avait mal aux côtes quand elle respirait, c'était des entorses aux bras qui parfois l'empêchaient d'aller chercher de l'eau pendant des semaines.

Et puis un jour une voisine lui dit que Khaled était alcoolique, qu'il achetait un litre de whisky quasiment tous les matins au *doukan* du coin, et qu'il finissait de vider sa bouteille juste avant de rentrer. Un litre coûtait quinze shekels, quasiment la moitié de ce que Khaled gagnait en un jour. Quelque chose se brisa alors en Farida. Un litre de whisky par jour ! Quinze shekels ! Après tout ce qu'elle avait fait pour lui, les efforts et les sacrifices pour que leurs enfants aient quelque chose à manger, les travaux de forçat aux champs, le fait de lui avoir donné des fils, et même de... Elle cessa net le cours de sa mémoire. Ce souvenir seul la faisait trembler. Non. Elle en avait eu assez.

« Je ne te permettrai plus de dépenser l'argent que nous gagnons à la sueur de notre front dans du *charab* », avait déclaré Farida à Khaled la nuit même, les yeux tellement écarquillés, elle le savait, qu'elle devait sembler possédée. Il ne la regardait pas, mais elle le fixait. « J'ai enduré tellement de choses pour toi (sa voix vibra alors de colère), mais cela, je ne le tolérerai pas. À partir de maintenant, je veux savoir ce que tu fais de notre argent. »

Avant même qu'elle ait pu réagir, Khaled l'avait giflée. « Et pour qui te prends-tu, pour me parler comme ça ? »

Farida soutint son regard. « C'est grâce à moi que cette famille a quelque chose à manger. » Sa voix était étonnamment claire. Elle-même ne la reconnaissait pas.

Une autre gifle. « Ferme-la, femme !

— Je ne la fermerai qu'à condition que tu cesses de boire, répliqua-t-elle, inflexible. Et si tu continues à boire, je dirai la vérité à tes enfants ! Je leur dirai que j'ai à peine de quoi les nourrir parce que leur père est alcoolique. Je le dirai à tout le monde ! Ta réputation sera ruinée, et tes enfants ne te respecteront plus jamais. »

Khaled avait reculé d'un pas incertain, la tête embrumée par les vapeurs de whisky, ses jambes presque incapables de le porter. Il avait relevé la tête et avait laissé échapper une expiration saccadée. Lorsqu'il avait ouvert la bouche pour parler, les mots lui avaient manqué. À partir de ce jour-là, Khaled avait remis tout ce qu'il gagnait à Farida. Quelque chose dans leur couple avait alors profondément changé.

« Oh, par pitié ! » s'exclama Farida à cette table où ils étaient tous réunis, des années plus tard. « Ne nous donnons pas en spectacle devant notre nouvelle bru ! » Elle mâcha une bouchée de cuisse de poulet, et se tourna vers Adam. « Écoute, mon fils, tu t'occupes de tout depuis des années. Tes frères n'y connaissent rien, au travail. Pour toi, ce ne sera que l'affaire de quelques mois pour ouvrir et lancer le commerce, après quoi Omar prendra le relais. »

Adam soupira. Il dévisagea Omar, qui, face à lui, contemplait en silence le fond de son assiette. Au bout d'un moment, Omar releva la tête et se rendit compte que le regard de son frère aîné ne l'avait pas quitté. Rougissant intensément, il lui dit : « Merci, mon frère. »

Farida resservit Omar. « Nous sommes une famille, dit-elle. Inutile de remercier ton frère. Si on passait nos journées à se remercier les uns les autres pour tout ce que nous sommes tenus de faire, on n'aurait plus le temps de travailler, dans cette maison ! » Elle ajouta une cuiller de riz. « Mange, mon fils. Tu es tout maigre. » Puis se tournant vers Nadine, assise les mains sur ses cuisses. « Toi aussi, ma petite. Allez. » Nadine sourit et saisit sa cuiller.

Farida sentit qu'Isra la regardait. « Toi aussi, il faut que tu manges, Isra. Cette grossesse ne t'a pas fait prendre beaucoup de poids. »

Isra hocha la tête et se resservit. Bien qu'elle ne l'ait dit à personne, Farida s'inquiétait du sexe de l'enfant qu'elle portait. Pourquoi Isra n'avait-elle pas fait d'échographie durant leur absence ? *Parce que c'est une imbécile*, se dit Farida en se resservant du riz. Mais il s'agissait avant tout de cesser de se faire du souci, et de profiter de ce moment avec ses fils. Oui, elle était déterminée à savourer cet instant, qui montrait bien le chemin parcouru depuis la Palestine. À combien d'années cela remontait-il ? Trente ans ? Plus ? Elle s'était donné tant de mal pour oublier. Pendant longtemps, Farida s'était cru maudite, victime d'un djinn. Et Adam était né, puis Omar et Ali, et le souvenir qu'elle gardait de ce qui s'était passé avait commencé à s'estomper, petit à petit, jusqu'à disparaître presque totalement. Comme un mauvais rêve. Mais Sarah était alors née, une fille, et les souvenirs que Farida avait cru définitivement enterrés l'avaient foudroyée comme au premier jour. Le moindre regard porté sur Sarah les faisait ressurgir, et elle détestait cela. Elle avait espéré qu'ils s'éteindraient un jour, à mesure que grandirait Sarah. Mais il n'en avait rien été. Et, à présent, Deya aussi était là pour les lui rappeler.

Dieu, je Vous en supplie, songea Farida en fixant le ventre d'Isra. *Faites que ce ne soit pas une autre fille.*

Isra

Hiver 1991

Ce fut une fille.

Il régnait dans la salle d'accouchement un silence absolu, et Isra était allongée sous le drap d'hôpital, si fin. Elle était nue, elle avait froid, et elle contemplait le ciel nocturne de décembre par la fenêtre. Elle aurait voulu avoir de la compagnie, mais Adam lui avait dit qu'il devait retourner travailler. Elle avait espéré que leurs enfants les rapprocheraient, mais c'était tout le contraire. Il semblait que chaque grossesse les éloignait davantage, comme si, plus son ventre grossissait, plus le fossé qui les séparait s'élargissait.

Elle se mit à pleurer. Qu'est-ce qui la faisait fondre ainsi en larmes ? Elle n'en était pas très sûre. Était-ce d'avoir de nouveau déçu Adam ? Ou était-ce parce qu'elle n'éprouvait aucun bonheur en regardant sa deuxième fille ?

Elle pleurait toujours lorsque Adam revint la visiter, le lendemain matin.

« Qu'est-ce qui ne va pas ? demanda-t-il en entrant, la faisant sursauter.

— Rien », répondit Isra. Elle se redressa en position assise et essuya ses larmes.

« Alors pourquoi pleures-tu ? Est-ce que ma mère t'a dit quelque chose qui t'a fait de la peine ?

— Non.

— Alors quoi ? »

Il jeta un rapide coup d'œil au couffin avant de s'avancer jusqu'à la fenêtre. L'imagination d'Isra lui jouait-elle des tours, ou les yeux d'Adam devenaient-ils de plus en plus rouges au fil des années ? De nouveau, l'idée qu'il pût boire du *charab* lui traversa l'esprit, mais là encore, elle balaya cette hypothèse. Non, pas Adam, l'homme qui jadis voulait devenir imam, et qui avait appris par cœur la totalité du Coran. Jamais il n'aurait pu commettre quoi que ce soit de *haram*. Il était sûrement fatigué, ou malade, ou alors peut-être était-ce sa faute à elle.

« J'ai peur que tu sois fâché contre moi, dit Isra d'une voix douce. Parce que je t'ai donné une deuxième fille. »

Adam poussa un soupir irrité. « Je ne suis pas fâché.

— Mais tu n'as pas l'air heureux.

— Heureux ? » Il la regarda dans les yeux. « Quelle raison y aurait-il d'être heureux ? » Isra se raidit. « Je passe mes jours et mes nuits à travailler comme un âne ! "Fais ci, Adam ! Fais ça, Adam ! Il nous faut plus d'argent ! Il nous faut un petit-fils !" Je fais tout mon possible pour contenter mes parents, mais, quels que soient mes efforts, ce n'est jamais assez. Et à présent, je leur ai donné une raison de plus de se plaindre.

— Je suis désolée, fit Isra, les yeux gonflés de larmes. Ce n'est pas ta faute. Tu es un très bon fils... un très bon père. »

Ces mots ne le firent pas sourire. Il tourna simplement les talons, et lui lança avant de partir : « Il m'arrive de t'envier, parce que tu as laissé ta famille loin derrière toi. Toi au moins, tu as pu changer de vie. Tu ne sais pas ce que j'aurais donné pour avoir une chance pareille. »

Isra aurait voulu le détester, lui qui ne comprenait pas tout ce à quoi elle avait dû renoncer, mais malgré elle, elle compatissait. L'existence d'Adam se résumait à faire ce qu'on attendait de lui. Comment aurait-elle pu lui en vouloir d'aspirer aux mêmes choses qu'elle, à l'amour, à l'acceptation, à l'approbation ? Cet aspect de sa personnalité la poussait même à vouloir encore plus le satisfaire. Afin de lui faire comprendre que c'était entre ses bras à elle qu'il pourrait enfin trouver l'amour.

Isra tendit les mains vers le couffin, et déposa sa fille sur sa poitrine. Elle décida de l'appeler Nora, qui signifiait aussi « lumière », en appelant de tous ses vœux l'apparition, tout au bout du tunnel, d'une étincelle qui la pousserait à avancer.

*

De retour chez elle, le seul mot qu'Isra entendit sortir de la bouche de Farida était *balwa*, encore et encore : pendant ses conversations téléphoniques, avec sa meilleure amie Oum Ahmed, avec Nadine, avec leurs voisines, avec Khaled, et pire encore, avec Adam.

Isra espérait que Mama ne considérerait pas Nora comme une *balwa*. Elle lui avait envoyé une lettre pour l'informer de la naissance de sa deuxième fille. La lettre était courte. Cela faisait deux ans qu'Isra n'avait plus revu sa mère. Mama était à présent une inconnue. Isra l'appelait à certaines occasions, à la fin du ramadan, par exemple, pour lui souhaiter *Aïd Moubarak* : leurs échanges étaient alors guindés, de pure forme. Farida lui avait dit que les appels téléphoniques à Ramallah coûtaient cher, et l'avait encouragée à écrire des lettres à sa mère. Mais elle avait du mal à s'y mettre. Au début, c'était la colère qui l'en empêchait – colère envers celle qui l'avait abandonnée –, mais à présent, c'était simplement parce qu'elle n'avait pas grand-chose à raconter.

Après la naissance de Nora, Isra tenta de s'oublier dans les tâches ménagères. Le matin, elle se réveillait avec le soleil, préparait un petit déjeuner léger à Adam avant qu'il parte travailler. Dans son sac, elle mettait des Tupperware remplis de riz et de viande pour le déjeuner. Puis c'étaient ses filles qui se réveillaient : Deya en premier, suivie des vagissements de nouveau-né de Nora, et Isra leur donnait à manger. Deya avait un an, Nora deux semaines à peine, toutes deux étaient au biberon. Une vague de culpabilité oppressait la poitrine d'Isra chaque fois qu'elle le leur préparait, la honte de ne pas les allaiter. Mais il fallait un fils à Adam, Farida insistait assez sur ce point, et Isra obéissait, en espérant qu'un fils rendrait son mari heureux.

Pourtant, au plus profond d'elle se cachait une peur indicible : Isra ne savait pas si elle pourrait supporter d'avoir un troisième enfant. Elle n'en avait que deux, et elle commençait déjà à comprendre qu'elle n'avait pas particulièrement la fibre maternelle. Elle avait été trop bouleversée par la naissance de Deya pour s'en rendre compte, trop optimiste quant à ce que serait la maternité. Mais dès la naissance de Nora, Isra comprit que son état d'esprit avait changé. Elle était incapable de se souvenir de la dernière fois où elle avait serré Deya dans ses bras par véritable amour, et pas que par pure obligation parentale. Ses émotions oscillaient sans arrêt entre la colère, le ressentiment, la honte et le désespoir. Elle tâchait de justifier ces humeurs en se disant que le fait de s'occuper de ses enfants en bas âge n'était pas de tout repos. Que si elle avait su à quel point un deuxième enfant pouvait accaparer encore plus de temps et d'énergie, elle ne se serait pas empressée de tomber de nouveau enceinte (*comme si j'avais eu le choix*, se disait-elle pour aussitôt écarter cette pensée). Le soir, lorsqu'elle chantonnait pour endormir Deya et Nora, un sentiment atroce de désespoir la saisissait. Elle aurait alors voulu hurler.

Quels choix lui restait-il à présent ? Que pouvait-elle faire pour changer sa destinée ? Rien. Tout ce qu'elle était en mesure de faire, c'était de s'accommoder au mieux de la situation. Après tout, il n'y avait aucun moyen de revenir en arrière. Elle ne pouvait rentrer en Palestine, ne pouvait pas tourner les pages de sa vie pour revenir à un chapitre antérieur, et changer son histoire. Et quand bien même cela aurait-il été possible, plus rien ne l'attendait en Palestine. Elle était à présent en Amérique. Elle était mariée. Elle était mère. Elle n'avait qu'à faire de son mieux. Elle avait suivi à la lettre ce que ses parents lui avaient prescrit : assurément, tout finirait par s'arranger. Elle devait faire confiance à leur jugement. Ainsi que le disait le Coran, elle devait avoir la foi.

Peut-être deviendrait-elle une meilleure mère avec le temps. Peut-être que la maternité était quelque chose qui se développait peu à peu, une chose qu'on acquérait. Pourtant, Isra ne pouvait s'empêcher de se demander si ses filles percevaient le sentiment d'échec qui la taraudait, lorsqu'elles la fixaient de leurs yeux couleur café. Elle ne pouvait s'empêcher de se demander si, d'une certaine façon, elle n'était pas en train de les trahir.

Deya

Hiver 2008

Deya se redressa sur sa chaise et regarda droit dans les yeux de sa tante : « Tu ne t'es pas mariée ?
— Non.
— Et tu n'es pas retournée en Palestine ? »
Sarah hocha la tête négativement.
« Mais pourquoi Teta a-t-elle menti ? »
Pour la première fois depuis le début de leur conversation, Sarah détourna le regard. « À mon avis pour cacher le déshonneur que je leur ai causé, répondit-elle.
— Qu'est-ce que tu as fait ?
— J'ai fui ma famille avant que ma mère ait le temps de me marier. C'est pour cette raison que je ne vous ai jamais rendu visite depuis. C'est pour cette raison que j'ai tenté de te contacter secrètement. »
Deya la considérait d'un air incrédule. « Tu as fui la maison de Teta ? Comment ?
— J'ai attendu le tout dernier jour de lycée, et je suis partie. Je suis montée une dernière fois à bord du

bus, et je ne suis jamais revenue. Je me suis débrouillée toute seule depuis ce jour.

— Mais tu étais tellement jeune ! Ne serait-ce que pour arriver ici, j'ai failli faire une crise d'angoisse. Comment tu t'y es prise ?

— Ça n'a pas été facile, répondit Sarah. Mais j'y suis arrivée. J'ai passé la première année chez une amie, jusqu'à ce que j'aie les moyens de vivre seule. J'ai alors loué un petit appartement à Staten Island. J'ai cumulé deux boulots afin de pouvoir m'inscrire à la fac, et j'ai changé de nom de famille afin que personne ne puisse me retrouver.

— Mais… et s'ils t'avaient quand même retrouvée ? lança Deya. Tu n'avais pas peur de ce qu'ils étaient capables de te faire ?

— Si. Mais d'autres choses me terrifiaient plus encore. La peur a cela de particulier qu'elle bouleverse notre sens des priorités. »

Deya remua sur sa chaise, tâchant de se figurer Sarah en train de fuir la maison de Farida, à tout juste dix-huit ans, le même âge qu'elle avait à présent. C'était inimaginable. Deya aurait été incapable d'une telle chose. Le fait de vivre sous le toit de Farida avait beau la remplir d'effroi, le monde la terrorisait bien plus.

« Je ne comprends pas, dit Deya. C'est pour ça que tu m'as contactée ? Pour m'aider à fuir, moi aussi ?

— Non ! C'est la dernière chose que je te souhaite.

— Pourquoi ?

— Parce que c'est bien trop dur de couper les ponts, répondit Sarah. J'ai perdu tous ceux que j'aimais.

— Alors, qu'est-ce que je fais ici ? » demanda Deya.

Il y eut un silence, et Sarah porta son attention sur le comptoir du café. Elle se leva. « Je vais nous chercher quelque chose à boire. » Quelques minutes plus tard, elle revint avec deux *lattes* à la vanille, et en tendit un à Deya. « Attention, dit-elle en se rasseyant. C'est très chaud. »

Deya posa sa tasse sur la table. « Dis-moi ce que je fais ici. »

Sarah pinça les lèvres et souffla sur son *latte*. « Je te l'ai déjà dit, fit-elle avant de boire une gorgée. Je veux t'aider à prendre la bonne décision.

— À propos du mariage, tu veux dire ?

— À propos de ça, et de bien d'autres choses également. Je veux t'aider à défendre tes choix. »

Deya soupira et porta ses mains à ses tempes, pressant la pulpe de ses doigts sur son voile. « J'ai déjà essayé de défendre mes choix face à Teta. Je lui ai dit que je ne voulais pas me marier tout de suite. Que je voulais entrer à l'université. Mais elle n'écoute jamais personne. Tu le sais.

— Alors c'est tout ? Tu préfères abandonner ?

— Qu'est-ce que je peux faire d'autre ?

— Lui tenir tête, répondit Sarah. T'inscrire à la fac quoi qu'elle en dise. Éconduire les prétendants qu'elle te trouvera. Essayer encore et toujours de lui faire changer d'avis. »

Deya secoua la tête. « Je suis incapable de faire tout ça.

— Pourquoi ? De quoi as-tu peur ?

— De rien… Je sais pas…

— Je ne te crois pas, dit Sarah en posant sa tasse sur la table. À mon avis, tu sais parfaitement de quoi tu as peur. Alors dis-moi ce dont il s'agit. »

Deya voulut protester, mais se ravisa. « Rien du tout, se contenta-t-elle de répondre.

— Je sais que tu veux te protéger, mais tu peux me faire confiance. »

Sarah lisait en elle comme dans un livre ouvert, et c'était très irritant. Deya secoua de nouveau la tête. « Il n'y a aucun mal à se protéger.

— Peut-être pas. Mais faire comme si tout allait bien, ce n'est pas se protéger. Et faire semblant d'être quelqu'un qu'on n'est pas, c'est encore plus dangereux. »

Deya haussa les épaules.

« Crois-moi, je sais ce que tu ressens. Je suis passée par là, moi aussi. Tu n'as pas à faire semblant avec moi.

— J'ai passé toute ma vie à faire semblant, répliqua Deya. Ce n'est pas très évident de m'arrêter comme ça, d'une seconde à l'autre. Je passe mon temps à raconter des histoires, à me raconter des histoires.

— Vraiment ? »

Deya opina.

« Et tu ne penses pas que les histoires qu'on invente ont pour vocation de dire la vérité ?

— Non, je crois qu'elles ont pour vocation de nous protéger de la vérité.

— C'est comme ça que tu entends vivre ta vie ? En faisant semblant ?

— Qu'est-ce que je pourrais faire d'autre ? » Deya sentit que ses mains étaient moites. « À quoi bon dire ce que j'ai sur le cœur, ou demander ce que je veux vraiment, si ça ne me vaut que des ennuis ? Le fait d'exprimer mon opinion ne servirait à rien. Il vaut mieux faire semblant que tout va bien et faire ce qu'on attend de moi.

— Deya, c'est faux, et tu le sais, fit Sarah. Laisse-moi tenter de t'aider. Laisse-moi être ton amie. J'ai grandi dans la même maison que toi, avec les mêmes personnes. S'il y a bien quelqu'un sur terre capable de te comprendre, c'est moi. Tout ce que je te demande, c'est de me laisser une chance. Ce que tu feras à la fin, toi seule en décideras. Je tiens simplement à ce que tu connaisses tous les choix qui s'offrent à toi. »

Deya réfléchit un instant. « Tu seras honnête avec moi ?

— Oui, répondit Sarah avec conviction.

— Même à propos de mes parents ? Est-ce que tu me diras la vérité sur leur accident de voiture ? »

Sarah fut prise de court. « De quoi parles-tu ?

— De l'accident dans lequel ils ont trouvé la mort. Je sais qu'on ne me dit pas tout. »

Une nouvelle pause. Pour la première fois, Deya lut de la nervosité sur le visage de sa tante.

« Qu'est-ce que tu sais à propos de tes parents ? À propos d'Isra ?

— Pas grand-chose, répondit Deya. Teta refuse de parler d'eux, mais la semaine dernière, elle m'a montré une lettre que ma mère avait écrite peu avant de mourir.

— Une lettre ?

— Elle était adressée à sa mère. Teta l'a trouvée dans un de ses livres, après sa mort.

— Que disait-elle ? »

Deya enleva une épingle de son voile afin d'avoir moins chaud. « Isra expliquait à quel point elle était triste. Elle disait qu'elle avait envie de mourir. Elle semblait déprimée, peut-être même... » Elle laissa sa phrase en suspens.

« Peut-être même quoi ?

— Suicidaire. À la lire, on a l'impression qu'elle voulait se tuer.

— Se tuer ? » Un nouveau silence, durant lequel Deya vit bien que Sarah réfléchissait à cette possibilité. « Tu en es sûre ?

— C'est l'impression que ça m'a donnée. Mais Teta n'est pas de cet avis. »

Sarah la regarda droit dans les yeux. « Mais pourquoi ma mère t'a montré cette lettre maintenant, après toutes ces années ?

— Elle m'a dit que ça m'aiderait à laisser le passé derrière moi et à aller de l'avant.

— C'est complètement absurde. Comment est-ce que le fait de lire une lettre pareille pourrait t'aider à aller de l'avant ? »

Deya se mordit la lèvre. À quoi bon rester sur la défensive ? Le simple fait de venir ici était en soi un défi à l'autorité de ses grands-parents. Elle n'avait plus rien à perdre. Peut-être même que Sarah pourrait vraiment l'aider. « Parce que je n'ai que de mauvais souvenirs, finit-elle par répondre.

— De mauvais souvenirs ? Comment ça ?

— Teta sait que j'ai peur de me marier parce que je me souviens à quel point les choses allaient mal entre ma mère et mon père. Elle a cru que le fait de me montrer cette lettre m'amènerait à comprendre que quelque chose n'allait pas du tout chez ma mère. Elle m'a dit que Mama était possédée. »

Sarah la considéra d'un regard incrédule. « Mais Isra allait très bien.

— Bien sûr que non. Je m'en souviens parfaitement. Et puis comment pourrais-tu savoir ces choses ? Tu as fui. Tu n'étais même pas là.

— Je connaissais bien ta mère. Et je peux te jurer qu'elle n'était pas possédée.

— Comment tu le sais ? Tu étais là quand elle est morte ? »

Sarah baissa les yeux. « Non.

— Alors tu ne peux pas en être sûre. » Deya essuya la sueur qui recouvrait son front.

« Je ne comprends pas, dit Sarah. Pourquoi crois-tu que ta mère était possédée ?

— Ce que je crois n'a pas d'importance, riposta Deya. Ce n'est pas plutôt toi qui devrais me dire ce que tu en penses ? C'est bien pour ça que je suis là, non ? »

Sarah s'adossa à sa chaise. « Que veux-tu savoir ?

— Tout. Je veux que tu me dises absolument tout.

— Tu sais comment Isra et moi sommes devenues amies ? » Deya hocha négativement la tête. « Grâce à toi.

— Moi ? »

Sarah sourit. « Tu étais encore dans son ventre. Fatima voulait qu'elle ait un garçon, bien entendu. C'est à ce sujet-là qu'Isra et moi avons discuté ensemble pour la première fois.

— Qu'est-ce que ma mère t'a dit ?

— Elle n'était pas d'accord avec la mienne, évidemment. Elle m'a dit que jamais elle ne rabaisserait sa fille si elle en avait une.

— Elle a dit ça ?

— Oui. Elle vous aimait tellement, tes sœurs et toi. »

Deya porta son regard sur la fenêtre. Les larmes gonflaient à ses yeux, et elle s'efforçait de les retenir.

« Tu sais qu'elle t'aimait, n'est-ce pas ? » fit Sarah.

Deya fixait toujours les carreaux. « Elle donnait l'impression de n'aimer personne. Elle était toujours tellement triste.

— Ça ne veut pas dire qu'elle ne t'aimait pas. »

Deya reporta son attention sur sa tante. « Et mon père ? »

Une pause. Puis : « Quoi, ton père ?

— Comment était-il ?

— Il était… » Sarah s'éclaircit la voix. « Il travaillait très dur.

— La plupart des hommes que je connais travaillent très dur. Dis-moi quelque chose de plus personnel.

— Très franchement, je ne le voyais que très rarement, déclara Sarah. Il passait son temps à travailler. C'était l'aîné de la fratrie, il était constamment sous pression.

— Qui lui mettait la pression ?

— Mes parents. Ils lui en demandaient trop. Je me dis parfois que c'est à cause d'eux qu'il… » Sarah s'interrompit. « Le fardeau qu'il portait était vraiment trop lourd. »

Deya était certaine qu'elle lui cachait quelque chose. « Et ses relations avec ma mère ? Est-ce qu'il la traitait bien ? »

Sarah remua sur son siège, rejetant ses boucles noires derrière ses oreilles. « Je ne les voyais pas souvent ensemble.

— Mais tu as dit que ma mère et toi étiez amies. Tu ne savais pas ce qu'elle pensait de mon père ? Elle ne t'en parlait jamais ?

— Isra était une personne très réservée. Elle est née et a été élevée en Palestine : à bien des égards, elle appartenait à une autre époque. Jamais elle ne m'aurait parlé de ses relations avec son mari, mon propre frère.

— Alors tu ignorais qu'il la battait ? »

Sarah se figea et, à en juger par son expression, Deya comprit qu'elle aussi savait. « Tu croyais que je n'en savais rien, hein ? » Sarah ouvrit la bouche pour répondre, mais Deya ne lui en laissa pas le temps. « Je l'ai entendu plusieurs fois lui crier dessus au milieu de la nuit. Je l'ai entendu la frapper, j'ai entendu ma mère étouffer ses pleurs autant qu'elle pouvait. Plus tard, je me suis demandé si je n'avais pas imaginé tout ça. Je me disais que j'alimentais peut-être moi-même ma propre tristesse. C'est une maladie, tu sais. Je l'ai lu quelque part. Certaines personnes aiment être tristes, et je craignais que ce soit mon cas. Je me disais que j'avais peut-être inventé cette histoire pour donner un sens à ma vie. » Son regard croisa celui de Sarah. « Mais je sais que je n'ai rien inventé. Je sais qu'il la battait.

— Je suis tellement désolée, Deya, lâcha Sarah. Je ne pensais pas que tu t'en souvenais.

— Tu m'as assuré que tu me dirais la vérité.

— Et j'ai envie de tout te dire, mais il est naturel d'apprendre d'abord à nous connaître, toi et moi. Je veux gagner ta confiance.

— Ce n'est pas en me mentant que tu la gagneras.

— Je sais, fit Sarah. Je suis désolée. C'est difficile pour moi aussi. Cela fait des années que je n'ai plus parlé de ma famille. »

Deya secoua la tête. Elle eut du mal à ne pas élever la voix : « J'ai assez de menteurs autour de moi comme ça. Je n'ai pas besoin de tes mensonges à toi aussi. »

Fixée au mur qui lui faisait face se trouvait une horloge : il était presque quatorze heures. Deya se leva. « Je dois y aller. Il faut que je retrouve mes sœurs à l'arrêt de bus.

— Attends ! » Sarah se leva à son tour et suivit Deya jusqu'à la porte. « Est-ce que tu reviendras me voir ? »

Deya ne répondit pas. Dehors, les nuages s'épaississaient, un vent frais s'immisçait sous son voile. Il allait sans doute pleuvoir. Elle rajusta son voile afin d'avoir plus chaud.

« Il faut que tu reviennes me voir, déclara Sarah.

— Pourquoi ?

— Parce qu'il y a beaucoup d'autres choses que je dois te dire.

— Encore des mensonges ?

— Non ! »

Deya la dévisagea. « Comment est-ce que je peux avoir la certitude que tu me diras la vérité ?

— Je te le jure. » Le visage de Sarah était totalement impassible, mais sa voix trahit une certaine hésitation. Sarah tenait *vraiment* à lui dire la vérité : Deya n'en doutait pas. La démarche de sa tante était tout à fait sincère. Mais Deya doutait qu'elle puisse lui révéler la vérité aussi facilement. Pas dans l'immédiat en tout cas. Il lui faudrait attendre que Sarah soit prête. Après tout, elle n'avait pas le choix. C'était comme la lecture. Il fallait aller au bout de l'histoire pour connaître toutes les réponses. C'était pareil dans la vie : on n'obtenait jamais tout d'un coup.

Isra

Automne 1992

Les saisons se succédèrent en un clin d'œil. Isra attendait son troisième enfant. Elle jeta un coup d'œil au four, et retourna des feuilletés au *za'atar* qu'elle avait préparés pour le goûter, tandis que Farida et Nadine buvaient du thé à la table de la cuisine.

« Remets un *ibrik* à bouillir », ordonna Farida à Isra après qu'elle eut mis les feuilletés à refroidir sur une plaque. Tout en s'exécutant, Isra vit Nadine poser la main de Farida sur son ventre plat.

« Tu sens ses coups de pied ? demanda Nadine pour rire.

— Oui ! »

Isra surprit le demi-sourire de Nadine, et elle dissimula son visage derrière un battant de placard. Au début, lorsque Nadine était arrivée, Isra s'était dit qu'elle aurait enfin une amie, une sœur, même. Mais malgré les modestes efforts d'Isra, c'était à peine si elles se parlaient.

« Allez, viens, lui dit Farida lorsqu'elle eut mis la bouilloire sur le feu. Viens t'asseoir avec nous. »

Isra prit place. Farida étudiait son ventre à la dérobée, s'efforçant de trouver le moyen de déterminer le sexe de son enfant. Son regard suscita un frisson de terreur le long de la colonne vertébrale d'Isra. Il ne se passait pas un jour sans que Farida fasse une allusion au sexe de l'enfant qu'elle portait, à la nécessité pour eux d'avoir un petit-fils, à l'opprobre que leur valait Isra au sein de leur communauté. Certains jours, Farida faisait se balancer un collier au-dessus du ventre de sa bru afin de deviner s'il s'agissait d'un garçon. D'autres, elle lisait dans le marc du café d'Isra.

« Cette fois c'est un garçon », déclara Farida en examinant l'abdomen d'Isra, tâchant de déterminer si le fœtus était haut ou bas, en largeur ou en longueur. « Je le sens.

— *Inch'Allah*, murmura Isra.

— Non, non, non, répliqua Farida. C'est un garçon, pas de doute. Regarde comme ton ventre est haut. »

Isra baissa les yeux. Elle n'avait pas l'impression qu'il soit si haut que ça, mais elle espérait que Farida ait raison. Lors de sa dernière visite, le docteur Jaber lui avait demandé si elle voulait connaître le sexe de son enfant, et Isra avait refusé. Elle ne voyait pas l'utilité de souffrir avant l'heure. Au moins ainsi, il lui restait un semblant d'espoir auquel se raccrocher pour aller au bout de cette grossesse. Elle aurait été incapable de mettre cet enfant au monde si elle avait su qu'il s'agissait d'une fille.

« Nous l'appellerons Khaled, fit Farida en se levant. Comme votre beau-père à toutes les deux. »

Isra aurait préféré qu'elle ne passe pas ainsi son temps à souhaiter la naissance d'un garçon. Et si c'était de nouveau une fille, que ferait Farida ? Isra se souvenait encore de l'expression de sa belle-mère à la naissance de Nora, la main qu'elle avait portée à son propre front, le soupir douloureux qui lui avait échappé. Et Isra attendait à présent un autre enfant. Bientôt, elle en aurait trois à sa charge, alors qu'elle avait encore l'impression d'être une gamine. Mais là encore, elle n'avait pas vraiment eu le choix. Farida avait insisté pour qu'elle tombe enceinte avant Nadine. « C'est ton devoir de mettre au monde notre premier petit-fils », lui avait-elle dit. Seulement Nadine était à présent enceinte, elle aussi, et rien ne pouvait garantir qu'elle n'enfante pas un garçon avant Isra.

« Je T'en supplie, Allah, murmura Isra en une prière, celle qu'elle ne cessait de répéter depuis des semaines. Donne-moi un garçon, cette fois-ci. »

Nadine plissa ses grands yeux bleus et éclata de rire. « Ne t'inquiète pas, Farida », dit-elle en laissant courir ses doigts sur son ventre plat. « *Inch'Allah*, tu auras ton petit Khaled, tôt ou tard. »

Farida afficha un sourire radieux : « Oh, *inch' Allah*. »

*

Plus tard, dans la soirée, Farida demanda à Isra d'apprendre à Sarah à faire de la *kefta*. Dans la cuisine chichement éclairée, elles disposèrent les ingrédients sur le plan de travail : viande d'agneau hachée, tomates, ail, persil.

Sarah poussa un soupir. Elle affichait une moue dégoûtée, comme si elle sentait une mauvaise odeur. Elle soupira de nouveau en tendant la main vers la viande. « Comment tu fais pour passer tes journées à *ça* ? »

Isra releva les yeux. « Quoi, ça ?

— *Ça*. » Elle désigna les boulettes de *kefta*. « Ça me rendrait folle, moi !

— Je suis habituée. Et tu ferais bien de t'y habituer, toi aussi. Bientôt, ce sera là toute ta vie. »

Sarah lui jeta un regard oblique. « Ou pas. »

Isra haussa les épaules. Sarah avait beaucoup grandi ces deux dernières années. Elle avait à présent treize ans, et devenait un peu plus femme chaque jour qui passait. Isra aurait aimé lui épargner de le devenir totalement.

« Eh bien, qu'est-ce qui est arrivé à ton côté romantique ? demanda Sarah.

— Rien du tout, répondit Isra. J'ai mûri, tout simplement.

— Tout le monde ne finit pas ses jours dans une cuisine, tu sais. Les happy ends, ça existe aussi.

— Et qui parle comme une romantique, maintenant ? » demanda Isra en souriant. Elle se souvint de sa naïveté, à son arrivée en Amérique, à tous ses rêves d'amour. Mais elle n'était plus naïve. Elle avait enfin compris. La vie n'était rien de plus qu'une méchante blague pour les femmes. Une blague qui était loin de la faire rire.

« Tu sais ce que c'est, ton problème ? reprit Sarah.

— Dis-moi.

— Tu ne lis plus.

— Je n'ai pas le temps de lire.

— Eh bien, tu devrais en trouver, du temps. Ça te ferait beaucoup de bien. » Voyant qu'Isra ne répondait pas, elle ajouta : « Ça ne te manque pas ?

— Bien sûr que si.

— Alors, qu'est-ce qui t'empêche de te remettre à la lecture ? »

Isra baissa la voix, au point de murmurer : « Adam et Farida sont déjà assez déçus que j'aie donné le jour à deux filles. Ils verraient d'un très mauvais œil que je me mette à lire des livres, et je n'ai pas envie d'empirer encore les choses.

— Alors lis en secret, comme moi. Ce n'est pas comme ça que tu faisais, en Palestine ?

— Si. » Isra se laissa brièvement séduire par cette idée, avant de la rejeter, et sa propre soumission à l'ordre familial la frappa. Comment aurait-elle pu avouer à Sarah qu'elle avait peur d'augmenter la tension qui régnait déjà au sein de son couple ? Qu'elle n'en pouvait plus d'être tenue pour responsable du malheur de ce foyer ? Quand bien même aurait-elle trouvé la force de le lui dire, Sarah n'aurait pas compris. Sarah, avec son regard farouche et pénétrant, et ses gros livres d'école. Sarah, qui espérait encore. Isra ne pouvait se résoudre à lui dire la vérité.

« Non, non. » Isra secoua la tête. « Je ne peux pas prendre ce risque.

— Comme tu veux. »

Elles se tenaient face à la cuisinière, plongeant des boulettes de viande hachée dans la poêle remplie d'huile bouillante, l'une après l'autre, attendant qu'elles deviennent brunes et croustillantes pour les faire refroidir sur du papier journal. Elles se brûlaient le bout des doigts, et Sarah riait chaque fois qu'Isra laissait tomber une boulette au sol.

« Ramasse-la vite avant que l'adjudant Farida te surprenne ! » lui lança Sarah, imitant la mine qu'affichait sa mère face à tout faux pas en cuisine. « Sans quoi je ne te reverrai plus jamais.

— Chut !

— Oh, allez. Elle ne nous entend pas. Elle est complètement absorbée par son feuilleton. »

Isra jeta un regard par-dessus son épaule. Elle ne pouvait même plus rire sans s'inquiéter de Farida, et cela lui déplaisait énormément. Elle savait que les années qui passaient la rendaient de plus en plus morne, mais elle ne pouvait rien y faire. Elle aurait voulu être heureuse, mais elle avait l'impression de porter une souillure qu'elle ne pouvait effacer.

Deya

Hiver 2008

« Nasser t'attend, dit Farida à Deya lorsque celle-ci rentra du lycée. Enlève-moi cet uniforme, vite ! »

Deya dut se faire violence pour ne pas mettre sa grand-mère au pied du mur. Toutes ces années à mentir à propos de Sarah ! Que pouvait-elle encore lui cacher ? Mais Deya savait que le temps de la confrontation n'était pas venu. Cela aurait pu lui fermer les portes de la librairie de sa tante, et la priver de sa seule chance de connaître la vérité. En silence, elle descendit donc les marches, d'un pas lourd. Lorsqu'elle revint au rez-de-chaussée, Nasser et sa mère étaient en train de boire le thé en grignotant des *ma'amouls* dans la *sala*. Deya remplit de nouveau leurs verres avant de se rendre à la cuisine, Nasser sur ses talons. Elle s'assit face à lui à la table, et rapprocha son verre de son visage pour y trouver quelque réconfort.

« Désolée de t'avoir fait attendre, dit-elle.

— Pas de problème, répondit Nasser. Ça s'est bien passé, tes cours ?

— Ça va.
— Tu as appris des choses intéressantes ? »
Elle but une gorgée de thé. « Pas vraiment. »
Un silence inconfortable s'installa, et Nasser fit tourner son verre entre ses doigts. « Tu ne t'attendais pas à me revoir, pas vrai ? Tu pensais m'avoir découragé.
— Jusqu'à présent, ça a plutôt bien marché », dit-elle sans le regarder.
Il gloussa. « Eh bien, pas avec moi. » Une autre pause. « Alors, est-ce qu'on parle de l'étape suivante ? »
Le regard de Deya croisa le sien. « L'étape suivante ?
— Le mariage, quoi.
— Le mariage ? »
Il opina du chef.
« Eh bien ?
— Qu'est-ce que tu dirais de te marier avec moi ? »
Deya ouvrit la bouche, prête à lui opposer un refus catégorique, mais elle se ravisa. Il lui fallait prolonger cette période de cour jusqu'à ce qu'elle sache quoi faire au juste. « Je ne sais pas trop quoi en penser, répondit-elle. Ce n'est que la deuxième fois qu'on se parle.
— Je sais, fit Nasser en rougissant. Mais il paraît que quand ça peut marcher, on le sait d'instinct.
— C'est peut-être vrai quand on cherche une nouvelle paire de chaussures, répliqua Deya. Mais choisir un époux ou une épouse pour la vie, c'est un peu plus sérieux, tu ne trouves pas ? »
Nasser éclata de rire, mais elle sentit qu'elle l'avait vexé. « Très franchement, dit-il, c'est la première fois que j'accepte de revoir une fille. Je veux dire, j'en ai vu beaucoup, c'est hallucinant le nombre de potentielles épouses que ma mère a réussi à dénicher dans

les mariages du quartier. Mais rien de sérieux n'est jamais arrivé avec aucune d'entre elles.

— Pourquoi ça ?

— Faute de *nasib*, il faut croire. Tu connais le proverbe arabe, "Ce qui t'est destiné saura te trouver même s'il repose sous deux montagnes, et ce qui ne t'est pas destiné ne saurait te trouver même s'il était coincé entre tes lèvres" ? »

Le mépris de Deya se lut sur son visage. « Quoi ? demanda Nasser. Tu ne crois pas au *nasib* ?

— Ce n'est pas que je n'y crois pas, c'est juste qu'attendre sa destinée assis les bras croisés, ça me semble tellement fataliste, tellement passif. Je déteste m'imaginer que je n'ai aucun contrôle sur ma propre existence.

— Mais c'est précisément ce que signifie le *nasib*, rétorqua Nasser. Ton destin est déjà écrit, c'est le *mektoub*.

— Alors à quoi bon se lever le matin ? À quoi bon aller travailler ou aller en cours, ou même quitter sa chambre, si ta vie n'est pas entre tes mains ? »

Nasser secoua la tête. « Ce n'est pas parce que mon destin est déjà scellé que je devrais passer mes journées dans mon lit. Ça signifie simplement que Dieu sait déjà ce que je vais faire.

— Mais tu ne penses pas que cet état d'esprit te coupe de tout un tas d'opportunités ? Si tout est déjà écrit, alors à quoi bon faire le moindre effort ?

— Peut-être bien. Mais ça me rappelle aussi ma place dans ce monde, ça m'aide à prendre sur moi lorsque la chance ne me sourit pas. »

Deya n'aurait su dire si cette réponse était une marque de faiblesse ou de courage. « Je préfère croire que j'ai plus prise sur ma vie, dit-elle. Je veux croire que j'ai le choix.

— On a toujours le choix. Je n'ai jamais dit le contraire. » Deya le regarda fixement. « C'est vrai. Pour ce mariage arrangé, par exemple.

— Peut-être que *toi* tu peux demander n'importe quelle fille en mariage. Mais je ne vois pas en quoi *moi* j'ai le choix.

— Bien sûr, que tu as le choix ! Tu es libre de refuser jusqu'à ce que tu rencontres la bonne personne. »

Elle roula des yeux. « Ce n'est pas un choix, ça.

— Ça dépend de quel point de vue.

— Tu peux le prendre comme tu veux, ça ne change rien au fait qu'on m'oblige à me marier. Ce n'est pas parce que je peux éconduire des prétendants que j'ai véritablement mon mot à dire. Tu ne comprends pas ? » Elle secoua la tête. « Un vrai choix, c'est un choix sans conditions. Un vrai choix, c'est un choix fait en toute liberté.

— Peut-être bien, dit Nasser. Mais parfois, il faut savoir tirer profit des circonstances qui s'imposent à nous. Prendre la vie comme elle vient, accepter les choses telles qu'elles sont. »

Deya expira, et une vague d'indécision la submergea. Elle ne voulait pas accepter les choses telles qu'elles étaient. Elle voulait être maîtresse de son existence, décider seule de son avenir, pour une fois.

*

« Alors, je lui dis "oui" ? » demanda Farida à Deya lorsque Nasser fut parti. Elle se tenait sur le seuil de la cuisine, une tasse de café à la main.

« J'ai besoin de plus de temps pour me décider, répondit Deya.

— Tu sais au moins s'il te plaît ou pas, non ?
— Je le connais à peine, Teta. »
Farida soupira. « Est-ce que je t'ai déjà raconté comment j'ai rencontré ton grand-père ? » Deya hocha négativement la tête. « Alors écoute. »
Farida lui raconta sa nuit de noces, presque cinquante ans auparavant, dans le camp de réfugiés d'al-Amari. Elle venait d'avoir quatorze ans.

« Ma sœur Houda et moi nous sommes mariées le même jour, dit Farida. Mariées à deux frères. Je nous vois encore, assises à l'intérieur de notre abri, nos paumes noircies de henné, nos yeux cernés de khôl, notre mère en train de nous coiffer avec des épingles à cheveux empruntées à une voisine. Ce n'est qu'après avoir signé le contrat de mariage que nous avons vu nos époux pour la première fois ! Houda et moi étions si nerveuses lorsque Mama nous a conduites jusqu'à eux. Le premier était grand et maigre, avec de petits yeux et des taches de rousseur plein le visage ; l'autre était mat de peau, avec les épaules larges et les cheveux couleur cannelle. Celui-ci a alors affiché un large sourire. Ses dents étaient magnifiques, blanches et régulières, et je me souviens d'avoir espéré en secret que ce soit lui mon mari. Mais Mama m'a mise coude à coude avec le premier, et m'a chuchoté : "Cet homme est ton foyer, à présent."

— Mais c'était il y a un million d'années, ça, se défendit Deya. Ce n'est pas parce que ça s'est passé comme ça pour toi que ça devrait se passer de la même façon pour moi.

— Mais justement, ça ne se passe pas comme ça pour toi ! rétorqua Farida. Tu as déjà éconduit plusieurs prétendants, et tu as discuté deux fois avec

Nasser ! Personne ne veut t'obliger à l'épouser demain. Revois-le quelques fois encore, apprends à le connaître.

— Parce que le voir quatre ou cinq fois, ça me suffira pour le connaître ?

— On ne peut jamais connaître vraiment personne, ma fille. Pas même après une vie entière passée ensemble.

— Et c'est précisément pour cette raison que je trouve ça ridicule.

— Eh bien, pour ridicule que ça puisse te paraître, c'est ainsi que ces choses se font depuis des siècles.

— C'est peut-être pour ça que tout le monde est aussi malheureux.

— Malheureux ? » Farida leva les mains au plafond. « Tu crois être malheureuse, toi ? Incroyable ! » Deya recula d'un pas, sachant ce à quoi elle allait avoir droit. « Le malheur, tu ne sais pas ce que c'est. Je n'avais que six ans quand ma famille a dû s'installer dans un camp de réfugiés, sous une tente minuscule, aussi loin que possible des égouts à l'air libre et des cadavres qui pourrissaient sur les routes. Tu ne t'imagines pas à quel point j'étais sale, les cheveux emmêlés, les vêtements souillés, les pieds noirs comme du charbon. Je voyais des garçons jouer au ballon à côté des égouts, ou faire du vélo sur les routes poussiéreuses, et je n'avais qu'une envie, faire comme eux. Mais déjà enfant, je savais quelle était ma place. Je savais que ma mère avait besoin d'aide, pour laver notre linge au fond d'un seau minuscule, dans le peu d'eau qu'on parvenait à trouver. J'avais beau n'être qu'une enfant, je savais que j'étais avant tout une fille.

— Mais c'était il y a très longtemps en Palestine, objecta Deya. On est en Amérique. Ce n'est pas pour ça que tu es venue ici ? Pour avoir une vie meilleure ? Pourquoi est-ce que je ne pourrais pas avoir une vie meilleure, moi aussi ?

— Nous ne sommes pas venus ici pour que nos filles deviennent des Américaines, déclara Farida. Et puis les Américaines aussi se marient, tu sais. Peut-être pas à ton âge, mais elles finissent presque toutes par épouser quelqu'un. Le mariage, c'est le propre de la femme.

— Mais ce n'est pas juste ! »

De nouveau, Farida soupira. « Je n'ai jamais dit que ça l'était, ma fille. » Elle parlait d'une voix douce, et elle posa délicatement la main sur l'épaule de Deya. « Mais ce pays n'est pas sûr pour les filles comme toi. Ma seule préoccupation, c'est ta sécurité. Si tu as peur d'aller trop vite, ça me va. Je comprends. Tu peux revoir Nasser autant de fois que tu veux, si ça te rassure. Est-ce que ça te conviendrait ? »

Comme si le fait de converser avec un inconnu pouvait la guérir de l'incertitude absolue qui était la sienne, après qu'elle eut appris que ses grands-parents lui avaient menti à propos de Sarah. Mais au moins, cela lui permettrait de gagner du temps.

« Je crois, oui.

— Bien, dit Farida. Mais je veux que tu me promettes quelque chose.

— Quoi ?

— Laisse le passé derrière toi, ma fille. Laisse ta mère derrière toi. »

Deya évita le regard de Farida en redescendant au sous-sol pour se changer.

*

Plus tard ce soir-là, après le dîner, lorsque les quatre sœurs regagnèrent leurs chambres, Deya raconta à Nora sa rencontre avec Sarah. Elle avait initialement prévu de ne rien dire à personne, mais elle savait que toute nouvelle absence scolaire éveillerait les soupçons de sa sœur. Nora demeura silencieuse, l'écoutant avec le même calme et le même intérêt que lorsque Deya lui racontait une histoire avant de dormir, se tournant de temps à autre vers leur porte ouverte afin de s'assurer que Farida n'était pas descendue.

« Elle doit avoir quelque chose de vraiment très important à te dire, déclara Nora lorsque Deya eut fini. Sans quoi elle n'aurait pas pris le risque de te contacter.

— Je n'en sais rien. Elle m'a dit qu'elle voulait m'aider, mais j'ai l'impression qu'elle me cache quelque chose.

— Même si c'est le cas, elle t'a contactée pour une bonne raison. Tôt ou tard, il faudra qu'elle te le dise.

— Je verrai ça demain.

— Quoi ? Tu vas encore sécher les cours ? Et si tu te fais pincer ?

— Ça n'arrivera pas. Et puis ça ne t'intéresse pas un peu de savoir ce qu'elle a à me dire, toi aussi ? Teta nous a menti pendant toutes ces années. Si elle a menti au sujet de Sarah, qui sait ce qu'elle nous cache encore ? Nous méritons de connaître la vérité. »

Nora la couva longuement d'un regard inflexible. « Sois prudente, d'accord ? finit-elle par dire. Tu ne la connais pas. Tu ne peux pas te fier à elle.

— Je sais. Ne t'inquiète pas.

— Oh, c'est vrai, fit Nora dans un sourire malicieux. J'oubliais à qui je m'adressais. »

Isra

Été-automne 1993

De nouveau, l'été. Le quatrième d'Isra en Amérique. En août, elle donna naissance à une troisième fille. Lorsque le médecin lui dit le sexe de son enfant, elle sentit tomber sur elle un voile de ténèbres que même les rayons matinaux qui s'épanchaient de la fenêtre ne purent percer. Elle appela sa fille Layla. La nuit.

Cette fois-ci, Adam ne chercha même pas à dissimuler sa déception. Il ne lui parlait presque plus. Le soir, quand il rentrait du travail, elle s'asseyait et le regardait manger ce qu'elle lui avait préparé, espérant que son regard distant croise le sien. Mais ça n'arrivait jamais, et le tintement de la cuiller contre l'assiette était le seul son audible dans cette cuisine où ils se trouvaient tous les deux.

Après la naissance de Layla, Isra n'avait pas récité deux *rak'at* pour remercier Allah. En fait, elle avait même du mal à accomplir à l'heure ses cinq prières quotidiennes. Elle était exténuée. Chaque matin, c'étaient les cris de ses trois enfants qui la réveillaient. Après avoir accompagné Adam à la porte, elle nettoyait le sous-sol et pliait le linge. Puis elle passait en cuisine, manches retroussées, et trouvait Farida penchée au-dessus de la cuisinière, détaillant les tâches ménagères du jour dans les sifflements de la bouilloire.

*

Les ombres s'allongeaient, et Isra n'avait pas encore récité la prière du coucher du soleil. Dans sa chambre, elle ouvrit l'armoire et en sortit un tapis de prière. D'habitude, elle le posait au sol en direction de la *qibla*, le mur de l'est, là où le soleil se levait. Mais cette fois, elle jeta le tapis sur son lit, et s'allongea dessus. Elle observa les quatre murs sans décoration aucune, les colonnes de lit en bois massif, l'armoire assortie. Une chaussette noire était coincée dans le tiroir du bas, celui d'Adam. Celui qu'elle n'ouvrait que pour y mettre ses chaussettes et ses sous-vêtements propres. Elle savait qu'il conservait tout au fond plusieurs objets personnels. Elle quitta le lit et, d'un pas, se retrouva face à l'armoire. Elle s'accroupit et se figea, ses doigts effleurant le tiroir. Oserait-elle l'ouvrir ? Adam verrait-il d'un bon œil qu'elle fouille dans ses affaires ? Mais comment aurait-il pu le découvrir ? Et puis, de toute façon, quel bien lui avait valu l'obéissance dont elle faisait preuve ? Elle avait été bonne et docile durant ces années de mariage, et pour quel résultat ? Elle était plus malheureuse que jamais. Elle ouvrit le tiroir. L'un après l'autre, elle en retira les sous-vêtements et les paires de chaussettes pour les poser à côté d'elle. Tout en dessous, elle trouva une couverture pliée qu'elle retira également, pour découvrir plusieurs liasses de billets de cent dollars, deux paquets de Marlboro, un carnet de notes noir et blanc à moitié rempli, trois stylos et cinq petits briquets. Isra soupira, dégoûtée d'elle-même. Que s'était-elle attendue à trouver ? De l'or et des rubis ? Des lettres d'amour destinées à une autre femme ? Elle remit tout en place, referma le tiroir, et retourna se coucher sur son lit.

Étendue sur son tapis de prière, elle ne pouvait s'empêcher de s'interroger. Pourquoi Allah ne lui avait-il pas donné de fils ? Pourquoi son *nasib* était-il si atroce ? Elle avait sûrement dû commettre quelque chose de grave. C'était certainement pour cela qu'Adam ne parvenait pas à l'aimer. Car c'était évident, à sa façon de la toucher, la nuit, à sa respiration poussive, à son regard qui évitait le sien, il ne l'aimait pas. Elle savait qu'elle ne pourrait jamais lui plaire. L'appétit d'Adam était féroce, agressif, et elle semblait ne jamais pouvoir l'assouvir. Pire encore : non seulement elle n'avait su lui donner un fils, mais de surcroît elle lui avait donné trois filles. Elle ne méritait pas son amour. Elle n'en était pas digne.

Elle passa la main sous le matelas, et ses doigts touchèrent son exemplaire des *Mille et Une Nuits*. Cela faisait des années qu'elle n'avait plus feuilleté ses pages magnifiques. Elle se saisit de l'ouvrage et l'ouvrit. Il regorgeait d'illustrations : des lumières chatoyantes, des tapis volants, des édifices sublimes, des joyaux, des lampes magiques. Elle éprouva alors un profond malaise. Comme elle avait été idiote de croire que cela existait également dans la vraie vie. Comme elle avait été idiote de croire qu'elle trouverait un jour l'amour. Elle referma brusquement le livre et le jeta à l'autre bout de la chambre. Puis elle plia le tapis de prière et le rangea. Elle savait qu'elle aurait dû prier, mais elle n'avait rien à dire à Dieu.

*

Cette nuit, après avoir couché ses filles, Isra se réfugia à sa place, à la fenêtre du sous-sol. Elle l'entrouvrit, laissa l'air froid la gifler un moment, avant de la refermer. Elle enroula ses bras autour de ses genoux et se mit à sangloter.

Puis, soudainement, elle se releva et fila dans sa chambre. Elle ouvrit le tiroir d'Adam, prit le carnet de notes et un stylo, et retourna s'asseoir à la fenêtre, où elle arracha plusieurs pages vierges en fin de carnet, et se mit à écrire.

Chère Mama,

La vie ici n'est pas si différente que chez nous, avec la cuisine à faire, le nettoyage, la lessive, le pliage, le repassage. Et les femmes, ici, ne vivent pas mieux que chez nous. Elles lavent le sol, élèvent les enfants et attendent les ordres des hommes. Une partie de moi voulait croire que les femmes de ce pays étaient plus libres. Mais tu avais raison, Mama. Une femme restera toujours une femme.

Isra grinçait des dents, de rage et de désespoir. Elle fit une boule de la feuille, en noircit une autre et fit de même, et encore, et encore, jusqu'à ce qu'elle ait réécrit une douzaine de fois sa lettre, et que tous ses brouillons jonchent le sol à ses pieds. Elle s'imaginait l'expression désapprobatrice de sa mère, elle pouvait l'entendre lui dire : *Mais n'es-tu pas nourrie, vêtue, logée ? Dis-moi, n'as-tu pas un foyer ? Sois reconnaissante, Isra ! Au moins tu as un chez-toi. Personne ne pourra jamais t'en dessaisir. Vivre à Brooklyn, c'est cent fois préférable à vivre en Palestine.*

« Mais ça ne vaut pas mieux, Mama », écrivit Isra sur une nouvelle feuille vierge.

Est-ce que tu penses à moi ? Est-ce que tu te demandes si je suis bien traitée ? Est-ce qu'il t'arrive de te demander comment je vais ? Ou ne suis-je même plus ta fille à tes propres yeux ? N'est-ce pas ce que tu m'as toujours dit, qu'une fille une fois mariée appartient à son époux ? Je t'imagine en ce moment même, en train de serrer dans tes bras mes frères, ta seule fierté et ta seule joie, ces hommes qui feront perdurer le nom de notre famille, et qui t'appartiendront toujours.

Je sais ce que tu me dirais : quand une femme devient mère, ses enfants passent avant tout. Elle leur appartient. N'est-ce pas ? Mais je suis une très mauvaise mère. C'est vrai. Chaque fois que je regarde mes filles, la tristesse me saisit. Elles m'en demandent parfois tant que j'ai l'impression qu'elles vont me rendre folle. Et puis l'instant d'après, j'ai honte de ne pas pouvoir leur donner plus. Je croyais qu'avoir des filles dans ce pays serait une bénédiction. Je pensais qu'elles auraient une vie meilleure. Mais j'avais tort, Mama, et chaque fois que mon regard croise le leur, je me rappelle à quel point je me suis fourvoyée.

Je suis seule ici, Mama. Je me réveille tous les matins dans ce pays étranger, où je n'ai ni mère, ni sœur, ni frère. Savais-tu qu'il en serait ainsi pour moi ? Le savais-tu ? Non. Tu ne pouvais que l'ignorer. Tu n'aurais pas permis que ça m'arrive si tu avais su. Ou alors tu as laissé faire en sachant pertinemment ce qu'il arriverait ? Non, c'est impossible. C'est impossible.

*

Deux semaines plus tard, par un jour frais de septembre, les contractions de Nadine débutèrent. Khaled et Omar la conduisirent à la maternité, laissant Farida à la maison, en train de faire les cent pas d'une pièce à l'autre, en attente du coup de téléphone fatidique. Farida voulait les accompagner, mais Omar s'y était opposé. Il ne souhaitait pas mettre Nadine sous pression, c'était ce qu'il avait dit en évitant le regard d'Isra, surtout si l'enfant était une fille. Sans répondre, Farida était partie comme une tornade dans la cuisine pour y préparer du thé. Et à présent elle tournait en rond dans la *sala*, marmonnant pour elle-même, tandis qu'Adam, assis sur le sofa, considérait Isra de son regard absent, à moitié dissimulé par des nuées de fumée de chicha. Lorsqu'elle ne put plus le supporter, elle alla faire du café.

Dans la cuisine, Isra pria silencieusement pour que Nadine ait une fille. À peine cette pensée avait-elle éclos dans son esprit qu'elle fut saisie d'un profond dégoût envers elle-même. Qu'y avait-il de si immonde au fond d'elle pour qu'elle puisse formuler un tel souhait ? La raison en était pourtant simple : elle ne voulait pas être la seule femme de cette maison incapable de mettre au monde un fils. Si Nadine avait un garçon, Isra n'aurait guère plus de valeur qu'un paillasson, tout juste bon à être foulé du pied.

Le téléphone sonna, et Isra serra la mâchoire. Elle entendit Farida couiner, puis Adam s'étouffer dans une bouffée de chicha.

« Oh, Omar ! s'exclama Farida au téléphone. Un petit garçon ! *Alf mabrouk !* »

Isra se retrouva soudainement face à Farida et Adam, sans se rappeler qu'elle avait traversé le couloir pour entrer dans la *sala*. Tremblante, elle posa sur la table basse un plateau chargé du service à café.

« *Alf mabrouk*, dit-elle sans oublier de sourire. Félicitations. » La voix qu'elle entendit alors n'était pas la sienne. Elle appartenait à une femme beaucoup plus forte.

La dent en or de Farida étincelait alors qu'elle gardait l'oreille vissée au combiné. À côté d'elle, Adam demeurait parfaitement immobile. Il inhala une grosse bouffée de fumée et la recracha. Isra se rapprocha de lui, espérant qu'il lui dise quelque chose, mais il se contenta d'inspirer une nouvelle bouffée pour la recracher. Elle s'était habituée à ce silence entre eux deux, avait appris à se faire toute petite en sa présence afin de ne pas le fâcher, ainsi qu'elle l'avait fait durant son enfance avec Yacob. C'était mieux ainsi. Mais Isra s'inquiétait que tous ces efforts ne puissent cette fois lui épargner la colère d'Adam. Il était l'aîné de la fratrie : c'était lui qui aurait dû engendrer le premier petit-fils. Mais il avait échoué, et c'était la faute d'Isra.

Adam se tourna vers Farida. « *Alf mabrouk*, maman.

— Merci, mon fils. *Inch'Allah*, ce sera bientôt ton tour. »

Adam sourit, sans rien dire. Il s'enfonça dans le canapé, ferma les yeux, inspira une nouvelle bouffée de fumée. Isra fixait le long tuyau de la chicha qu'il tenait, le bec argenté coincé entre ses lèvres. À chaque nouvelle expiration, le brouillard qui régnait dans la pièce s'épaississait, et elle disparaissait un peu plus. Plantée au milieu de la salle, elle aurait voulu disparaître totalement, pour toujours.

*

Cette nuit-là, Adam entra dans leur chambre sans un mot. Il secoua la tête, grommelant dans sa barbe, et Isra se dit qu'elle ne l'avait jamais vu aussi maigre. Ses doigts paraissaient plus longs, plus crochus que jamais, et il semblait que les veines de ses mains s'étaient multipliées, ou avaient considérablement enflé. Il s'approcha d'elle, relevant la tête pour la regarder droit dans les yeux. Elle éprouva alors une sensation étrange.

« Est-ce que je peux faire quelque chose ? » demanda-t-elle à voix basse. La docilité allégeait sa peine les jours où elle se sentait totalement inutile. Si elle était incapable de lui donner un fils, le moins qu'elle pût faire était d'être une épouse exemplaire répondant aux besoins et aux désirs de son mari.

Adam la fixait toujours. Elle détourna le regard. Elle savait que s'il la dévisageait trop longtemps, ses sentiments (la peur, la colère, le défi, la solitude, la confusion, l'impuissance) finiraient par la submerger et qu'elle s'écroulerait à ses pieds, en larmes. Et Isra s'y refusait. C'était une chose de penser, c'en était une tout autre d'exprimer ce qu'on avait sur le cœur.

« Je suis désolée », chuchota-t-elle. Adam ne la lâchait pas des yeux. Son regard était mal assuré, comme s'il était victime de quelque sortilège et qu'il peinait à se concentrer. Il avança de quelques pas, et elle recula d'autant, se retrouvant dans un coin de la pièce, et s'efforçant de ne pas trembler. Il avait horreur de ça. Elle se demanda si Nadine tressaillait lorsque Omar la touchait. Mais Nadine était bien différente d'elle. Elle avait dû être aimée depuis sa naissance, pour savoir aussi bien aimer et se faire aimer.

Adam tendit la main pour la toucher. Ses doigts parcoururent le contour de son visage, comme pour la défier de bouger d'un millimètre. Parfaitement immobile, elle ferma les yeux, attendant que cela cesse, qu'il s'écarte enfin et aille se coucher. Et puis tout à coup, cela arriva.

Il la gifla.

Ce qui terrifia le plus Isra ne fut pas la puissance de l'impact de sa paume sur son visage. Ce fut la voix qui du plus profond d'elle-même lui disait de ne pas bouger : pas l'immobilité en soi, mais la facilité qu'elle avait de rester immobile, comme s'il s'agissait d'un réflexe naturel.

Deya

Hiver 2008

« Je n'arrive pas à croire que tu aies fui cette maison », dit Deya à Sarah le lendemain, dans sa librairie. En sortant de la station Union Square, elle avait enlevé son voile et l'avait rangé dans son sac, pour sentir la brise froide souffler dans ses cheveux, le soleil d'hiver sur sa peau. « Tu as quitté le seul univers que tu connaissais. J'aimerais être aussi courageuse que toi.

— Je le suis moins que tu le penses », répondit Sarah.

Deya étudia sa tante assise en face d'elle. Sarah portait une minijupe à fleurs et des bas légers, de hautes bottes noires, et un chemisier crème ajusté. Elle s'était fait un chignon à la va-vite. « Ce n'est pas vrai, fit Deya. Je serais incapable de partir comme toi. Je serais terrifiée de me retrouver seule. » Elle regarda Sarah dans les yeux. « Comment as-tu fait pour fuir ? Tu n'avais pas peur ?

— Bien sûr, que j'avais peur. Mais j'avais encore plus peur de rester.

— Pourquoi ?

— J'avais peur de la réaction de mes parents s'ils apprenaient... » Sa phrase resta en suspens.

« S'ils apprenaient quoi ? »

Sarah observa ses mains. « Je ne sais pas trop comment te dire ça. J'ai peur de baisser dans ton estime.

— C'est bon, tu peux me le dire. » Deya perçut la profonde hésitation de sa tante lorsque celle-ci se tourna vers la fenêtre.

« J'avais un petit ami, finit-elle par avouer.

— Un petit ami ? C'est pour ça que tu es partie ?

— Non, pas vraiment.

— Alors pourquoi ? »

Sarah regardait dehors, sans un mot.

« Allez, dis-moi. »

Elle inspira, et déclara : « La vérité, c'est que je n'étais plus vierge. »

Deya écarquilla les yeux. « Sous le toit de Teta ? Comment... Comment as-tu pu faire ça ? » Sarah rougit, et évita le regard de sa nièce. « Excuse-moi, reprit celle-ci. Je ne veux pas te juger. C'est juste que... j'imagine la tête que Teta aurait faite. Sido t'aurait battue. Il aurait même pu sortir un couteau. Notre réputation aurait été ternie à jamais si quelqu'un l'avait découvert.

— Je sais, dit posément Sarah. C'est pour ça que j'ai fui. J'étais terrifiée à l'idée de ce qui se passerait si on l'apprenait. J'avais une peur absolue de ce que mes parents auraient fait. »

Deya garda le silence. Elle ne parvenait pas à se mettre à la place de Sarah, à s'imaginer perdre sa virginité. Jamais elle n'aurait eu le cran d'aller si loin avec un homme, de désobéir à ses grands-parents aussi gravement, mais il n'y avait pas que ça. L'acte lui-même lui paraissait trop intime. Elle ne pouvait s'imaginer quelqu'un toucher sa peau, encore moins la déshabiller et la pénétrer. Elle rougit.

« C'est pour ça que tu ne te crois pas courageuse ? demanda Deya. Parce que tu n'as pas voulu affronter ta famille après ce que tu avais fait ? Parce que tu as préféré fuir ?

— Oui. » Sarah releva la tête pour regarder Deya dans les yeux. « Même si je craignais pour ma vie, je n'aurais pas dû fuir. J'aurais dû me confronter au jugement de ma mère. Le problème n'était pas que je manquais de force de caractère pour tenir tête à mes parents, j'en avais bien assez. Les livres étaient comme une armure, pour moi. Tout ce que j'avais appris dans mon enfance, toutes mes opinions, tous mes rêves, tous mes objectifs, toute mon expérience, je les tenais des livres que j'avais lus. C'était comme si je passais mon temps à collecter des connaissances, à les glaner au fil des pages et à les emmagasiner en attendant une occasion de m'en servir. J'aurais pu affronter mes parents, mais j'ai laissé la peur dicter mes choix, et au lieu d'assumer mes actes, j'ai fui. J'ai été lâche. »

Deya était loin de partager le point de vue de sa tante. À sa place, elle aussi aurait fui. Rester après avoir commis un tel péché, ç'aurait été impensable, téméraire, même : elle aurait couru le risque de se faire tuer. Deya adressa à sa tante un sourire réconfortant. Pour alléger un peu la conversation, elle lui dit : « Je ne savais pas que tu aimais lire à ce point. Mais ça paraît évident, quand on sait où tu travailles.

— Bien vu, répondit Sarah dans un beau sourire.
— Farida t'autorisait à lire ?
— Pas du tout ! rétorqua Sarah en riant. Mais je cachais mes livres. Tu savais qu'Isra aussi adorait lire ? On lisait ensemble, toutes les deux.
— C'est vrai ? Je me rappelle qu'elle nous lisait tout le temps des histoires. »
De nouveau, Sarah sourit. « Tu t'en souviens vraiment ?
— C'est l'un des rares bons souvenirs que j'ai d'elle. Des fois, je me dis que c'est pour ça que j'aime autant lire.
— Ah, toi aussi ?
— Si je pouvais, je ne ferais que ça.
— Eh bien, dans ce cas, n'hésite pas à te servir. »
Sarah désigna les rayons remplis d'ouvrages.
« Sérieusement ?
— Bien sûr.
— Merci beaucoup, dit Deya en sentant ses joues s'empourprer. Tu as tellement de chance.
— Tellement de chance de quoi ?
— D'avoir tous ces livres à disposition. Toutes ces histoires à portée de main.
— C'est vrai, c'est une chance, fit Sarah. Les livres ont toujours su me tenir compagnie dans mes plus grands moments de solitude.
— J'ai l'impression de m'entendre parler. »
Sarah éclata de rire. « Eh bien tu sais quoi ?
— Quoi ?
— Tu n'es plus toute seule. »
Deya se recroquevilla sur sa chaise, ne sachant plus quoi dire. Elle savait qu'elle aurait dû se réjouir de cet

échange, qu'elle aurait dû sentir un lien se nouer entre sa tante et elle. Mais elle n'éprouvait que de la peur, le besoin impérieux de se recentrer sur elle-même. Pourquoi ne parvenait-elle pas à baisser la garde ? Pourquoi ne parvenait-elle pas à croire que quelqu'un puisse se soucier de son sort ? Elle ne le savait pas précisément mais, si sa propre famille était prête à la jeter dans les bras du premier homme qui la demandait en mariage, qu'est-ce qui aurait pu la pousser à attendre un meilleur traitement d'autrui ? Rien du tout. Elle réagissait par pure prudence. À seule fin de se protéger.

« Tu sais ce qui est vraiment étrange ? demanda-t-elle au bout d'un moment.

— Quoi donc ?

— Que par un hasard absolu, toi, moi et ma mère, on adore lire.

— Ça n'a rien d'étrange, répliqua Sarah. Ce sont les personnes les plus seules qui aiment le plus lire.

— C'est pour ça que tu aimais lire ? Parce que tu te sentais seule ?

— Quelque chose dans ce goût-là. » Sarah regarda de nouveau par la fenêtre. « Ç'a été très dur de grandir dans cette famille, d'être traitée différemment de mes frères parce que j'étais une fille, de me réveiller tous les jours en sachant que mes perspectives d'avenir étaient si limitées. De savoir à quel point j'étais différente de la majorité de mes camarades d'école. C'était bien plus que de la solitude. Je me dis parfois que c'était aussi l'opposé, la sensation qu'il y avait trop de monde autour de moi, trop de liens imposés : il y avait aussi en moi un désir d'isolement pour pouvoir réfléchir par moi-même, être pleinement moi-même. Je ne sais pas si tu me comprends. »

Deya, qui se retrouvait dans chacun de ses mots, opina de la tête. « Et maintenant ?
— Quoi, maintenant ?
— Es-tu heureuse ? »

Sarah observa un moment de réflexion avant de répondre : « Être heureuse, ce n'est pas ce que je recherche. » Elle lut la surprise de Deya sur son visage, et poursuivit : « Très souvent, être heureuse, ça signifie rester passive, jouer la prudence. Il n'y a aucun talent requis pour être heureuse : inutile d'avoir la moindre force de caractère, le moindre trait un peu extraordinaire. C'est surtout le mécontentement qui entraîne la création, la passion, le désir, le défi. Les révolutions n'ont pas lieu dans le bonheur. Je pense que c'est la tristesse, ou à tout le moins l'insatisfaction qui est à l'origine de tout ce que ce monde a de plus beau. »

Deya l'écoutait, captivée. « Alors tu es triste ?
— Je l'ai longtemps été, répondit Sarah en évitant son regard. Mais plus maintenant. J'ai la chance d'avoir fait quelque chose de ma vie. Je consacre mes journées à quelque chose que j'adore. » De nouveau, elle désigna les livres qui les entouraient.

« Tu crois que tu aurais pu avoir la même vie si tu étais restée ? Si tu t'étais mariée ? »

Sarah hésita. « Je ne sais pas. Je me demande très souvent quelle existence aurait été la mienne si je n'étais pas partie. Est-ce que j'aurais pu aller à la fac ? Est-ce que j'aurais pu devenir libraire à Manhattan ? Probablement pas, en tout cas pas il y a dix ans… Mais j'ai l'impression que les choses ont beaucoup changé. »

Elle s'interrompit pour réfléchir. « Cela dit, peut-être pas tant que ça. Je n'en sais rien. Ça dépend juste...
— De quoi ?
— De la famille qu'on a. Je connais beaucoup de familles arabes où tout le monde s'accorde à penser que l'instruction des femmes est primordiale, et je connais plusieurs femmes arabes qui ont décroché un diplôme universitaire et ont d'excellents emplois. Mais je crois que dans mon cas, si j'avais épousé un homme choisi par mes parents, qui aurait partagé leur façon de voir le monde, il ne m'aurait sans doute pas permis de poursuivre mes études ni même de travailler. Il aurait voulu que je reste à la maison et que j'élève nos enfants.
— Tu sais, tout ça ne me rassure pas vraiment, fit Deya en pensant aux piteuses possibilités de sa vie. Si j'ai toutes les chances d'être contrainte de rester à la maison et de m'occuper de mes enfants, pourquoi est-ce que je ne fuirais pas, moi aussi ?
— Parce que c'est lâche.
— Mais à quoi bon être courageuse ? Qu'est-ce que ça m'apporterait ?
— Le courage, ça peut tout t'apporter, du moment que tu crois en toi et en ce qui importe le plus à tes yeux, répondit Sarah. Tu ne sais pas de quoi ta vie sera faite, et moi non plus. La seule chose que je sais, c'est que tu es la seule à pouvoir décider de ton destin. Tu as le pouvoir de faire ce que tu veux de ton existence, et pour atteindre tes objectifs, tu dois trouver le courage de les défendre, même si tu es seule contre tous. »

Deya scruta Sarah, sa peau légèrement hâlée, le scintillement de ses yeux dans la lumière tamisée. Elle s'exprimait à présent comme dans un livre de développement personnel et, bien que Deya fût friande de ce genre d'ouvrages, cela commençait à l'agacer. Lire des conseils théoriques et les entendre de la bouche d'une personne en chair et en os, c'était deux expériences tout à fait différentes.

« Ça semble super sur le papier, dit Deya, mais on n'est pas sur le plateau d'Oprah. Je suis censée faire quoi, au juste ? Ignorer l'avis de mes grands-parents et faire ce qui me chante ? Ce n'est pas aussi simple que ça. Je me dois de les écouter. Je n'ai pas le choix.

— Bien sûr, que tu as le choix, rétorqua Sarah. Tu as toujours le choix. Tu es toujours maîtresse de ta destinée. Tu sais ce que c'est, une prophétie autoréalisatrice ? »

Deya poussa un soupir irrité. « J'ai lu quelque chose là-dessus.

— C'est un principe qui veut que nos opinions influent sur le cours des choses. La vision qu'on se fait de notre avenir finit par devenir vraie dans les faits, simplement parce qu'on y croit.

— Comme Voldemort dans *Harry Potter*, tu veux dire ? »

Sarah éclata de rire. « C'est un exemple parmi d'autres. Tout ce que nous rencontrons dans l'existence est un reflet de nos modes de pensée et de nos croyances. Dans un sens, on peut contrôler notre avenir simplement en pensant de façon plus positive, en ne visualisant que les choses auxquelles on aspire. Bien sûr, pour Voldemort, c'est le contraire. En croyant trop fort au pire scénario qui pouvait lui arriver, il en a fait une réalité. »

Deya se contenta de regarder sa tante, sans un mot.

« Ce que j'essaye de te dire, c'est que si tu crois que tu es maîtresse de ton destin, alors tu l'es. Et si tu ne crois pas l'être, alors tu ne l'es pas.

— Là tu commences vraiment à parler comme une gourou de la pensée positive », fit Deya en levant les yeux au plafond.

Sarah émit un claquement de langue. « Je suis sérieuse, Deya. Tous les possibles s'offrent actuellement à toi. Tu peux rentrer chez toi et dire à ma mère : "Je ne me marierai pas tout de suite. Peu importe le nombre de prétendants que tu pourras me trouver, je refuserai de les épouser. J'irai d'abord à la fac !"

— Je ne peux pas lui dire ça.

— Pourquoi pas ?

— Parce que jamais Farida ne me laissera aller à l'université.

— Et qu'est-ce qu'elle pourra bien faire si ta candidature est acceptée ? Se poster à la porte tous les matins et t'empêcher de suivre tes cours ?

— Je ne sais pas ce qu'elle fera, et je n'ai aucune envie de le savoir.

— Pourquoi ? Qu'est-ce que tu as à perdre ?

— J'en sais rien... J'en sais rien. Mais je n'ai pas envie de la fâcher. Je ne peux pas la défier comme ça. J'ai peur...

— Peur de quoi ? Qu'est-ce qu'elle pourrait bien te faire ? Te frapper ? Tu ne penses pas que ton avenir vaut bien une raclée ou deux ?

— J'en sais rien ! riposta Deya, sentant la colère bouillonner en elle. S'il te plaît, arrête. Tu prends tout ça tellement à la légère. À t'entendre, on dirait que j'ai un pouvoir absolu sur ma vie, alors que c'est complètement faux. Si c'était aussi simple que ça, alors pourquoi n'as-tu pas agi de la sorte ? Tu aurais pu tout dire à Teta, tu aurais pu ne pas fuir. Mais c'est bien plus compliqué, pas vrai ?

— Au contraire, c'est aussi simple que ça, répondit Sarah d'une voix douce. Indépendamment de ce que tu peux ressentir en ce moment, il n'en demeure pas moins que tu as ta vie entre tes mains. Si je l'avais su quand j'avais ton âge, j'aurais agi différemment. J'aurais eu moins peur de l'avenir. J'aurais eu plus foi en moi-même. Tu peux me croire, il ne se passe pas un jour sans que je regrette de ne pas m'être confrontée aux miens. Cela fait plus de dix ans que je ne les ai pas revus, et ils me manquent. Mais ce que je regrette surtout, c'est de ne pas vous avoir vues grandir, tes sœurs et toi, c'est de ne pas avoir pris part à votre éducation. » Une pause. « Je ne veux pas que, comme moi jadis, tu croies que ton destin n'est pas entre tes mains. Je ne veux pas que tes décisions soient motivées par la faiblesse et par la peur. J'ai fui pour échapper à la honte qu'aurait entraînée ce que j'avais fait, mais j'ai dû en payer le prix.

— Quel prix ? Je trouve que tu as plutôt une chouette vie.

— Le prix de n'avoir ma place nulle part.

— Comment ça ?

— C'est dur à expliquer... J'ai encore du mal à m'accepter, et j'aurais dû initier ce processus bien plus tôt. Il est très difficile de trouver sa place dans le monde quand on ne s'est pas encore trouvé soi-même. »

Deya la considéra, incrédule. « Tu veux dire que tu n'as jamais réussi à te faire des amis ? Que tu n'as jamais eu d'aventures ?

— Non, j'ai eu des amis et des aventures.
— Tu es avec quelqu'un, en ce moment ?
— Non.
— Pourquoi ça ? Tu vis toute seule. Tu peux faire ce qui te chante.
— Je crois que c'est justement parce que je ne me suis pas encore tout à fait trouvée, déclara Sarah. J'ai connu un bon nombre d'hommes, mais j'ai toujours eu du mal à établir un véritable lien avec eux. J'ai gâché beaucoup d'années en faisant semblant d'être quelqu'un que je n'étais pas. » Elle regarda alors Deya droit dans les yeux. « Peut-être que si j'avais eu à l'époque quelqu'un de confiance, quelqu'un qui aurait pu m'aider à croire en moi, je n'aurais pas eu à perdre ma famille pour être libre. C'est pour ça que je suis entrée en contact avec toi. Je veux t'aider à trouver une autre voie. »

Deya dévisagea longuement sa tante. Si une femme tout à fait américanisée comme Sarah, une femme indépendante qui avait fait des études supérieures et était devenue libraire, si une telle femme regrettait ses choix, quel espoir lui restait-il à elle ? Deya se sentit s'enfoncer au fond de sa chaise. Vivrait-elle le reste de son existence dans la peur ? Apprendrait-elle un jour le courage ? Tout ce que Sarah lui avait dit semblait vouloir la convaincre que non.

« Qu'est-ce qui ne va pas ? demanda Sarah en tâchant d'attirer son regard. Pourquoi cette tête ?

— C'est juste que je ne comprends pas ce que je dois faire. Je me sentais déjà paumée avant, mais maintenant c'est encore pire. Tu me dis que je dois m'accepter telle que je suis, que je dois me battre pour ce en quoi je crois plutôt que de fuir, mais ç'a tout l'air d'une jolie théorie, rien de plus. Ce n'est pas comme ça que ça marche, dans la vie. Le fait de m'accepter ne résoudra pas mes problèmes, et le courage ne m'apportera rien. Ce genre de trucs, c'est parfait pour des discours de motivation, mais dans la vraie vie, tout est beaucoup plus compliqué.

— Dis-moi, Deya, fit Sarah en se redressant sur sa chaise. Pourquoi tu ne peux pas affronter mes parents ? »

Deya regarda par la fenêtre.

« Tu peux me le dire, insista Sarah. Sois honnête avec moi, avec toi. De quoi as-tu si peur ?

— De tout ! s'entendit répondre Deya malgré elle. J'ai peur de tout ! J'ai peur d'abandonner ma famille et ma culture, et de découvrir bien plus tard que c'était eux qui avaient raison. J'ai peur de ce que les gens pourront penser si je ne fais pas ce qu'on attend de moi. Mais j'ai tout aussi peur de suivre les règles et de finir par le regretter. J'ai peur de me marier, mais j'ai encore plus peur de rester seule. Il y a des centaines de voix dans ma tête, et je ne sais pas laquelle écouter ! J'ai toute la vie devant moi, et je ne sais pas quoi en faire ! » Elle voulut se taire, mais les mots continuaient à se déverser de sa bouche. « Des fois, je me dis que j'ai peur comme ça à cause de mes parents, et puis je me demande si ce sont les souvenirs que j'ai d'eux qui me rendent si triste, ou si je l'ai toujours été, avant même que je sois assez grande pour avoir des souvenirs. Et puis il y a des jours où je suis certaine que tous mes souvenirs sont faux, et il y a ce sentiment horrible au fond de moi, et je me dis que si j'arrive à me souvenir de quelque chose de bien, je serai comme guérie. Mais ça ne marche jamais. »

Sarah tendit la main et serra le bras de Deya. « Pourquoi les souvenirs de tes parents te rendent-ils si triste ? Qu'est-ce qui fait que c'est ce sentiment qu'ils éveillent en toi ?

— J'en sais rien... je ne sais même pas s'ils correspondent à la réalité. Tout ce que je sais, c'est que ma mère était tout le temps triste. Elle détestait être mariée, et elle détestait être mère.

— Mais tu te trompes, dit Sarah. Isra ne détestait pas être mère.

— C'est l'idée que je m'en fais.

— Ce n'est pas parce qu'elle était triste qu'elle détestait être mère.

— Alors pourquoi... »

Mais Sarah la coupa : « Il faut bien que tu comprennes que ta mère n'avait que dix-sept ans quand elle a épousé Adam, et qu'il était la seule personne à laquelle elle pouvait se raccrocher ici, aux États-Unis. Elle était dans un état de fatigue perpétuelle, elle passait son temps à cuisiner, à faire le ménage, à élever ses enfants, à essayer de contenter Adam et ma mère. Je n'ai jamais connu personne qui ait eu une vie aussi difficile, mais elle t'aimait plus que tout. Le fait que tu ne te souviennes pas de ça, ça me fait vraiment mal.

— Je veux bien croire qu'elle a eu la vie dure, fit Deya, mais ç'a été son choix, de nous avoir, mes sœurs et moi. Elle ne s'est jamais battue pour elle-même, encore moins pour nous. »

Un sourire discret illumina le visage de Sarah. « C'est intéressant, ce que tu viens de dire. J'avais cru comprendre que tu croyais que les femmes telles que nous n'avaient pas leur mot à dire sur leur destinée.

— Bah, si, mais… »

Sarah secoua la tête. « Tu ne peux plus revenir sur ce que tu as dit. Tu viens d'admettre que tu avais le choix. Ce n'est pas un crime, tu sais. »

Deya fronça les sourcils.

« Si tu penses qu'Isra – une immigrée palestinienne, sans travail, sans diplôme, avec quatre enfants à élever, et qui ne savait même pas parler correctement anglais –, si tu crois qu'*elle* avait le choix, alors je te laisse imaginer la marge de manœuvre d'une jeune Américaine d'origine arabe, brillante et instruite telle que toi. » Sarah adressa un sourire espiègle à sa nièce. « N'est-ce pas ? »

Deya voulut protester, mais ne trouva rien à redire. Sarah avait raison. Elle avait le choix. Ce qui lui faisait défaut, c'était le courage nécessaire à ces choix.

« Il faut que j'y aille, dit Deya en consultant l'horloge murale. Je ne veux pas faire attendre mes sœurs. » Elle se leva et prit son sac. « Le temps passe à une vitesse, ici, remarqua-t-elle tandis que Sarah la raccompagnait jusqu'à la sortie.

— Ça veut dire que ma compagnie te plaît ?

— Peut-être un peu.

— Eh bien, dans ce cas, reviens me voir dès que tu peux. J'ai une histoire à te raconter.

— Une histoire ? »

Sarah acquiesça : « À propos de ce qui a poussé Isra à se remettre à lire.

— Demain ?

— Demain. »

Isra

Hiver 1993

Les feuilles brunirent. Les arbres se dénudèrent. La neige se mit à tomber. Isra assistait à tout cela de la fenêtre de son sous-sol. Des passants filaient sur le trottoir, des clignotants scintillaient, des klaxons retentissaient, des feux de signalisation brillaient au loin. Mais à ses yeux, ce n'était qu'un tableau terne et plat derrière les vitres. Il y avait des jours de tristesse absolue, suivi de jours d'impuissance. C'était son quotidien depuis la naissance du fils de Nadine et d'Omar. Adam rentrait et la trouvait ainsi, fixant la fenêtre du sous-sol d'un regard morne. Elle ne protestait pas quand il s'approchait d'elle. D'une façon perverse, elle s'en réjouissait même. Pour elle, c'était un peu une façon de se faire pardonner pour tout ce qu'elle avait fait.

*

« Qu'est-ce que c'est que ça ? » demanda Farida un matin de décembre lorsque Isra vint l'aider à préparer le petit déjeuner. Les yeux plissés, elle examinait les marques bleues et violettes qui maculaient la joue d'Isra. « Tu crois vraiment que quelqu'un a envie de voir ça ? »

Isra ouvrit la bouche, incapable de répondre. Qu'aurait-elle pu dire ? Un mari qui battait sa femme, c'était tout à fait normal. Combien de fois Yacob avait-il frappé Mama ? Et combien de fois Khaled avait-il battu Farida ? Isra ne l'avait jamais vu lever la main sur elle, mais cela ne voulait rien dire.

« Dans la vie, il est des choses que personne ne devrait jamais voir, fit Farida. Quand j'avais ton âge, je m'assurais que personne ne puisse voir ma honte. »

Face à Farida, Isra se dit que c'était la femme la plus forte qu'elle ait jamais vue, encore plus forte que sa propre mère. Mama sanglotait toujours violemment lorsque Yacob la battait, sans la moindre honte d'exprimer ainsi sa faiblesse. Isra se demanda ce qui avait pu rendre Farida si forte. Elle avait dû subir quelque chose de bien pire que des coups, songea-t-elle. La vie avait fait d'elle une véritable guerrière.

Farida mena Isra jusque dans sa chambre. Elle ouvrit le tiroir de sa table de nuit, y prit une petite trousse bleue dans laquelle elle se mit à fouiller. Elle en sortit un bâton de rouge à lèvres d'un bordeaux profond, et le rangea aussitôt. Isra s'imagina les lèvres de Farida peintes de cette couleur. Elle portait du rouge à lèvres lors de son mariage, un rouge vif et éclatant. Mais cette teinte de bordeaux lui correspondait bien plus.

« Là », dit Farida en sortant enfin ce qu'elle cherchait. Elle déposa quelques gouttes de fond de teint liquide sur le dos de sa main. Isra grimaça lorsque Farida toucha sa joue, mais celle-ci ne le releva pas. Elle étala le fond de teint sur le visage d'Isra, couche sur couche, jusqu'à ce qu'elle soit satisfaite du résultat. « Voilà », déclara-t-elle enfin. Isra risqua un coup d'œil au miroir : la moindre trace de honte, la moindre tache de bleu, de violet et de rouge avaient disparu.

Alors qu'elle se retournait pour quitter la chambre, Farida la retint par le coude et la tira à elle pour lui mettre le flacon de fond de teint entre les mains. « Ce qui se passe entre un mari et sa femme ne regarde qu'eux. Toujours. Quoi qu'il arrive. »

*

La fois suivante, Isra dissimula elle-même ses ecchymoses. Elle espérait que Farida remarquerait ses efforts, que cela les rapprocherait, que cela leur permettrait même d'être en aussi bons termes qu'avant la naissance de Deya. Mais si Farida le remarqua, elle n'en laissa rien paraître. En fait, elle faisait comme si rien n'était arrivé, comme si Adam n'avait jamais levé la main sur Isra, comme si elle-même n'avait pas dissimulé ses contusions. Cela énervait Isra, mais elle s'efforça de s'apaiser. Farida avait raison. Ce qui se passait entre époux ne regardait qu'eux, et ça n'avait rien à voir avec la peur ou le respect, comme Isra l'avait jadis cru : c'était la honte qu'il s'agissait d'éviter. Sarah et Nadine ne devaient se douter de rien. Pour qui Isra passerait-elle à leurs yeux si elles apprenaient qu'Adam la battait ? S'ils avaient vécu en Palestine, où il était aussi courant pour un mari de battre sa femme que pour un père de battre ses enfants, Isra aurait sans doute eu quelqu'un à qui se confier. Mais Sarah était quasiment une Américaine, et l'emprise de Nadine sur Omar était totale. Isra se devait de faire comme si tout allait pour le mieux.

Mais cela ne fonctionnait qu'en apparence. En son for intérieur, Isra était comme sclérosée par sa honte. Elle savait qu'il devait y avoir quelque chose d'horrible en elle pour que tous les hommes de sa vie lui fassent subir de telles choses, d'abord son père, et à présent son époux. Tout lui paraissait lugubre et déprimant, gris et morne comme ces vieux films égyptiens en noir et blanc que Mama et elle adoraient regarder. Isra se souvenait clairement des couleurs de son enfance, le rose des figues de Barbarie, les oliviers, les cieux bleu pâle, et même les cimetières jumeaux envahis par les herbes folles. À sa plus grande horreur, elle comprit que les couleurs ne s'offraient qu'aux yeux qui en étaient dignes.

Isra passa le plus clair de cet hiver assise à la fenêtre, se réfugiant au sous-sol dès qu'elle avait accompli ses tâches ménagères. Elle ne parlait quasiment que lorsqu'on lui adressait la parole, et même ainsi, ses réponses étaient comme étouffées. Elle évitait le regard de ses filles, même lorsqu'elle les serrait contre elle, les câlinant à la va-vite, pressée de retourner à sa fenêtre, où elle attendait l'heure du coucher, les yeux dans le vague, rivés au verre. Elle ne dormait qu'à peine et, lorsqu'elle parvenait à fermer les yeux, c'était pour gémir dans ses rêves, et souvent se réveiller au son de ses propres cris. Elle regardait alors Adam, redoutant de l'avoir réveillé, mais elle le trouvait systématiquement plongé dans un profond sommeil, la bouche béante.

Isra se demandait souvent si elle était possédée. Combien d'histoires avait-elle entendues, où un djinn entrait dans le corps d'une personne pour lui faire faire des choses aberrantes, la pousser à des actes de violence, au meurtre, et presque toujours à la folie ? Encore enfant, Isra l'avait même vu de ses propres yeux. Un après-midi, Oum Hassan, leur voisine, s'était effondrée par terre en apprenant que son fils avait été tué par un soldat israélien alors qu'il rentrait de l'école. Ses yeux s'étaient révulsés, ses mains avaient brutalement frappé son visage, son corps avait été saisi de convulsions. Plus tard dans la nuit, Isra avait appris qu'on avait retrouvé le corps sans vie d'Oum Hassan chez elle : elle s'était étouffée avec sa propre langue. Mais Mama lui avait alors révélé la vérité : un djinn était entré dans le corps d'Oum Hassan et l'avait vidée de sa force vitale. Isra se demandait à présent si elle était en train de subir le même sort, mais plus lentement. Si c'était le cas, elle l'avait bien mérité.

*

Un matin comme un autre, Isra assise à la fenêtre. Ses filles voulaient construire un château avec leurs briques en plastique, mais elle était trop fatiguée pour jouer avec elles. Elle n'aimait pas leur façon de la regarder, avec leurs yeux sombres et leurs joues creuses, comme si elles la jugeaient. Sur la vitre, elle pouvait voir le reflet de Deya, trois ans, qui l'épiait à l'autre bout de la pièce, ses petits doigts refermés sur une vieille poupée Barbie. C'était son regard qui frappait le plus Isra. Deya était une petite fille très sérieuse. Elle n'avait pas le sourire facile, et ne riait que très rarement, contrairement à tous les autres enfants. Sa bouche dessinait une ligne droite, pincée, et une sombre inquiétude se laissait deviner au fond de ses yeux. La sensation qu'éprouvait Isra en la regardant était intolérable, et elle ne savait comment s'en défaire.

Elle se détourna de la fenêtre et fit signe à Deya de venir s'asseoir sur ses genoux. Lorsqu'elle fut bien installée, Isra la colla contre elle et murmura : « Ce n'est pas ma faute si je suis comme ça. »

Deya la dévisagea, sa poupée Barbie serrée contre sa poitrine. « Quand j'étais petite fille, poursuivit Isra, ma mère ne me parlait pas souvent. Elle était toujours trop occupée. » Deya était muette, mais Isra voyait bien qu'elle l'écoutait attentivement. Elle la serra contre elle. « Parfois, j'avais l'impression qu'elle oubliait que j'étais là. Parfois je croyais même qu'elle ne m'aimait pas. Mais elle m'aimait. Bien sûr qu'elle m'aimait. C'est ma mère. Et je t'aime, *habibti*. Ne l'oublie jamais. » Deya sourit, et Isra la serra encore plus fort contre elle.

*

Dans la cuisine ce soir-là, Isra et Sarah assaisonnaient de la viande de veau hachée pour le dîner. Les hommes avaient demandé du *malfouf*, des feuilles de chou farcies au riz et à la viande, et les femmes n'avaient que quelques heures pour préparer ce plat avant leur retour. Cela aurait été plus rapide si Nadine les avait aidées, mais elle était à l'étage en train de donner le sein à son fils – qu'à la plus grande colère de Farida, elle avait nommé Amir, et non Khaled. À plusieurs reprises, Farida l'avait appelée du bas de l'escalier, lui répétant qu'elle devait cesser l'allaitement afin de pouvoir retomber enceinte au plus tôt, et Nadine lui avait répondu : « Mais j'ai déjà donné un fils à Omar, non ? »

Sarah adressa un demi-sourire à Isra, qui tourna la tête. Elle se demandait pourquoi elle n'était pas comme Nadine. Pourquoi lui était-il si difficile de donner son avis ? Depuis quatre ans qu'elle vivait ici, elle ne se rappelait pas s'être opposée à Adam ou à Farida. Cette remarque qu'elle se fit fut un véritable coup de tonnerre. La prise de conscience de sa pitoyable faiblesse de caractère. Lorsque Adam rentrait et lui demandait de lui servir son dîner, elle s'empressait d'obéir, et lorsque, dans leur lit, il tendait la main vers elle, elle le laissait faire, et lorsqu'il préférait la battre, elle ne disait rien, ravalant ses plaintes. Et elle ne s'opposait jamais aux consignes incessantes de Farida, même lorsqu'elle avait mal partout à force de corvées. Quelle importance pouvaient avoir ses aspirations, ses opinions, ses sentiments et ses sensations, alors qu'elle n'était pas même capable de les exprimer ?

Les larmes lui montèrent subitement aux yeux. Elle les retint de toutes ses forces. Elle repensa à Mama. Avait-elle eu l'impression, comme elle à présent, d'être une imbécile, une moins-que-rien, elle qui se réduisait au silence et enseignait à sa fille à faire de même ? Vivait-elle comme elle dans un état de honte et de culpabilité perpétuel à cause de son mutisme ? Savait-elle que le même sort attendait sa propre fille ?

« Elle a forcément dû faire quelque chose de mal », disait Farida au téléphone, les deux pieds sur la table de la cuisine, un petit sourire aux lèvres. La fille aînée d'Oum Ahmed, Fatima, allait divorcer.

Isra regarda par la fenêtre. Elle se demandait quel mal elle avait fait pour mériter de se faire battre par Adam. Elle se demandait s'il déciderait un jour de divorcer.

« La pauvre Oum Ahmed, la pauvre, dit Farida, toujours au téléphone. Comment pourra-t-elle regarder qui que ce soit dans les yeux après le divorce de sa fille ? » Son sourire était si large que sa dent en or brillait comme la lune. Isra ne comprenait pas : Oum Ahmed était la meilleure amie de Farida. Elle n'avait aucune raison de se réjouir de son malheur. Et puis elle se remémora qu'elle avait prié pour que Nadine ait une fille, à seule fin d'alléger ses souffrances à elle. Et à ce souvenir, Isra sentit son cœur se serrer.

« C'est une très bonne nouvelle pour toi, ma fille, lança Farida à Sarah après avoir raccroché. Si Fatima divorce, personne ne voudra épouser sa sœur Hannah.

— Et qu'est-ce que ça a à voir avec moi ? répliqua Sarah.

— Mais tout ! Sans Hannah, il te sera bien plus facile de trouver un mari. » Farida se leva et goûta une pincée de farce au riz et à la viande afin de s'assurer que l'assaisonnement était parfait. « Il y a si peu de Palestiniens en âge de se marier à Brooklyn : moins tu auras de concurrence, mieux ce sera. » Son regard croisa alors celui d'Isra. « Je n'ai pas raison ? »

Isra opina du chef en déposant une boule de farce au milieu d'une feuille de chou. Comme Farida l'observait, elle veilla scrupuleusement à rouler la feuille en un long cylindre parfait.

« Cela dit, on ne peut pas vraiment parler de compétition entre elle et toi, reprit Farida en se léchant les doigts. Non seulement elle est basanée et elle a les cheveux épais, mais en plus elle fait à peine un mètre cinquante. Tu es bien plus jolie qu'elle. »

Sarah se leva pour aller déposer une pile d'assiettes sales dans l'évier, les joues rouges. Isra se demanda ce à quoi elle pouvait penser. Elle se rappela toutes ces fois où Mama la comparait aux autres filles et lui disait qu'elle n'avait que la peau sur les os, qu'aucun homme ne voudrait jamais l'épouser. Elle lui disait de manger plus et, lorsque Isra prenait du poids, lui disait de manger moins. Et lorsqu'elles sortaient, c'était le soleil qu'il fallait à tout prix éviter, afin que sa peau ne brunisse pas. Mama passait son temps à l'examiner du regard, de la tête aux pieds, afin d'être bien sûre qu'elle soit en bonne condition. Afin d'être bien sûre qu'elle trouve un jour grâce aux yeux d'un homme. Isra se demandait si Sarah éprouvait la même chose qu'elle jadis, l'impression d'être la créature la plus méprisable au monde. Et elle se demanda si ses propres filles éprouveraient un jour la même chose.

« C'est peut-être le signe que ton heure est venue », insista Farida en suivant Sarah jusque devant l'évier.

Sarah ne répondit pas. Elle attrapa une éponge et ouvrit le robinet, sa silhouette frêle dissimulée sous un pull bleu à col roulé et un pantalon de velours côtelé un peu trop large. Elle était allée à l'école ainsi vêtue, et Isra se demanda si ses camarades de classe s'habillaient aussi de la sorte, ou s'ils portaient des choses moulantes et échancrées comme les filles qu'on voyait à la télévision. Plus d'une fois elle avait entendu Sarah supplier sa mère de lui acheter des vêtements plus à la mode, et Farida répondre systématiquement : « Tu n'es pas une Américaine ! », comme si Sarah avait pu l'oublier.

« Eh bien, cache ton enthousiasme, hein ! » reprit Farida. Sarah haussa les épaules. « Tu as quinze ans. L'âge de te marier approche. Il faut que tu te prépares dès maintenant.

— Et si je n'ai pas envie de me marier ? »

La voix pleine de colère de Sarah retentit dans la pièce comme un coup de feu.

Farida lui jeta un regard sinistre. « Pardon ? »

Sarah se retourna pour la regarder droit dans les yeux. « Pourquoi as-tu tellement hâte de me marier ?

— Je ne suis pas en train de te demander de te marier dès demain. On peut attendre la fin du lycée.

— Non.

— Quoi ?

— Je n'ai pas envie de me marier après le lycée.

— Comment ça, tu n'as pas envie de te marier après le lycée ? Et qu'est-ce que tu pourrais bien faire d'autre après, espèce d'idiote ?

— J'irai à l'université.

— À l'université ? Et tu crois que ton père et moi allons te laisser quitter ce toit toute seule pour que tu deviennes une Américaine ?

— Ça n'a rien à voir. Tout le monde va à l'université, ici !

— Ah oui ? Et à ton avis, qu'est-ce que les gens de chez nous vont penser quand ils apprendront que notre fille se balade en plein New York toute seule ? Pense un peu à notre réputation.

— Notre réputation ? Et pourquoi mes frères n'ont pas à penser à notre réputation, eux ? Personne n'empêche Omar et Ali de se balader dans la rue et de faire ce qu'ils veulent. Baba a presque dû supplier Ali d'aller à l'université !

— Tu ne peux pas te comparer à tes frères, objecta Farida. Tu n'es pas un homme.

— C'est ce que tu passes ton temps à répéter, et ce n'est pas juste !

— Juste ou pas, aucune fille élevée sous ce toit n'ira à l'université. *Fahmeh ?* » Elle s'approcha alors de Sarah, la paume prise de démangeaisons. « Est-ce que tu m'as bien comprise ? »

Sarah recula d'un pas. « Oui, Mama.

— Plutôt que de penser à l'université, tu ferais mieux d'apprendre un peu à être une femme. Regarde tes belles-sœurs. Est-ce que l'une d'elles a jamais mis les pieds à l'université ? »

Sarah marmonna quelque chose d'inaudible, et Farida ne parut pas même le remarquer. « D'ailleurs, dit Farida en se retournant, prête à quitter la cuisine, à partir de maintenant tu aideras Isra à préparer le dîner tous les soirs. » Son regard croisa celui d'Isra. « Tu lui enseigneras toutes nos recettes.

— Bien entendu », répondit Isra.

« Cette femme est ridicule », fit Sarah lorsque Farida les eut quittées pour regarder son feuilleton du soir.

« Elle me traite comme si j'étais un voile qu'elle n'a jamais porté et qu'elle aurait hâte de refiler à quelqu'un.

— Elle ne veut que ton bien, tempéra Isra, à moitié convaincue par sa propre phrase.

— Elle ne veut que mon bien ? répéta Sarah en éclatant de rire. C'est vraiment ce que tu crois ? »

Isra ne répondit pas. C'était en de telles occasions qu'elle se rappelait à quel point Sarah et elle étaient différentes. Contrairement à Isra, il était très difficile de définir Sarah. Elle était partagée entre deux cultures, et cet écartèlement la définissait : il y avait la fille qui rentrait la tête dans les épaules dès que Farida levait la main sur elle, qui parlait à peine lorsque son père et ses frères rentraient, qui leur servait docilement leur dîner, et puis il y avait la fille qui lisait des romans américains avec une voracité implacable, qui aspirait à entrer à l'université, et dont les yeux, comme à cet instant, étincelaient d'un éclat de rébellion.

« Si c'était vraiment mon bien qu'elle voulait, reprit Sarah, elle ferait tout pour que ma vie ne ressemble pas à la tienne. »

Isra releva la tête. « Qu'est-ce que tu veux dire ?

— Excuse-moi, Isra, mais ça saute aux yeux.

— Quoi donc ?

— Tes bleus. Je les vois sous ton maquillage.

— Je... » Isra porta les mains à son visage. « J'ai glissé sur la Barbie de Deya.

— Je suis pas abrutie. Je sais qu'Adam te bat. »

Isra demeura silencieuse. Comment le savait-elle ? Entendait-elle Adam crier, la nuit ? Ou avait-elle entendu Farida en parler au téléphone ? Nadine était-elle aussi au courant ? Isra baissa les yeux, s'absorbant dans les feuilles de chou farcies.

« Tu ne devrais pas le laisser lever la main sur toi », dit Sarah. Elle avait beau parler à voix basse, son ton était empreint de colère. « Il faut que tu lui résistes.

— Il n'a pas fait exprès. Il a juste eu une journée très difficile.

— Une journée très difficile ? Tu te moques de moi ? Tu sais que les violences conjugales sont interdites, ici, non ? Le jour où un homme me frappe, j'appelle directement les flics. C'est une chose de se faire battre par nos parents quand on est enfants, mais après le mariage ? Adulte ? »

Isra évitait soigneusement le regard de Sarah. « Tous les maris battent leur femme, chez nous. Si les femmes appelaient la police chaque fois que leur mari les frappait, tous les hommes du pays seraient en prison.

— Ce serait peut-être la solution, fit Sarah. Si elles refusaient de se laisser faire et appelaient la police, peut-être que leurs maris cesseraient de les battre.

— Ce n'est pas comme ça que ça marche, Sarah, murmura Isra. Il n'y a pas de gouvernement en Palestine. C'est un pays occupé. On n'a personne vers qui se tourner. Et quand bien même il y aurait une police, quand bien même tu voudrais porter plainte auprès des agents de police, ceux-ci te traîneraient immédiatement jusque chez toi, et ton mari te battrait encore plus fort pour être allée te plaindre.

— Alors les hommes peuvent battre leurs femmes autant qu'ils veulent, en Palestine ? » Isra répondit par un simple haussement d'épaules. « Eh bien, ce n'est pas comme ça que ça marche en Amérique. »

Un frisson de honte parcourut alors Isra, face aux yeux écarquillés de Sarah. Elle détourna le regard. Comment Sarah aurait-elle pu comprendre la réalité de leur pays d'origine, où nulle femme ne penserait jamais à appeler la police en cas de violences conjugales ? Et quand bien même l'une d'elles trouvait la force de ne pas se soumettre, qu'aurait-elle pu en tirer, sans argent, sans instruction, sans moyen de subvenir seule à ses besoins ? Isra se dit alors pour la première fois de sa vie que c'était en vérité pour cette raison que les violences sur les femmes étaient si communes. Ce n'était pas qu'à cause de l'absence d'une police à proprement parler, mais parce que les femmes étaient éduquées dans la croyance qu'elles étaient des créatures honteuses et sans valeur qui méritaient d'être battues, éduquées à être totalement dépendantes des hommes qui les battaient. À cette simple pensée, Isra eut envie de pleurer. Elle avait honte d'être une femme, honte pour elle, honte pour ses filles.

Elle releva la tête, et s'aperçut que Sarah la regardait fixement. « Tu sais qu'Adam boit du *charab*, non ?

— Quoi ?

— Sérieusement, Isra ? Tu n'as pas remarqué qu'il rentrait soûl quasiment tous les soirs ?

— Non. Je pensais qu'il était malade.

— Il n'est pas malade. Il est alcoolique. Des fois, quand on lave le linge, je sens même l'odeur de haschich sur ses vêtements. Tu n'as jamais remarqué cette odeur ?

— Je ne connais pas l'odeur du haschich, fit Isra, se sentant vraiment idiote. Je croyais que c'était simplement l'odeur de la ville. »

Sarah la dévisagea encore plus intensément. « Comment peux-tu être à ce point naïve ? »

Isra se redressa sur sa chaise. « Oui, je suis naïve ! dit-elle, et, à sa grande surprise, elle sentit monter en elle un soupçon de révolte. J'ai passé le plus clair de ma vie enfermée dans une cuisine, d'abord en Palestine, puis ici. Comment pourrais-je connaître quoi que ce soit à la vie ? Les seuls lieux que j'aie jamais visités se trouvent entre les pages de mes livres, et je n'y ai même plus accès à présent.

— Excuse-moi, fit Sarah. Je ne voulais pas te blesser. Mais parfois, il faut savoir ne penser qu'à soi. Je t'avais proposé de te rapporter des livres. Pourquoi as-tu refusé ? De quoi as-tu si peur ? »

Isra regarda de nouveau par la fenêtre. Sarah avait raison. Elle avait abandonné la lecture par peur de contrarier Farida et Adam, en croyant que la servilité était le prix à payer pour leur amour. Mais elle s'était trompée. « Et tu penses que c'est encore possible ? demanda-t-elle.

— Quoi ?

— Est-ce que tu pourrais m'apporter des livres ?

— Oui, répondit Sarah dans un sourire. Bien sûr. Je t'en rapporterai dès demain. »

Deya

Hiver 2008

Les jours qui suivirent, Deya rendit visite à Sarah autant de fois qu'il était possible sans éveiller les soupçons de sa grand-mère. Par chance, Farida était occupée à lui chercher un nouveau prétendant, au cas où Nasser reviendrait sur sa proposition, et apparemment le lycée ne l'avait pas appelée pour lui faire part des absences de sa petite-fille : après tout, durant la toute dernière année, il était plus que courant que les jeunes élèves manquent des cours pour rencontrer leurs prétendants. Dans la librairie, Deya et Sarah choisissaient toujours les mêmes chaises en velours, à côté de la fenêtre. Deya buvait les paroles de sa tante qui lui racontait ses souvenirs avec Isra, chaque histoire entraînant la suivante, parfois de façon surprenante, comme les chapitres d'un livre. Plus Deya en apprenait sur sa mère, plus elle prenait conscience qu'en définitive elle ne la connaissait pas. Les histoires qu'elle s'était racontées durant son enfance, les souvenirs qu'elle avait tenté de rapiécer, tout cela ne lui avait jamais permis d'avoir une vision globale d'Isra. Mais à présent, une image commençait à se révéler. Deya ne pouvait s'empêcher de se demander si Sarah lui racontait toute la vérité, si elle aussi sélectionnait ses histoires, ainsi que Deya l'avait fait au fil des ans pour ses sœurs. Cependant, malgré ses doutes, pour la première fois de sa vie, elle n'était pas impatiente de connaître toute la vérité. Elle avait trouvé en Sarah une amie, et elle se sentait moins seule.

*

« Il y a quelque chose que j'aimerais bien savoir », dit Deya à ses grands-parents par un jeudi soir glacial, alors qu'ils buvaient leur thé au salon.

Farida se détourna de sa télévision. « Quoi ?

— Pourquoi tante Sarah n'est jamais venue nous rendre visite ? »

Farida rougit presque imperceptiblement. À côté d'elle, Khaled parut s'enfoncer dans le sofa. Ses yeux étaient toujours rivés à l'écran, mais Deya remarqua que ses mains tremblaient. Il reposa son thé sur la table basse.

« C'est vrai, quoi, reprit Deya. Vous ne m'avez jamais expliqué pourquoi. C'est parce qu'elle n'a pas assez d'argent pour le voyage ? Ou bien c'est que son mari est un de ces types qui interdisent à leur femme de sortir de chez elle ? À moins que... » Elle regarda alors Farida droit dans les yeux. « À moins qu'elle ne soit jamais venue nous voir parce qu'elle vous en veut de l'avoir envoyée à l'autre bout du monde ? Ce ne serait pas complètement impossible.

— Je ne vois vraiment pas pourquoi elle nous en voudrait, fit Farida en portant sa tasse à ses lèvres. On l'a mariée, on ne l'a pas tuée.

— C'est sûr, mais alors pourquoi n'est-elle jamais venue ? » Deya se tourna vers Khaled et attendit qu'il dise quelque chose. Mais il ne lâchait pas la télévision des yeux. Elle reporta son attention sur Farida. « Tu as déjà essayé de la contacter ? Tu sais, pour lui demander si elle t'en voulait, voire carrément pour lui demander pardon ? Je suis sûre qu'elle serait prête à te pardonner, après toutes ces années. Après tout, tu es sa mère. »

Farida s'empourpra alors plus franchement. « Lui demander pardon ? » Elle reposa brusquement sa tasse. « Et pour quoi je devrais lui demander pardon ? C'est *elle* qui devrait s'excuser de ne jamais appeler et de ne jamais nous rendre visite, après tout ce qu'on a fait pour elle.

— Peut-être qu'elle a l'impression que vous l'avez abandonnée, fit Deya du même ton innocent et léger.

— *Khalas !* » Khaled se leva en la toisant d'un air menaçant. « Pas un mot de plus. Je ne veux plus entendre son nom sous mon toit. Plus jamais. Tu m'as bien compris ? » Et il quitta la pièce comme une tornade avant même que Deya ait pu répondre.

« Je veux dire, ça crève les yeux, là », commenta Deya.

Farida se retourna vers elle. « Qu'est-ce qui crève les yeux ?

— Que Sido se sent coupable.

— Sido ne se sent pas coupable ! De quoi devrait-il se sentir coupable ? »

Deya s'efforça de rester vague : « D'avoir obligé Sarah à se marier. De l'avoir envoyée en Palestine. Il s'en veut. Sinon pourquoi se mettrait-il dans une colère pareille ? »

Farida ne répondit pas.

« C'est forcément ça, poursuivit Deya en s'approchant d'elle. Et c'est aussi pour ça que tu es au bord des larmes chaque fois que je parle de Sarah ? Parce que tu ne voulais pas qu'elle s'en aille ? C'est bon. Tu peux me le dire.

— Ça suffit ! s'exclama Farida. Tu as entendu ton grand-père.

— Non, ça ne suffit pas ! rétorqua Deya d'un ton acéré. Pourquoi est-ce que tu ne peux pas simplement me dire la vérité ? »

Farida se leva et saisit la télécommande. « C'est vraiment ce que tu veux ?

— *S'il te plaît.*

— Eh bien, je vais te la dire, la vérité, fit Farida en grinçant des dents. La vérité, c'est que ça ne m'a posé aucun problème d'envoyer ma fille là-bas, et que ça ne m'en posera aucun de faire pareil avec toi. » Elle reporta alors son attention sur la télévision. « Et maintenant fiche-moi le camp. *Va-t'en !* »

Farida

Printemps 1994

Un vendredi après-midi un peu frais, tandis qu'Isra et Nadine préparaient de la *chakchouka* dans une poêle et que Sarah s'occupait du thé, Farida faisait les cent pas dans la cuisine. Les hommes viendraient déjeuner après leur prière, et Farida n'avait pas de quoi les nourrir décemment. Il n'y avait pas de viande à rôtir, pas de légumes à faire sauter, pas même une conserve de pois chiches pour faire du houmous, et elle tournait en rond dans la pièce en se mordillant le bout des doigts, tâchant de son mieux de retrouver son calme.

« Je ne comprends pas, dit Sarah à Farida qui pour la énième fois ouvrait le battant du garde-manger. Pourquoi attends-tu toujours que Baba fasse les courses le dimanche ? »

Farida plongea la tête dans les réserves. Combien de fois avait-elle répondu à cette question ? La plupart du temps, elle l'éludait, en disant qu'elle ne pouvait quand même pas tout faire à la maison, que Khaled devait aussi participer d'une façon ou d'une autre. Mais aujourd'hui, comme cela lui arrivait parfois, elle sentait bouillonner en elle une colère irrépressible. C'était là toute sa vie résumée, sa seule utilité en ce bas monde : passer son temps à essuyer les critiques et à recevoir des ordres.

« Mais franchement, Mama, insista Sarah. Le supermarché est à quelques blocs à peine. Pourquoi tu n'y vas pas ? »

Farida ne releva même pas la tête. Elle piocha une boîte de cookies au fond du garde-manger avant de s'asseoir à table. « Parce que », répondit-elle en croquant dans le premier biscuit. Les trois jeunes femmes la scrutaient, attendant qu'elle ait fini de mâcher. Mais elle prit un deuxième cookie et l'engloutit.

« Parce que quoi ? demanda Sarah.

— Parce que je n'ai pas envie, répondit Farida entre deux bouchées.

— Tu sais, Mama, dit Sarah en prenant un cookie, je pourrais aller faire les courses à ta place. »

Farida balaya la pièce du regard. Nadine grignotait un biscuit, et Isra avait le regard perdu au loin. Elle aurait été incapable de dire laquelle des deux l'agaçait le plus : Nadine, qui avait refusé de donner à son fils le nom de son grand-père Khaled et qui n'en faisait jamais qu'à sa tête, ou Isra, qui obéissait comme un zombi et n'avait toujours pas mis au monde un fils. « Ne sois pas ridicule.

— Je suis sérieuse, fit Sarah. Je pourrais y aller après les cours. Comme ça, tu n'aurais pas à attendre le dimanche. »

Farida cessa soudainement de mâcher, et avala sa bouchée. « Tu es folle ou quoi ? »

Sarah parut perdue. « Comment ça ?

— Je passerais pour quoi, moi, si j'envoyais ma fille célibataire faire les commissions ? Tu veux que les voisines se mettent à jaser ? Qu'elles se mettent à raconter que ma fille traîne dans le quartier toute seule, que je ne sais pas comment élever ma propre enfant ?

— Je n'avais pas pensé à ça, fit Sarah.

— Bien sûr que non ! Tu es bien trop occupée à lire tes bouquins pour avoir la moindre idée de ce que c'est, la vraie vie ! »

Farida voulait secouer Sarah un bon coup. Elle avait l'impression que tout ce qu'elle essayait de lui enseigner de leur culture entrait par une oreille et ressortait par l'autre. Sa fille était en train de se transformer en Américaine, malgré tous ses efforts pour l'empêcher. Farida avait même demandé à Isra de lui apprendre à cuisiner, espérant que la docilité de celle-ci déteindrait sur sa fille, mais ça n'avait pas marché. Sarah était toujours aussi rebelle.

« Voilà ce que ça me vaut, de m'être installée dans ce maudit pays, dit Farida en prenant deux cookies à la fois. On aurait mieux fait de se faire tuer par ces soldats. Est-ce que tu sais seulement ce que c'est que d'être une jeune Palestinienne ? Ou est-ce que j'ai élevé une fichue Américaine ? »

Sarah resta silencieuse, les yeux brillants d'une lueur que Farida ne parvint pas à interpréter. Celle-ci souffla, exaspérée, et se tourna vers Nadine : « Dis-moi un peu, Nadine. Est-ce que tu as jamais proposé à ta mère d'aller faire des courses seule ?

— Bien sûr que non, répondit Nadine dans un demi-sourire.

— Et toi... » Farida se tourna vers Isra. « T'est-il jamais arrivé de mettre un pied à Bir Zeit sans ta mère ? »

Isra hocha négativement la tête.

« Tu vois, conclut Farida à l'intention de sa fille. C'est ainsi. Demande à n'importe quelle femme, elle te dira la même chose. »

Sarah regarda par la fenêtre, muette. Farida aurait aimé qu'elle comprenne qu'elle n'était pas responsable de cet état de fait. Elle essayait simplement de lui apprendre à survivre dans ce monde. En outre, Sarah devrait s'estimer heureuse de vivre dans un pays où elle avait à manger et un toit au-dessus de la tête, un pays où elle ne manquait de rien.

*

Plus tard, Farida fit signe aux hommes de prendre place. Chevilles croisées sous la table de la cuisine, elle admirait la tablée. Khaled était assis à sa droite, Omar et Ali à sa gauche. Tous trois étaient forts et en bonne santé, même si Khaled vieillissait. Elle aurait aimé qu'Adam soit également présent, mais il travaillait. Il avait tant de choses à faire, peut-être même trop. Chaque matin, il aidait Khaled à l'épicerie, se postant tout près de la vitrine, à côté de la caisse, pour remplir les bons de commande. Puis il passait à la supérette d'Omar afin de faire l'inventaire et de prendre les chèques à encaisser, avant d'aller travailler dans sa supérette à lui. Farida lui était reconnaissante pour l'aide considérable qu'il leur apportait, même si elle ne le lui disait pas assez souvent. Elle se dit que, ce soir, elle ne manquerait pas de le remercier pour ses efforts.

« Comment vont les affaires ? demanda-t-elle à Omar en prenant une pita chaude dans le plat que Nadine venait de poser sur la table.

— *Alhamdoulillah*, tranquillement », dit-il, affichant un sourire doux lorsque son regard croisa celui de Nadine.

À cet échange de coups d'œil complices, Farida haussa un sourcil. Elle plongea sa cuiller dans la *chakchouka*, son plat préféré, et engloutit une énorme bouchée d'œufs pochés et de tomate. Tout en mâchant, elle déclara : « Peut-être que tu pourrais à présent essayer d'avoir un autre enfant. » Elle regarda alors Nadine, que ses mots firent rougir. Farida savait qu'il ne servait à rien de les presser, qu'Omar et Nadine auraient un deuxième enfant quand ils le désireraient, mais cela ne l'empêchait pas de donner son avis. Le simple plaisir de mettre Nadine mal à l'aise justifiait ses remarques. Omar était un imbécile. Au lieu de s'imposer auprès de sa femme comme sa mère le lui avait recommandé, il se laissait mener par le bout du nez. Adam, lui, au moins, l'avait écoutée, et le résultat était exemplaire : Isra était aussi silencieuse qu'une tombe. Pas bavarde et insolente comme Nadine. *On verra bien où ça mènera Omar*, songea Farida. Elle se tourna vers Ali. « Et toi, mon fils ? Comment ça se passe, à l'université ?

— Ça se passe », marmonna Ali.

Khaled releva la tête. « Qu'est-ce que tu as dit ? »

Ali s'avachit sur sa chaise. « J'ai dit que ça se passait.

— Et ça veut dire quoi, ça ? »

Et c'est reparti, pensa Farida, regrettant déjà d'avoir posé cette question. Ces derniers temps, Ali avait été le principal sujet de dispute entre Khaled et elle. Lui pensait qu'elle était trop indulgente envers leur fils. Elle trouvait qu'il était trop dur. Qu'il lui en demandait trop.

« Je fais de mon mieux, fit Ali. Vraiment, je fais de mon mieux. C'est juste que… » Khaled avait les yeux écarquillés, et Farida se rendit compte qu'elle retenait son souffle malgré elle. « … C'est juste que je ne vois pas l'utilité d'aller à la fac.

— Tu ne vois pas l'utilité d'aller à la fac ? » Khaled criait, à présent. « Tu es le premier à y aller dans notre famille ! Adam n'a pas pu y aller parce qu'il devait travailler pour nous tous, Omar n'a même pas été accepté, et toi, tu dis simplement que tu ne vois pas en quoi c'est utile ? *Walek*, est-ce que tu sais ce que j'ai dû faire pour que tu poursuives tes études ? » Un silence de plomb tomba dans la pièce. Le seul son que Farida pouvait entendre était le bruit de sa propre mastication. « Je me serais coupé un bras et une jambe s'il avait fallu. J'ai travaillé comme une bête de somme pour que tu en arrives là, pour que tu puisses aller à l'université ! Pour que tu puisses avoir une vie à laquelle ta mère et moi n'avons même pas pu aspirer ! Et c'est comme ça que tu me remercies ? »

Ali lui lança un regard paniqué. Farida savait que leurs enfants ne pouvaient comprendre ce que Khaled et elle avaient enduré. Ils n'étaient même pas encore nés lorsque les soldats israéliens les avaient chassés de leurs maisons comme on chasse la poussière d'un grand coup de balai. Ils ne savaient rien de la vie, ils ignoraient à quel point il était facile de se voir dessaisir de tout ce qu'on avait.

Elle se resservit de la *chakchouka*. Mais elle-même, que savait-elle de la vie, à l'époque ? Elle n'avait que six ans lorsque l'occupation des territoires avait débuté. Farida se souvenait encore de l'expression de son père lorsqu'il s'était rendu, les deux mains en l'air, lorsqu'ils avaient été contraints d'évacuer leur demeure. Mais sa famille n'avait pas été la seule à en pâtir. Les chars d'assaut étaient entrés dans Ramla pour en chasser ses habitants. Plusieurs avaient péri dans l'incendie de leurs oliveraies, allumés par les forces armées israéliennes. D'autres étaient morts dans des tranchées de fortune qu'ils avaient creusées pour défendre leur maison. Farida s'était toujours demandé pourquoi sa famille avait fui, pourquoi elle n'était pas restée pour protéger leur terre. Mais son père avait toujours dit : « On n'a pas eu d'autre choix que de fuir. On n'aurait eu aucune chance de résister. »

« Il n'aime pas étudier, fit Farida. On ne peut pas l'obliger à aimer ça.

— Et tout cet argent qu'on a dépensé pour son inscription ? rétorqua Khaled.

— Ce n'est pas toi qui voulais absolument avoir des fils ? dit Farida en lui lançant un regard oblique. Eh bien, voilà ce que c'est, que d'avoir des fils : on n'arrête pas de dépenser. C'est un investissement pour l'avenir de notre famille. Tu ne devrais pas t'étonner du prix à payer. En plus, tu as toujours Adam pour t'aider. Je suis certaine qu'il comprendra. »

Farida espérait qu'il comprendrait. Depuis quelque temps, Adam n'adressait quasiment plus la parole à personne, y compris elle. Elle en particulier. Au début, elle croyait qu'il lui en voulait pour l'attitude d'Isra qui ne faisait qu'empirer : dès ses tâches accomplies, elle se réfugiait au sous-sol, sans un mot. Mais Farida commençait à se demander si Adam ne lui en voulait pas à elle, à eux, à cause des responsabilités qu'ils faisaient peser sur ses épaules. Elle se rappela les seize ans de son fils aîné, cette période où, après les cours, il passait le reste de ses journées à lire le Saint Coran. Il lui avait dit qu'il voulait devenir imam. Mais il avait été obligé de tirer un trait sur ce rêve lorsqu'ils avaient immigré en Amérique. Qu'aurait-elle pu faire d'autre ? Adam était leur fils aîné, et ils avaient besoin de lui. Eux aussi avaient dû renoncer à bon nombre de choses en venant ici.

Elle se retourna vers Ali. « Alors, qu'est-ce que tu voudrais faire, à la place ? »

Il haussa les épaules. « Travailler, je crois.

— Et si tu travaillais à l'épicerie ? » Elle se tourna vers Khaled. « Tu pourrais l'engager ? »

Khaled secoua la tête, et la regarda comme si elle était complètement idiote. « L'épicerie rapporte tout juste assez pour payer nos factures. Tu ne vois pas le mal qu'Adam se donne, rien que pour le commerce reste à flot ? À ton avis, pourquoi est-ce que je veux qu'Ali étudie à l'université ? » Il secouait les mains. « Justement pour qu'il ne soit pas condamné à rester derrière une caisse enregistreuse, comme nous. Tu ne comprends donc rien à rien, femme ?

— C'est ça, je ne comprends rien à rien, rétorqua Farida d'un ton moqueur. Mais aux dernières nouvelles, c'est grâce à moi qu'on a pu venir s'installer en Amérique. »

Khaled ne répondit pas. Elle avait raison. Si Farida n'avait pas obligé Khaled à lui remettre ce qu'il gagnait tous les jours, jamais ils n'auraient pu partir pour l'Amérique en 1976, ni même plus tard. C'était Farida qui avait économisé assez pour qu'ils puissent s'acheter leurs billets d'avion, et par la suite c'était elle qui, dans une boîte à chaussures bleu marine, sous leur lit, avait mis de côté l'argent que Khaled gagnait en travaillant dans un magasin d'électronique sur Flatbush Avenue, son tout premier emploi aux États-Unis. Bien vite, elle avait accumulé dix mille dollars, qui avaient permis à Khaled d'ouvrir son épicerie.

Farida but une gorgée de thé en détournant le regard. « Ton garçon veut travailler, alors laisse-le travailler, déclara-t-elle. Ou alors je demanderai à Adam de le prendre dans sa supérette. »

Ali intervint alors : « Et l'épicerie d'Omar ?

— Quoi, l'épicerie d'Omar ?

— Je pourrais peut-être y travailler ?

— Non, non, non, dit Farida en se resservant une pita. Omar en est encore au tout début. Il ne peut pas se permettre de te prendre dans l'immédiat. Le commerce d'Adam marche bien. Il te trouvera une place. »

Khaled se leva : « Alors c'est ça, ta solution ? Plutôt que de l'encourager à poursuivre ses études, à faire quelque chose de sa vie, tout seul, tu t'en remets à Adam, une fois de plus, comme si c'était le seul homme parmi tes fils ? Quand arrêteras-tu de les gâter ?

Quand te mettras-tu à les traiter en hommes ? » Il se tourna alors vers ses deux fils, en secouant son index dans leur direction. « Vous deux, vous ne connaissez rien à la vie. Rien du tout. »

Mon Dieu, quel drame, songea Farida, mais elle ne dit rien. À la place, elle approcha le plat de *chakchouka*, et en mangea une, deux, trois cuillers d'affilée, en faisant couler le tout avec du thé. La nourriture était sa dernière source de réconfort. Elle avait considérablement grossi depuis qu'elle était arrivée en Amérique. Mais cela ne la gênait pas. En fait, si cela ne coûtait pas aussi cher, elle aurait passé toutes ses journées à manger. Bien évidemment, elle savait que réprimer ses sentiments et ses opinions en mangeant n'avait rien de sain, que cela pouvait même la tuer. Mais il y avait bien d'autres choses susceptibles de la tuer, comme l'échec, ou la solitude. Comme le fait de vieillir et de finir un jour avec un mari qui lui en voudrait, des enfants qui n'auraient plus besoin d'elle, et la mépriseraient malgré tout ce qu'elle avait fait pour eux. Au moins, manger, ça faisait du bien.

Isra

Printemps 1994

Les livres tenaient compagnie à Isra. Pour faire taire ses inquiétudes, il lui suffisait de plonger entre leurs pages. En un instant, son monde cessait d'exister, remplacé par un autre. Elle se sentait revenir à la vie, sentait quelque chose éclore au plus profond d'elle, sans savoir vraiment ce dont il s'agissait. Pourtant, ce désir de se lier à d'autres histoires la comblait. Elle se couchait encore subjuguée d'avoir vécu aussi intensément, au point qu'elle avait presque la sensation que ces mondes imaginaires étaient en réalité les seuls lieux où elle existait vraiment.

Certains jours, cependant, les livres ne la consolaient pas. C'étaient des jours où, au contraire, la lecture l'amenait à un retour sur elle-même, l'obligeait à remettre en question le cours de sa vie, ce qui ne faisait qu'empirer sa colère. Ces jours-là, Isra redoutait même de se lever. Elle avait une conscience nouvelle, aiguë, de son impuissance, et cela la chamboulait profondément. Face à tous ces personnages de roman, Isra comprenait à quel point elle était faible, et prenait la mesure de l'effort colossal qu'il lui faudrait fournir pour égaler toutes ces héroïnes qui parvenaient à faire entendre leur voix avant la dernière page.

Isra ne savait que faire de ses pensées contradictoires, elle ignorait comment changer d'existence. Si elle était un personnage de roman, qu'aurait-elle fait dans sa situation ? Aurait-elle défié Adam ? Mais comment aurait-elle pu, avec trois enfants totalement dépendantes d'elle, dans ce pays qui n'était pas le sien, avec nulle part où aller ? Lorsqu'elle considérait ainsi l'horizon restreint de sa vie, elle en voulait à toutes ces histoires. Il était facile d'être courageuse, lorsque ce courage se cantonnait à quelques pages noircies de mots.

Tu ne peux pas comparer ton existence à des œuvres de fiction, murmurait une voix dans sa tête. *Dans la vraie vie, la place d'une femme, c'est dans son foyer. Mama avait raison.*

Mais Isra n'en était pas entièrement convaincue. Elle avait beau essayer de faire ainsi son deuil, ses lectures avaient rallumé en elle une lueur d'espoir. L'espoir qu'elle, Isra, méritait mieux que l'existence qui était la sienne, pour irréaliste que cet espoir pût paraître.

Certains jours, elle avait le sentiment qu'elle pouvait changer d'existence. Ces personnages de roman n'avaient-ils pas lutté, eux aussi ? N'avaient-ils pas dû se prendre en main ? N'étaient-ils pas faibles et impuissants, eux aussi ? N'avait-elle pas autant de pouvoir sur sa destinée qu'eux en avaient sur la leur ? Peut-être qu'elle aussi avait une chance de connaître le bonheur.

Mais ces réflexions s'évanouissaient aussi rapidement qu'elles lui venaient, et laissaient Isra en proie au désespoir le plus profond. Elle ne pouvait prendre sa vie en main. Et ce n'était pas la faute d'Adam, mais bien la sienne. C'était sa faute, parce que c'était elle qui demandait à Sarah de lui apporter des livres, parce que c'était elle qui les lisait si avidement. C'était sa faute si elle attendait trop de la vie, si elle ne se consacrait pas entièrement à Adam et à leurs filles, si elle rêvait et demandait tant. Ou alors c'était la faute des livres, qui l'avaient détournée du droit chemin. Qui l'avaient poussée à désobéir à Mama quand elle était encore petite, qui lui avaient fait croire en l'amour et au bonheur, et qui à présent la narguaient en la confrontant à sa plus grande faiblesse : le fait qu'elle n'avait pas la moindre emprise sur son propre sort.

Mais malgré la guerre qui faisait rage en elle, Isra était incapable de se séparer de ses livres. Toutes les nuits, elle lisait à la fenêtre. Elle avait fini par se dire que, tant qu'à être une âme en peine, mieux valait l'être avec des livres que sans.

*

« J'ai des bouquins pour toi », lui chuchota Sarah un soir alors qu'elles préparaient le dîner. Le soleil se couchait, les fenêtres s'obscurcissaient, et Farida avait disparu dans la *sala* pour regarder sa série turque préférée. Isra et Sarah faisaient griller des légumes, faisaient mitonner des plats en sauce, et confectionnaient un assortiment de houmous, de *baba ganousch* et de taboulé. Il arrivait parfois que Nadine les surprenne dans la cuisine en train de murmurer, mais à leur grand soulagement, elle rejoignait toujours Farida dans la *sala*. Durant ces moments qui n'appartenaient qu'à elles, lorsqu'elles traînaient autour de la cuisinière, enveloppées de voiles de vapeur, dans cette atmosphère chargée du parfum savoureux du quatre-épices, Isra sentait son cœur se gonfler.

Depuis quelque temps, Sarah descendait secrètement au sous-sol, deux ou trois fois par semaine, après le dîner, pour remettre à Isra les livres qu'elle lui avait apportés. Auparavant, Isra aurait couché ses filles avant de passer sa soirée à regarder par la fenêtre du sous-sol, jusqu'au retour d'Adam. Mais à présent elle attendait Sarah, impatiente de découvrir ce qu'elle avait pour elle. Certains soirs, il leur arrivait même de lire ensemble. La semaine précédente, elles avaient dévoré *Orgueil et Préjugés* en quatre nuits, afin que Sarah puisse rédiger l'exposé que sa professeure d'anglais lui avait demandé. Elles avaient lu sur le lit d'Isra, leurs genoux se frôlant, penchées sur le roman comme au-dessus d'un feu chatoyant.

« Tu vas les adorer, ceux-là », lui dit Sarah cette nuit-là. Elle posa une pile de livres sur le lit, et Isra, en les consultant, se rendit compte que certains étaient illustrés. Elle s'attarda sur *Oh, the Places You'll Go !* du docteur Seuss.

« Tu m'avais dit que tu voulais plus de livres pour les petites, fit Sarah. Je trouve vraiment chouette que tu leur lises des histoires. Ça les aidera à perfectionner leur anglais. Elles auront moins de difficultés que moi pendant les premières années de scolarité.

— Merci beaucoup », dit Isra en souriant. Depuis que Sarah lui apportait des livres illustrés pour les filles, elle avait pris l'habitude de les réunir autour d'elle avant de les coucher afin de leur faire la lecture. Elle avait la sensation qu'elles aimaient la douceur de sa voix lorsqu'elle parlait en anglais, le son de ces mots étrangers dans sa bouche. Une bouffée de bonheur intense la parcourait à ces moments, lorsqu'elle regardait ses filles afficher de larges sourires, la couver du regard comme si elle était la meilleure mère au monde, comme si elle ne les avait pas trahies chaque jour de leurs courtes existences.

« Tu veux lire quelque chose en particulier, ce soir ? demanda Sarah. Il y a plein de super-bouquins dans cette sélection. » Elle désigna une couverture noire et blanche. « *Le Lys de Brooklyn* est un de mes livres préférés, mais je ne sais pas si tu l'apprécieras autant que moi. »

Isra releva la tête. « Pourquoi ça ?

— Parce que ce n'est pas un roman d'amour.

— Tant mieux.

— Comment ça, tant mieux ?

— Tant mieux que ce ne soit pas un roman d'amour. »

Le regard de Sarah croisa le sien. « Qu'est-ce qu'il t'arrive ?

— Je n'ai plus le goût à ce genre de romans, répondit Isra. Je préfère lire des livres qui m'apprennent des choses. » Elle observa une pause. « Des histoires plus réalistes.

— Tu es en train de me dire que tu ne trouves plus les histoires d'amour réalistes ? »

Isra haussa les épaules.

« Eh bien ça alors ! Isra, une cynique ? » Sarah éclata de rire. « Je n'en crois pas mes oreilles. J'ai dû te contaminer ! »

Isra sourit. « Que lis-tu en classe, en ce moment ?

— On vient de commencer un de mes romans préférés, dont l'action se passe dans un monde où les livres sont interdits, où on les brûle. Tu t'imagines une vie sans livres, toi ? »

Si Sarah lui avait posé cette question quatre ans plus tôt, ou ne serait-ce même qu'un an, à l'époque où Isra avait complètement abandonné la lecture, elle aurait répondu sans hésiter par l'affirmative. Mais à présent qu'elle lisait avec le même dévouement qu'elle déployait jadis pour faire ses cinq prières quotidiennes, Isra était incapable de s'imaginer un monde pareil.

« J'espère que ça n'arrivera jamais, dit-elle. Je ne sais pas ce que je ferais. »

Sarah lui jeta un regard curieux.

« Quoi ? demanda Isra.

— Je crois que je ne t'ai jamais vue comme ça.

— Comment, comme ça ?

— Tu as l'air différente.

— En quoi ?

— Je ne sais pas. Je n'arrive pas à me l'expliquer. »

Isra lui sourit. « Je suis heureuse, voilà tout.

— Vraiment ?

— Oui. Grâce à toi.

— Grâce à moi ? »

Isra acquiesça. « Depuis que je me suis remise à lire, j'ai l'impression d'être dans une sorte de transe, ou plutôt que je suis sortie d'une transe. Quelque chose s'est éveillé en moi que je ne saurais décrire, ça va peut-être te paraître exagéré, mais pour la première fois depuis des années, j'ai de l'espoir. Je ne sais pas exactement pourquoi, mais c'est à toi que je le dois.

— Ce n'est pas la peine de me remercier, fit Sarah en rougissant. Ce n'est rien. »

Isra la regarda alors droit dans les yeux. « Bien sûr, que c'est quelque chose, et ce n'est pas qu'à cause des livres. C'est ton amitié, aussi. Grâce à toi, pour la première fois depuis des années, j'attends de nouveau quelque chose de la vie.

— J'espère que tu seras toujours heureuse », murmura Sarah.

Isra sourit de nouveau. « Moi aussi. »

*

Isra cachait méticuleusement ses livres sous une pile de vêtements, dans l'armoire de sa chambre. Elle ignorait comment Adam aurait réagi si elle lui avait révélé qu'elle lisait pendant que lui travaillait. Il l'aurait sûrement battue ou, pire encore, aurait interdit à Sarah de lui procurer des livres. Après tout, si Mama avait interdit à Isra de lire des romans contemporains du Moyen-Orient par peur de toute influence non traditionnelle, elle n'osait s'imaginer la réaction d'Adam s'il avait appris qu'elle lisait des romans occidentaux. Mais à son plus grand soulagement, il n'était quasiment jamais à la maison.

Isra s'étonnait pourtant que Farida n'ait pas remarqué le changement qui s'était opéré en elle. À présent pressée d'avoir un moment à elle, elle remplissait à la va-vite tous ses devoirs domestiques (mettre le riz à tremper, rôtir la viande, donner le bain à ses filles, préparer le thé à la *maramiya* de Farida deux fois par jour). La plupart du temps, elle lisait à la fenêtre de la chambre de ses filles, le visage baignant dans les rayons chauds du soleil. Elle ouvrait les rideaux et s'appuyait contre la vitre. Le simple fait d'effleurer la couverture rigide du livre qu'elle lisait la faisait frémir.

Elle ne se rappelait plus à quel moment précis elle avait cessé de lire. Peut-être était-ce à son arrivée en Amérique : elle avait jeté un coup d'œil à son exemplaire des *Mille et Une Nuits*, une nuit où elle ne trouvait pas le sommeil, et s'était dit que cela ne suffirait pas à la rassurer. Ou peut-être était-ce durant sa deuxième grossesse, lorsque Farida avait fait pendre un collier au-dessus du ventre d'Isra et avait prédit que ce serait une fille : dès lors, Isra avait lu chaque nuit une sourate du Saint Coran, en demandant à Dieu de changer le sexe de Nora. Elle avait presque oublié le poids d'un livre dans ses mains, l'odeur du vieux papier lorsqu'elle tournait les pages, ce soulagement que la lecture lui apportait, tout au fond d'elle. Elle se demandait si c'était cela qu'éprouvait Adam lorsqu'il buvait du *charab* et fumait du haschich. Ce jaillissement de bonheur. Cette exaltation. Si c'était cela qu'il ressentait, cette même impression de flotter au-dessus du sol qui saisissait Isra lorsqu'elle avait un livre entre les mains, elle ne pouvait lui reprocher de boire et fumer. Elle comprenait son besoin de s'échapper du monde normal.

*

« Qu'est-ce qui te rend heureux ? » demanda Isra à Adam, une nuit qu'elle assistait à son dîner. Elle ignorait d'où lui était venue cette question, mais à l'instant où elle avait passé le seuil de ses lèvres, elle s'était surprise à se pencher en avant, les yeux rivés sur Adam, en attente de sa réponse.

Son regard à lui quitta son assiette, et il tangua légèrement sur sa chaise. Elle savait qu'il était ivre : Sarah lui avait appris à reconnaître les symptômes de l'ébriété. « Qu'est-ce qui me rend heureux ? répéta-t-il. C'est quoi, ça, comme question ? »

Pourquoi s'intéressait-elle à ce qui pouvait rendre heureux cet homme qui la battait sans la moindre pitié, qui l'avait dépossédée de tout espoir ? Elle ne le savait pas vraiment, mais à cet instant précis, la question lui était apparue d'une importance absolue. Elle lui servit un verre d'eau. « Je veux juste savoir ce qui rend heureux mon mari. Il doit bien y avoir quelque chose qui te rend heureux. »

Adam but une gorgée et s'essuya la bouche d'un revers de main. « Tu sais, de toute ma vie, personne ne m'a jamais posé cette question. Qu'est-ce qui rend Adam heureux ? Personne ne s'intéresse à ce qui rend Adam heureux. Tout ce qui les intéresse, c'est ce qu'Adam peut faire pour eux. Oui, c'est ça, dit-il d'une voix légèrement pâteuse. Combien d'argent Adam peut-il rapporter à la maison ? Combien de commerces peut-il gérer ? Dans quelle mesure peut-il aider ses frères ? Combien d'héritiers mâles peut-il engendrer ? » Il se tut un instant et regarda Isra. « Mais pour ce qui est du bonheur... Le bonheur, ça n'existe pas, pour les gens comme nous. Les devoirs familiaux l'emportent.

— Moi, ça m'intéresse de savoir ce qui te rend heureux », dit Isra.

Il secoua la tête. « Pourquoi est-ce que ça t'intéresserait ? Je ne te traite pas comme il faut.

— Il n'empêche, répondit-elle d'une voix douce, presque dans un murmure. Je sais ce que tu es en train de vivre. Je sais que tu es soumis à une pression considérable. Je comprends que ça puisse te pousser à agir… » Elle s'interrompit et détourna le regard.

« Traverser le pont de Brooklyn à l'aube », déclara tout à coup Adam. Isra se retourna vers lui, et s'aperçut que son expression s'était adoucie. « Certains matins, quand je pars travailler, je n'y vais pas directement. Je descends avant, pour traverser le pont à l'heure du lever du soleil. » Il débitait ces paroles comme s'il avait oublié qu'Isra se trouvait dans la même pièce. « Il se passe quelque chose de magique quand je regarde le soleil se lever de tout là-haut. Au moment où les tout premiers rayons frappent mon visage, j'ai l'impression que le soleil m'avale. Tout se tait. Les voitures bringuebalent sous mes pieds, mais je n'entends rien. Je peux voir toute la ville, et je pense aux millions de personnes qui y vivent, aux épreuves qu'ils traversent aussi, et en un clin d'œil mes problèmes s'évanouissent. Je contemple le ciel et je me dis qu'au moins je suis ici, dans ce merveilleux pays, qu'au moins j'ai cette vue.

— Tu ne m'avais jamais raconté cela », murmura Isra. Il opina mais évita son regard, comme s'il craignait d'en avoir trop dit. « Ça a l'air merveilleux, poursuivit-elle en lui souriant. Ça me rappelle quand j'assistais au coucher du soleil, au pays, quand je voyais le soleil sombrer derrière les montagnes et disparaître. Moi aussi, ça me faisait du bien de savoir que je n'étais pas la seule à admirer ces montagnes, qu'à ces moments précis j'étais liée à toutes les personnes qui regardaient le coucher de soleil, que nous étions tous liés par ce spectacle sublime. » Elle tenta d'attirer le regard d'Adam, mais il avait de nouveau baissé la tête et s'était remis à manger. « Peut-être qu'un jour nous pourrons voir le lever du soleil ensemble, fit Isra.

— *Inch'Allah* », répondit-il entre deux bouchées, mais à son air Isra sut que ça n'arriverait jamais. Il avait été un temps où cette constatation l'aurait meurtrie, et elle fut surprise de remarquer que ça ne la fâchait même plus. Pendant tant d'années, elle avait cru que, si une femme était assez dévouée, assez obéissante, elle pouvait espérer gagner l'amour d'un homme. Mais à présent qu'elle s'était remise à lire, elle découvrait une nouvelle forme d'amour. Un amour qui naissait au fond d'elle-même, un amour qu'elle éprouvait lorsqu'elle lisait toute seule à la fenêtre. Et grâce à cet amour, elle commençait à croire, pour la première fois de toute son existence, qu'en fin de compte, elle valait quelque chose.

*

« Je ne comprends pas pourquoi tu perds ton temps », dit Farida à Isra, un dimanche après-midi, en mars. Ils étaient tous réunis au parc de Fort Hamilton pour fêter l'Aïd al-Fitr, ce qu'Isra jugeait pour le moins curieux étant donné que la plupart des membres de la famille n'avaient pas observé le jeûne du ramadan cette année-là. Farida avait dû y renoncer à cause de son diabète, Omar, Ali et Nadine se permettaient beaucoup de libertés culinaires, et Sarah faisait semblant de jeûner uniquement afin de ne pas fâcher Khaled, qui, avec Isra, était le seul à vraiment faire le ramadan. Isra se demandait si Adam lui aussi faisait semblant, mais elle n'avait osé l'interroger.

Elle-même, elle ignorait pourquoi elle continuait à faire le ramadan. Certains jours, elle se disait qu'elle jeûnait par sentiment de culpabilité : elle s'en voulait de ne pas faire systématiquement ses cinq prières quotidiennes, et de ne pas s'en remettre au jugement d'Allah et à son propre *nasib*. D'autres jours, le jeûne lui rappelait son enfance, ces soirées assise avec sa famille autour d'une soupe de lentilles et d'un plateau de dattes fraîches, à compter les minutes qui les séparaient de la tombée de la nuit, et de la rupture du jeûne. Mais la plupart du temps, Isra se disait qu'elle respectait le ramadan par pure habitude : le fait de suivre ce rituel uniquement pour la forme avait quelque chose de rassurant.

« C'est vrai, à la fin, insista Farida. Pourquoi n'es-tu pas encore retombée enceinte ? Qu'est-ce que tu attends ? Il te faut encore avoir un fils, tu sais. »

Isra était assise à un coin de la couverture étendue pour le pique-nique, à l'opposé de Farida, et elle observait le reste de la famille. Sarah et Deya nourrissaient des pigeons près de la jetée. Khaled portait Amir sur ses épaules. Omar et Nadine, main dans la main, contemplaient le fleuve Hudson. Adam alluma une cigarette. Derrière eux se dressait le pont Verrazano, telle une montagne à l'horizon. « J'ai déjà trois enfants, dit Isra. Je suis fatiguée.

— Fatiguée ? fit Farida. À ton âge, j'avais déjà mis au monde… » Elle s'arrêta net. « Peu importe le nombre. Ce que j'essaye de te dire, c'est qu'Adam a besoin d'un fils, et qu'il te faut tomber enceinte pour pouvoir lui en donner un.

— Je n'ai que vingt et un ans, répliqua Isra, surprise par son ton de défi. Et j'ai déjà trois enfants. Pourquoi est-ce que je ne pourrais pas attendre un peu ?

— À quoi bon attendre ? Pourquoi ne pas te débarrasser de ça au plus vite ?

— Parce que je serais incapable d'élever un enfant de plus dans l'état actuel des choses. »

Farida pouffa. « Trois ou quatre, quelle différence ça fait ?

— À mes yeux, une grosse. C'est moi qui dois les élever. »

Farida la foudroya du regard, et Isra tourna la tête. Pas par honte. Plutôt pour cacher son plaisir. Elle n'arrivait pas à croire qu'elle ait exprimé son avis et défié l'autorité de Farida pour la première fois depuis toutes ces années.

« Encore en train de manger ? » demanda Adam en s'approchant.

Isra lui répondit par un petit sourire, mais Farida alla droit au but. Elle se racla la gorge et lui lança : « Dis à ta femme qu'il est temps de tomber de nouveau enceinte. Dis-le-lui. »

Adam soupira. « Elle ne tardera pas à retomber enceinte, maman. Ne te fais pas de souci.

— Ça fait des mois que tu dis ça ! Tu ne rajeunis pas, tu sais. Isra non plus. À ton avis, qu'arrivera-t-il si vous avez une quatrième fille ? Tu crois que ça vous dispensera d'essayer d'avoir un garçon ? Jamais de la vie ! C'est pour ça qu'il est important de se presser. »

Adam fouilla nerveusement dans sa poche et en ressortit son paquet de Marlboro. « Tu crois que je n'ai pas envie d'avoir un fils ? Je fais ce que je peux.

— Eh bien, continue d'essayer.
— Bien évidemment, maman.
— Parfait. »

Adam détourna le regard, serrant avec force le paquet dans sa main. Bien qu'il contemplât le fleuve, Isra le lisait clairement dans ses yeux : ce soir, il la battrait. Elle le scruta, espérant se tromper, espérant qu'il ne passerait pas sa colère sur elle. Mais les signes précurseurs lui étaient bien trop familiers. D'abord, il la battrait violemment, criant et tremblant de rage. Puis il se rapprocherait d'elle pour la toucher, une fois de plus, à peine plus délicatement, et il la pénétrerait. Elle ferma les paupières de toutes ses forces, serra les poings, et resta parfaitement immobile, comme si cela avait pu lui permettre de disparaître tout à fait.

Deya

Hiver 2008

« C'est absurde », dit Deya à Sarah un vendredi après-midi, après que sa tante lui eut raconté une énième histoire concernant Isra. Blotties contre la fenêtre, elles sirotaient des *lattes* à la vanille que Sarah leur avait préparés.

« Quoi donc ? » demanda Sarah.

Deya reposa sa tasse. « Si ma mère aimait à ce point les livres, pourquoi ne voulait-elle pas que notre existence soit meilleure que la sienne ?

— C'est ce qu'elle souhaitait, mais sa marge de manœuvre était très limitée.

— Alors pourquoi voulait-elle cesser de nous scolariser ? »

Sarah sembla tomber des nues. « De quoi parles-tu ?

— Elle m'a dit qu'on devait arrêter d'aller à l'école, répondit Deya, sentant son estomac se nouer à l'évocation de ce souvenir. Elle m'a même traitée de *charmouta*.

— Isra n'aurait jamais injurié personne de la sorte, surtout pas toi.

— Pourtant c'est bien ce qu'elle m'a dit. Je m'en souviens parfaitement.

— L'Isra que je connais n'aurait jamais prononcé un mot pareil, insista Sarah. Ça s'est passé après mon départ ?

— Je crois, oui », fit Deya, mais elle en était soudain beaucoup moins sûre. Elle était si jeune, à l'époque. Ses souvenirs étaient si parcellaires.

« Tu te rappelles pourquoi elle t'a dit ça ?

— Pas vraiment.

— Tu te rappelles quand c'est arrivé ?

— Sûrement juste avant l'accident... Je n'en sais rien... enfin, je veux dire, le souvenir est très clair dans ma tête, mais je ne suis pas certaine du contexte exact...

— Raconte-moi, fit Sarah. Raconte-moi tout ce dont tu te souviens. »

*

Dehors, le ciel était d'un gris sombre, et Deya et Nora rentraient chez elles dans le bus scolaire. Mama les attendait à l'arrêt, comme toujours. Son ventre était légèrement plus rond que d'habitude, et Deya se demanda si elle était tombée enceinte. Elle s'imagina un cinquième enfant dans leur chambre étroite. Elle se demanda où dormirait le bébé, si Baba achèterait un nouveau lit d'enfant ou si le bébé dormirait dans celui d'Amal, pour qu'Amal vienne dormir dans le lit de ses trois sœurs aînées. L'image du bébé se grava d'emblée dans son esprit, et elle ne cessait de grossir, au point de l'étouffer. Deya inspira profondément et desserra les bretelles de son cartable.

Arrivée à hauteur de sa mère, elle lui caressa brièvement le bras, lui arrachant un sourire fugace avant qu'elle détourne la tête. C'était toujours le même sourire que lui adressait Isra, un infime plissement des lèvres.

Dans son dos, elle entendit ses camarades de classe lui lancer du bus : « Salut, Deya ! À demain ! »

Deya se retourna pour leur adresser un au revoir de la main. Lorsqu'elle reporta son attention sur sa mère, le regard de celle-ci se planta droit dans ses yeux.

« Pourquoi est-ce que ces garçons t'adressent la parole ? » demanda-t-elle. Il était étrange d'entendre des mots sortir de sa bouche avec autant de puissance.

« Ils sont dans ma classe, Mama.

— Pourquoi parles-tu aux garçons de ta classe ?

— Ce sont mes amis.

— Tes amis ? »

Deya hocha la tête, puis la baissa.

« Tu ne peux pas être amie avec des garçons ! Est-ce que j'ai élevé une *charmouta* ? »

La virulence de ce mot fit reculer Deya malgré elle. « Non, Mama, j'ai rien fait de...

— *Ouskouti !* Tu sais parfaitement qu'il t'est interdit d'adresser la parole aux garçons ! Qu'est-ce qui t'est passé par la tête ? Tu es une fille arabe. Tu comprends ? Une fille *arabe*. » Mais Deya ne comprenait pas. « Écoute-moi bien, Deya. Ouvre bien grand tes oreilles et écoute-moi. » Isra baissa la voix et s'exprima en un murmure tendu. « Ce n'est pas parce que tu es née ici que tu es américaine. Tant que tu vivras au sein de cette famille, tu ne seras jamais américaine. »

Deya ne se souvenait plus du trajet à pied jusqu'à la maison, de ce qu'elle éprouvait quand elle enfila la rue, descendit les marches qui menaient au sous-sol et s'assit sur son lit. Tout ce dont elle se souvenait, c'était de s'être réfugiée sous les draps un livre entre les mains (il s'agissait de *Matilda*) dans l'espoir d'échapper à la réalité. Les ongles enfoncés dans le dos de l'ouvrage, elle avait lu jusqu'à ne plus entendre le bourdonnement qui résonnait dans sa tête.

Et puis elle se rappelait que Mama l'avait rejointe. Ou plutôt elle se souvenait de sa mère, assise au bord du lit, les mains sur les genoux, dans le silence absolu de cette chambre. Combien de temps s'était-il passé avant que Deya s'approche timidement d'elle ? Elle l'ignorait. Elle se rappelait seulement avoir tendu le cou, tentant d'arracher un regard à Mama, voire un semblant de sourire. Mais elle distinguait à peine son visage, et ne pouvait pas voir ses yeux. Elle posa sa petite main sur celle de Mama, qui tressaillit.

Deya se demandait quelle punition on lui infligerait. Elle regarda autour d'elle. Il n'y avait pas grand-chose à confisquer. Rien qu'une poignée de jouets éparpillés par terre. Peut-être sa mère la priverait-elle de télévision. Ou bien elle lui prendrait son radiocassette. Elle ne savait pas trop. Elle n'avait presque rien à elle.

Et soudainement son regard se posa sur le livre qu'elle tenait, et elle prit conscience que c'était là quelque chose de précieux qu'on pouvait lui confisquer. Elle commença à s'imaginer les paroles dures de Mama lorsqu'elle lui demanderait de lui donner ses livres, lorsqu'elle lui dirait qu'elle avait l'interdiction d'en emprunter à la bibliothèque de l'école, qu'il ne lui serait plus permis de...

« Deya, fit Mama. Ton père... »

Je t'en supplie, ne me dis pas ça. Par pitié pas mes livres.

« Écoute... » Mama tremblait. « Je sais que tu adores l'école... »

Je ferai tout ce que tu veux, par pitié. Pas mes livres.

« Mais... » Maman inspira à fond. « Tu n'iras plus à l'école publique. »

Le cœur de Deya sembla s'arrêter de battre. Un instant, elle eut le souffle parfaitement coupé. Comme si elle étouffait entre les pages d'un livre clos à jamais. Elle déglutit avec difficulté. « Quoi ?

— Et Nora non plus.

— Non, Mama, s'il te plaît...

— Je suis désolée, ma fille, dit Isra d'une voix étranglée. Je suis tellement désolée. Je n'ai pas le choix. »

*

« C'est à partir de ce moment-là que tu es allée dans une école musulmane ? demanda Sarah lorsque Deya eut fini son récit. Après qu'ils t'ont retirée de l'école publique ?

— Je crois, répondit Deya. Est-ce que tu sais pourquoi ils ont fait ça ? »

Sarah secoua la tête en changeant de position sur sa chaise.

« Attends un peu, fit Deya. En quelle année es-tu partie ?

— Pourquoi ça ?
— Je veux savoir.
— En 1997.
— Tu étais encore avec nous, déclara Deya. Tu te souviens forcément de quelque chose. »

Sarah contempla ses genoux. « Je crois que c'est justement parce que je suis partie. Ils ont dû redouter que tes sœurs et toi suiviez un jour mon exemple.
— Ça se tient. »

Il y eut une pause, et le regard de Sarah rencontra celui de Deya. « Est-ce que tu te souviens de ce qui s'est passé après mon départ ?
— Pas précisément. Pourquoi ?
— Quelle est la dernière chose dont tu te souviens ? demanda Sarah.
— Quoi ?
— Tu te rappelles la dernière fois où tu as vu ton père et ta mère ? »

Deya réfléchit à la question. « Je crois bien. Je n'en suis pas sûre.
— De quoi te souviens-tu ? »

Ce souvenir était si lourd que les mots pesaient des tonnes dans sa bouche, ces mots qu'elle n'avait jamais prononcés à voix haute : « Ils nous ont emmenées au parc. C'est le tout dernier souvenir que j'ai d'eux deux.
— Raconte-moi ce qui s'est passé », dit Sarah.

Deya avait dû se remémorer ce souvenir tant de fois avant d'en avoir une image bien précise. Mama qui les attendait, Nora et elle, à l'arrêt de bus, avec Layla et Amal endormies dans leur poussette. « On va au parc », avait dit Mama, en affichant le sourire le plus épanoui que Deya ait jamais vu sur son visage. Deya eut la sensation qu'un arc-en-ciel naissait en elle. Elles avaient descendu la Cinquième Avenue en claquant des dents, le vent froid leur donnait la chair de poule. Des voitures klaxonnaient. Des passants se précipitaient. Arrivées au niveau de la bouche de métro, Deya comprit que Mama avait l'intention d'y entrer avec elles, et la peur l'avait saisie : elle n'avait jamais pris le métro auparavant. Alors qu'elles descendaient l'escalier noir de crasse, sa respiration devint saccadée. En bas, la pénombre lui fit mal aux yeux. La station était grise, défraîchie, souillée de détritus et de chewing-gums écrasés, et très abruptement laissait place aux quais. Des rats couraient entre les rails, et Deya s'approcha prudemment du bord. Au bout du tunnel, elle aperçut une lumière aveuglante qui approchait à toute vitesse. C'était la rame. Deya s'accrocha à la jambe de Mama quand elle entra en station. Lorsque le train s'arrêta, les portes s'ouvrirent sur Adam. Il se rua sur elles, et la serra dans ses bras. Puis ils allèrent au parc, tous les six, en famille.

« Alors Adam vous a retrouvées dans le métro et vous a emmenées au parc ? demanda Sarah.

— Oui. »

Sarah la considéra sans un mot.

« Quoi ?

— Rien, fit-elle en secouant la tête. Et que s'est-il passé après ?

— Je n'en sais rien. » Deya se laissa glisser sur sa chaise. « J'ai essayé de m'en souvenir tellement de fois, mais je n'y suis jamais parvenue. Et puis, si ça se trouve, j'ai inventé ce souvenir. Peut-être que j'ai absolument tout inventé. Ça expliquerait pourquoi rien de tout cela n'a de sens. »

« Je suis désolée, dit Sarah au bout d'un moment.

— Je ne comprends pas. Tu m'as dit que tu m'aiderais à comprendre le passé, mais tu n'es même pas capable de m'expliquer pourquoi ma mère a écrit cette lettre. Et si quelque chose lui était arrivé après ton départ ? Comment pourrais-tu le savoir ? Tu n'étais pas là.

— Je suis désolée, répéta Sarah, les yeux rivés au sol. Il ne se passe pas un jour sans que j'y pense. Je regrette tellement de l'avoir laissée livrée à elle-même. »

À présent que Deya avait prononcé ces mots qu'elle gardait pour elle depuis des semaines, elle ne pouvait plus endiguer le flot de ses paroles : « Est-ce que tu as seulement essayé de l'aider ? Si tu savais que Baba la battait, pourquoi est-ce que tu n'as rien fait ? Je croyais qu'elle était ton amie.

— C'était mon amie, ma sœur.

— Alors pourquoi n'es-tu pas partie avec elle ? Pourquoi l'avoir abandonnée ? Pourquoi nous avoir tous abandonnés ?

— Elle a refusé de me suivre. » Les larmes gonflaient dans les yeux de Sarah. « Je l'ai suppliée de venir avec moi, mais elle a refusé. Peut-être que j'aurais dû insister encore plus. Je dois vivre avec ça. Mais c'est toi que je veux aider, ici et maintenant. » Elle essuya ses larmes. « Je t'en prie, Deya. Pour elle. Elle aurait voulu que je t'aide.

— Alors aide-moi ! Dis-moi ce que je dois faire !

— Je ne peux pas te dire ce que tu dois faire. Si tu ne décides pas par toi-même, à quoi bon ? Peu importe ce que tu fais si tu ne l'as pas choisi. Ça doit venir du plus profond de toi-même. Ce n'est qu'à ce titre que je peux t'aider. Alors qu'est-ce que tu veux ?

— Je n'en sais rien. Ce n'est pas aussi simple.

— Ça l'est, en vérité. Tu laisses la peur obscurcir ton jugement. Creuse tout au fond de toi. Qu'est-ce que tu veux ?

— Je veux décider par moi-même. Je veux avoir le choix.

— Alors fais-le ! Dès maintenant ! »

Deya secoua la tête. « À t'entendre, on croirait que c'est la chose la plus simple au monde, mais c'est tout le contraire. C'est ça que tu ne comprends pas.

— Tu peux me reprocher beaucoup de choses, mais tu ne peux pas me dire que je ne comprends pas. Je n'ai jamais dit que c'était simple. Mais c'est ça que tu dois faire. »

Deya soupira et se massa les tempes. Elle avait mal à la tête, mal partout. Elle ne savait absolument pas quoi faire, elle ignorait par où commencer. Elle se leva.

« Je dois y aller. »

Isra

Printemps 1995

Une année passa et Isra retomba enceinte. Sa quatrième grossesse. Dès qu'elle s'était acquittée des tâches qui lui incombaient, elle passait le restant de la journée recroquevillée à la fenêtre du sous-sol, un livre entre les mains, espérant que la lecture ferait taire la peur qui la rongeait, celle de mettre au monde une quatrième fille. Mais elle avait beau lire et lire encore, cela n'allégeait en rien son angoisse. En fait, il semblait même que, plus elle lisait, plus ses craintes gagnaient en ampleur, et son ventre avec : elle avait l'impression qu'elle grossissait et que les murs qui l'entouraient se rapprochaient pour se refermer sur elle.

« Tu vas bien ? » lui demanda Sarah un soir, alors qu'elles œuvraient au-dessus de la cuisinière, manches retroussées. Elles cuisinaient de la *moujaddara*, et baignaient dans les odeurs de riz et de lentilles, d'oignons sautés et de cumin. Sarah posa sa cuiller en bois et regarda Isra dans les yeux. « Tu es l'ombre de toi-même, ces derniers temps.

— Je suis fatiguée, rien de plus, répondit-elle, légèrement penchée en avant, une main sous son ventre. Ce bébé m'épuise.

— Non, fit Sarah. Je vois bien que c'est autre chose qui te pèse. Est-ce que c'est Adam ? Il t'a encore frappée ?

— Non... » Isra tourna la tête.

« Alors quoi ?

— Je ne sais même pas ce qui ne va pas... Je suis juste un peu inquiète.

— À quel sujet ?

— Tu vas me prendre pour une imbécile.

— Non, je te le promets. Alors ?

— C'est le bébé qui m'inquiète, murmura Isra. Que fera la famille si c'est de nouveau une fille ? Que fera Adam ?

— Ils ne peuvent rien faire, répondit Sarah. Le fait d'avoir une fille ne dépend pas de toi. » Elle s'approcha et posa la main sur l'épaule d'Isra. « Et puis on ne sait jamais, peut-être que ce sera un garçon, cette fois. »

Isra soupira. « Même si c'est un garçon, je ne sais pas si j'arriverai à élever quatre enfants. Comment ferai-je pour avoir encore du temps à moi ? Qu'est-ce qui se passera si je ne peux plus lire ?

— On peut toujours trouver le temps de lire, dit Sarah. Deya va bientôt entrer à l'école, les choses seront plus simples. Et je serai là pour t'aider.

— Tu ne comprends pas. » Isra soupira de nouveau, en pressant ses doigts contre ses tempes. « Je sais que ça peut paraître égoïste, mais j'avais enfin le sentiment d'être une vraie personne, d'avoir un but dans la vie, comme si mon existence ne se résumait pas à élever des enfants et à attendre le retour d'Adam. » Elle s'interrompit, surprise par ses propres paroles. « Ce n'est pas que je n'aime pas être mère. J'adore mes enfants. Mais j'ai vécu si longtemps sans avoir quelque chose à moi. À part les livres, je n'ai qu'un mari qui ne passe chez nous quasiment que pour me battre, et des enfants qui dépendent de moi en tout. Et le pire, c'est que je n'ai rien à leur donner ! Je n'aurais jamais cru en arriver à cette situation. » La prise de conscience que sa vie ne se résumerait jamais qu'à ça la saisit soudainement, et elle éclata en sanglots.

« Ne pleure pas, s'il te plaît », dit Sarah en prenant Isra dans ses bras et en la serrant fort contre elle. « Tu es une très bonne mère. Tu fais de ton mieux pour élever tes filles, et un jour elles comprendront. Je sais que c'est difficile, mais tu n'es pas toute seule. Je suis là. Tu m'as, moi. »

*

« J'ai de quoi te remonter le moral », lui fit Sarah lorsqu'elles descendirent au sous-sol après le dîner. Elle étala sa nouvelle pile de livres par terre. « Il y a tellement de romans excellents, dans cette sélection. Je ne sais même pas par lequel commencer. On a *Anna Karénine*, *Lolita*, *L'Étranger*… Oh, et puis Kafka, je suis sûre que tu vas adorer sa…

— Non », l'interrompit Isra.

Sarah la regarda d'un air perplexe. « Non ?

— Ce n'est pas ce que je voulais dire… » Une pause. « Je veux lire autre chose.
— Comme quoi ?
— Je veux lire un livre écrit par une femme.
— Aucun problème. On a déjà lu des tas de bouquins écrits par des femmes, à l'école. Tu as une auteure précise en tête ?
— Pas vraiment.
— Un roman en particulier, alors ? »

Isra secoua la tête. « J'espérais que tu pourrais m'aider. J'aimerais lire un livre écrit par quelqu'un comme moi. »

Sarah resta perplexe. « C'est-à-dire, comme toi ?
— Je n'en sais rien. Mais je veux lire un livre qui parle de ce que c'est vraiment, d'être une femme. »

Farida

Été 1995

Depuis que Sarah avait fêté ses seize ans, Farida la faisait parader sur la Cinquième Avenue comme s'il s'agissait d'un gigot d'agneau à l'étal. Sa peur habituelle de quitter la maison non accompagnée était éclipsée par sa peur de ne pas trouver de prétendant à Sarah. Plus tôt dans la journée, après avoir mis à mijoter le *mansaf*, elles étaient allées acheter les médicaments que Farida prenait pour son diabète, à la pharmacie de la Soixante-Quinzième Rue. Ordinairement, c'était Khaled qui s'en chargeait, mais Farida tenait à ce que Sarah se fasse voir. Un soir, elle s'était dit qu'elle ne s'y était peut-être pas bien prise jusqu'ici, après avoir eu vent des fiançailles de Nadia, la fille d'Oum Ramy. Nadia, bon sang, qui passait son temps à se promener seule sur la Cinquième Avenue, et qui allait à l'école en métro avec la bénédiction de ses parents. C'était à n'y plus rien comprendre ! Mais peut-être était-ce simplement parce que personne ne voyait jamais Sarah, qui allait au lycée en bus scolaire et ne sortait jamais seule. Peut-être que le reste de la communauté ne savait même pas à quoi elle ressemblait. Farida avait donc décidé de la balader dans le quartier, bien qu'elle redoutât d'arpenter les rues sans présence masculine. La boucherie Alsalam sur la Soixante-Douzième Rue, la boulangerie Bay Ridge sur la Soixante-Dix-Huitième, parfois sur la Cinquième Avenue. Mais la plupart du temps, c'était pour rendre visite à leurs voisines. Sarah avait encore des choses à apprendre sur leur culture, et, Farida le savait, on n'apprenait jamais aussi bien ces choses qu'en compagnie féminine.

Accroupie devant le four, elle sortit un *kenaffah* cuit à point. L'odeur d'eau de rose embaumait toute la maison, et elle se souvint de son père qui lui apportait des tranches de cette pâtisserie quand elle était enfant, avant qu'ils soient chassés de chez eux. Elle avait toujours adoré la couleur rouge de la pâte, le fromage fondu à l'intérieur, doux et savoureux. Attendrie par ces images, elle inspira profondément.

« Prépare du thé, dit Farida à Sarah lorsque celle-ci entra dans la cuisine. Oum Ahmed arrivera d'un instant à l'autre. »

Sarah grommela. Le soleil d'été avait bruni sa peau et donné à ses boucles noires des reflets roux. Farida la trouvait superbe, le portrait craché de la jeune fille qu'elle avait jadis été. À présent, même si elle avait horreur de se l'avouer, Farida se flétrissait. Sa chevelure, autrefois abondante et naturellement ondulée, était à présent filasse, plaquée derrière ses oreilles, après des années de teinture forcenée. Le henné n'avait pas épargné son cuir chevelu, mais le moindre cheveu blanc lui était insupportable. Cela lui rappelait la vitesse inexorable à laquelle le temps filait.

« Où est Isra ? demanda Sarah.

— En bas », répondit Farida. Elle savait que Sarah et Isra s'étaient beaucoup rapprochées dernièrement, et elle ne savait pas trop quoi en penser. Après tout, elle était la première à vouloir que Sarah apprenne à être plus docile, mais plus d'une fois elle les avait trouvées assises à la table de la cuisine en train de discuter à voix basse, parfois même en train de lire ensemble. En train de lire, bon sang ! Il lui fallait à présent suivre son feuilleton du soir d'une oreille, afin de s'assurer qu'elles ne complotaient pas quelque mauvais coup. Une fois, elle avait entendu Sarah parler d'un roman qui racontait l'histoire d'un homme attiré par sa belle-fille de douze ans, et expliquer à Isra qu'elle avait dû emprunter ce livre à une amie parce qu'il avait été banni de la bibliothèque de son lycée. Farida le lui avait confisqué aussi sec ! Il n'aurait plus manqué qu'une des deux se mette à lire ce genre d'ordure américaine. Qui sait les idées que cela aurait pu leur mettre en tête ? Mais hormis cela, l'amitié qui les unissait paraissait tout à fait inoffensive. Farida devait simplement veiller à ce que ce soit l'attitude d'Isra qui influence celle de Sarah, et non l'inverse. À cette pensée, elle sourit : comme s'il était possible d'apprendre à Isra à avoir du caractère ! Non, il était inutile de se faire du souci à ce sujet-là.

Farida découpa le *kenaffah* en petits rectangles qu'elle saupoudra de pistaches concassées. Elle jeta un coup d'œil à Sarah. « Tu portes quoi, là ?

— Des vêtements. »

Farida s'approcha. « Tu veux jouer à la plus maligne ?

— C'est rien qu'un jean et un T-shirt, Mama. C'est pas grave, quand même.

— Va te changer tout de suite, lança Farida. Enfile ta robe crème. Ça met ton teint en valeur. Allez, presse-toi. » Alors que Sarah s'apprêtait à monter à l'étage, elle ne put s'empêcher d'ajouter : « Et coiffe-toi correctement, aussi.

— Mais ce n'est qu'Oum Ahmed. Elle m'a vue un millier de fois.

— Eh bien, tu as grandi depuis, et Oum Ahmed est à la recherche d'une épouse pour son fils. Ça n'a jamais fait de mal à personne de faire un peu attention à sa personne.

— Je n'ai que seize ans, Mama. »

Farida soupira. « Je n'ai jamais dit que tu devais te marier dans la seconde. Il n'y a aucun mal à rester fiancés un ou deux ans.

— Mais Hannah a mon âge, répliqua Sarah, dont le ton montait sensiblement, et Oum Ahmed n'essaye pas de la caser à tout prix. »

Farida éclata de rire alors qu'elle tirait un plateau du placard. « Mais qu'est-ce que tu sais de ce que fait Oum Ahmed ? Il se trouve que Hannah a accepté une demande en mariage pas plus tard qu'hier soir.

— Mais…

— Va te changer et laisse-moi m'inquiéter de toutes ces choses à ta place. »

Farida entendit Sarah maugréer en quittant la pièce. Une remarque geignarde sur le fait d'être mise en vente comme un vulgaire objet. Farida songea que sa fille était bien à plaindre si ce n'était qu'à présent qu'elle se rendait compte de cela. De la véritable place de la femme, de sa véritable valeur. Elle aurait aimé s'asseoir un moment avec Sarah, lui expliquer la vie. Elle avait essayé un nombre incalculable de fois. Mais certaines choses étaient impossibles à expliquer. Les mots étaient capables de choses extraordinaires, mais dans certains cas, cela ne suffisait pas.

Deya

Hiver 2008

Farida avait organisé un nouveau rendez-vous avec Nasser pour dimanche. C'était une journée d'hiver particulièrement froide. Deya faisait le tour de la *sala*, un plateau dans les mains. Elle servit à la mère de Nasser du café turc et des pépins de pastèque grillés, tandis que Farida lui faisait la conversation, sa dent en or brillant entre ses lèvres. Deya aurait voulu envoyer le plateau à travers la pièce. Comment aurait-elle pu faire confiance à sa grand-mère, après tout ce que Sarah lui avait appris ? Combien de temps encore pourrait-elle faire comme si tout allait pour le mieux ? Pas longtemps. Deya devait arrêter de temporiser, elle devait exprimer ce qu'elle avait sur le cœur avant qu'il ne soit trop tard.

« Ma grand-mère pense que je devrais t'épouser, dit-elle en s'asseyant face à Nasser à la table de la cuisine. Elle dit que je serais vraiment bête de décliner ta proposition. Mais je ne peux pas me marier avec toi. Je suis désolée. »

Nasser se redressa sur sa chaise. « Pourquoi pas ? »

L'envie de revenir sur ses paroles la prit aussitôt, mais elle se poussa à poursuivre. Elle pouvait entendre la voix de sa tante Sarah lui murmurer à l'oreille : *Sois courageuse. Dis tout haut ce que tu penses, ce que tu désires.* Deya regarda Nasser droit dans les yeux. « Ce que je veux te dire, c'est que je ne suis pas encore prête à me marier. Je veux d'abord aller à la fac.

— Ah, fit Nasser. Mais l'un n'empêche pas l'autre. Beaucoup de filles vont à la fac après leur mariage.

— Tu es en train de me dire que tu m'autoriserais à aller à la fac ?

— Je ne vois pas pourquoi je te l'interdirais. »

Elle le fixa avec des yeux ronds : « Et après la fac ? Est-ce que tu me laisseras travailler ? »

Nasser lui renvoya son expression : « Quel besoin auras-tu de travailler ? Tu n'auras pas à te soucier de ton confort, crois-moi.

— Et si j'ai envie d'obtenir un diplôme universitaire pour travailler ?

— Mais si nous travaillions tous les deux, qui s'occuperait des enfants ?

— Tu vois ? C'est là qu'est tout le problème.

— Quel problème ?

— Pourquoi est-ce que c'est moi qui devrais rester à la maison pour élever les enfants ? Pourquoi est-ce que c'est moi qui devrais faire un trait sur mes rêves ?

— Parce qu'il faut bien qu'un des deux le fasse, répondit Nasser, l'air confus. Et qu'il est logique que ce soit la mère. C'est tout naturel.

— Pardon ?

— Ben quoi, c'est vrai. Je ne veux pas t'offenser, mais tout le monde sait que le boulot des femmes, c'est d'élever les enfants. »

Deya se leva vivement de table. « Tu vois ? Voilà où est le problème. Tu es comme les autres. »

Nasser la dévisageait, les traits déformés par la stupéfaction et la colère, et par autre chose aussi que Deya ne parvenait pas à identifier. « Je ne dis pas cela pour te blesser, fit-il. Je ne fais que dire la vérité.

— Et après, ce sera quoi ? Tu me battras en prétextant que, ça aussi, c'est tout naturel ?

— Mais de quoi tu parles ? Jamais je ne lèverais la main sur une femme. C'était peut-être comme ça dans le temps, mais je ne suis pas une brute. »

Deya le scruta un moment. Il était toujours assis, le dos droit, il respirait fort, et une tache rose était apparue sur son front. Elle s'éclaircit la voix. « Et ton père ?

— Quoi, mon père ?

— Est-ce qu'il bat ta mère ?

— C'est quoi, ça, comme question ?

— Il la bat, pas vrai ?

— Bien sûr que non ! s'indigna Nasser. Mon père n'oserait jamais lever la main sur ma mère. Il l'a toujours traitée comme une reine.

— Bien sûr.

— Tu sais, tu es vraiment en train de me manquer de respect, là. Je sais que tu n'as pas eu la vie facile, mais ça ne te donne pas le droit de parler comme ça aux gens.

— Tu sous-entends quoi, quand tu dis que je n'ai pas eu la vie facile ?

— Tu te moques de moi, Deya ? Tout le monde sait tout sur tout le monde, dans ce bled. Mais ce n'est pas parce que ton père battait ta mère que tous les maris battent leur femme. » Deya le fixa, immobile, et il se gaussa : « Enfin quoi, bon sang, ce n'est pas non plus comme s'il la battait sans raison ! »

Pour Deya, ce fut comme de prendre une brique en plein visage. « De quoi tu parles, là ?

— De rien. » Nasser se leva. « Rien du tout. Je n'aurais pas dû dire ça. Je suis désolé. » Il se dirigea vers le seuil de la cuisine en évitant le regard de Deya. « Il faut que j'y aille. Excuse-moi.

— Attends, fit Deya en le poursuivant. Ne t'en va pas. Explique-moi. »

Mais en un clin d'œil, avant même que Deya ait pu prononcer un mot de plus, Nasser enfila le couloir et sortit de la maison, sa mère bondissant à sa poursuite.

Farida

Automne 1995

Farida s'était attendue à ce qu'Oum Ahmed ne veuille pas de Sarah pour son fils. Tout simplement parce qu'Oum Ahmed ne partageait pas la vision du monde de Farida. Elle trouvait que Farida n'était pas assez pratiquante, qu'elle rabaissait trop les filles et les femmes. Au moins Farida comprenait comment fonctionnait ce monde, contrairement à Oum Ahmed, dont la première fille, Fatima, avait divorcé. Farida était convaincue que Hannah aussi finirait par se séparer de son mari. C'était ce qui arrivait quand on avait l'impression de vivre dans une pub télé, entouré de personnes qui gambadent dans tous les sens en riant, et qui tombent amoureuses tantôt de l'un, tantôt de l'autre.

« C'est quand on attend le plus un appel que le téléphone refuse de sonner », déclara Farida en mâchant un chewing-gum, face à Nadine qui l'avait rejointe dans la *sala*. C'était le début de l'année scolaire, et

Isra était allée chercher Deya à l'arrêt de bus. C'était son premier jour d'école.

« Tu attends un appel de qui ? demanda Nadine en passant une main dans ses cheveux.

— D'un prétendant potentiel.

— Oh. »

Farida savait ce qu'elle devait penser. L'été était passé, et aucun jeune homme n'avait demandé la main de Sarah. Peut-être que les autres mères arabes trouvaient que Sarah n'était pas assez convenable, pas assez arabe. Peut-être préféraient-elles tout comme elle aller chercher leur future bru dans leur pays d'origine. Ces hypothèses étaient plus que vraisemblables, mais cela ne l'empêchait pas de redouter que ce soit l'œuvre du djinn qui hantait sa famille depuis toutes ces années, comme si les filles qu'Isra s'obstinait à mettre au monde étaient le châtiment de Farida pour ce qu'elle avait fait.

Nadine s'éclaircit la gorge et Farida se redressa. Elle espéra que la jeune femme n'avait pas senti sa peur.

« Elle va te manquer, tu sais, dit Nadine en la regardant de ses yeux bleus idiots. Bientôt elle se mariera, et elle te manquera.

— Elle, me manquer ? » Elle rabattit sa chemise de nuit jaune sur ses genoux. « Quel rapport ?

— C'était juste pour dire que tu ne devrais pas avoir trop hâte de la marier. Tu devrais profiter du peu de temps qu'il te reste avec elle. »

Farida n'aimait pas l'expression qu'affichait Nadine. Jadis, elle avait apprécié sa compagnie, qui la changeait de l'effacement d'Isra et de la rébellion de Sarah. Mais à présent, c'était Nadine qui l'agaçait le plus, avec ses airs de qui a tous les droits et entend bien les exercer. Elle n'en faisait qu'à sa tête, sans jamais prendre en compte les demandes de Farida. Isra avait beau être ennuyeuse, au moins elle faisait ce qu'on lui disait. Au moins elle savait où était sa place. Mais il avait suffi d'un enfant, un seul, pour que Nadine se mette à parader comme si l'univers tout entier lui devait quelque chose. Comme si elle n'était pas une femme, semblable à toutes les autres. *Le droit de violer les règles, ça se mérite*, pensait Farida : et Nadine n'avait aucun mérite.

« En tout cas, tu as de la chance, fit Nadine. Elle se mariera ici, à Brooklyn, et tu pourras la voir quand tu voudras.

— La voir quand je voudrai ? Tu crois vraiment que tu verrais ta mère quand tu voudrais si nous vivions en Palestine ?

— Bien sûr. »

Farida éclata de rire, et ses yeux devinrent deux minuscules fentes : « Lorsqu'une femme se marie, elle fait une grosse croix sur la porte de la maison de ses parents. » De l'index, Farida dessina dans l'air un « X » aussi gros qu'elle put. « Une énorme croix. » Nadine l'observait en tripotant les pointes de ses mèches. « Aucun homme n'a envie d'avoir une femme qui passe son temps chez ses parents alors qu'elle devrait être chez eux à cuisiner et à nettoyer. » Farida cracha son chewing-gum dans un mouchoir. « Tu peux me croire, si Sarah essaye de remettre les pieds ici après son mariage, c'est moi-même qui la renverrai auprès de son mari, à grands coups de pied aux fesses. »

Deya

Hiver 2008

« Qu'est-ce que tu me caches ? » demanda Deya à Sarah le lendemain, dès qu'elle fut entrée dans la librairie. Malgré la présence de clients, elle ne se soucia même pas de murmurer. « Nasser m'a dit que Baba avait une bonne raison de battre Mama. Ça veut dire quoi ?

— Je n'en sais…

— Arrête ! Je croyais qu'on s'était dit qu'on ne se mentirait sur rien. » Deya baissa la voix, et s'efforça de ne pas pleurer. « S'il te plaît. Dis-moi enfin la vérité. Qu'est-il arrivé à mes parents ? »

Sarah recula d'un pas. Elle passa ses mains sur son visage. « Je suis tellement désolée », murmura-t-elle. Elle se rendit à son bureau, ouvrit le tiroir du bas, au fond duquel elle se mit à fouiller. Puis elle rejoignit Deya en lui tendant un bout de papier.

« Je suis vraiment, vraiment désolée, répéta-t-elle. Quand je t'ai laissé cette carte de visite sur le pas de ta porte, je croyais que tu étais au courant. Et lorsque j'ai compris que ce n'était pas le cas, j'ai eu trop peur de te le dire. J'ai pensé que si je te le disais trop tôt, tu couperais les ponts définitivement avec moi. Je suis tellement désolée, Deya. »

Deya ne répondit pas, inspectant le bout de papier qu'elle tenait. C'était une coupure de presse. Elle l'approcha de son visage afin de pouvoir lire les caractères minuscules, et soudainement tout s'obscurcit autour d'elle. D'un coup, ses larmes se mirent à couler abondamment. Elle s'en voulut instantanément de ne pas avoir compris plus tôt.

« Je t'en prie, dit Sarah en tendant la main vers elle. Laisse-moi t'expliquer. »

Mais à son tour, Deya recula d'un pas, puis d'un autre, et sans même s'en apercevoir, elle quitta la librairie en courant.

Farida

1970

C'était l'un des souvenirs qui s'imposaient à Farida lorsqu'elle était seule. Il remontait à l'époque où Khaled et elle vivaient encore dans un camp de réfugiés, quelques années avant qu'ils partent pour l'Amérique. Les femmes étaient réunies sous la véranda de l'abri en ciment de Farida, à siroter du thé et à grignoter les feuilletés au *za'atar* que Farida avait préparés. Leurs enfants faisaient du vélo sur la route de terre battue. Un ballon de foot passait inlassablement d'un côté de la rue à l'autre. Elles étaient entourées de vacarme et d'éclats de rire.

« Vous êtes au courant, pour la femme de Ramsy ? » demanda Hala, l'une des plus proches voisines de Farida, entre deux bouchées. « Cette fille qui vit à l'autre bout du camp ? Comment s'appelle-t-elle, déjà ? Souhayla ?

— C'est ça », confirma Awatif, qui habitait à huit perrons de là, tout près des égouts à ciel ouvert. « Celle qui est devenue complètement folle à la mort de sa fille nouveau-née.

— Mais vous avez entendu les rumeurs ? » Hala se pencha en avant et se mit à chuchoter. « À propos de ce qui serait réellement arrivé à la petite ? Il semblerait qu'elle l'ait noyée dans sa bassine. Ramsy et sa famille ont essayé de faire passer ça pour un accident, en racontant que Souhayla était encore très jeune, qu'elle ne savait pas comment donner le bain à un nouveau-né. Mais j'ai entendu dire qu'elle l'avait fait exprès. Parce qu'elle ne voulait pas d'une fille. »

Farida eut soudainement la nausée. Sa gorge était desséchée. Elle déglutit, avant de boire une gorgée de thé.

« Rien d'étonnant, après tout, poursuivit Hala. Elle s'est fait violer encore enfant, et on l'a mariée aussitôt après. La pauvre fille avait à peine treize ans. Et puis on connaît toutes Ramsy. Un véritable ivrogne. Toujours une bouteille de *charab* à la main, quelle que soit l'heure de la journée. Il doit sûrement passer ses nuits à battre cette pauvre enfant. Facile d'imaginer la suite. Elle a sûrement cru qu'elle épargnait à sa fille un sort horrible. C'est vraiment triste. »

Les yeux de Farida restaient rivés à ses jambes. Ses doigts faisaient trembler son verre, qu'elle finit par poser sur le vieux bidon qui lui servait de table basse. Bien que rongé par la rouille et la moisissure, le bidon tenait bon depuis plus de dix ans, depuis le mariage de Farida et de Khaled dans le camp. Il avait servi à bien des choses. Elle se souvint qu'il avait fait office de bac pour la toilette.

« Tu parles, lança Awatif, tirant Farida de sa rêverie. Aucune mère digne de ce nom ne pourrait tuer son enfant. Elle était sûrement possédée. J'en suis convaincue. » Elle se tourna vers Farida, assise à côté d'elle, muette. « Dis-leur, Farida. Tu es bien placée pour parler de ça. Tes jumelles sont mortes dans tes bras. Est-ce qu'une mère en pleine possession de ses moyens serait capable de faire une chose pareille ? C'est forcément l'œuvre d'un djinn. Dis-leur. »

Farida rougit intensément. Elle s'excusa en disant qu'elle allait chercher quelque chose dans la cuisine, et se leva de sa chaise en plastique, ses jambes peinant à soutenir son poids. Elle dut se concentrer pour ne pas tomber en traversant le jardin poussiéreux, où poussaient la *maramiya* et la menthe, jusqu'à la cuisine. C'était une pièce d'un mètre carré à peine, avec un évier, un four et un petit placard. Farida entendit Nadia murmurer sous la véranda : « Mais qu'est-ce qui t'a pris de lui dire ça ? Elle a perdu ses deux nourrissons. Pourquoi le lui rappeler comme ça ?

— Ça remonte à dix ans, répliqua Awatif. Je ne voulais pas la blesser. En plus, regarde-la, maintenant. Elle a trois fils. Si tu veux mon avis, il y a plutôt de quoi lui envier son *nasib*. Pas la peine d'en faire toute une histoire. »

Dans la cuisine, Farida fut prise de violents tremblements. De la mort de ses filles, elle ne se souvenait que de bribes. Leur peau qui virait au bleu. L'odeur âcre de la mort sous la tente. Les couvertures dans lesquelles elle les avait enroulées afin que Khaled ne remarque rien, leurs petits corps inertes qu'elle secouait et faisait rouler dans l'espoir qu'un peu de couleur leur revienne.

Et puis les prières confuses. Le petit trou que Khaled creusa derrière la tente, les larmes aux yeux. Et quelque part sous leur tente, cette chose qui ne l'avait plus quittée depuis. Le djinn. Qui la surveillait sans répit. Farida ferma les yeux, et murmura une rapide prière.

Pardonnez-moi, mes filles. Pardonnez-moi.

Troisième partie

Deya

Hiver 2008

Deya s'enfuit de la librairie à toutes jambes, la coupure de presse dans le creux de son poing. À la station de métro, elle allait et venait le long du quai en attendant la rame de la ligne R. Une fois à bord, elle trépigna devant les portes métalliques, avant de jouer des coudes pour se frayer un chemin dans l'allée centrale, sans la moindre peur ni la moindre politesse. Au bout du wagon, elle ouvrit la porte au mépris du panneau « À n'utiliser qu'en cas d'urgence », et dans le vacarme des roues et des rails, dans l'obscurité du tunnel, elle passa dans le wagon suivant, où elle répéta les mêmes gestes : trépignements, bousculade, et passage au wagon d'après, comme si elle espérait y trouver une autre histoire, n'importe laquelle du moment que ce n'était pas celle de sa mère, assassinée par son propre père.

Elle interrompit enfin sa course en avant, et ne put s'empêcher de relire la coupure de presse :

Meurtre d'une mère de quatre
enfants à Brooklyn

Brooklyn, NY. 17 octobre 1997 – Le corps sans vie d'Isra Ra'ad, mère de quatre enfants, âgée de vingt-cinq ans, a été retrouvé à son domicile, dans le quartier de Bay Ridge, dans la nuit de mercredi. La victime aurait été battue à mort par son mari, Adam Ra'ad, trente-huit ans, qui aurait aussitôt fui les lieux du crime. La police a retrouvé le cadavre de celui-ci dans l'East River, jeudi matin, après que des témoins l'ont vu sauter du pont de Brooklyn.

Combien de fois Deya lut-elle ces mots pour éclater en sanglots aussitôt après ? Combien de fois hurlat-elle au beau milieu de la rame, ne s'arrêtant que lorsqu'elle constatait que les autres usagers la dévisageaient ? Que voyaient-ils lorsqu'ils la regardaient ? Voyaient-ils ce qu'elle voyait se refléter sur le verre, le visage d'une imbécile ? Car c'était bien l'image que Deya avait d'elle-même. Comment avait-elle pu vivre toutes ces années aux côtés de ses grands-parents sans comprendre que sa mère avait été assassinée par son propre père ? Battue à mort sous leur propre toit, à l'étage même où ses sœurs et elle passaient le plus clair de leur journée ? Pourquoi n'avait-elle pas suivi son intuition après avoir lu la lettre d'Isra ? Pourquoi n'avait-elle pas interrogé Farida jusqu'à ce qu'elle lui avoue la vérité ? Comment avait-elle fait pour se laisser berner ainsi, alors qu'elle savait les mensonges dont sa grand-mère était capable ? Ne savait-elle donc pas réfléchir par elle-même ? Pourquoi avait-elle vécu toutes ces années en laissant à Farida le soin de décider de tout à sa place ? Parce qu'elle était une imbécile.

Deya serra de nouveau la coupure de presse dans sa paume. Et elle se remit à hurler, frappant de ses poings la vitre de la porte. Son père avait tué sa mère. Il l'avait assassinée, lui avait ôté la vie, la leur avait volée. Et puis ce lâche s'était suicidé ! Comment avait-il pu ? Deya ferma les yeux, s'efforçant de se rappeler les traits de Baba. L'image la plus claire remontait au jour de ses six ans. Il était rentré à la maison avec un gâteau glacé Carvel et, tout sourire, lui avait chanté une chanson d'anniversaire en arabe. Sa façon de la regarder, sa façon de lui sourire : ce souvenir avait toujours réussi à réconforter Deya, même les plus mauvais jours.

Mais à présent, elle aurait voulu arracher ce souvenir de sa mémoire. Comment est-ce que le même homme avait pu tuer sa mère ? Comment est-ce que ses grands-parents avaient pu le couvrir ? Comment avaient-ils pu cacher la vérité à leurs petites-filles durant toutes ces années ? Et comme si ça ne suffisait pas, comment pouvaient-ils la pousser à se marier trop jeune, trop vite, ainsi que l'avaient fait ses propres parents ? Comment osaient-ils courir le risque de voir le même drame se répéter ? Le même drame la toucher, *elle* ? Elle frissonna à cette idée.

« Non », dit Deya à voix haute alors que la rame s'arrêtait à la station de Bay Ridge Avenue. Les portes s'ouvraient à peine que déjà elle se précipitait sur le quai. « Non ! » hurla-t-elle. L'histoire ne se répéterait pas. Pas avec elle. Pas avec ses sœurs. Le sort d'Isra ne serait pas le leur. Elle courut jusqu'à l'arrêt de bus, se répétant encore et encore : *Ma vie ne sera pas une copie de celle de ma mère.* Lorsque le bus s'arrêta et que ses sœurs mirent un pied sur le trottoir, Deya comprit soudainement que Sarah avait raison : sa vie lui appartenait, et elle seule pouvait décider ce qu'elle en ferait.

Isra

Automne 1996

Isra ne se souvenait plus de sa vie avant l'Amérique. Pendant longtemps, elle avait su à quelle époque précise les mûres étaient prêtes à la cueillette, quels figuiers donnaient les meilleurs fruits, combien de noix tomberaient par terre à l'automne. Elle avait su quelles olives donnaient la meilleure huile, le bruit que faisait une pastèque mûre lorsqu'on tapait dessus, l'odeur du cimetière après la pluie. Mais plus rien de tout cela ne lui revenait en mémoire, à présent. De plus en plus fréquemment, Isra avait l'impression de ne pas avoir eu de vie avant le mariage, avant d'être mère. À quoi avait ressemblé son enfance ? Elle ne se rappelait plus avoir été petite fille.

Et pourtant, la maternité n'était pas instinctive, chez elle. Parfois, elle devait faire un effort pour se rappeler qu'elle était mère de famille, qu'elle avait à présent quatre filles à élever. Le matin, après s'être réveillée, après avoir fait le lit et conduit Adam jusqu'à la porte avec un café et un sandwich au *lebné*, elle réveillait ses filles et préparait leur petit déjeuner – œufs brouillés, roulés au *za'atar* et à l'huile d'olive, céréales – courant en tous sens dans la cuisine afin de s'assurer que les quatre étaient bien nourries. Puis elle les reconduisait au sous-sol et leur faisait leur toilette. Elle en shampouinait une, enfonçait ses doigts jusqu'à son cuir chevelu, la frottait jusqu'à ce que sa peau rougisse, la rinçait puis recommençait avec la suivante. Elle séchait leur corps menu et frissonnant, les coiffait, démêlait leurs cheveux mèche après mèche, s'efforçant d'être douce, et ne pouvant que constater la fébrilité et la brusquerie de ses gestes. Parfois l'une de ses trois aînées laissait s'échapper un cri ou un geignement. Les jours où elle était relativement patiente, Isra s'obligeait à inspirer profondément et à se calmer. Mais la plupart du temps, elle leur intimait le silence d'un ton cinglant. Puis elle allait déposer Deya et Nora à leur arrêt de bus et mettait Layla et Amal devant la télévision, pressée de terminer toutes les tâches qui lui incombaient pour retourner au plus vite à ses livres.

Appuyée à la fenêtre, Isra lisait. Dehors, les arbres étaient dénudés, leurs branches lugubres déjà recouvertes de gel. Isra se dit qu'elles ressemblaient à des bras malingres qui se tendaient vers elle, comme ceux de ses filles. Depuis quelque temps, elle avait l'impression de voir des mères de famille partout, tout sourires avec leur poussette, le visage nimbé de grâce. Elle se demandait comment elles arrivaient à sourire avec autant de facilité. Le bonheur qu'elle avait éprouvé à la naissance de Deya était si lointain qu'il lui était totalement étranger. Un sentiment sinistre la suivait partout, un sentiment qui s'était intensifié depuis la naissance d'Amal. Elle avait cru que le sens du prénom de sa quatrième fille, *espoir*, aurait pu résonner dans son cœur, mais il n'en avait pas été ainsi. Chaque matin au réveil, elle se sentait très jeune, et en même temps terriblement vieille. Certains jours, elle avait l'impression de n'être encore qu'une enfant, et d'autres, la sensation d'avoir assez souffert pour une vie entière. La sensation d'avoir porté le fardeau du devoir depuis son enfance. La sensation de n'avoir jamais vécu. Elle sentait un vide en elle ; elle sentait un trop-plein. Elle avait besoin des autres ; elle avait besoin d'être seule. Elle ne parvenait pas à équilibrer l'équation. À qui la faute ? Elle se disait que c'était elle. Elle se disait que c'était sa mère, et la mère de sa mère, et les mères de toutes les mères, jusqu'à la nuit des temps.

Lorsque Isra était arrivée en Amérique, lorsqu'elle était devenue une femme mariée, elle n'avait pas compris ce vide qu'elle avait senti en elle. Elle avait cru que c'était temporaire, qu'elle s'adapterait avec le temps. Elle savait que nombreuses étaient les filles qui quittaient leur famille pour se rendre en Amérique, qui donnaient naissance à des enfants alors qu'elles-mêmes étaient encore des enfants. Et pourtant ces filles s'en étaient accommodées. Depuis peu, Isra avait enfin compris pourquoi elle n'y arrivait pas, pourquoi elle avait constamment l'impression d'être entraînée au large. Elle avait compris que la vie n'était qu'une sombre mélodie lancinante, qui se répétait et se répétait encore. Une piste de CD diffusée en boucle. C'était tout ce qu'elle pouvait attendre de l'existence. Le pire, c'était que ses filles connaîtraient le même sort, et qu'elle était la seule coupable.

« On peut regarder un film ? » demanda Deya en arabe. Sa voix aiguë d'enfant de six ans tira Isra de sa lecture.

« Pas maintenant.

— Mais j'ai envie de regarder un film », insista Deya. Elle s'approcha d'Isra et se mit à tirer sur sa chemise de nuit maculée de taches d'eau de Javel. « S'il te plaît.

— Pas maintenant, Deya.

— S'il te plaît, Mama. »

Isra soupira. Lorsqu'elle avait compris qu'*Aladdin* était une adaptation des *Mille et Une Nuits*, elle s'était installée avec ses filles devant la télévision, un gros saladier rempli de pop-corn sur les genoux, et elle avait regardé tous les dessins animés Disney en leur possession, en espérant que certains passages raviveraient ses souvenirs d'enfance. Peut-être avaient-ils aussi adapté l'histoire d'Ali Baba et des Quarante Voleurs, ou les sept voyages de Sinbad le Marin, ou même, avec beaucoup de chance, des Amants de Bassorah. Les unes après les autres, elle avait enfoncé les cassettes vidéo dans le magnétoscope, et son excitation avait vite laissé place à la déception. Blanche-Neige, Cendrillon, la Belle au bois dormant, Ariel : aucun de ces personnages ne figurait dans les contes qu'elle avait lus dans son enfance. La mort dans l'âme, elle avait fini par éteindre la télévision, et n'y avait plus accordé la moindre attention depuis.

« Mais j'ai envie de voir les princesses, dit Deya.

— On les a assez vues, les princesses. »

À dire vrai, elles l'agaçaient franchement. Ces dessins animés Disney, avec leurs histoires d'amour et leurs happy ends, ne pouvaient qu'avoir une mauvaise influence sur ses filles. Que s'imagineraient-elles en voyant tous ces personnages féminins tomber amoureuses ? En viendraient-elles à croire que ces contes de fées arrivaient dans la vraie vie, que l'amour et le romantisme étaient à la portée de filles comme elles ? Qu'un jour un homme viendrait les sauver ? La poitrine d'Isra était comme oppressée. Elle aurait voulu aller tout droit dans la *sala* et détruire toutes ces cassettes, arracher les bandes magnétiques de leur boîtier en plastique pour qu'il ne soit plus jamais possible d'en visionner le contenu. Mais elle redoutait la réaction d'Adam s'il apprenait ce qu'elle avait fait, son regard agressif, ses questions, la gifle prête à tomber, et elle sans réponse. Qu'aurait-elle pu lui dire ? Que les livres avaient fini par lui faire comprendre la vérité, qu'on n'avait pas à attendre d'un homme quelque forme d'amour que ce soit, qu'elle ne voulait pas que ses filles le croient comme elle l'avait cru si longtemps ? Qu'elle ne voulait pas que ses filles grandissent dans l'espoir qu'un homme les sauverait un jour ? Elle se devait avant tout de leur apprendre à s'aimer elles-mêmes, que ce serait là leur seule chance de trouver le bonheur. Mais elle ne voyait pas comment elle aurait pu y arriver, dans ce monde où l'on étouffait les femmes de honte aussi sûrement qu'en pressant un oreiller sur leur visage. Elle voulait à tout prix épargner à ses filles de connaître le même destin qu'elle, mais elle ignorait par quel moyen.

« Tu peux me lire une histoire ? demanda Deya en la regardant de ses grands yeux pleins de douceur, serrant sa chemise de nuit dans ses petites mains.

— Bien sûr, répondit Isra.
— Tout de suite ?
— Je dois d'abord préparer le dîner.
— Mais après tu viendras m'en lire une ?
— Oui.
— Promis juré ?
— Promis juré.
— D'accord. » Deya lâcha la chemise de nuit de sa mère et se retourna, prête à quitter la pièce.

« Attends, fit Isra.
— Quoi, Mama ?
— Tu sais que je t'aime, n'est-ce pas ? »
Deya sourit.
« Je t'aime très, très fort. »

Deya

Hiver 2008

Deya trouva Nora dans leur chambre. Elle ferma la porte derrière elle, la verrouilla, et demanda à sa sœur de s'asseoir. Elle lui tendit la coupure de presse. Puis elle lui raconta tout. Pendant un long moment, elles sanglotèrent dans les bras l'une de l'autre.

« Je n'arrive pas à y croire, dit Nora en considérant l'article découpé. Est-ce qu'on le dit à Layla et Amal ?

— Pas tout de suite, répondit Deya. Avant cela, il faut que je parle à Teta.

— Tu vas lui dire quoi ?

— Je vais la pousser à tout me raconter.

— Et après ?

— Après, on mettra au point un plan.

— Quel genre de plan ? demanda Nora.

— Un plan pour partir d'ici. »

Isra

Hiver 1996

Un samedi matin, après qu'Isra et Sarah eurent fait la vaisselle pour s'asseoir autour d'un *ibrik* fumant de thé, Farida entra dans la cuisine. « Sers-moi une tasse », dit-elle.

Aussitôt, Isra alla en prendre une dans le placard. Elle était si habituée à obéir aux ordres de Farida que son corps réagissait tout seul, sans qu'elle ait à y penser. Alors qu'Isra lui servait son thé, Farida se tourna vers Sarah. « C'est ton jour de chance, aujourd'hui, déclara-t-elle.

— Pourquoi ça ? répliqua Sarah.

— Parce que… (Farida observa un bref silence, faisant courir son index sur le bord de sa tasse.)… je t'ai trouvé un prétendant. »

Isra sentit quelque chose s'effondrer en elle. Elle dut se concentrer pour ne pas laisser tomber sa tasse. Comment ferait-elle sans l'amitié de Sarah ? Sans ses livres ?

« Tu es sérieuse ? fit Sarah en s'avachissant sur sa chaise.

— Bien sûr, que je suis sérieuse ! Il va passer cet après-midi.

— Qui est-ce ?

— Le benjamin d'Oum Ali, Nader. » Farida affichait un sourire triomphant. « On l'a croisé à la pharmacie, il y a un mois. Je te l'ai pointé du doigt, tu te rappelles ?

— Non, répondit Sarah. Mais peu importe. Je ne le connais pas.

— Oh, ne sois pas aussi négative. Tu vas vite apprendre à le connaître.

— C'est ça.

— Tu peux rouler des yeux autant que tu veux, dit Farida, mais le mariage est la chose la plus importante dans la vie d'une femme, et tu ne peux rien y faire. »

« Elle est impossible, cette bonne femme, non ? » lança Sarah à Isra lorsque Farida eut quitté la cuisine. Elle regardait par la fenêtre, ses yeux brillant d'un éclat humide dans un faible rayon de soleil.

« Je suis tellement désolée, parvint à dire Isra.

— Je n'arrive pas à comprendre pourquoi elle tient absolument à me marier si jeune. Enfin quoi, j'ai même pas fini mon lycée ! »

Isra lui adressa un regard compatissant. Elle comprenait pourquoi : à mesure que les années passaient, Sarah devenait de plus en plus rebelle. Elle n'avait aucun mal à s'imaginer les craintes de Farida face au refus de Sarah de perpétuer leurs traditions : la jeune fille ne parlait quasiment plus arabe. Parfois, de sa fenêtre, Isra la voyait rentrer du lycée, effaçant à toute vitesse son maquillage avant de franchir le seuil de la maison. Quelques semaines auparavant, lorsque Sarah lui avait passé un exemplaire de *La Cloche de détresse* de Sylvia Plath, Isra avait aperçu un débardeur au fond de son sac. Elle n'avait rien dit à ce propos, et Sarah avait fait disparaître le vêtement sous ses livres. Isra s'était alors demandé ce qu'elle pouvait cacher d'autre. Elle tenta de se mettre à la place de Farida, et fut bien obligée de se dire qu'elle aussi aurait tout fait pour s'assurer de la sécurité de ses filles.

« Je ne veux pas me marier. Elle ne peut pas m'y obliger !

— Pas si fort. Elle va t'entendre.

— Je m'en fiche, si elle m'entend. On est en Amérique. Elle ne peut pas m'obliger à me marier !

— Bien sûr que si, murmura Isra. Elle te punira si tu t'opposes à elle.

— Et qu'est-ce qu'elle pourrait faire ? Me battre ? Je veux bien me faire battre tous les jours si c'est le prix à payer pour ne pas me marier ! »

Isra secoua la tête. « Sarah, tu ne comprends pas. Ce ne sera pas que Farida. Ton père et tes frères aussi se mettront à te battre. Combien de temps pourras-tu le supporter ? »

Sarah croisa les bras. « Aussi longtemps qu'il le faudra. »

Isra observa attentivement son visage harmonieux et ses yeux de félin. Elle aurait aimé être aussi courageuse à son âge. Sa vie aurait été si différente si elle ne s'était pas soumise aux injonctions de ses parents. Sarah plissa les yeux : « Je refuse que ma vie ressemble à la tienne.

— C'est-à-dire ? demanda Isra, même si elle connaissait parfaitement la réponse.

— Je ne laisserai personne me dominer.

— Personne ne cherche à te dominer, dit Isra, mais son ton la trahit.

— Peut-être que tu arrives à te mentir à toi-même, mais avec moi, ça ne prend pas. »

Les livres avaient eu beau la détromper, les vieilles formules s'imposaient de nouveau à Isra : « C'est le lot de toutes les femmes, tu sais.

— Tu n'y crois pas vraiment, quand même ?

— Je ne vois pas comment il pourrait en être autrement, chuchota Isra.

— Comment peux-tu dire ça ? La vie ne se limite pas au mariage. Je croyais que tu étais de cet avis, toi aussi. Je sais que tu es d'accord avec moi.

— C'est vrai, mais ça ne signifie pas pour autant que j'ai le pouvoir de changer notre condition. »

Sarah la dévisagea, abasourdie. « Alors tu veux que je mène l'existence qu'ils entendent m'imposer ? Tu appelles ça une vie, toi ?

— Je n'ai jamais dit que c'était juste, mais on ne peut rien y faire.

— Eh bien, moi, je résisterai ! Je m'opposerai à ce mariage !

— Ça ne fera aucune différence. Farida ne t'écoutera pas.

— Alors je le dirai au prétendant qu'elle m'a trouvé ! Je le regarderai droit dans les yeux et je lui dirai : "Je ne veux pas t'épouser. Je ferai de ta vie un véritable enfer si nous nous marions." »

De nouveau, Isra secoua la tête. « Elle finira bien par te marier. Si ce n'est pas à celui-ci, ce sera à un autre.

— Non, fit Sarah en se levant. Ça n'arrivera pas. Même si je dois faire fuir jusqu'au dernier homme de cette planète.

— Mais tu ne comprends vraiment pas, Sarah ?

— Quoi ?

— Tu n'as pas le choix.

— C'est ça que tu crois ? Que je n'ai pas le choix ? » Malgré le ton de défi de Sarah, Isra sentait son anxiété. « Eh bien, c'est ce qu'on verra. »

*

Plus tard, Sarah refit son apparition dans la cuisine, vêtue d'un caftan ivoire. Dehors, les branches nues des arbres remuaient mollement, toujours recouvertes de gel. « Tu es superbe, lui dit Isra.

— C'est ça », fit Sarah en lui passant devant. Elle se saisit d'une corbeille qu'elle se mit à remplir de fruits. « Finissons-en.

— Qu'est-ce que tu fais ?

— À ton avis ? Je vais servir nos invités. »

Isra lui prit la corbeille des mains. « On ne sert pas les fruits en premier.

— Alors je vais faire du café, dit Sarah en prenant un petit gobelet dans un tiroir.

— Du café ?

— Ouais.

— Sarah, on ne sert jamais le café en premier. »

Sarah haussa les épaules. « Je n'ai jamais fait attention à ces foutaises. »

Isra se demanda si Sarah voulait sciemment servir le café en premier, comme elle-même l'avait fait des années auparavant, ou si elle ignorait vraiment que c'était déplacé. « Mets les verres sur un plateau, fit Isra. Je vais préparer le thé. »

Appuyée contre le plan de travail, Sarah fit ce qu'elle lui avait demandé. Isra compta dans sa tête. Farida. Khaled. Le prétendant. Sa mère. Son père. Cinq au total.

« Tiens, dit-elle en passant à Sarah une assiette de gâteaux au sésame. Sers-leur ça pendant que je m'occupe du thé. »

Sarah s'immobilisa sur le seuil de la cuisine. Isra aurait aimé pouvoir l'aider. Mais la vie était ainsi faite. Elle n'y pouvait rien. D'une certaine façon, ce sentiment d'impuissance avait quelque chose de réconfortant. Le fait de savoir qu'elle ne pouvait rien changer, qu'elle n'avait tout simplement pas son mot à dire, rendait cette existence plus tolérable. Elle se sentit terriblement lâche, mais elle savait qu'une personne seule ne pouvait pas changer grand-chose. Seule, elle ne pouvait aller à l'encontre d'une culture vieille de plusieurs siècles, et il en allait de même pour Sarah.

« Vas-y, murmura-t-elle en poussant légèrement Sarah du coude. Ils t'attendent. »

*

Cette nuit-là, Isra ne trouva pas le sommeil. Elle n'arrêtait pas de penser au fait que Sarah s'en irait bientôt. Elle se demandait si elles resteraient amies, si Sarah serait en mesure de lui rendre visite, si elle allait lui manquer. Elle se demandait s'il lui serait encore possible de lire des livres. Isra était assez grande pour savoir que, dans la vie, moins on nourrissait d'espoir, moins on souffrait. Elle commençait même à se dire que les livres lui avaient peut-être fait plus de mal que de bien, en lui ouvrant les yeux sur sa propre existence, et toutes ses imperfections. Peut-être aurait-elle été moins malheureuse sans les livres. Ils n'avaient fait qu'alimenter de faux espoirs. Mais même ainsi, une vie sans livres lui paraissait plus horrible encore.

Le lendemain, dans la *sala*, Farida attendait que la mère du prétendant l'appelle pour lui faire part de la décision de son fils. Le téléphone sonna une bonne demi-douzaine de fois dans l'après-midi, faisant systématiquement sursauter Isra. En proie à une peur panique, elle étudiait l'expression de Farida lorsque celle-ci décrochait. Sarah, elle, semblait tout à fait détachée. Assise sur le sofa, les jambes croisées, elle n'avait d'yeux que pour le livre qu'elle lisait, sans se soucier le moins du monde de ce qui pouvait se passer autour d'elle.

Le téléphone retentit une énième fois, et Farida se précipita. Elle décrocha avec un joyeux *salam*, puis se tut tout à fait. Ses yeux s'écarquillèrent, sa bouche se mit à béer tandis qu'elle écoutait son interlocutrice, mais elle n'émit pas le moindre son. Isra se mordillait les doigts.

« Ils ont dit non, déclara Farida après avoir raccroché. Un simple non. Sans autre explication. »

Sarah releva les yeux de son exemplaire de *La Servante écarlate*. « Ah bon », dit-elle avant de tourner une page. Isra sentait son cœur battre à tout rompre sous sa chemise de nuit.

« Mais pourquoi ont-ils refusé ? » Farida lança un regard dur à Sarah. « Tu m'as dit que ta conversation avec ce garçon s'était bien passée.

— Je n'en sais rien, Mama. Peut-être que je ne lui plais pas. Ce n'est pas parce que tu as une chouette conversation avec quelqu'un que tu as forcément envie de te marier avec.

— Toi et tes remarques spirituelles. » Les yeux de Farida semblaient sur le point de sortir de leurs orbites. Elle arracha le livre des mains de Sarah, et l'envoya à l'autre bout de la pièce. « Tu ne perds rien pour attendre, lui dit-elle en tournant déjà le dos pour quitter le salon. Je finirai bien par trouver quelqu'un qui me débarrassera de toi. *Wallahi*, peu importe s'il est vieux et gros, je te donnerai au premier qui voudra de toi ! »

Isra se tourna vers Sarah, s'attendant à la voir recroquevillée au fond du sofa, mais sa belle-sœur s'était levée dans un bond gracieux pour aller ramasser son livre. Son regard croisa celui d'Isra, et elle lui dit : « Il n'y a rien au monde que je déteste plus que cette femme.

— Chut, fit Isra. Elle va t'entendre.

— Tant mieux. »

*

Après avoir préparé un thé afin de calmer les nerfs de Farida, Isra se réfugia au sous-sol pour lire. À côté d'elle, Deya était penchée sur un cahier de coloriage. Nora et Layla jouaient aux Lego. Amal dormait dans son lit d'enfant. En les voyant dispersées ainsi aux quatre coins de la pièce, lui jetant parfois un rapide coup d'œil, Isra éprouva un profond sentiment d'impuissance. Elle devait faire quelque chose pour aider ses filles. N'importe quoi.

« Mama », fit Deya. Isra lui sourit. Mais elle aurait voulu hurler. « Ma maîtresse nous a donné ça à lire. » Deya tendit à Isra un livre du docteur Seuss. Isra le prit et fit signe à Deya de s'asseoir à côté d'elle. Alors qu'elle lisait, elle pouvait voir les yeux de Deya s'écarquiller sous l'effet de la curiosité et de l'enthousiasme. Elle tendit la main et caressa la joue de sa fille. Nora et Layla l'écoutaient d'une oreille tout en construisant une muraille de Lego autour d'elles. Amal dormait paisiblement.

« J'adore quand tu me lis des histoires, dit Deya lorsque Isra eut fini.

— C'est vrai ? »

Deya hocha lentement la tête. « Est-ce que tu peux rester toujours comme ça ?

— Rester comment ? » demanda Isra.

Deya avait les yeux rivés à ses pieds. « Heureuse.

— Je suis heureuse.

— Tu as toujours l'air triste. »

Isra déglutit avec difficulté, et tâcha de garder un ton égal. « Je ne suis pas triste.

— Vraiment pas ?

— Je te promets que non. »

Deya fronça les sourcils, et Isra comprit qu'elle était tout sauf convaincue. Isra sentit alors le poids de l'échec peser sur ses épaules. De toutes ses forces, elle avait essayé de protéger ses filles de sa tristesse, ainsi qu'elle aurait aimé que Mama le fasse avec elle. Elle s'était assuré qu'elles s'endorment avant le retour d'Adam, avait tout fait pour qu'elles ne le voient jamais en train de la battre. La tristesse était un cancer, une présence qui s'imposait si pernicieusement qu'on ne la remarquait que lorsqu'il était déjà trop tard pour la chasser. Elle aurait voulu que ses filles ne voient pas la sienne. Peut-être Deya ne s'en souviendrait même pas. Ce n'était encore qu'une petite fille, après tout. Elle oublierait cette période de sa vie. Isra pouvait encore apprendre à être une bonne mère. Peut-être pouvait-elle encore les sauver. Peut-être n'était-il pas trop tard.

« Je ne suis pas triste, répéta Isra, cette fois-ci avec un sourire. Je vous ai, toutes les quatre. Je t'ai, toi. » Elle tira sa fille à elle pour la serrer dans ses bras. « Je t'aime, *habibti*.

— Moi aussi, je t'aime, Mama. »

Farida

Hiver 2008

Le soleil s'était déjà couché depuis un certain temps derrière les arbres nus que Farida apercevait par la fenêtre de la cuisine, tandis qu'elle finissait de faire la vaisselle du dîner. *C'est l'une d'elles qui devrait s'occuper de ça*, songeait-elle en disposant précautionneusement les assiettes sur l'égouttoir. Mais aussitôt le dîner achevé, les quatre sœurs s'étaient précipitées au sous-sol en faisant semblant d'être malades, ne lui laissant d'autre choix que de laver les plats toute seule. « C'est moi qui suis malade : malade de ce manque de respect », se marmonnait-elle. Une vieille femme qui faisait la vaisselle, quelle indignité ! Avec quatre jeunes filles sous son toit, elle aurait pu s'attendre à vivre comme une reine. Mais il lui fallait encore cuisiner, laver et nettoyer derrière elles. Farida secoua la tête. Elle ne comprenait pas pourquoi ses petites-filles étaient si différentes d'elle, si différentes de leur mère. Sûrement parce qu'elles avaient grandi en Amérique. Un coup d'éponge sur la table de la cuisine, vite fait mal fait, c'était plus que suffisant à leurs yeux. Comme si c'était aussi facile que ça de nettoyer. Elles n'arrivaient pas à comprendre qu'il fallait frotter fort, à quatre pattes par terre, pour que tout soit vraiment impeccable. Travailler dur, c'était quelque chose qui leur passait tout à fait au-dessus de la tête, à ces petites Américaines pourries gâtées.

Lorsqu'elle eut fini, Farida se retira dans sa chambre. En se coiffant, elle tâcha de se rappeler la dernière fois où elle s'était endormie à côté de Khaled. Cela remontait à tant d'années que ce souvenir lui échappait. Elle ne savait même pas où il se trouvait ce soir. Sans doute au bar à chicha, en train de jouer aux cartes. De toute façon, cela n'avait pas la moindre importance. Quand il passait la soirée chez eux, il la regardait à peine, se contentant de fixer un point distant, silencieux durant tout le dîner, ne daignant pas même la remercier de s'être donné tant de mal aux fourneaux. Dans sa jeunesse, il avait toujours une remarque désobligeante à la bouche, se plaignait du riz trop cuit, ou des légumes trop salés, ou du manque d'épices dans le *foul*. Mais à présent, il lui adressait à peine la parole. Elle aurait voulu le secouer un grand coup. Qu'était-il arrivé à l'homme qui faisait claquer ses ceintures sur sa peau ? Qui ne laissait jamais passer un jour sans l'insulter ? Cet homme s'était effacé peu à peu au fil du temps. Quand cela avait-il commencé ? Quand ses yeux avaient-ils commencé à perdre de leur éclat, quand sa poigne de fer s'était-elle relâchée ? Le jour de leur arrivée en Amérique, Farida en était convaincue. Elle ne l'avait pas remarqué à l'époque, la transformation avait été trop graduelle. Mais avec le recul, cela ne faisait aucun doute. Elle se souvenait du jour où ils avaient quitté la Palestine. Les tremblements de Khaled alors qu'il verrouillait la porte de leur abri, ses sanglots tandis que, dans le taxi qui les emportait loin du camp, il saluait de la main famille et amis. Toutes ces fois où, à l'aéroport de Tel-Aviv, il avait dû s'immobiliser de peur que ses jambes cèdent sous son poids. Elle se rappelait comment il avait travaillé d'arrache-pied, jour et nuit, dès leur arrivée dans ce pays inconnu dont il ne parlait même pas la langue, juste pour s'assurer qu'ils auraient de quoi manger. La perte de son foyer, de son pays, c'était ce qui l'avait brisé. Elle ne l'avait pas compris à l'époque, elle n'avait pas saisi que, pour lui, ç'avait été la fin d'un monde, la fin de son monde. Mais peut-être en était-il toujours ainsi, dans la vie. Peut-être ne comprenait-on les choses que lorsqu'il était déjà trop tard.

Elle enfila une chemise de nuit plus chaude. Le chauffage de la chambre ne fonctionnait plus aussi bien qu'avant. À moins que ce ne soit elle qui supportât moins le froid. Elle détestait se dire ce genre de choses. Elle soupira. Elle n'arrivait pas à croire que le temps avait passé si vite. Elle était déjà vieille. *Vieille*. Elle chassa aussitôt ce mot de son esprit. Ce n'était pas tant le fait de se savoir vieille qui la gênait que le peu de plaisir qu'elle avait tiré de son existence. *Quel gâchis*, pensa-t-elle. En attendant que le sommeil vienne, elle fouilla sa mémoire, sans trouver un seul bon souvenir. Tous étaient comme souillés.

Un bruit se fit entendre derrière la porte. Surprise, Farida tira la couverture à elle. Mais ce n'était que Deya. Elle se tenait là, sur le seuil, respirant par brusques à-coups. Farida sentit chez sa petite-fille comme une gêne, peut-être même comme un soupçon de défi. Cela lui rappela Sarah, et soudain, elle prit peur. « Qu'est-ce que tu veux ? lança Farida. Pourquoi n'es-tu pas couchée ? »

Deya avança de plusieurs pas. « Je sais que mes parents ne sont pas morts dans un accident de voiture ! » Elle était à moins de deux mètres d'elle, et pourtant elle criait. « Pourquoi avoir menti ? »

Mon Dieu, pensa Farida en retenant son souffle. Combien de fois l'avait-elle répété ? *Tes parents sont morts dans un accident de voiture. Tes parents sont morts dans un accident de voiture.* Elle avait dit tant de fois ces mots que, parfois, il lui arrivait d'y croire elle-même. Elle aurait aimé y croire complètement, et à jamais. Contrairement à la disparition de Sarah, elle n'avait pu cacher au reste de la communauté le meurtre d'Isra. Dès le lendemain matin, la nouvelle s'était répandue dans tout Bay Ridge, et jusqu'à la Palestine. Le fils aîné de Khaled et Farida avait assassiné sa femme. Le fils aîné de Khaled et Farida s'était suicidé. Le déshonneur absolu.

La seule chose qu'elle était parvenue à faire, c'était de cacher cette tragédie aux petites. Elle ne pouvait leur dire la vérité, c'était une évidence. Comment aurait-elle pu leur expliquer ce qui s'était passé, leur annoncer que leur père avait tué leur mère avant de se donner la mort, sans détruire leurs vies à elles aussi ? Parfois, mieux valait se taire. Parfois, la vérité était plus douloureuse que tout. Elle n'aurait pu supporter de les réduire à l'état d'épaves humaines. Être protégées de la vérité, c'était leur seule chance d'avoir une existence normale. Farida avait espéré que les gens oublieraient avec le temps, qu'on ne les ostraciserait pas, et même que des prétendants les demanderaient un jour en mariage. Elle avait tenu à sauver leur réputation, à leur épargner l'opprobre.

« Ça ne va pas recommencer, fit Farida, le visage impassible. C'est pour ça que tu m'as réveillée ? Pour parler de ça ?

— Je sais que mon père a tué ma mère ! Je sais qu'il s'est suicidé ! »

Farida eut du mal à avaler sa salive. Elle avait l'impression qu'une pierre s'était coincée dans sa gorge. Où avait-elle entendu ça ? Au lycée ? C'était possible, mais cela lui semblait peu vraisemblable. Des années durant, Farida avait demandé à ses amies de ne jamais aborder le sujet en présence de ses petites-filles, et de dire à leurs enfants de faire de même. Et dans cette communauté si soudée, cela avait marché. Pendant plus d'une décennie, aucun faux pas n'avait été à déplorer. Farida se demandait même parfois si les camarades de classe de ses petites-filles savaient ce qui s'était réellement passé. Leurs parents le leur avaient probablement caché à elles aussi, par peur qu'elles se fassent une fausse idée du mariage. Farida se disait parfois qu'elle aurait dû agir ainsi. Elle n'aurait pas dû révéler à Sarah ce qui était arrivé à Hannah. Peut-être était-ce pour cette raison qu'elle s'était enfuie. Mais Farida écarta ces considérations. Elle ne pouvait être sûre de ce que Deya savait, aussi feignit-elle l'ignorance. « Je ne vois pas de quoi tu veux parler. Tes parents sont morts dans un accident de voiture.

— Tu m'as entendue ? Je sais ce qu'il a fait ! »

Farida ne répondit pas. Pour qui serait-elle passée, si elle avait avoué la vérité après toutes ces années de mensonge ? Pour une parfaite abrutie. Elle ne pouvait s'y résoudre. À quoi bon ressasser le passé ? Il fallait aller de l'avant, quoi qu'il en coûte. Il ne fallait jamais se retourner.

« Très bien ! » Deya plongea la main dans sa poche et en ressortit un bout de papier froissé. Elle le tendit en direction de sa grand-mère afin qu'elle puisse le lire. « Si tu ne veux pas parler, ça n'a aucune importance. Sarah m'a déjà tout raconté. »

Farida fut soudainement saisie de frissons, comme si tous les radiateurs de la maison avaient cessé de fonctionner simultanément. Elle saisit sa chemise de nuit à pleines mains, la plaqua sur ses genoux, comme si ces gestes pouvaient suffire à endiguer les mots qui se bousculaient dans sa tête. Elle regarda un moment par la fenêtre, puis quitta brusquement son lit pour enfiler une épaisse robe de chambre. Elle alluma les lampes de chevet, les appliques murales du couloir, et les néons de la cuisine. Puis elle choisit un sachet de thé dans le garde-manger et mit de l'eau à bouillir. Elle avait la sensation étrange d'être à la fois présente et absente. Que lui arrivait-il ? Il lui fallut un moment pour reprendre le dessus, et elle finit par dire à Deya : « Sarah ? »

Sa petite-fille se trouvait sur le seuil de la pièce, la coupure de presse toujours à la main. « Je l'ai rencontrée. Elle m'a tout raconté.

— C'est sûrement une erreur, fit Farida, refusant de poser les yeux sur l'article découpé. Sarah est en Palestine. C'est quelqu'un qui t'a joué un mauvais tour.

— Pourquoi est-ce que tu continues à mentir ? La vérité est juste là, sous tes yeux ! » Deya secoua le bout de papier sous son nez. « Tu ne peux plus me la cacher. »

Farida savait que Deya avait raison. Rien de ce qu'elle pourrait dire ne pourrait dissimuler ce qui était réellement arrivé. Et pourtant, malgré elle, elle cherchait un moyen d'étouffer la vérité. Elle prit la coupure de presse qui trembla dans ses mains alors qu'elle la lisait. C'était comme si Sarah s'était enfuie la veille à peine, laissant Farida en proie à une terreur absolue. Si quelqu'un avait appris que Sarah avait disparu de son plein gré, l'honneur de la famille n'y aurait pas survécu. Farida avait donc fait ce qu'elle avait toujours fait : elle avait rattrapé la situation. Il ne lui avait pas fallu longtemps pour convaincre ses amies que Sarah s'était mariée en Palestine. Ce coup de maître avait fait sa fierté. Mais le meurtre, le suicide, cela, elle avait été incapable de le dissimuler. Et ses petites-filles devraient payer le prix de ce déshonneur jusqu'à leur dernier souffle.

« Pourquoi nous avoir menti pendant toutes ces années ? demanda Deya. Pourquoi ne pas nous avoir dit la vérité sur nos parents ? »

Farida transpirait abondamment. C'était sans issue. Comme cela avait toujours été le cas dans sa vie, elle n'avait pas vraiment le choix.

Elle inspira longuement, profondément, et elle eut alors l'impression qu'elle s'apprêtait à se défaire d'un fardeau. Elle raconta tout à Deya : Adam était rentré soûl, il n'avait pas mesuré la force de ses coups, il n'avait pas eu l'intention de tuer Isra. Cette phrase, elle la répéta encore et encore. *Il n'avait pas l'intention de la tuer*.

« J'ai simplement voulu vous protéger, dit Farida. Il fallait que je vous donne une explication qui ne vous traumatiserait pas à vie.

— Mais pourquoi avoir inventé cette histoire d'accident de voiture ? Pourquoi ne pas nous avoir dit la vérité plus tard ?

— Tu aurais préféré que je le crie sur tous les toits ? Dis-moi un peu, tu crois que ça nous aurait tous soulagés ? Notre famille était de toute façon déshonorée, tout le monde était au courant, mais vous, j'ai voulu vous protéger ! Je ne suis pas restée les bras croisés, en laissant les choses se faire. J'ai fait tout ce que j'ai pu pour que ça ne vous détruise pas ! Tu ne comprends donc pas ?

— Non, je ne comprends pas ! s'écria Deya. Comment peux-tu me demander de comprendre une chose pareille ? C'est complètement abject. Qu'est-ce qui a bien pu le pousser à la tuer, à *assassiner* la mère de ses enfants, sa propre épouse ?

— Il... Il a juste... Il s'est juste laissé dépasser par ses émotions.

— Oh, donc le fait qu'il la battait, ce n'est pas ça qui te dérange, en soi ? Pourquoi est-ce que tu n'as rien fait ?

— Qu'est-ce que j'aurais pu faire ? L'en empêcher ? Tu crois que j'en aurais été capable ?

— Tu aurais pu si tu l'avais voulu ! » Farida ouvrit la bouche pour répondre mais Deya la prit de vitesse : « Pourquoi l'a-t-il tuée ? Dis-moi ce qui s'est passé !

— Il ne s'est rien passé, mentit Farida. Il était soûl, complètement fou à lier. Cette nuit-là, je l'ai entendu hurler. Je l'ai trouvé par terre, tremblant, à côté du corps de ta mère. J'étais terrorisée. Je l'ai supplié de s'enfuir avant que la police arrive. Je lui ai dit de faire son sac et de partir, je lui ai dit que je m'occuperais de vous quatre. Mais il continuait à me fixer sans bouger. Je ne sais même pas s'il m'entendait. Et puis la police est venue frapper à ma porte, pour m'informer qu'on avait retrouvé le corps de mon fils dans la rivière.

— Tu as essayé de le protéger ? lâcha Deya, incrédule. Comment est-ce que tu as pu faire ça ? Qu'est-ce qui ne va pas dans ta tête ? »

Farida s'en voulut : elle en avait trop dit. Deya la dévisageait, horrifiée. Dans les yeux de sa petite-fille, elle lisait une intense douleur.

« Comment as-tu pu essayer de le protéger alors qu'il venait de tuer notre mère ? demanda Deya. Comment as-tu pu prendre son parti ?

— J'ai fait ce que n'importe quelle mère aurait fait à ma place. »

Deya secoua la tête, au comble du dégoût.

« Ton père était possédé, déclara Farida. C'est évident. Un homme sain d'esprit n'aurait jamais tué la mère de ses enfants avant de se donner la mort. »

Adam avait complètement perdu la tête, cela, elle en était convaincue. Après que la police lui eut raconté ce qui lui était arrivé, Farida s'était assise sous son porche, hébétée, fixant le ciel avec l'impression qu'il venait de s'écrouler sur elle. Elle repensa à tout ce qu'elle avait vécu avec Adam, de sa naissance, quand un jour d'été caniculaire elle s'était accroupie au fond de leur abri en Palestine, à leur installation en Amérique, où Adam les avait aidés à gérer l'épicerie, travaillant jour et nuit, sans arrêt. Jamais elle n'aurait pu s'imaginer que son fils puisse faire une chose pareille. Adam, qui dans son enfance ne ratait jamais une prière, et voulait devenir imam. Adam, qui avait toujours tout fait pour eux, qui se pliait en quatre pour les contenter, qui ne s'était jamais opposé à eux. Adam, un assassin ? Peut-être Farida aurait-elle dû s'interroger en le voyant rentrer chez eux, nuit après nuit, empestant le *charab*. Mais elle avait préféré mettre ses peurs de côté, et se dire que tout allait pour le mieux. Après tout, combien de fois Khaled s'était-il soûlé dans sa jeunesse ? Combien de fois l'avait-il battue quasiment jusqu'à lui faire perdre connaissance ? Tout cela était normal. Et elle en était sortie encore plus forte. Mais le meurtre, le suicide : cela, ça n'avait rien de normal. Elle était convaincue qu'Adam avait été possédé.

« Alors Mama et Baba étaient possédés, c'est ça ? C'est ton explication à tout ? »

Farida se mordit les lèvres. « Que tu me croies ou non, c'est la vérité.

— Non, ça n'a rien à voir avec la vérité ! Sarah m'a dit que Mama était tout sauf folle. »

Farida soupira. Si seulement c'était vrai, si seulement elle avait aussi inventé les troubles dont Isra était victime. Mais Deya, tout comme elle, savait bien que quelque chose clochait chez sa mère. Posément, elle lui demanda : « Tu ne te rappelles pas comment elle se comportait ? »

Deya rougit. « Ça ne veut pas dire qu'elle était possédée.

— Elle l'était. » Le regard de Farida se planta dans celui de Deya. « Et Adam aussi était possédé. Il n'était pas dans son état normal. Seul un *majnoun*, un fou, peut tuer sa femme comme ça.

— Mais ça ne veut pas dire qu'il était possédé ! Il était peut-être... » Deya chercha le bon terme en arabe. « Il avait peut-être une maladie mentale. Il était peut-être déprimé, ou suicidaire, ou peut-être que c'était juste quelqu'un de mauvais ! »

Farida secoua la tête. C'était sa petite-fille crachée, ça : tout expliquer par des concepts occidentaux. Pourquoi n'arrivait-elle pas à comprendre que la médecine occidentale ne comprenait pas ces choses, et que, à plus juste titre, elle ne savait pas les soigner ?

La bouilloire se mit à siffler, brisant le silence qui s'était installé. Farida se retourna vers la cuisinière. À des moments tels que celui-ci, lorsque l'odeur de la *maramiya* remplissait la cuisine, il lui fallait bien admettre qu'Isra lui manquait cruellement, elle qui préparait le thé exactement comme elle l'aimait, elle qui, même lorsqu'elle était en colère, ne lui avait jamais manqué de respect. Jamais Isra ne se serait permis de lui crier dessus comme Nadine l'avait fait, un jour avant qu'Omar et elle fassent leurs bagages et quittent cette maison, laissant Farida seule. Et qu'avait-elle fait pour mériter cela ? Farida se servit du thé, plongée dans ses souvenirs. Omar lui avait dit qu'elle cherchait à tout régimenter, qu'il ne pouvait même pas se permettre d'être attentionné envers Nadine en sa présence, qu'il devait constamment faire semblant d'être quelqu'un de dur, de viril. Il lui avait dit qu'il détestait ce mot, *viril*, et en le prononçant il avait presque craché. *Pas étonnant, venant d'un homme qui n'en est pas vraiment un*, se dit Farida en ajoutant deux cuillers de sucre en poudre à son thé. Et c'était pareil pour Ali, qui était parti vivre loin d'ici avec une fille, laissant sa mère s'occuper seule de ses nièces. La laissant s'occuper de tout, comme toujours.

« Tu sais, déclara Farida au bout d'un moment, *majnoun* veut dire "fou" en arabe, mais quand on décompose ce mot, tu sais ce qu'on trouve ? » Deya la regardait, impassible. « Le mot "djinn", poursuivit Farida en s'adossant à sa chaise. La folie vient du djinn, cet esprit maléfique qui prend possession de toi. Aucune thérapie, aucun médicament ne peut en venir à bout.

— Tu es vraiment sérieuse ? C'est vraiment ça, ton explication ? Tu crois que tu peux juste faire porter le chapeau à un djinn ? Ce n'est pas une explication. On n'est pas dans un conte, là, on ne peut pas tout arranger comme ça nous chante. Je te parle de la vraie vie, et tu me parles de choses imaginaires.

— Si seulement c'était imaginaire, lâcha Farida.

— De toute façon ça n'explique pas pourquoi tu as essayé de le couvrir, riposta Deya. Comment as-tu pu faire une chose pareille ? Tu n'arrives même pas à pardonner à ta propre fille, alors que son seul crime a été de s'enfuir de cette maison ! Tu es vraiment la reine des hypocrites ! »

Farida serra plus fort sa tasse de thé. Dehors, seuls quelques réverbères perçaient l'obscurité nocturne. D'un air absent, elle regarda un moment les ténèbres par la fenêtre en réfléchissant à ce que Deya venait de lui dire. Pourquoi n'en avait-elle jamais vraiment voulu à Adam ? Pourquoi lui avait-elle même pardonné ? Sarah n'avait tué personne, ne lui avait pas laissé quatre petites filles à sa charge. Et pourtant, Deya avait raison : elle n'arrivait toujours pas à lui pardonner. Khaled et elle avaient totalement effacé Sarah de leur vie, comme s'ils n'avaient jamais eu de fille, comme si elle avait commis le crime le plus immonde qui soit. Farida était si obnubilée par la honte encourue par leur famille qu'elle n'avait jamais remis en cause sa propre attitude. Deya avait raison : elle était la reine des hypocrites. Un océan de tristesse la submergea, et elle éclata en sanglots.

Elle pleura longtemps. Le visage enfoui dans ses mains, elle sentait Deya darder son regard sur elle, attendant une explication, une réponse. Si seulement la vie était si simple.

Isra

Hiver 1996

Isra ne trouvait pas le sommeil. Ses pensées tournaient en rond. Chaque fois qu'elle fermait les yeux, elle entendait Deya murmurer : *Tu as toujours l'air triste*. Elle se mit à sangloter en silence dans son lit. Quel souvenir ses filles garderaient-elles de leur enfance ? Quelle image garderaient-elles de leur mère ? Ces questions accaparaient son esprit. Certains jours, elle s'imaginait leur demander pardon pour tous les baisers qu'elle ne leur avait pas faits, pour toutes les fois où elle n'avait pas prêté attention à ce qu'elles lui disaient, pour les gifles qu'elle leur avait données sous le coup de la colère, pour ne pas leur avoir dit assez souvent « je t'aime ». D'autres jours – mais c'était de plus en plus rare –, elle se rassurait en se disant que tout irait pour le mieux, voire (et cela, c'était encore plus rare) que tout allait pour le mieux depuis toujours, qu'il n'y avait rien à redire à sa façon de s'occuper de ses filles, qu'elle leur donnait la meilleure éducation possible.

Mais à quoi aboutirait tout cela ? Les obligerait-elle plus tard dans leur vie à suivre la même voie qu'elle ?

« Il faut que je te parle », dit Isra à Adam lorsqu'il rentra cette nuit-là. Assise au bord du lit, elle l'observait en train de se déshabiller, dans l'attente de sa réponse. Mais il resta muet. « Tu ne veux rien me dire ? insista-t-elle. Tu m'adresses à peine la parole depuis qu'Amal est née.

— Qu'est-ce que tu veux que je te dise ? »

Il sentait la bière tous les soirs, à présent. Peut-être était-ce pour ça qu'il la battait plus fréquemment. Mais parfois, c'était sa faute à elle. Il lui arrivait de le provoquer. Isra repensa à la nuit précédente, lorsqu'elle avait mis une cuillerée de coriandre en trop dans la *mouloukhiya*, uniquement pour l'agacer. « Qu'est-ce qui ne va pas ? » avait-elle demandé d'un ton innocent lorsqu'il avait recraché sa première bouchée. Il avait secoué la tête, furieux, en repoussant son bol, et sans rien laisser paraître, Isra avait jubilé intérieurement. Si les mauvais assaisonnements étaient la seule petite vengeance qu'elle pouvait s'offrir, elle comptait bien en profiter aussi longtemps que possible.

« Il faut que je te parle, répéta Isra. De nos filles.

— Qu'est-ce qu'elles ont, nos filles ?

— Deya m'a dit quelque chose, aujourd'hui. Quelque chose qui m'inquiète. »

Il lui jeta enfin un regard. « Qu'est-ce qu'elle a dit ?

— Elle m'a dit... » Sa voix s'étrangla légèrement. « Elle m'a dit que j'avais toujours l'air triste.

— Elle a raison. Tu fais constamment la même tête d'enterrement, à croire que tu es au chapitre de la mort. »

Isra le dévisagea, interdite.

« C'est vrai. Et alors ? Qu'est-ce que j'ai à voir là-dedans ?

— Je n'en sais rien, répondit Isra. Mais depuis la naissance d'Amal, tu te...

— Tu m'accuses, moi ? Après tout ce que j'ai fait pour toi ?

— Non ! Ce n'est pas ce que je voulais dire.

— Alors qu'est-ce que tu veux dire ?

— Rien, excuse-moi. C'est juste que ces derniers temps, j'ai peur... »

Il secoua la tête, et alla ouvrir son tiroir. « Peur de quoi, au juste ? »

Isra ouvrit la bouche, mais la peur la submergea, et elle se trouva à court de mots. De quoi avait-elle peur, précisément ? D'être une mauvaise mère ? De marquer ses filles à vie comme ses propres parents l'avaient fait ? D'être trop indulgente avec elles, de ne pas assez les préparer à ce monde ? Tant de choses l'effrayaient. Comment aurait-elle pu le lui expliquer ?

Adam soupira. « Alors, tu ne veux plus rien me dire ?

— Je m'inquiète juste du sort qui attend nos filles. J'ai peur qu'elles n'aient aucun choix dans la vie. »

Adam la regarda fixement. « De quels choix tu parles ?

— Je me demande si elles se marieront jeunes.

— Bien sûr que oui, répliqua-t-il d'un ton cinglant. Qu'est-ce qu'elles pourraient faire d'autre ? »

Isra détourna les yeux, mais elle sentait que lui ne la lâchait pas du regard. « Je me disais que nous n'étions peut-être pas obligés de chercher à les marier au plus vite. Que peut-être on pourrait, tu sais, leur laisser le choix ?

— Leur laisser le choix ? Mais quel choix ?

— Je n'en sais rien. J'ai juste peur qu'elles ne soient pas heureuses.

— Mais qu'est-ce que c'est que ces foutaises ? Tu as oublié d'où tu viens ? Tu crois que nous sommes une famille d'Américains ?

— Non ! Ce n'est pas du tout ce que je pense. »

Mais Adam ne l'écoutait plus. « C'est ça que tu veux, après tout ce que j'ai fait pour toi ? Ça ne te suffit pas de m'avoir donné quatre filles sur lesquelles je dois veiller, maintenant il faut en plus que je me soucie de la façon dont tu les éduques…

— Non ! Tu n'as pas à te soucier de ça.

— Vraiment ? » Adam s'avança vers elle, et elle se recroquevilla contre la tête de lit. Il lui semblait que les murs se rapprochaient.

« Je t'en supplie, Adam, je te le jure, je ne voulais pas…

— La ferme ! »

Elle eut beau se détourner, il lui cogna le crâne contre la tête de lit. Puis il l'attrapa par les cheveux, et la traîna jusque dans la chambre de leurs filles.

« Arrête, par pitié ! Les petites…

— Qu'est-ce qu'il y a ? Tu ne veux pas qu'elles voient ça ? Au contraire, peut-être qu'il est grand temps qu'elles voient ce que c'est, d'être une femme !

— Je t'en prie, Adam, il ne faut pas qu'elles voient ça.

— Pourquoi pas ? Ta tête d'enterrement, elles la voient tous les jours, de toute façon ! Tu veux les dégoûter du mariage, c'est ça ? C'est ça que tu veux ? »

Il saisit ses joues dans l'étau de sa main et tourna sa tête afin de la confronter à ses filles, endormies dans leur lit. Sa main passa à son cou, l'immobilisant dans cette position. « Tu les vois, ces filles ? Tu les vois ? » Isra avait de la peine à respirer. « Tu les vois ?

— Oui, parvint-elle à répondre.

— Écoute-moi bien, parce que je ne te le répéterai pas. Mes filles sont arabes. Tu as compris ? Elles sont *arabes*. Si j'entends encore parler de choix, je ferai en sorte que tes cris les réveillent. Je ferai en sorte qu'elles voient ce qui arrive quand une femme désobéit à son mari. *Fahmeh ?* Tu m'as bien compris ? »

Isra opina de la tête, suffoquant, et Adam finit par relâcher son étreinte. Sans un mot, il alla prendre sa douche.

Isra porta la main à sa tête, et sentit du sang sous ses doigts.

*

Plus tard, elle devait se dire que c'étaient les livres qui l'avaient poussée à cela. Tous ces sentiments qui l'avaient si longtemps réduite au silence, le déni, la honte, la peur, l'autodépréciation, ne suffisaient plus à l'entraver. Dès qu'elle entendit l'eau de la douche, elle retourna dans la chambre de ses filles, et ouvrit leur fenêtre. L'air froid lui cingla le visage. Elle enjamba le cadre. À peine ses pieds eurent-ils touché le ciment qu'elle se mit à courir.

À courir sans savoir où elle allait. Elle descendit la Soixante-Douzième Rue pour déboucher sur la Cinquième Avenue, ne s'arrêtant qu'un instant pour reprendre son souffle. Il était minuit, tous les commerces étaient fermés à l'exception d'une épicerie à l'angle de la Soixante-Treizième Rue, une salle de billard sur la Soixante-Dix-Neuvième, et une pharmacie sur la Quatre-Vingt-Unième. Elle ignorait où elle allait, elle ignorait ce qu'elle ferait si elle arrivait quelque part. Une rafale de vent la fouetta, les tremblements qui se saisirent de tout son corps la firent ralentir, mais elle se poussa à continuer, obligea ses jambes à avancer. La froidure mordait la plaie de son cuir chevelu, mais elle courait toujours. Voilà à quoi aboutissait toute son existence. Voilà ce que lui valait toute la patience dont elle avait fait preuve. Où s'était-elle fourvoyée ? Et qu'aurait-elle pu faire à présent ? Quelle alternative lui restait-il ? La Palestine, l'Amérique : où que son regard se portât, elle était confrontée à son impuissance. Elle n'avait jamais aspiré qu'à une chose, être heureuse, et à présent qu'elle comprenait qu'elle ne le serait jamais, le simple fait d'y penser lui donnait envie de se planter au beau milieu de la chaussée et d'attendre qu'un véhicule la percute.

Elle s'arrêta de nouveau à l'angle de la Quatre-Vingt-Sixième Rue pour reprendre son souffle, en face d'un grand magasin qui occupait la moitié du pâté de maisons. Elle s'y était rendue une fois avec Khaled et Farida, mais elle ne se rappelait plus pourquoi. Peut-être pour que Farida s'achète des chaussures. Elle descendit la rue, à la recherche de quelque chose, n'importe quoi, qui aurait pu la soulager, mais plus elle s'éloignait de sa maison, plus elle tremblait. Dans le ciel d'un noir charbonneux ne brillait qu'une étoile solitaire. Malgré l'heure tardive, les gens se pressaient autour d'elle. Des adolescents passaient en riant, des hommes en guenilles étaient étendus sur le trottoir. Ils la regardaient, et elle détournait les yeux. Elle avait l'impression de se voir du ciel, comme si elle était une minuscule enfant au milieu d'une gigantesque avenue. Elle martela plus fort le macadam de ses pieds afin de ne pas perdre contact avec la réalité.

Elle se mit alors à marcher en rond, et éclata en sanglots. Elle traversa, et se remit à marcher en rond sur le trottoir d'en face. Que faire ? Où aller ? Elle n'avait ni argent, ni travail, ni diplôme, ni amis, ni famille. Et qu'arriverait-il à ses filles sans elle ? Elles avaient besoin de leur mère pour grandir. Elle ne pouvait les abandonner à Adam et Farida. Elle devait faire marche arrière.

Mais elle ne pouvait pas rentrer, elle ne pouvait pas le revoir, lui, pas maintenant. Elle se l'imaginait, les yeux écarquillés, serrant les dents à s'en rompre la mâchoire. Elle sentait déjà ses mains serrant ses bras de toutes ses forces. Elle le voyait la pousser contre un mur, lui tirer les cheveux, la gifler. Ses mains sur sa gorge, sa peau qui ne ressentait plus rien, la pièce qui se perdait dans une blancheur aveuglante. Non. Elle ne pouvait l'affronter.

Elle reprit son chemin sur la Quatre-Vingt-Sixième Rue, et s'arrêta devant une pharmacie. À son plus grand soulagement, elle constata qu'elle était ouverte, et elle s'assit devant l'entrée. Les picotements de son cuir chevelu s'atténuaient. Elle se massa les tempes. Elle avait froid, elle sanglotait. C'étaient des sanglots de colère, de peur, de tristesse, mais surtout de regret. Comment avait-elle pu être assez naïve pour croire qu'elle pourrait être heureuse un jour ? Elle aurait dû écouter Mama. Le bonheur, c'était une invention qu'on ne trouvait que dans les livres, et il avait été stupide de sa part de croire qu'on pouvait aussi le trouver dans la vraie vie.

Isra releva la tête et vit un homme s'approcher d'elle.

« Excusez-moi, vous allez bien ? lui demanda-t-il. Vous saignez. »

Isra s'enlaça dans ses propres bras et baissa les yeux. L'homme approcha encore d'un pas. « Qu'est-ce que vous vous êtes fait à la tête ?

— Rien », bégaya-t-elle, et le fait de s'exprimer en anglais lui parut contre nature.

« C'est quelqu'un qui vous a fait ça ? Quelqu'un vous a frappée ? » Elle secoua la tête. « Il faut que vous appeliez la police. C'est illégal de blesser quelqu'un. La personne qui vous a fait ça doit aller en prison. » Isra se remit à pleurer. Elle ne voulait pas envoyer le père de ses filles en prison. Elle voulait simplement rentrer chez elle. « Il faut que vous alliez aux urgences, continua l'homme. Pour vous faire recoudre le cuir chevelu. Vous connaissez quelqu'un que vous pouvez appeler ? » Il désigna du doigt une cabine téléphonique, à l'autre bout du pâté de maisons. « Venez », dit-il. Elle le suivit. L'homme mit deux pièces dans la boîte métallique et tendit le combiné à Isra. « Il faut que vous appeliez quelqu'un que vous connaissez. »

C'était la première fois qu'Isra appelait d'une cabine. Le métal, glacial sous ses doigts, la fit atrocement frissonner. Les tremblements repartirent de plus belle, incontrôlables. Elle porta le combiné à son oreille, et entendit un signal sonore.

« Il faut que vous composiez un numéro », dit l'homme.

Elle ne savait qui appeler. Durant ces quelques secondes, le téléphone collé à l'oreille, Isra prit conscience comme jamais auparavant de sa profonde solitude. Elle savait qu'elle ne pouvait appeler la Palestine sans carte téléphonique, et même si elle avait pu le faire, que lui aurait dit Mama si ce n'est de rentrer immédiatement chez elle, au lieu d'exhiber son déshonneur au monde entier ? Elle ne pouvait contacter Adam sur son pager, pas après ce qu'elle avait fait. Elle ne pouvait appeler qu'une personne au monde, et elle sanglota en composant le numéro.

*

« Monte », dit Farida par la vitre ouverte tandis que Khaled se garait. Isra obéit. « Qu'est-ce qui t'est passé par la tête pour sortir comme ça, toute seule, à cette heure de la nuit ?

— Qui est cet homme, là-bas ? demanda Khaled d'un ton sec, en lui décochant un regard oblique.

— Je n'en sais rien, répondit Isra. Il voulait juste m'aider, et…

— Dis-moi un peu, coupa Khaled. Tu penses vraiment qu'une femme comme il faut, ça sort de chez elle au beau milieu de la nuit ?

— Du calme », cingla Farida. À la lueur du réverbère, elle inspectait du regard la tête d'Isra. « Tu ne vois pas qu'elle est assez bouleversée comme ça ?

— Toi, silence. » Il se retourna tout à fait vers Isra. « Dis-moi, où allais-tu ? Qui est cet homme ?

— Je... Je ne sais pas. Il voulait juste m'aider, répéta Isra. J'étais terrifiée. Ma tête n'arrêtait pas de saigner... ça ne s'arrêtait pas de saigner.

— Ce n'est pas une raison pour sortir comme ça, dit Khaled. Qui nous dit que tu n'es pas allée retrouver un homme ?

— Un homme ? Quel homme ? » Isra se recroquevilla sur la banquette arrière. « Je ne suis allée retrouver personne. Je le jure.

— Et qui nous dit que c'est vrai ? Qui nous dit que tu n'es pas allée voir un homme et que tu ne nous as pas appelés comme on appelle un taxi ?

— Je dis la vérité ! pleura Isra. Je n'étais avec personne. Adam m'a frappée !

— Ça saute aux yeux, dit Farida en jetant un regard à Khaled.

— On ne peut être sûr de rien, répliqua Khaled. Il n'y a qu'une *charmouta* pour sortir au beau milieu de la nuit. »

Isra était trop lasse pour s'opposer à qui que ce soit. Elle posa la tête sur le haut de la banquette, écœurée par sa propre impuissance.

« Ça suffit comme ça ! lança Farida. Regarde un peu la tête de cette pauvre fille.

— Elle a pu se blesser en tombant par terre, dit Khaled. Elle était peut-être avec un homme, et c'est peut-être cet homme qui lui a fait ça. Comment savoir si elle dit la vérité ?

— Vous, les hommes, vous êtes vraiment immondes ! Toujours prêts à nous pointer du doigt. Toujours prêts à nous désigner comme coupables, nous, les femmes.

Ton fils est un ivrogne, et ça n'a rien d'étonnant dans le fond, pas vrai ? Tel père, tel fils !

— *Ouskouti !* Tais-toi !

— Quoi ? La vérité ne te plaît pas ? Regarde un peu cette pauvre fille ! » Farida se retourna et pointa Isra du doigt. « Regarde sa tête ! Il va bien falloir douze points de suture pour la recoudre. Et toi, tu es là à parler d'un autre homme. *Ttfu.* » Elle émit un bruit de crachat. « Il n'y a rien de plus cruel au monde que le cœur d'un homme. »

Khaled leva la main. « J'ai dit : *ouskouti !* Ferme-la !

— Sinon quoi ? Tu me frapperas, comme tu en avais l'habitude avant ? Vas-y ! Ose frapper une vieille femme, vieillard indigne ! Au lieu de crier sur cette fille, pourquoi tu n'irais pas châtier ton fichu fils qui la traite comme un animal ? Qu'est-ce qu'on va bien pouvoir dire à ses parents, hein ? Que notre fils la bat si fort qu'il faut lui faire des points de suture ? Et si quelqu'un du cabinet médical appelle la police ? Et si ton fils finit en prison ? Dis-moi un peu, tu y as pensé, à tout ça ? Hein ? » Elle se tourna vers sa vitre. « Bien sûr que non. Je suis toujours la seule à réfléchir, dans cette famille. »

Khaled soupira. « Elle n'aurait pas dû sortir comme ça. » Dans le rétroviseur, son regard se planta dans les yeux d'Isra. « Une femme, ça reste à la maison. Tu as compris ? » Isra ne répondit pas. « Tu as compris ? » répéta-t-il en haussant la voix.

Isra hocha la tête. Elle avait peur de ce qu'elle dirait si elle ouvrait la bouche. C'était la première fois que Khaled lui rappelait Yacob – vociférant, dominateur, plein de fureur contre elle – et, bien malgré elle, elle se sentait rapetisser un peu plus chaque fois qu'elle relevait les yeux vers le rétroviseur, où le regard de son beau-père la fixait toujours. Elle se mit alors à paniquer. Si Khaled était à ce point en colère, qu'est-ce qu'Adam lui ferait subir lorsqu'il la verrait ?

Isra passa le reste du trajet face à sa vitre. De temps en temps, elle se tournait brièvement vers Farida qui regardait dehors d'un air absent. Isra se demanda à quoi elle pouvait penser. Au cours de ces sept dernières années, Farida n'avait jamais pris sa défense. Qu'est-ce que cela pouvait signifier ? Farida la comprenait-elle, en fin de compte ? L'aimait-elle ? Sa propre mère ne l'avait jamais défendue de toute sa vie, les nombreuses fois où Yacob l'avait frappée en sa présence.

Son sentiment d'impuissance décupla lorsqu'elle se remit à penser à sa vie. Elle n'avait pas demandé la lune. Pourquoi ne pouvait-elle obtenir ce qu'elle désirait ? Elle avait sûrement fait quelque chose pour mériter un sort si misérable. Mais comme elle ignorait quoi, elle ne pouvait réparer ses torts. Elle aurait voulu que Dieu lui dise quoi faire. Mais dans la voiture qui roulait en silence, elle eut beau s'adresser à Dieu, celui-ci ne lui répondit pas.

Farida

Hiver 2008

« Je suis prête à passer toute la nuit dans cette cuisine, dit Deya à Farida. Je resterai ici tant que tu ne m'auras pas dit ce qui est arrivé. » Elle s'approcha de sa grand-mère. « Si tu ne me dis rien, je ne t'adresserai plus jamais la parole. Je partirai avec mes sœurs, et tu ne nous reverras plus jamais.
— Non. » Farida tendit la main vers Deya, mais celle-ci recula. « Je t'en prie.
— Alors dis-moi la vérité. Toute la vérité.
— C'est à cause du djinn, coassa Farida. Le djinn de mes filles. »
Deya s'était attendue à toutes sortes de réponses, sauf à celle-ci. Ses yeux reflétèrent sa perplexité. « Mais de quoi tu parles ?
— C'est lui qui a possédé Adam et Isra. C'est lui qui hante cette famille depuis toutes ces années. Le djinn de mes filles.
— Quelles filles ? »

Alors Farida lui raconta tout : son ventre qui s'arrondit peu de temps après son mariage avec Khaled, l'espoir que cette nouvelle vie avait allumé en elle, la possibilité d'un nouveau départ en dépit des circonstances catastrophiques. Seulement, elle n'avait pas donné à Khaled le fils dont il rêvait, le garçon qui l'aurait aidé à assurer la subsistance de leur famille, qui l'aurait aidé à porter le fardeau de la honte familiale, qui aurait perpétué leur nom. Elle lui avait donné des *balwa*, pas une, mais deux. Avant même de voir son expression lugubre, elle avait su que sa déception serait grande. Elle ne lui en avait pas voulu. Farida avait la honte de son sexe gravée au plus profond d'elle-même.

Deya s'assit. « Qu'est-ce qui leur est arrivé ?

— Elles sont mortes. » Les mots pesaient une tonne. Farida les avait tus pendant tant d'années.

« Comment ? » Deya était toujours en colère, mais son ton s'était légèrement adouci.

« La mère de Khaled m'a poussée à leur donner du lait en poudre. Elle disait que l'allaitement m'empêcherait de retomber enceinte, et qu'il nous fallait un fils. Mais on manquait de nourriture et de médicaments. Un jour, je n'avais plus de lait en poudre à leur donner, alors j'ai volé un verre de lait de chèvre à nos voisins, je le leur ai donné et…

— Je ne vois pas ce que ça a à voir avec le fait que mes parents étaient possédés », remarqua Deya.

Comment lui faire comprendre ? Farida ravala ses larmes. C'était évidemment directement lié à Adam et Isra. Les filles de Farida la châtiaient depuis toutes ces années à cause de ce qu'elle leur avait fait. À la naissance de chacune des filles d'Isra, ou chaque fois qu'Adam rentrait, les yeux vitreux, Farida sentait que ses premières-nées les entouraient, elle pouvait presque entendre leurs cris.

« Dis quelque chose ! s'écria Deya. Qu'est-ce que tes filles ont à voir avec mes parents ?

— Je les ai tuées. Je ne savais pas, je te le jure, je ne savais pas ! J'étais tellement jeune – je ne m'imaginais même pas – mais peu importe. C'est ma faute. Je les ai tuées, et depuis elles n'ont cessé de me hanter. »

Deya la dévisageait, impassible. Farida savait que sa petite-fille ne pouvait comprendre comment le déshonneur pouvait croître, muter et engloutir quelqu'un, ne lui laissant d'autre choix que de transmettre sa honte afin de ne plus être le seul à la supporter. Farida cherchait les bons mots, mais ce genre de choses étaient impossibles à expliquer. Au plus profond d'elle-même, elle savait ce qu'elle avait fait : elle avait repoussé tous ces proches, et il ne lui restait à présent plus qu'à attendre le jour où Dieu l'arracherait à cette terre. Elle espérait que cela ne tarderait pas. À quoi bon vivre quand on n'était plus qu'un cœur mort dans le poing serré de la solitude ?

Farida ferma les yeux et respira le plus posément possible. Quelque chose changea alors en elle, comme si elle avait passé sa vie à regarder dans la mauvaise direction, et qu'elle n'avait pas vu le moment clef où tout avait basculé. Elle distinguait enfin clairement la longue chaîne de honte qui reliait chaque femme à la suivante, elle voyait précisément la place qu'elle occupait dans ce cycle atroce. Elle soupira. La vie était si cruelle. Mais on n'y pouvait pas grand-chose quand on était une femme.

Deya

Hiver 2008

Le lendemain matin, Deya laissa ses sœurs au coin de la Soixante-Douzième Rue, tête baissée pour éviter leur regard, et disparut par la bouche de métro. Elle essuya ses mains moites sur le bord de son voile. Elle se souvint de la veille au soir, lorsqu'elle avait dit à ses sœurs qu'elles devraient s'enfuir, qu'elle avait un plan. Elle avait souri tout en leur dépeignant un avenir radieux, et s'était forcée à paraître la plus enthousiaste possible.

Mais elles avaient alors réagi de façon tout à fait inattendue. Elles avaient refusé de partir. Nora avait dit que c'était une mauvaise idée, que ça ne leur ramènerait pas leurs parents, que ça les isolerait encore plus. Layla avait acquiescé, en ajoutant qu'elles avaient été surprotégées toute leur vie, et qu'elles ne seraient pas capables de survivre seules. Elles n'avaient pas d'argent. Elles n'avaient nulle part où aller. Tandis que ses autres sœurs parlaient, Amal se contentait de hocher la tête, ses grands yeux pleins de larmes. Elles dirent à Deya qu'elles étaient désolées, mais qu'elles avaient trop peur. Deya avait répliqué qu'elle aussi avait peur. La différence, c'était qu'elle avait peur de rester sous ce toit.

« Il faut que je parte de chez moi, dit Deya à Sarah dès qu'elles se furent installées dans leur coin habituel. Est-ce que tu pourrais m'accueillir chez toi ?

— Nous en avons parlé à plusieurs reprises, Deya. Je ne pense pas que la fuite soit la réponse à tes problèmes.

— Mais tu t'es enfuie, toi. Et regarde ce que tu es devenue. En plus, je croyais que tu voulais que je fasse mes propres choix. Eh bien, c'est la décision que j'ai prise. »

Sarah soupira. « J'avais perdu ma virginité et je craignais pour ma vie. Les circonstances sont totalement différentes. Toi, tu n'as rien fait de mal. » Deya voyait bien que sa tante retenait ses larmes. « Si tu pars, tu perdras tes sœurs. Si j'étais restée, peut-être Isra serait-elle encore là.

— Ne dis pas ça ! Tu n'as rien à voir avec la mort de Mama. C'est la faute de mon père, et de Teta. Et puis si tu étais restée, ils t'auraient sûrement mariée, et à l'heure qu'il est tu aurais quatre ou cinq enfants. Et c'est ce qui m'arrivera si je reste. Il faut que je parte.

— Non. Il faut que tu te battes pour ton avenir.

— Teta ne me laissera jamais…

— Écoute-moi, l'interrompit Sarah. Tu veux aller à la fac, faire tes propres choix, génial. Fais tout ça. Tu ne veux pas te marier ? Alors ne te marie pas. Impose ton choix : *refuse*. Aie le courage de faire entendre ta voix.

Quitter ta famille, ce n'est pas la solution. Fuir, c'est agir en lâche, et tu le regretteras le restant de tes jours. Tu ne reverras peut-être plus jamais tes sœurs, tu ne connaîtras peut-être jamais leurs enfants. Est-ce que c'est ça que tu veux ? Vivre en paria ? Tu as la chance de pouvoir prendre la meilleure décision, Deya. Tu n'es pas obligée de perdre ta famille. »

Deya se disait que Sarah ne comprenait pas. Elle avait oublié ce que c'était. Deya ne pouvait s'opposer à rien sous le toit de Farida. « Alors dans ce cas je me marierai, dit-elle. Je quitterai cette maison, et je repartirai de zéro.

— On ne se marie pas pour ça. Tu le sais.

— Alors dis-moi ce que je dois faire ! Dis-moi ! Je suis venue ici en croyant que tu pourrais m'aider à les quitter. Mais tout ce que tu as réussi à faire, c'est me terroriser encore plus. » Elle s'apprêta à se lever pour partir. « Je croyais que tu voulais m'aider.

— Je *veux* t'aider ! » Sarah la retint par la main. « C'est pour ça que je te dis ce que j'aurais aimé qu'on me dise : la fuite n'est pas une solution.

— Alors c'est quoi, la solution ?

— Tu es la seule à le savoir. Il faut que tu mettes de côté tes peurs et tes angoisses pour écouter la voix claire qui résonne en toi.

— Il y a tout un tas de voix en moi, et elles se contredisent toutes. Comment je fais pour savoir laquelle écouter ?

— Tu sauras, répondit Sarah. Concentre-toi sur quelque chose que tu aimes, quelque chose qui t'apaise, et cette voix finira par se faire entendre. La solution s'imposera. Et pour ce qui est de Farida, essaye, au moins. Qu'est-ce que tu as à perdre, de toute façon ? »

Deya lui lança un regard dur, puis se leva, tourna les talons, et sortit de la librairie. Sarah ne comprenait-elle pas que Deya était incapable d'y voir clair ? Même après avoir appris la vérité sur la mort de ses parents, elle ne savait quelle décision prendre. Elle n'était pas en mesure de choisir seule. Elle avait beau passer son temps à réfléchir, ça n'aboutissait jamais à rien de valable, sans quoi elle aurait compris depuis longtemps que sa mère n'était pas morte dans un accident de voiture, mais qu'elle avait été assassinée. Elle ressentit alors une honte intense. Le sentiment de sa propre stupidité, comme un coup de poignard dans le dos. Durant toutes ces années, elle avait cru qu'Isra les avait abandonnées. Elle en avait été convaincue, et elle avait tout faux. Comment pouvait-elle à présent se fier à son propre jugement ?

Farida

Printemps 1997

À la faveur du mois de mars, les platanes qui bordaient la Soixante-Douzième Rue se mirent à bourgeonner, et les pissenlits à surgir des fissures du trottoir. Dans une poignée de mois, Sarah finirait le lycée. Le temps qui filait suscitait chez Farida une angoisse impossible à étouffer, quelles que soient les quantités de nourriture qu'elle ingurgitait. Elle passait ses matinées dans la cuisine, téléphone à l'oreille, à parler à Oum Ahmed de la malchance de sa fille, qu'aucun prétendant n'avait demandée en mariage. Au moins, elle savait que Sarah n'était pas victime d'une malédiction. L'hiver, elle l'avait emmenée chez un cheikh expert en djinns, sur la Quatre-Vingt-Sixième Rue. Farida, qui redoutait de se rendre seule chez Oum Ahmed, avait parcouru des centaines de mètres pour sa fille. C'était cela, être mère. Ne pas rester assise à sourire bêtement, mais faire tout ce qui était en son pouvoir pour son enfant. Dans une petite pièce ténébreuse, l'expert en djinns avait récité une incantation afin de savoir si Sarah était sous le joug d'une malédiction. Puis il s'était tourné vers Farida et avait déclaré qu'aucun esprit malin ne possédait la jeune fille.

Dans la cuisine, Farida était assise en face d'Isra et Nadine, occupées à farcir des feuilles de vigne. « Je ne comprends pas, dit-elle au téléphone en ouvrant une pistache d'une main. Sarah est mince, elle a la peau claire et de beaux cheveux. Elle sait cuisiner, nettoyer, repasser, coudre. Enfin quoi, c'est la seule fille non mariée dans cette maison d'hommes : c'est comme si elle avait été formée à la vie conjugale toute sa vie ! »

Elle hocha la tête et engloutit la pistache. Elle aurait aimé qu'Isra et Nadine cessent de la regarder fixement. L'une et l'autre lui tapaient sur les nerfs. Isra, qui les avait couverts de ridicule en fuguant au beau milieu de la nuit, et Nadine, qui venait à peine de tomber enceinte pour la deuxième fois. Il était temps, bon sang. Il fallait bien qu'Amir ait un frère. Elle se demanda quand Isra tomberait de nouveau enceinte, mais écarta aussitôt cette pensée. Dans ces circonstances, Farida n'aurait pu supporter la venue au monde d'une énième fille, elle qui passait le plus clair de ses nuits à se demander si Dieu la punissait par le biais d'Isra.

En fait, Farida se félicitait aussi qu'Isra ne soit pas enceinte pour une autre raison : sa bru avait déjà assez de mal à s'occuper de ses quatre filles. Farida n'était pas sans remarquer la façon dont Isra les regardait, ce néant qu'on lisait dans ses yeux, comme si ses filles la vidaient peu à peu de toute vie. Farida n'avait aucune envie qu'elle tente à nouveau de s'enfuir, au mépris de ce qu'elle lui avait expliqué sur la nécessité de dissimuler sa honte.

Quelque chose s'imposa alors à Farida, comme si elle venait de poser la dernière pièce d'un puzzle. Son regard se fixa sur la porte, elle interrompit Oum Ahmed, raccrocha brutalement, et se précipita dehors. Elle s'assit sur le perron, rabattant sa chemise de nuit sur ses genoux. Un mince rayon de soleil brilla sur ses jambes, les jaunissant plus encore. Elle tira encore plus bas l'ourlet de sa chemise de nuit. Dans son dos, Isra et Nadine l'appelaient, d'abord posément, puis de plus en plus fort, mais Farida ne daigna pas leur répondre, pas même d'un simple regard par-dessus son épaule. Non. Elle resterait ici jusqu'à ce que Sarah rentre du lycée, jusqu'à ce qu'elle découvre enfin ce qui n'allait pas. Si sa fille n'était victime d'aucune sorte de malédiction, alors pourquoi aucun prétendant ne s'était manifesté ? Qu'est-ce que sa fille avait bien pu faire ?

Le ciel s'assombrit et il se mit à pleuvoir, les gouttes fouettant le visage de Farida. Elle ne se leva pas, ne bougea pas d'un centimètre. Elle ne pensait plus qu'à Sarah. Sa fille avait dû faire quelque chose pour ruiner leur réputation. Mais quoi ? Et comment cela avait-il été possible ? Elle rentrait directement chez elle après les cours, et elle n'avait jamais quitté la maison seule. Qu'avait-elle bien pu faire ? Farida entendit Isra et Nadine s'approcher.

« Je ne bougerai pas d'ici, déclara-t-elle lorsque la main de Nadine se posa sur son épaule. Je resterai ici jusqu'à ce que Sarah rentre. » Elle tourna la tête et les toisa toutes les deux. Nadine soutint son regard, mais celui d'Isra se détourna aussitôt. Farida n'aurait su dire si c'était là l'un de ses stupides réflexes, ou si c'était l'aveu tacite qu'elle savait quelque chose que Farida ignorait. Vu le temps qu'elles passaient ensemble, Isra avait peut-être compris quelque chose qui lui avait échappé. Sarah lui avait peut-être même avoué sa faute. Et tout ça sous le nez de sa propre mère.

« Isra, dit Farida en se hissant sur ses pieds. Est-ce que Sarah t'a dit quelque chose ? Quelque chose qui pourrait expliquer pourquoi personne n'a demandé sa main ? »

Isra la regarda avec des yeux ronds. « Non. Elle ne m'a rien dit. » Elle répondit comme si chaque mot qu'elle prononçait l'affligeait. Farida scruta son visage, sa lèvre qui tremblait, son expression humble et douce. Le visage d'une enfant. De toute évidence, elle n'était au courant de rien. Farida se mit à la place d'Adam, qui chaque nuit rentrait chez lui pour retrouver ce visage. Rien d'étonnant à ce qu'il boive du *charab*. Elle avait beau désapprouver sa conduite, elle ne pouvait l'accabler. Elle l'avait même défendu, la fois où Khaled avait trouvé une cannette de Budweiser dans la poubelle, sur le perron de leur maison. Farida poussa un soupir, et se rassit pour attendre sa fille.

*

Lorsque le bus scolaire déposa enfin Sarah au coin de la rue, les nuages s'étaient presque totalement dispersés. Farida se leva à son approche.

« Qu'est-ce que tu me caches ? » lui lança-t-elle.

Sarah posa son sac par terre et fit un autre pas vers sa mère. « De quoi tu parles ?

— Toutes les filles de ta classe ont reçu des demandes en mariage, fit Farida en secouant ses mains en l'air. Toutes, sauf toi ! » Sarah recula en lançant un regard fugace à Isra. « C'est à n'y rien comprendre. Oum Fadi passe son temps à éconduire les prétendants de sa fille. Celle d'Oum Ali est déjà fiancée, et elle est hideuse. Même Hannah a réussi à se marier ! »

Sarah ouvrit la bouche, mais ne répondit pas. Farida s'approcha d'elle. « Il y a forcément quelque chose que tu me caches, dit-elle en pointant son index sur le front de sa fille. Tous ces prétendants, et pas un qui t'ait demandée en mariage. Dis-moi ce que tu as fait ! Dis-le-moi !

— Rien, Mama ! répondit Sarah. Je n'ai rien fait.

— Et tu crois vraiment que je vais gober ça ? *Walek*, regarde-toi un peu ! Il devrait y avoir une file de prétendants devant ma porte. Les mères de tout le quartier devraient me supplier jour et nuit de te marier à leur fils ! Mais il suffit d'une rencontre, d'un regard, et plus personne ne donne suite. Que fais-tu derrière mon dos ? » Sarah ne répondit pas, mais il brillait dans ses yeux une lueur de défi. « Je t'ai posé une question ! Réponds-moi !

— Je t'ai déjà répondu. Je n'ai rien fait de mal.

— Et tu as le toupet de faire la fière ? Incroyable ! » Du plat de la main, Farida la gifla violemment. La puissance de l'impact fit reculer la jeune fille, qui porta aussitôt la main à sa joue.

« Viens par ici ! » Farida l'attrapa par les cheveux et tira dessus. « Voilà ce que ça me vaut de ne pas t'avoir battue assez souvent ! J'ai élevé une *charmouta* ! Voilà pourquoi personne ne vient nous voir ! Voilà pourquoi

j'ai encore une fille de dix-huit ans sous mon toit ! »
Elle lui tira de nouveau les cheveux, plus violemment cette fois, comme pour la jeter à terre.

« Farida ! » s'écria Isra en retenant son bras. Nadine voulut faire de même, mais Farida les repoussa aussitôt.

« N'essayez même pas de vous interposer ! Allez-vous-en ! » Elle raffermit son étreinte et, tirant toujours Sarah par les cheveux, lui fit passer le seuil de leur maison pour la jeter brutalement dans le couloir. « Je vais te montrer ce qu'il en coûte, de me désobéir ! »

Sarah resta muette, les joues écarlates : ses yeux étaient deux puits de fureur sans fond, et son silence ne faisait qu'attiser la colère de Farida. Comment sa fille osait-elle lui désobéir ainsi, comment osait-elle la défier ainsi, après tout ce qu'elle avait fait pour elle, tout ce qu'elle avait fait pour cette famille ? Tout ce qu'elle avait sacrifié, jour après jour, se niant elle-même, pour qu'à la fin ils la jugent tous coupable ?

Elle se saisit d'une de ses pantoufles et se mit à battre Sarah avec, encore et encore, serrant la mâchoire chaque fois que la semelle frappait de plein fouet la peau de sa fille. Sarah tenta de lui échapper en rampant, mais Farida l'immobilisa au sol de toutes ses forces. Sans même qu'elle s'en rende compte, ses mains enserrèrent le cou de Sarah, ses dix doigts pressant aussi fort que lorsqu'elle pétrissait de la pâte.

« ASSEZ ! » La voix d'Isra trancha dans la rage noire de Farida. Celle-ci prit alors conscience de ce qu'elle était en train de faire, et relâcha aussitôt son étreinte. Elle eut la sensation que le djinn venait d'entrer en elle, et rien n'aurait su ébranler cette conviction. Presque dans un murmure, elle finit par déclarer : « C'est pour ton bien que je fais tout ça. » Sarah secouait la tête en essuyant ses larmes. « Tu crois que je suis un monstre, mais la vie m'a enseigné des choses que tu n'imagines même pas. Je pourrais passer mon temps à m'amuser avec toi, à rigoler et à te raconter des fables, mais ce serait t'enseigner des mensonges. Je préfère t'apprendre la vie. Vouloir ce qu'on ne peut obtenir, c'est le pire des malheurs qui soient. »

Sarah avait les yeux rivés au sol. Une plainte sourdait de ses lèvres, mais elle ne prononça pas un mot. Farida déglutit avec peine, et contempla le tapis sous ses pieds. Son regard se perdit dans les fils qui s'enroulaient les uns aux autres, sans fin. Elle eut le sentiment que sa vie était à l'image de ces fils, contraints et emmêlés. Elle avait du mal à respirer.

« Va-t'en, marmonna-t-elle à Sarah en fermant les yeux. Je ne veux plus te voir. Va-t'en. »

Isra

Printemps 1997

Par un samedi après-midi pluvieux, Isra et Sarah farcissaient des aubergines sur la table de la cuisine. Farida était assise face à elle, téléphone vissé à l'oreille. Isra se demandait s'il s'agissait de sa énième tentative pour trouver un prétendant à Sarah. Cette dernière semblait s'en moquer éperdument. Elle était tout à l'aubergine qu'elle avait devant elle et qu'elle farcissait de riz et de viande hachée. Isra se rendit alors compte que, malgré les nombreuses menaces que Farida avait adressées à Sarah depuis qu'elle l'avait battue, rien dans l'attitude de la jeune fille ne témoignait d'une quelconque peur vis-à-vis de sa mère.

Farida raccrocha et les considéra. Isra se figea en remarquant son expression : on aurait dit qu'elle venait de lire dans le marc de café une mort à venir.

« C'est Hannah, dit-elle. Hannah… Oum Ahmed… Hannah est morte… tuée…

— *Tuée* ? » Sarah bondit de son siège, faisant tomber l'aubergine par terre. « Comment ? »

Isra sentit son cœur s'emballer. Elle ne savait pas grand-chose de Hannah, si ce n'est qu'elle était la fille cadette d'Oum Ahmed, et la camarade de classe de Sarah. Farida l'avait un temps envisagée comme un bon parti pour Ali, pour se raviser lorsqu'elle avait cru comprendre qu'Oum Ahmed refuserait de marier son fils à Sarah. Isra se souvint de s'être dit que Hannah avait bien de la chance que cette famille n'ait pas été son *nasib* : à n'en pas douter, son existence n'aurait rien eu à envier à la sienne. Mais à la lueur de cette nouvelle, Isra éprouvait une panique diffuse. La tristesse faisait intrinsèquement partie de la vie d'une femme.

« Comment ça, tuée ? insista Sarah, plus fort cette fois, en se frappant les cuisses. Dis-moi ce qui s'est passé ! »

Farida se redressa sur sa chaise, les yeux humides. « Son mari… il… il…

— Son *mari* ?

— Hannah lui a dit qu'elle voulait divorcer, fit Farida d'une voix étranglée. Il dit qu'il ne sait pas ce qui s'est passé. On l'a retrouvé planté à côté de son corps, un couteau à la main. »

Sarah laissa s'échapper un gémissement sonore. « Et c'est ça que tu me souhaites ? "Marie-toi ! Marie-toi !" Tu ne sais dire que ça ! Tu te moques de ce qu'il peut m'arriver !

— Pas maintenant, lâcha Farida, fixant un regard vide sur la fenêtre. Ça ne te concerne absolument pas.

— Ça me concerne complètement ! Et si mon mari me tuait, moi aussi ? Ça te ferait quelque chose, au moins ? Ou tu te réjouirais juste que je ne sois plus une *balwa* pour toi ?

— Ne sois pas ridicule », rétorqua Farida, mais Isra remarqua que sa lèvre supérieure tremblait.

« Hannah n'avait que dix-huit ans ! s'écria Sarah. Ç'aurait pu m'arriver à moi aussi ! »

Le regard de Farida ne lâchait pas la fenêtre. Une mouche bourdonna contre la vitre. Elle l'écrasa avec l'ourlet de sa chemise de nuit. Des années auparavant, elle avait dit à Isra, après qu'Adam l'eut battue pour la première fois, que le rôle de toute femme était de contenter son mari. Même s'il avait tort, avait-elle déclaré, elle se devait d'être patiente. Elle se devait de prendre sur elle. Et Isra avait compris pourquoi Farida lui disait tout cela. Tout comme Mama, elle croyait que le silence était la seule voie. Qu'il était plus sûr de se soumettre que de se faire entendre. Mais à présent que les yeux de Farida se remplissaient de larmes, Isra se demandait ce que sa belle-mère aurait pensé de ses propres paroles.

Deya

Hiver 2008

« *Salam aleïkoum*, dit Khaled lorsque Deya rentra cet après-midi-là.
— *Aleïkoum salam.* » Que faisait-il à la maison si tôt ? Farida avait dû lui dire qu'elle connaissait toute la vérité. Voulait-il savoir où se trouvait Sarah ? Farida avait été obnubilée par son besoin de lui cacher la vérité au point qu'elle ne lui avait rien demandé au sujet de sa fille.

Deya posa son voile sur la table de la cuisine. « Pourquoi nous avoir menti ? »

Khaled s'écarta du garde-manger et se tourna vers elle, sans la regarder dans les yeux. « Je suis désolé, Deya, dit-il à voix basse. On ne voulait pas vous blesser.

— Vous vous attendiez à ce qu'on éprouve quoi en apprenant que vous nous aviez menti toutes ces années ? Vous ne pensiez pas que ça allait nous faire du mal ? » Son grand-père ne répondit pas, le regard toujours fuyant. « Pourquoi est-ce que Baba a fait ça ? Pourquoi l'a-t-il tuée ?

— Il était soûl, Deya. Il n'avait plus toute sa tête.

— Ça n'est pas une réponse. Il y a forcément une vraie raison !

— Non, il n'y en a aucune.

— Pourquoi s'est-il suicidé ?

— Je ne sais pas, ma fille. »

Khaled tira du garde-manger un bocal rempli de graines de sésame.

« Je ne sais pas ce qui a pu passer par la tête de ton père cette nuit-là. Ça n'a pas cessé de me tarauder depuis. J'aimerais tellement savoir ce qui l'a poussé à faire ces choses atroces. J'aurais tellement aimé pouvoir l'en empêcher. Il y a tant de choses que je ne m'explique pas, au sujet de cette nuit. Tout ce que je sais, c'est que nous sommes désolés. Notre but, à votre grand-mère et moi, a toujours été de vous protéger.

— Vous ne nous avez pas protégées. C'est vous que vous avez protégés. »

Il ne se résolvait toujours pas à la regarder en face. « Je suis désolé, ma fille.

— Désolé ? C'est tout ce que tu as à me dire ?

— On n'a jamais voulu que votre bien.

— Notre bien ? » Son ton, à la limite du cri, la surprit elle-même, mais elle ne chercha pas à l'infléchir. « Si c'était vrai, vous me laisseriez entrer à l'université. Vous ne m'obligeriez pas à épouser un inconnu. Vous ne courriez pas le risque de me mettre dans une situation où cet homme pourrait me tuer sans que personne trouve à y redire ! Comment est-ce que vous pouvez me souhaiter un destin pareil ?

— Jamais on ne permettrait que quelqu'un te fasse du mal.

— C'est faux ! Vous avez laissé mon père faire du mal à ma mère. Ici. Dans *cette* maison ! Teta et toi saviez qu'il la battait, et vous n'avez rien fait !

— Je suis désolé, Deya. » Une fois de plus, ces mots vides de sens. L'expression de Khaled reflétait une peine profonde. « J'ai eu tort de ne pas protéger ta mère, dit-il au bout d'un moment. J'aimerais tellement remonter le cours du temps. Là d'où nous venons, c'est ainsi que vivent les époux. Jamais je ne me serais imaginé qu'Adam pourrait... je ne savais pas... » Il s'interrompit, son visage ridé sur le point de se décomposer sous un raz de marée de larmes. Deya ne l'avait jamais vu pleurer. « Tu savais qu'Isra m'aidait à préparer le *za'atar* ? »

Deya déglutit. « Non.

— Tous les vendredis après la prière. Elle m'a même appris la recette secrète de sa mère. » De nouveau, il plongea la main dans le garde-manger, et en tira plusieurs bocaux remplis d'épices. « Tu veux que je te montre ? »

Deya bouillonnait de colère, mais c'était la première fois depuis des années qu'il lui parlait de sa mère. Chaque souvenir la concernant était pour elle un trésor. Elle approcha.

« Le plus important, dans le *za'atar*, c'est de griller les graines de sésame à la perfection. »

Deya le regarda verser les graines de sésame dans un poêlon, en essayant de le voir avec les yeux de sa mère. Elle se demandait ce qu'éprouvait Isra lorsqu'elle se tenait ainsi à côté de Khaled, à quelques centimètres à peine, tandis qu'ils faisaient griller des graines de sésame. Elle l'imagina sourire timidement, ne disant que quelques mots, redoutant peut-être que Farida les entende. « Est-ce que vous vous parliez, ma mère et toi ? demanda Deya.

— Elle n'était pas très bavarde, répondit-il en ouvrant un bocal contenant de la marjolaine. Mais il lui arrivait de s'ouvrir.

— De quoi parlait-elle ?

— De toutes sortes de choses. » Il versa la marjolaine dans le mortier et se mit à la broyer. « Elle disait à quel point la Palestine lui manquait. » Il versa la marjolaine ainsi préparée sur les graines de sésame. « À quel point ta curiosité l'impressionnait.

— Elle t'a dit ça ? »

Khaled acquiesça. « Elle avait l'habitude de vous faire la lecture, à tes sœurs et à toi. Tu t'en souviens ? Je l'entendais parfois du perron de notre maison, en train de ponctuer ses histoires de toutes sortes de bruits amusants. Vous riiez toutes tellement. J'ai rarement entendu Isra rire, durant toutes ces années, mais à ces moments-là, on aurait dit une enfant. »

Deya avait la gorge sèche. « Quoi d'autre ? »

Khaled ouvrit un bocal de sumac. La poudre rouge-brun rappelait toujours à Deya ses parents. Isra aimait faire revenir les oignons dans l'huile d'olive et le sumac, jusqu'à ce qu'ils deviennent violet clair. Puis elle mettait le tout sur une pita chaude. *Msakhan*. Le plat préféré de son père. Ce souvenir lui donna la nausée.

Khaled ajouta une pincée de sel. « Qu'est-ce que tu veux savoir, précisément ? »

Que voulait-elle savoir ? La question même faisait figure d'absurde simplification de tout ce qu'elle ressentait. « On m'a menti pendant presque toute ma vie. Je ne sais plus ce que je dois croire, ce que je dois penser, ce que je dois faire.

— Je sais bien qu'on aurait dû vous dire la vérité dès le début, fit Khaled, mais Farida avait peur... Nous avions peur... Nous ne voulions pas vous faire du mal, c'est tout. Nous voulions seulement vous protéger.

— Il y a tant de choses que j'ignore. »

Le regard de Khaled croisa enfin le sien. « Il y a tant de choses que nous ignorons, tous. Je ne comprends toujours pas pourquoi ma fille a fui, pourquoi mon fils a tué sa femme, pourquoi il s'est suicidé. Mes propres enfants, je ne les comprends pas.

— Mais Sarah, elle au moins, est en vie, dit Deya. Tu peux encore lui demander pourquoi elle a fui. Tu peux obtenir des réponses, c'est juste que tu refuses de les chercher. » Khaled détourna les yeux. À son expression, Deya comprit qu'il en voulait encore à sa fille. « Est-ce que tu lui pardonneras un jour ? » Il ne releva pas la tête. « Tu lui manques, et elle regrette. Elle regrette de s'être enfuie.

— Ce n'est pas si facile. »

Deya secoua la tête. « Qu'est-ce que tu veux dire ?

— Ce n'est pas la faute de Sarah si je n'arrive pas à lui pardonner, c'est la mienne. C'est mon orgueil qui m'en empêche. Je suis plus responsable qu'elle. En vérité, c'est moins elle qui a fui que moi qui l'ai abandonnée. Qui vous ai tous abandonnés.

— Tu parles comme s'il était trop tard, Sido, mais c'est faux. Tu peux encore lui pardonner. Tu as encore le temps de le faire.

— Le temps ? répéta Khaled. Une éternité ne suffirait pas à notre famille pour retrouver tout son honneur. »

Isra

Printemps 1997

« Tu vas bien ? » demanda Isra à Sarah, après que Farida et Nadine se furent retirées de la *sala* pour regarder leur programme télé préféré. Sarah et elle se joignaient parfois à elles, mais ce soir-là, elles avaient des feuilles de chou à farcir.

« Ça va », répondit Sarah.

Isra choisit soigneusement ses mots. « Je sais que la question du mariage t'inquiète, tout particulièrement après… (elle finit sa phrase dans un murmure)… après la mort de Hannah.

— Elle n'est pas morte tout bêtement, la corrigea Sarah sans se soucier de baisser la voix. Elle s'est fait assassiner par son mari. Et malgré ça, ma mère veut toujours me marier à tout prix, comme si rien ne s'était passé. »

Isra ne sut quoi répondre. Elle ne voyait pas ce que la mort de Hannah avait à voir avec Sarah. Si toutes les femmes refusaient de se marier parce qu'une épouse était morte aux mains de son mari, il n'y aurait plus eu de mariage du tout. En secret, Isra avait fini par soupçonner Hannah d'avoir commis quelque chose de grave qui avait entraîné son meurtre. Elle n'avait pas mérité son triste sort, ça non. Mais aucun homme n'aurait tué sa femme sans raison.

« Excuse-moi, fit-elle. Si tu veux en parler, je suis là. »

Sarah haussa les épaules. « Ça ne sert à rien, d'en parler.

— Tu as peur ? C'est ça ? Parce que je comprendrais parfaitement que tu aies peur, je…

— Je n'ai pas peur.

— Alors quoi ?

— Je n'en peux plus.

— De quoi ?

— De ça. » Sarah désigna le plat rempli de feuilles de chou farcies qui se trouvait entre elles. « Ce n'est pas ça, la vie. Je n'ai pas envie de vivre comme ça. »

Isra la regarda intensément. « Mais il n'y a pas d'autre vie possible pour nous, Sarah. Tu le sais.

— Pour toi, peut-être pas. Mais pour moi, oui. »

Isra se sentit rougir. Elle détourna les yeux.

« Tu sais, j'ai séché les cours l'autre jour.

— Quoi ?

— Tu as bien entendu. Je suis sortie avec mes amis. On est allés voir un film au cinéma. *Anna Karénine*. Tu as dû voir les pubs, non ? C'est l'histoire la plus romantique que je connaisse, et tu me connais, je n'aime pas les histoires d'amour. Mais tu sais ce que je me suis dit pendant toute la projection ? »

Isra hocha négativement la tête.

« Je n'ai pas arrêté de me dire que jamais je ne connaîtrai un pareil amour. Je ne tomberai jamais amoureuse, Isra. Pas si je reste dans cette maison.

— Mais bien sûr que si, mentit Isra. Bien sûr que si.

— C'est ça, ouais. »

Isra sut que sa voix l'avait trahie. « Ne sois pas bête, Sarah. Les livres, les films, ça n'a rien à voir avec ce qui se passe dans la vraie vie. »

Sarah croisa les bras. « Alors pourquoi passes-tu tes journées à lire ? »

Isra sentit une boule dans sa gorge, quelque chose qui refusait de passer. Pourquoi lui était-il si difficile d'admettre la vérité, non seulement à Sarah, mais à elle-même aussi ? Elle savait qu'elle devait cesser de faire comme si tout allait pour le mieux. Elle fut soudain saisie du besoin d'avouer enfin la peur qui ne la quittait pas, la peur de faire subir à ses filles ce que sa mère lui avait fait subir. La peur de les forcer à vivre la même existence qu'elle.

« Je suis désolée de ce qui t'arrive », dit-elle.

Sarah eut un rire dur. « Bien sûr que non. Si tu l'étais vraiment, tu admettrais que ce n'est pas ça, la vie ?

— Je sais.

— Vraiment ? Alors qu'est-ce qui te pousse à croire que nous ne pouvons continuer à mener cette existence ? Est-ce que c'est la vie dont tu avais rêvé ? Est-ce que c'est celle que tu souhaites pour tes filles ?

— Bien sûr que non, mais j'ai peur.

— De quoi ?

— De tant de choses. » Les larmes gonflèrent à ses yeux. « D'Adam, de Farida... de moi-même.

— De toi-même ? Pourquoi ?

— Je ne saurais l'expliquer précisément. Peut-être que j'ai lu trop de livres. Mais j'ai parfois l'impression que quelque chose ne va pas chez moi.

— Dans quel sens ? » Sarah la fixait, et l'inquiétude se lisait sur son visage.

Isra dut de nouveau détourner le regard, sans quoi elle aurait été incapable de poursuivre. « C'est très dur de mettre des mots dessus sans passer pour une folle, dit-elle. Tous les matins, quand je me réveille dans mon lit, je me sens tellement désespérée. Je n'ai pas envie de me lever, je ne veux voir personne, je ne veux pas poser les yeux sur mes filles, et je ne veux pas qu'elles posent les leurs sur moi. Et puis je me dis que si j'arrive à écarter toutes ces pensées qui m'entravent, si j'arrive à me lever, à faire mon lit, à préparer des bols de céréales et à faire le thé, alors tout rentrera dans l'ordre. Mais rien ne rentre jamais dans l'ordre, et parfois, je... » Elle s'interrompit.

« Parfois quoi ?

— Rien », fit Isra. Elle remit un peu d'ordre dans ses idées. « C'est juste que... je ne sais pas... je me fais du souci. Ça se résume vraiment à ça. J'ai peur que mes filles me détestent lorsqu'elles seront grandes, comme toi tu détestes Farida. J'ai peur de finir par leur faire la même chose qu'elle t'a faite à toi.

— Mais rien ne t'y oblige, dit Sarah. Tu peux faire en sorte qu'elles aient une vie meilleure. »

Isra secoua la tête. Elle aurait aimé dire la vérité à Sarah : bien qu'elle réprimât ce sentiment, en secret, elle en voulait à ses enfants d'être des filles, et ne pouvait les regarder sans éprouver de la honte. Elle aurait voulu dire que c'était une honte qui s'était transmise jusqu'à elle, une honte cultivée en elle depuis sa vie intra-utérine, une honte dont elle ne pouvait se défaire malgré tous ses efforts. Mais elle se contenta de répondre à Sarah : « Ce n'est pas si simple.

— Tu commences à parler comme ma mère. » Sarah secoua la tête à son tour. « Ça me paraît très simple au contraire. Tu n'as qu'une chose à faire : laisser tes filles faire leurs propres choix. Dis-moi un peu : en principe, une mère, ça ne souhaite que le bonheur de sa fille, non ? Alors pourquoi la mienne n'aspire qu'à me faire souffrir ? »

Isra sentit de nouveau les larmes monter, mais elle les contint. « Je ne pense pas que Farida veuille te faire souffrir. Bien évidemment, elle ne souhaite que ton bonheur. Mais c'est là la seule forme de bonheur qu'elle connaisse. Elle n'en a jamais vu d'autres.

— Ce n'est pas une excuse. Pourquoi la défends-tu ? »

Isra n'aurait su l'expliquer. Elle aussi avait des griefs envers Farida. Ce n'était pas une femme facile. Mais Isra savait que c'était la vie qui avait fait d'elle ce qu'elle était. Cette vie était cruelle, et d'autant plus cruelle lorsqu'on était une femme : nul ne pouvait le nier.

« Je ne prends pas sa défense, répondit-elle. Je veux juste qu'il ne t'arrive rien, c'est tout.

— Comment ça, qu'il ne m'arrive rien ?

— Je ne sais pas... Tu as su repousser tous tes prétendants. Et à présent tu sèches les cours pour aller au cinéma. J'ai juste peur que ta famille finisse par l'apprendre, et qu'elle... Je ne veux pas qu'on te fasse du mal. »

Sarah éclata de rire. « À ton avis, qu'est-ce qui m'arrivera si j'accepte une des demandes en mariage qui ont retenu l'attention de ma mère ? Tu penses que je serai aimée ? Respectée ? Épanouie ?

— Non.

— Et ce n'est pas me faire souffrir, ça ? C'est pour ça que je n'écouterai plus jamais ce que ma famille a à me dire. »

Isra la contempla, horrifiée. « Qu'est-ce que tu veux dire ? »

Sarah jeta un bref coup d'œil à la porte de la cuisine avant de chuchoter : « Je vais m'enfuir. »

Il y eut un moment de silence, le temps qu'Isra assimile ces simples mots. Elle ouvrit la bouche pour parler, mais eut l'impression de s'étrangler. Elle déglutit, et parvint à dire : « Mais tu es folle ?

— Je n'ai pas le choix, Isra. Je dois partir d'ici.

— Pourquoi ?

— Je… Il le faut. Je ne peux plus vivre ainsi.

— Mais qu'est-ce que tu racontes ? Tu ne peux pas partir comme ça ! » Elle saisit le bras de Sarah à pleine main. « Je t'en supplie, par pitié, ne fais pas ça !

— Je suis désolée, dit Sarah en se libérant. Mais rien de ce que tu pourras me dire ne me fera changer d'avis. Je vais m'enfuir. » Isra s'apprêtait à répliquer, mais Sarah la prit de vitesse : « Et tu ferais bien de partir avec moi.

— Mais tu as perdu la tête ?

— Venant de la fille qui est sortie d'ici en pleine nuit par la fenêtre du sous-sol, c'est pas mal.

— Ça n'a rien à voir ! J'étais en colère. Ça n'avait rien de prémédité… et puis je suis revenue ! Quand bien même j'aurais vraiment voulu m'enfuir, je n'aurais pu m'y résoudre. Je dois d'abord penser à mes filles.

— Précisément. Si j'avais une fille, je ferais absolument tout pour la tirer de là. »

Au plus profond d'elle, Isra savait que ses filles auraient le même destin. Elle savait qu'un jour elle deviendrait comme Farida et les pousserait à se marier, même si elles la haïraient pour cela. Mais ça n'était pas une raison pour fuir. Isra était une étrangère ici, sans argent ni compétences, rien qui puisse la faire vivre, nulle part où aller. Elle se tourna vers Sarah. « Et que feras-tu ? De quoi vivras-tu ?

— J'irai à la fac, je me trouverai un boulot.

— Ce n'est pas aussi simple, fit Isra. Tu n'as jamais passé ne serait-ce qu'une nuit autre part que sous ce toit, alors vivre seule… Tu as besoin de quelqu'un pour veiller sur toi.

— Je peux me débrouiller toute seule », répliqua Sarah. Et, d'une voix plus douce, elle ajouta : « Toi aussi, tu peux te débrouiller toute seule. Et on pourrait veiller l'une sur l'autre. » Leurs regards se croisèrent. « Si tu n'as pas la force de le faire pour toi, alors fais-le pour tes filles. »

Isra tourna la tête. « Je ne peux… Je ne peux pas les élever toute seule.

— Comment ça ? Dans les faits, tu les élèves déjà toute seule. Ce n'est pas ce qui manque, les mères célibataires, en Amérique.

— Non ! Je ne veux pas faire subir ça à mes filles. Je ne veux pas les déraciner, les arracher à leur famille et les obliger à grandir seules, sans leurs proches, dans la honte. »

Sarah eut un demi-sourire amer. « Il faut d'abord avoir des racines pour être déraciné. Il faut d'abord savoir ce qu'est l'amour pour savoir ce que c'est que d'être seule.

— Et ça ne te fait pas peur ?

— Bien sûr que si. » Sarah fixait un point invisible au sol. « Mais quoi qu'il puisse arriver… ce ne sera jamais pire que ce qui m'arrive à présent. »

Isra savait que Sarah avait raison, mais elle savait également que de la théorie à la pratique, il y avait un monde. « J'ignore où tu as trouvé ce courage, murmura-t-elle, et je te l'envie. Mais je ne peux pas partir avec toi. Je suis désolée. »

Sarah la considéra d'un regard triste. « Tu vas regretter ce choix, tu sais. Tes filles grandiront, et elles te haïront pour cette faiblesse. » Elle s'éloigna, et s'arrêta sur le seuil. « Et n'essaye pas de te rassurer en te disant qu'elles comprendront. Elles ne comprendront pas. Elles ne te considéreront jamais comme une victime. Parce que tu es celle qui est censée les protéger. »

Deya

Hiver 2009

Une nouvelle année débuta, et rien ne changea. En classe, Deya avait le plus grand mal à se concentrer. Elle se sentait partir à la dérive, au point d'avoir le mal de mer. Lorsque les cours finissaient et qu'elle rentrait chez elle, c'était pour se réfugier discrètement dans sa chambre, où elle mangeait seule et d'où elle ne sortait que brièvement pour faire sa vaisselle après dîner. Un millier de pensées lui traversaient l'esprit, comme autant de wagons d'un train infini : elle reverrait Sarah, elle s'enfuirait de cette maison, elle resterait et épouserait Nasser s'il voulait encore d'elle. Mais aucune de ces possibilités ne lui convenait. Chaque fois qu'elle tentait d'en parler à ses sœurs, elle se crispait sous l'effet de la tension nerveuse et de la colère. Ce qu'elles avaient appris ne changeait rien pour elles trois. Nora l'avait dit mot pour mot, une nuit qu'elle tentait de réconforter Deya. Si leurs parents étaient morts dans un accident de voiture, le résultat aurait été le même, lui avait-elle dit. Elles devaient tourner la page. Mais Deya n'avait jamais été du genre à tourner la page aussi facilement, et c'était d'autant plus vrai à présent.

Elle pensait surtout à Isra, tentait de comprendre cette femme qu'elle avait cru si bien connaître, mais à propos de laquelle elle s'était grossièrement méprise. Quand Sarah avait commencé à lui raconter des histoires concernant Isra, elle avait eu l'impression qu'il ne s'agissait que de ça : de simples histoires, de la fiction. Mais à présent Deya se raccrochait de toutes ses forces à ces histoires, qui représentaient autant d'indices sur la véritable personnalité de cette femme qu'avait été sa mère. Elle s'acharnait à vouloir recoudre les pièces éparses de la vie d'Isra, à les tisser en une trame unique, en une histoire complète, en une vérité. Mais elle échouait sans cesse : quelque chose manquait. Il subsistait un secret, un mystère. Forte de tout ce qu'elle avait appris sur elle durant ces dernières semaines, Deya savait qu'il manquait quelque chose.

En plein cours d'étude coranique, elle scrutait un point au loin, le regard perdu, tandis que frère Hakim allait et venait devant le tableau. Il parlait de la place des femmes dans l'islam. À une ou deux reprises, elle sentit qu'il lui jetait un coup d'œil, attendant qu'elle lui pose une question, comme à son habitude, mais Deya continuait de regarder par la fenêtre. Il récita en arabe : *Le paradis se trouve sous les pieds de la mère.* Pour elle, ces mots ne voulaient rien dire. Elle n'avait pas de mère.

« Mais pourquoi le paradis se trouve sous les pieds de la mère ? demanda une élève. Pourquoi pas sous les pieds du père ? C'est lui, le maître de la maison.

— Excellente question, dit frère Hakim avant de s'éclaircir la voix. Le père est peut-être le maître de la maison, mais le rôle de la mère est crucial. Est-ce que quelqu'un peut me dire en quoi il consiste ? »

Toute la classe demeura silencieuse, le contemplant avec des yeux ronds. Deya fut tentée de répondre que le rôle d'une femme était de rester bien à sa place, sans bouger, jusqu'à ce qu'un homme la batte à mort, mais elle préféra se taire.

« Aucune d'entre vous ne peut me dire quel rôle joue la mère au sein d'une famille ? insista frère Hakim.

— Elle porte les enfants et les met au monde, répondit une fille.

— Et elle veille au bien-être de la famille », ajouta une autre.

Elles étaient toutes tellement méprisables, assises là à balancer leurs réponses stupides. Deya se demanda quels mensonges on leur avait dits, quels secrets leurs parents leur cachaient, toutes ces choses qu'elles ignoraient et qu'elles ne découvriraient que lorsqu'il serait trop tard.

« Très bien, dit frère Hakim. Les mères portent leur famille tout entière – et d'aucuns pourraient dire le monde tout entier – sur leurs épaules. Voilà pourquoi le paradis se trouve sous leurs pieds. »

Deya l'écoutait sans conviction. Rien de ce qu'elle avait appris en cours d'études coraniques ne lui avait jamais semblé pertinent. Si le paradis se trouvait sous les pieds de la mère, alors pourquoi son père avait-il l'habitude de battre sa mère ? Pourquoi l'avait-il tuée ? Tous deux étaient pourtant musulmans, non ?

« Je ne comprends toujours pas, dit une élève dans le fond de la classe.

— C'est une métaphore, expliqua frère Hakim. Elle nous rappelle l'importance des femmes. Lorsqu'on considère que le paradis se trouve sous les pieds d'une femme, on tend à être plus respectueux de toutes les femmes. C'est par le respect que le Coran nous dit de traiter les femmes. C'est un message extrêmement puissant. »

Deya avait envie de crier. Elle n'avait jamais connu personne qui vivait en accord avec les doctrines de l'islam. Ce n'était qu'une bande d'hypocrites et de menteurs ! Mais elle n'avait plus la force de se battre. Elle ferma les yeux et pensa à ses parents, revisitant ses souvenirs, tâchant de retrouver quoi que ce soit qu'elle ait pu oublier, quoi que ce soit qui lui aurait permis de mieux comprendre.

Dans le bus qui la ramenait chez elle, Deya se demandait si elle saurait un jour tout de la vie et de la mort d'Isra. Elle avait l'intuition que, même si elle passait le restant de son existence à fouiller sa mémoire, à se raconter toutes les histoires possibles, jamais elle ne parviendrait à découvrir la vérité sans l'aide de personne. Et pourtant, envers et contre tout, elle espérait encore trouver quelque chose qui lui avait échappé. Un souvenir refoulé. Un détail qui changerait tout. Elle repensa aux dernières paroles de sa mère dont elle se souvenait.

« Je suis désolée, avait chuchoté Isra. Je suis désolée. »

Le regard rivé au feu rouge, attendant qu'il passe au vert, Deya aurait tout donné pour savoir ce qui était passé par la tête de sa mère durant ses derniers jours. Mais elle l'ignorait, et elle était d'avis que jamais elle ne le saurait.

Farida

Été 1997

Adam fut le premier à accuser Farida.

« Tout est ta faute », dit-il. Cela faisait à présent sept jours que Sarah avait disparu, et la famille tout entière était réunie autour de la *soufra*.

Farida releva les yeux de son assiette. Tous les regards étaient rivés sur elle. « De quoi parles-tu ?

— C'est à cause de toi qu'elle est partie. »

Farida haussa les sourcils, prête à protester, mais Adam leva la main, balayant ses mots avant même qu'elle puisse les prononcer.

« Tu es la seule responsable ! » Il semblait avoir un peu de mal à articuler. « Je t'avais dit que c'était une mauvaise idée de l'envoyer dans une école publique, qu'il valait mieux choisir l'enseignement à domicile, mais tu ne m'as pas écouté. Et tout ça pour quoi ? Pour qu'elle puisse apprendre l'anglais et t'aider à prendre rendez-vous chez le docteur ? » Il ricana, puis secoua la tête. « Voilà ce que ça te vaut, d'avoir été aussi laxiste avec elle, avec tout le monde. Tout le monde à part moi. »

Farida avait naturellement envisagé qu'elle pouvait être responsable de tout cela. Mais son expression demeura froide et posée. « C'est ça qui te met autant en colère ? Le poids des responsabilités qui reposent sur tes épaules parce que tu es l'aîné ? » Les mains à plat sur la table, elle se hissa de sa chaise. « Si c'est ça, tu n'as qu'à aller ressasser tout ça devant un verre. Comme tu sais si bien le faire. »

Adam quitta la table et descendit au sous-sol, furieux.

*

Omar et Ali ne mirent pas longtemps à accuser Farida, eux aussi. Mais bien sûr, tout était sa faute ! C'était toujours la faute de la femme ! Alors qu'en réalité, elle n'avait jamais épargné sa peine pour éduquer ses enfants du mieux possible dans ce pays qui leur était étranger.

Khaled aussi aurait pu la pointer du doigt, mais il était trop obnubilé par sa propre culpabilité. La nuit, il cachait sa douleur derrière un nuage de fumée de chicha, mais il était évident que la perte de sa fille avait éveillé en lui un tout nouveau sentiment : le remords. Farida le lisait clairement dans ses yeux. Elle savait parfaitement ce qu'il se disait : toute sa vie il s'était battu, il était resté droit et fort, refusant de tomber en morceaux comme son père lorsque les soldats les avaient expulsés de chez eux, et s'était efforcé de préserver l'honneur de leur famille. Et tous ses efforts avaient été vains : leur honneur était irrévocablement perdu.

Qu'est-ce qui les avait poussés à quitter leur pays pour s'établir en Amérique, où une chose pareille pouvait arriver ? *Une chose pareille.* La bouche sèche, Farida se répéta ces mots. Sa fille leur aurait-elle désobéi, les aurait-elle déshonorés s'ils l'avaient élevée au pays ? Quelle importance s'ils avaient couru le risque de mourir de faim ? Quelle importance s'ils étaient morts d'une balle dans le dos à un check-point, ou asphyxiés par les lacrymogènes sur le chemin de l'école ou de la mosquée ? Peut-être auraient-ils mieux fait de rester chez eux, quitte à se faire tuer par les soldats. Mieux fait de rester et de se battre pour leur terre, mieux fait de rester et de mourir. Toute douleur aurait été préférable à celle de la culpabilité et du remords.

Dans sa chambre, Farida ne trouvait pas le sommeil. Sa tête s'était à peine posée sur son oreiller que déjà ses pensées se bousculaient, les images de son passé, de ses enfants. De Sarah. Avait-elle échoué en tant que mère ? Certaines nuits, elle parvenait à se convaincre que non. Après tout, n'avait-elle pas élevé ses enfants comme ses parents l'avaient élevée, elle ? Ne leur avait-elle pas enseigné la ténacité, la pugnacité ? Ne leur avait-elle pas appris ce que c'était d'être arabe, de faire toujours passer sa famille en premier ? De ne pas fuir, bon sang. On ne pouvait pas la stigmatiser pour leurs faiblesses. Ni pour ce pays tout entier et ses mœurs dissolues.

Farida savait qu'il n'était pas bon de se soucier des choses qu'on ne pouvait changer. Elle repensa à Oum Ahmed, qui n'était plus que l'ombre de la femme qu'elle avait été, rongée par la culpabilité de la mort de Hannah, convaincue qu'elle aurait pu l'empêcher, qu'elle aurait pu sauver sa fille. En son for intérieur, Farida n'était pas de cet avis. Si Sarah lui avait dit un jour : « Mama, mon mari me bat et je suis malheureuse », lui aurait-elle dit de le quitter, de divorcer ? Farida savait bien que non. Oum Ahmed se leurrait si elle croyait le contraire.

Farida savait que, quoi qu'une femme puisse dire, sa culture l'emportait toujours. Même si c'était dans la tragédie. Même si c'était dans la mort. À tout le moins, elle savait quel était son rôle dans leur culture, et elle préférait encore l'assumer que de rester assise dans un coin à se répéter : « Si seulement j'avais agi différemment. » Il fallait bien plus qu'une seule femme pour changer les choses. Il aurait fallu toutes les femmes que comptait ce monde. Elle s'était consolée tant de fois avec ces pensées, mais cette nuit, elles ne la remplissaient que de honte.

Isra

Été 1997

Assise à la fenêtre, le nez collé à la vitre, Isra sentait monter en elle un tumulte. *Ça va aller*, se dit-elle. Mais en vérité, ça n'allait pas du tout. Au début, lorsque Sarah était partie, elle avait pleuré si violemment qu'il lui avait semblé que ses larmes venaient d'une source profonde cachée en elle, une source qui ne se tarirait jamais. Mais à présent elle fulminait en silence. Elle était folle de rage. Comment Sarah avait-elle pu partir ainsi ? En la laissant seule derrière elle ? En abandonnant tout ce qu'elles avaient partagé ensemble ? Isra n'avait jamais envisagé de fuir, de toute sa vie, pas même lorsque ses parents l'avaient envoyée en Amérique. Qu'est-ce qui lui avait pris ?

Mais pire que cette colère qu'elle éprouvait, il y avait cette pensée qui ne cessait de la tourmenter : et si Sarah avait eu raison ? Isra pensa à Khaled et Farida, au fait qu'ils avaient réussi à arracher leurs enfants au camp de réfugiés en quittant leur pays pour émigrer en Amérique.

Comprenaient-ils ce qui s'était passé de la même façon qu'Isra ? Ils avaient fui pour survivre, et leur fille venait de faire de même. Peut-être la fuite était-elle le seul moyen, songea Isra. Le seul moyen de survivre.

Un jour passa, puis un autre, puis un autre encore. Chaque matin, Isra était réveillée par ses filles qui l'appelaient, ou sautaient sur son lit, et elle était saisie d'un malaise. Elle se demandait s'il s'agissait du djinn. *Laissez-moi tranquille !* aurait-elle voulu crier. *Laissez-moi respirer un peu !* Elle finissait par se lever, réunissait ses filles, les habillait, les coiffait – tous ces cheveux, et comme elles geignaient quand elle les démêlait ! –, tiquant à chaque nœud de leurs boucles récalcitrantes. Puis elle accompagnait Deya et Nora au coin de la rue, attendait que le bus jaune vienne les prendre, et elle se disait, pleine de honte et de dégoût envers sa faiblesse : *Si seulement ce bus pouvait aussi emporter les deux autres.*

Dans la cuisine, Isra pouvait entendre la voix de Farida dans la *sala*. Depuis quelques jours, celle-ci passait ses journées à répandre l'histoire du faux mariage de Sarah, interrompant régulièrement ses échanges téléphoniques pour pleurer en silence, le visage enfoui dans ses mains. Parfois, comme c'était le cas à présent, Isra sentait qu'il était de son devoir de la réconforter. Elle lui préparait du thé, ajoutant une feuille de *maramiya* supplémentaire, espérant que son parfum l'apaiserait. Mais Farida ne touchait jamais à son thé. Elle ne savait que se gifler encore et encore, tout comme la mère d'Isra le faisait si souvent après que Yacob l'eut battue. Face à ce spectacle, Isra sentait la culpabilité l'étouffer. Elle avait su que Sarah était sur le point de fuir, et elle n'avait rien fait pour l'en empêcher. Elle aurait pu prévenir Farida, ou Khaled. Mais elle n'en avait rien fait, et à présent Sarah n'était plus là, et elle avait l'impression d'être tombée au fond d'un puits de tristesse d'où elle ne ressortirait plus jamais.

*

Ce soir-là, lorsqu'elle eut fini de préparer le dîner, Isra descendit au sous-sol. Deya, Nora et Layla regardaient des dessins animés, Amal dormait dans son lit d'enfant. Isra marcha sur la pointe des pieds afin de ne pas la réveiller. Du fond de son placard, elle tira son exemplaire des *Mille et Une Nuits*, et au simple contact du dos marron, son cœur s'emballa. Elle l'ouvrit à la dernière page, là où elle cachait son stock de feuilles. Elle en prit une vierge, et se mit à rédiger une autre lettre qu'elle n'enverrait jamais.

Chère Mama,

Je ne comprends pas ce qui m'arrive. Je ne sais pas pourquoi j'éprouve ces sentiments. Le sais-tu, toi ? Qu'ai-je fait pour mériter cela ? J'ai forcément commis une faute. Tu m'as toujours dit que Dieu donnait à chacun ce qu'il méritait. Que nous devions accepter notre nasib *parce qu'il est écrit dans les étoiles, rien que pour nous. Mais je ne comprends pas, Mama. Est-ce là mon châtiment pour toutes ces fois où je me suis révoltée dans ma jeunesse ? Pour tous ces jours que j'ai passés à lire dans ton dos ? Pour toutes ces fois où j'ai remis en question tes décisions ? Est-ce pour cela que Dieu m'inflige à présent une existence qui est le parfait opposé de ce que j'espérais ? Une existence sans amour, une existence solitaire. Je ne prie plus, Mama. Je sais que c'est un sacrilège, mais je suis tellement en colère. Et le pire dans tout ça, c'est que je ne sais même pas contre qui – Dieu, ou Adam, ou la femme que je suis devenue.*

Non. Pas contre Dieu. Ni contre Adam. Je suis la seule responsable. C'est ma faute si je n'arrive pas à me reprendre en main, si je n'arrive pas à sourire à mes filles, si je n'arrive pas à être heureuse. C'est à cause de moi. Il y a quelque chose qui ne va pas chez moi, Mama. Quelque chose d'obscur qui se tapit au fond de moi. Je le sens jour après jour, dès l'instant où je me réveille, et jusqu'au moment où je m'endors, ce quelque chose de sournois qui me tire vers le fond, qui m'asphyxie. Pourquoi est-ce que j'éprouve cela ? Est-ce que tu crois que je suis victime de possession ? Un djinn sera entré en moi. C'est forcément ça.

Dis-moi, Mama, savais-tu que tout cela m'arriverait ? Le savais-tu ? Est-ce pour cela que ton regard ne se posait jamais sur moi quand j'étais enfant ? Est-ce pour cela que j'ai toujours eu l'impression que tu étais à des centaines de lieues de moi ? Était-ce cela que je contemplais lorsque nos regards finissaient par se croiser ? De la colère ? Du ressentiment ? De la honte ? Suis-je en train de devenir comme toi, Mama ? J'ai tellement peur, et personne ne me comprend. Me comprends-tu seulement, toi ? Je ne le crois pas.

Et à quoi bon écrire tout cela ? Même si je t'envoyais cette lettre, quelle différence cela ferait-il ? Essayerais-tu de m'aider, Mama ? Dis-moi, que ferais-tu ? Je sais parfaitement ce que tu ferais. Tu me dirais : « Sois patiente, accepte ton sort. » Tu me dirais que toutes les femmes au monde souffrent elles aussi, et qu'aucune souffrance n'est pire que le divorce, que c'est toute la honte du monde qui s'abat alors sur nous. Tu me dirais de faire un effort pour mes enfants. Mes filles. D'être patiente afin d'éviter le déshonneur. Afin de ne pas détruire leurs vies. Mais tu ne vois pas ce qui se passe, Mama ? Tu ne le vois donc pas ? Je suis de toute façon en train de détruire leurs vies. De les détruire, elles.

Isra observa une pause à la fin de sa lettre. Elle la plia en deux et la coinça entre deux pages des *Mille et Une Nuits*. Puis elle remit le livre à sa place, tout au fond du placard, là où, elle le savait, personne ne pourrait le trouver.

Je suis folle, se dit-elle. *Si quelqu'un finit par le trouver, ils croiront tous que j'ai perdu la tête. Ils sauront que quelque chose de ténébreux se terre en moi.* Mais écrire, c'était la seule chose qui la soulageait, à présent. Sarah partie, elle n'avait plus personne à qui parler. Et la perte de ce lien dont elle ne suspectait ni l'importance ni même l'existence avant de le ressentir pour la première fois, la perte de cette amitié lui donnait envie de pleurer constamment. Elle savait qu'elle resterait seule jusqu'à son dernier souffle.

*

C'était l'heure de dormir, et ses filles réclamaient une histoire.

« Mais nous n'avons plus de livres », fit Isra. À présent que Sarah n'était plus là, elles devaient se contenter de ceux que Deya rapportait de l'école, et c'étaient les grandes vacances. En repensant à l'absence de Sarah, à tous ces livres qu'elle ne pouvait plus lire, Isra sentit les ténèbres la gagner. Le fait de partager ce qu'elle préférait au monde avec ses filles avait été jusque-là le seul moment agréable de ses journées.

« Mais j'ai envie d'une histoire », pleurnicha Deya. Isra détourna les yeux. Elle ne supportait pas le regard torturé de Deya. Il lui rappelait trop son échec.

« Je vous en lirai une demain, dit-elle. C'est l'heure de dormir, maintenant. »

Elle s'assit à la fenêtre et les regarda sombrer dans le sommeil, en se disant que tout allait pour le mieux. Qu'il était normal qu'elle éprouve cette frustration, que ses filles oublieraient sa tristesse avec le temps. Elle se disait qu'elle irait mieux le lendemain. Mais elle savait qu'elle se mentait. Elle savait que, demain, sa colère aurait décuplé. Parce que rien n'allait pour le mieux. Parce qu'elle savait que son état empirait, que cette chose sombre qui se terrait au fond d'elle ne s'en irait pas ainsi. Était-ce un djinn, ou était-ce elle-même ? Comment aurait-elle pu le savoir ? Tout ce qu'elle savait, c'était qu'elle avait peur de ce qu'il adviendrait d'elle, peur que ses filles finissent par lui en vouloir, peur de constater que même si elle savait qu'elle avait tort, elle ne pouvait s'empêcher de leur faire du mal. Était-ce cela qu'éprouvait Adam lorsqu'il pénétrait dans leur chambre, la nuit, lorsqu'il enlevait sa ceinture et la fouettait avec ? Était-ce cette même impuissance ? Est-ce qu'il était incapable de s'arrêter tout en sachant pertinemment qu'il aurait dû, avait-il le sentiment d'être la pire personne au monde ? La seule différence était qu'il n'était pas la pire personne au monde. C'était elle qui était l'être le plus abject, et elle méritait d'être battue pour toutes ses fautes.

Deya

Hiver 2009

Au fil des semaines qui suivirent, Deya se rendit compte que quelque chose avait changé chez Farida. Elle n'avait cherché à organiser aucune nouvelle visite de prétendant. Elle ne disait plus rien lorsqu'elle la surprenait en pleine lecture. Elle souriait même, timidement, lorsque leurs regards se croisaient. Mais Deya détournait toujours les yeux.

« Je suis désolée », dit Farida un soir, alors que Deya débarrassait la *soufra*, après le dîner. Farida s'appuyait au dormant de la porte de la cuisine. « Je sais que tu m'en veux encore. Mais j'espère que tu sais que mon seul but était de te protéger. »

Deya ne répondit rien, se contentant de laver les assiettes sales empilées dans l'évier. Quelle valeur pouvaient avoir ces excuses, après tout ce que Farida avait fait ?

« Je t'en prie, Deya, murmura-t-elle. Combien de temps encore resteras-tu en colère ? Il faut que tu comprennes que je n'avais pas l'intention de te faire du mal. Je suis ta grand-mère. Jamais je ne te ferais sciemment du mal. Tu le sais. Tu dois me pardonner. Je t'en supplie, je suis désolée.

— À quoi bon demander pardon si rien ne change ? »

Les yeux humides de larmes, Farida resta longtemps immobile, à la contempler. Puis elle finit par pousser un profond soupir. « J'ai quelque chose pour toi. »

Deya suivit Farida dans sa chambre, où elle sortit quelque chose de son placard. Il s'agissait d'un paquet de feuilles. Elle le tendit à sa petite-fille. « Je n'aurais jamais cru que je te donnerais cela un jour.

— Qu'est-ce que c'est ? demanda Deya, alors qu'il lui parut reconnaître la main qui avait noirci ces pages en arabe.

— Des lettres que ta mère a écrites. Toutes ses lettres. Toutes celles que j'ai trouvées. »

Deya serra le paquet contre sa poitrine. « Pourquoi me les donner maintenant ?

— Parce que je tiens à ce que tu saches que je comprends. Parce que je n'aurais jamais dû te couper ainsi de ta mère. Je suis désolée, ma fille. Je suis tellement désolée. »

*

Au sous-sol, dans les ténèbres de sa chambre, Deya approchait les lettres de sa mère de la fenêtre, par laquelle la faible lueur des réverbères lui parvenait. Il y en avait au moins une centaine, empilées au hasard, toutes adressées à Mama, la mère d'Isra. Deya ne savait pas laquelle lire en premier. D'une main tremblante, elle les feuilleta jusqu'à ce que l'une d'elles accroche son regard. Elle commença alors sa lecture.

Isra

Été 1997

L'été se traîna. La journée durant, on n'entendait dans la maison que le sifflement de la bouilloire. Farida parlait à peine, le téléphone ne sonnait plus, et Isra effectuait ses tâches dans le silence. Khaled la rejoignait parfois dans la cuisine, les vendredis, pour préparer du *za'atar*. C'était là un nouveau rituel. Isra avait le sentiment qu'il apaisait Khaled. Elle se tenait tranquillement à côté de lui, ainsi qu'elle l'avait fait, des années auparavant, avec Mama, lui tendant poêlon et spatules, lavant les plats et les ustensiles dont il n'avait plus besoin. Ni l'un ni l'autre n'échangeaient un regard. Ni l'un ni l'autre n'échangeaient un mot.

Nadine ne lui adressait quasiment plus la parole. Au début, cela avait beaucoup déplu à Isra : chaque fois que Nadine l'ignorait, elle avait senti la colère monter en elle. Mais à présent cette distance était un soulagement : avec Nadine, au moins, elle savait à quoi s'en tenir. Elles n'étaient pas amies, et jamais elles ne le seraient. Elle n'avait pas à se soucier de lui faire plaisir, n'avait pas à se donner de la peine pour lui ressembler. Leur relation était beaucoup plus claire et beaucoup plus facile que celle qu'Isra entretenait avec Adam et Farida. Pourtant, dans ce silence, l'absence de Sarah semblait se faire sentir plus cruellement chez Isra. Du reste, elle n'en voulait qu'à elle-même de souffrir ainsi : elle aurait dû apprendre bien plus tôt que tout espoir était futile.

*

« Pourquoi tu t'assois toujours à la fenêtre ? » demanda un jour Deya après le déjeuner, en s'avançant vers sa mère qui était effectivement assise à sa place de prédilection.

Isra ramena ses genoux vers sa poitrine, pour serrer ses propres jambes dans ses bras. Elle hésita, le regard perdu dehors, avant de répondre : « J'aime bien la vue.

— Tu veux jouer à un jeu ? » demanda Deya en touchant son bras. Isra se retint de frémir à ce contact. Elle regarda sa fille et remarqua qu'elle avait un peu grandi, un peu minci durant l'été. Elle s'en voulut de ne pas être plus présente en esprit lorsqu'elles passaient leurs journées ensemble.

« Pas aujourd'hui, répondit Isra en reportant son attention sur la fenêtre.

— Pourquoi ?

— Je n'ai pas envie de jouer. Peut-être une autre fois.

— Mais tu dis toujours ça », répliqua Deya en effleurant de nouveau son bras. Isra se recroquevilla plus encore. « Tu dis toujours demain, et on ne joue jamais.

— Je n'ai pas le temps de jouer ! fit Isra d'un ton sec en repoussant la main de Deya. Va jouer avec tes sœurs. » Et une fois de plus, elle se tourna vers la fenêtre.

Dehors tout était gris, le soleil caché par un nuage fragmenté. De temps en temps, elle jetait un coup d'œil en direction de Deya. Pourquoi avait-elle parlé à sa fille sur ce ton ? Aurait-il été si compliqué de jouer un peu avec elle ? Comment en était-elle venue à être aussi dure ? Elle ne voulait pas être ainsi. Elle voulait être une bonne mère.

*

Le lendemain, Isra vit Nadine lancer une balle à Amir devant leur maison. Le sourire de Nadine la rendait malade. Nadine se tenait bien droite, son ventre rond comme un ballon de basket-ball devant elle. Elle attendait son deuxième fils. Qu'avait-elle fait pour mériter deux garçons ? Isra, elle, n'en avait eu aucun. Mais cet échec était peu de chose comparé à sa véritable honte : ce qu'elle avait fait à ses filles. Ce qu'elle continuait de leur faire.

Plus tard dans la journée, alors qu'Isra mettait à tremper des lentilles pour la soupe du soir, Khaled entra dans la cuisine pour préparer du *za'atar*. Mais au lieu de se diriger droit vers le garde-manger pour en tirer les épices dont il avait besoin, il se planta devant Isra et lui parla. « Je te demande pardon, ma fille, pour les paroles que j'ai eues la nuit où Adam t'a battue. »

Isra s'écarta de l'évier de la cuisine. Khaled n'avait quasiment parlé à personne depuis que Sarah était partie.

« J'ai beaucoup réfléchi à cette nuit. » Il chuchotait presque. « Je me suis dit que Dieu nous avait peut-être arraché Sarah en guise de châtiment pour ce que nous t'avons fait subir.

— Non, ce n'est pas vrai, parvint à répondre Isra.

— Je crois que ça l'est, au contraire.

— Ne dites pas cela », fit Isra en essayant de croiser son regard. Elle constata alors que les yeux de son beau-père étaient humides.

« Quand ce genre de chose arrive, on ne peut que réfléchir à ses actes. » Khaled passa devant Isra pour tirer ses épices du garde-manger. Il versa les graines de sésame dans un poêlon. « On finit par se demander si tout cela serait arrivé si on n'avait pas quitté le pays. »

Isra s'était posé la même question, mais elle n'aurait jamais osé le lui avouer. « Vous voulez rentrer en Palestine ? » demanda-t-elle, se souvenant qu'Adam lui avait un jour signifié son désir d'y retourner. « Enfin, si vous le pouviez, vous rentreriez au pays ?

— Je n'en sais rien. » Légèrement voûté, Khaled se tenait face à la cuisinière, remuant de temps à autre les graines de sésame, et ouvrant les bocaux d'épices : sumac, thym, marjolaine, origan. « Chaque fois que nous y retournons pour rendre visite à mes frères et sœurs, je vois dans quelles conditions ils vivent. Je ne sais même pas comment ils font. » Il éteignit le brûleur.

Isra l'observa verser les graines de sésame grillées dans un bocal vide. « Pourquoi êtes-vous partis en Amérique ? demanda-t-elle.

— J'avais douze ans quand nous nous sommes installés au camp al-Amari. Nous étions dix frères et sœurs : j'étais l'aîné de la fratrie. Nous avons vécu sous une tente pendant les premières années, leurs grosses parois en Nylon nous protégeaient de la pluie, la plupart du temps. » Il s'interrompit pour se tourner vers les épices : il allait à présent verser une cuiller à soupe ou deux de chacune sur les grains de sésame grillés. Isra lui tendit une cuiller doseuse.

« Nous étions très pauvres, reprit Khaled. Nous n'avions ni eau ni électricité. Nos toilettes étaient un simple seau, au fond de notre tente, dont mon père allait enterrer le contenu dans les bois. Les hivers étaient froids, nous allions couper du bois dans les montagnes afin de pouvoir nous chauffer. C'était une existence très rude. Nous avons vécu ainsi jusqu'à ce que nos tentes soient remplacées par des abris en ciment. »

La douleur de Khaled résonnait en Isra. Elle avait grandi dans la pauvreté, soit, mais elle-même ne parvenait pas à se figurer les conditions de vie de Khaled à l'époque. Aussi loin qu'elle s'en souvînt, sa famille à elle avait toujours eu l'eau courante, l'électricité, et des vraies toilettes. Une boule se forma dans sa gorge.

« Comment avez-vous fait pour survivre ?

— Ç'a été très dur. Mon père travaillait en tant que maçon, mais son salaire n'aurait pas suffi à subvenir aux besoins de toute notre famille. L'Office de secours des Nations unies distribuait des denrées alimentaires, nous donnait parfois de l'argent. On faisait la queue tous les mois pour de grosses couvertures, des sacs de riz, des sacs de sucre. Mais les tentes étaient surpeuplées, et il n'y avait jamais assez à manger. Mes frères et moi allions dans les montagnes chercher de quoi nous nourrir. » Il observa une pause pour goûter le *za'atar*, puis se saisit de la salière en adressant un hochement de tête à Isra, qui rangea aussitôt les épices dans le garde-manger. « Les gens se comportaient différemment, dans le temps, tu sais, dit Khaled en déposant le poêlon sale dans l'évier. Quand il te manquait du lait ou du sucre, tu n'avais qu'à en demander à ton voisin. Nous formions tous une même grande famille. Nous étions une communauté. Pas comme ici. »

Isra éprouva soudainement une immense compassion envers Khaled. « Comment avez-vous fait pour partir ? demanda-t-elle.

— Aaah, fit-il en lui faisant face. Pendant des années, j'ai travaillé dans un petit *doukan*, aux abords du camp. J'ai réussi à mettre cinq mille shekels de côté, assez pour nous acheter des billets d'avion. Quand nous sommes arrivés en Amérique, je n'avais que deux cents dollars en poche, et toute une famille qui ne pouvait compter que sur moi pour survivre. Nous nous sommes installés à Brooklyn parce que c'était là que vivaient la plupart des immigrés palestiniens, mais même ainsi, la vie communautaire d'ici n'a rien à voir avec celle du pays. Et il en sera toujours ainsi.

— Et jamais vous ne repartiriez là-bas ?

— Oh, Isra, fit-il en se retournant pour se laver les mains. Tu crois vraiment qu'après toutes ces années nous serions capables de vivre comme avant ? »

Isra le fixa. Depuis qu'elle avait mis un pied en Amérique, elle n'avait jamais pris le temps de se poser cette question. Si l'occasion s'en présentait un jour, rentrerait-elle au pays ? Serait-elle capable de manger aussi peu que durant son enfance, de dormir sur ces vieux matelas bosselés, de faire bouillir un tonneau rempli d'eau à chaque toilette ? Après tout, ce dont ils jouissaient en Amérique n'était qu'un luxe accessoire, autrement plus superflu que le sentiment d'appartenance à un groupe, à une communauté.

En l'absence de réponse d'Isra, Khaled rangea son *za'atar* et tourna les talons. Un bref instant, son regard glissa en direction de la fenêtre. Dehors, le ciel était gris. Isra contempla son visage, et un frisson de tristesse la parcourut. Elle aurait voulu connaître la bonne réponse à la question de son beau-père, elle aurait voulu trouver les bons mots. Mais il fallait croire que c'était là un talent qui lui ferait toujours défaut.

« Un jour peut-être, dit Khaled en s'immobilisant sur le seuil de la cuisine. Un jour peut-être, nous aurons le courage d'y retourner. »

Deya

Hiver 2009

Deya consacra l'essentiel du reste de l'hiver à la lecture et la relecture des lettres d'Isra, cherchant à tout prix à comprendre sa mère. Elle les lisait chaque matin, durant le trajet en bus scolaire. En classe, elle en cachait dans ses livres, incapable de se concentrer sur les leçons du jour. À l'heure du déjeuner, elle en lisait à la bibliothèque, cachée entre deux rayonnages. Il lui arrivait même de lire l'édition arabe des *Mille et Une Nuits* qui avait appartenu à Isra, cherchant sa mère dans toutes ces histoires, se cherchant elle-même.

Mais que cherchait-elle exactement ? Elle n'en était pas sûre. Quelque chose en elle espérait qu'Isra ait laissé un indice quelque part, même si Deya savait ce que ce genre d'espoir avait de puéril. Presque tous les jours, les mots d'Isra résonnaient dans sa tête : *J'ai peur de ce qu'il adviendra de mes filles*. Elle pouvait également entendre la voix de la mère d'Isra : *Une femme restera toujours une femme*. Chaque fois que

Deya fermait les yeux, elle revoyait le visage apeuré et perdu d'Isra, qui plus que tout aurait voulu avoir le courage de se battre pour ce qu'elle désirait dans la vie, qui aurait voulu se dresser contre Mama et Yacob, se dresser contre Adam et Farida, qui aurait voulu faire ce qu'elle voulait plutôt que ce qu'on attendait d'elle.

Et puis un jour de début de printemps, alors que Deya relisait l'une des lettres d'Isra pour la énième fois, elle eut une illumination. C'était tout à coup si évident qu'elle ne comprenait pas qu'il lui eût fallu tant de temps pour s'en apercevoir. En lisant les mots de sa mère, Deya avait soudainement compris à quel point elle ressemblait à Isra. Elle aussi avait passé sa vie à s'efforcer de contenter sa famille, dans l'espoir d'obtenir sa reconnaissance et son approbation. Elle aussi avait laissé la peur de les décevoir l'entraver. Mais cette course à l'approbation d'autrui n'avait porté aucun fruit dans la vie d'Isra, et Deya comprenait à présent qu'elle ne lui vaudrait rien de bon, à elle non plus.

Cette prise de conscience éveilla en elle une très vieille voix, une voix qui ne l'avait jamais quittée, et qui résonnait dans sa tête depuis si longtemps que, plutôt que de la considérer pour ce qu'elle était, la voix de la peur, elle l'avait toujours prise pour la voix de la vérité. Et cette voix lui conseillait de se rendre, de se taire, d'endurer son sort. Elle lui disait que le fait de se battre pour son avenir ne lui vaudrait que déception et remords lorsqu'elle perdrait la bataille. Que les choses auxquelles elle aspirait resteraient pour toujours hors de sa portée. Qu'il était plus sûr de se rendre et de faire ce qu'on attendait d'elle.

Qu'arriverait-il si elle désobéissait à sa famille ? lui demandait cette vieille voix. Parviendrait-elle à se défaire aussi facilement de sa culture ? Et si, au bout du compte, il s'avérait que c'était sa communauté qui avait raison ? Et si elle ne parvenait à trouver sa place nulle part ? Et si elle finissait ses jours dans la solitude la plus totale ? Deya hésita. Elle avait fini par comprendre la profondeur de l'amour d'Isra ; fini par comprendre que les apparences étaient toujours trompeuses, que malgré tout ce qu'avait fait sa famille, chacun de ses membres l'aimait à sa façon. Qu'aurait-elle fait sans eux ? Sans ses sœurs ? Et même sans Farida et Khaled ? Malgré toute la colère qu'elle éprouvait encore, elle ne voulait pas les perdre.

Pourtant, même en entendant tous ces arguments, Deya sentait que sa prise de conscience avait totalement modifié son appréhension des choses. La vieille voix n'était plus assez forte pour l'entraver : Deya le savait. Elle savait que cette voix qu'elle avait toujours prise pour la seule détentrice de vérité était en réalité la seule chose qui l'empêchait de poursuivre ses aspirations. C'était la voix du mensonge, et toutes les choses dont elle rêvait étaient la vérité, sans doute la plus importante au monde. Et c'était pour cela qu'elle devait se battre. Il le fallait. Car c'était ce combat qui lui donnerait enfin sa voix à elle.

Souhaitait-elle remettre son destin entre les mains d'autrui ? Avait-elle une chance de réaliser ses rêves en restant dépendante du bon plaisir de sa famille ? Peut-être sa vie aurait-elle été plus riche et plus passionnante qu'elle l'était à présent si elle ne s'était pas autant efforcée de correspondre à l'image que ses grands-parents lui renvoyaient d'elle. Il était bien plus important de respecter ses propres valeurs, de poursuivre ses propres rêves, de vivre en accord avec sa propre vision du monde, que de laisser à d'autres le soin de choisir sa voie à sa place, même si cette proclamation d'indépendance était proprement terrifiante. C'était cette voie qu'elle devait suivre. Quelle importance si cela fâchait ses grands-parents ? Quelle importance si ses choix s'opposaient à sa communauté ? Quelle importance si les gens se faisaient une mauvaise opinion d'elle ? Elle devait suivre sa propre voie dans la vie. Elle devait présenter sa candidature pour entrer à l'université.

Deya passa la nuit à mettre au point son plan. Le lendemain, elle décida d'aller voir Sarah. Ses visites s'étaient espacées depuis que sa tante lui avait donné cette coupure de presse. Toutes deux n'avaient pas encore fini de soigner la blessure que Sarah lui avait infligée en lui cachant pendant des semaines la vérité sur la mort de ses parents. Mais Deya avait à présent besoin de sa tante. Elle lui fit part de sa décision dès qu'elle entra dans la librairie.

« C'est vrai ? s'exclama Sarah. Je suis si fière de toi ! Ma mère est d'accord ?

— Je ne lui ai encore rien dit. Mais je vais le faire. Promis. »

Sarah sourit. « Et pour tes prétendants ?

— Je vais dire à Teta que le mariage pourra attendre, répondit Deya. Et si elle ne veut rien entendre, je les découragerai de demander ma main. »

Sarah éclata de rire, mais Deya perçut de la peur dans son regard. « Promets-moi que tu iras à la fac. Quoi que Farida puisse te dire.

— Je te le jure. »

Le sourire de Sarah s'élargit.

« Je voulais te remercier, dit Deya.

— Tu n'as pas à me remercier.

— Bien sûr que si, répliqua Deya. Je sais que j'ai souvent été en colère contre toi durant ces derniers mois, mais ça ne veut pas dire que je ne te suis pas reconnaissante pour tout ce que tu as fait. Je devrais te le dire plus souvent. Tu m'as contactée à un moment où j'étais seule au monde. Tu m'as dit la vérité alors que tout le monde me la cachait. Même dans mes moments de fureur, tu ne m'as pas lâchée. Tu as été une véritable amie, une incroyable amie. Si ma mère était encore là, elle t'aurait remerciée, elle aussi. »

Sarah la regarda dans les yeux, au bord des larmes. « J'espère. »

Deya se leva et serra fort sa tante dans ses bras. Lorsque Sarah la raccompagna vers la sortie, Deya ajouta : « Au fait, j'ai pas mal réfléchi à ce que tu m'as dit, sur le courage. Tu ne penses pas que tu te sentirais mieux si, toi aussi, tu trouvais le courage ?

— Le courage de faire quoi ?

— De rentrer chez nous. »

Sarah écarquilla les yeux.

« Je sais que c'est ce que tu souhaites. Tout ce que tu as à faire, c'est de frapper à la porte.

— Je... Je ne sais pas trop...

— Tu peux le faire, dit Deya avant de se retourner. Je t'attendrai. »

Isra

Automne 1997

À la rentrée des classes, il s'était passé tant de semaines depuis la fuite de Sarah qu'Isra fut stupéfaite à l'annonce d'Adam : il avait décidé de retirer leurs filles de l'école publique.

« Ces écoles américaines finiront par corrompre nos filles », déclara Adam sur le seuil de la chambre.

Isra était couchée. Parcourue d'un soudain frisson, elle tira la couverture à elle. « Mais les cours viennent à peine de reprendre, chuchota-t-elle. Où allons-nous leur trouver une place ?

— Une école musulmane vient d'ouvrir sur la Quatrième Avenue. Madrast al-Nour. L'école de la Lumière. Elles y entreront le mois prochain. »

Isra ouvrit la bouche pour répondre, mais jugea préférable de s'abstenir. À la place, elle sombra dans son lit, disparaissant au fond des couvertures.

*

Durant les quelques semaines qui suivirent, Isra réfléchit à la décision d'Adam. Elle avait beau répugner à l'admettre, il avait tout à fait raison. Elle aussi en était venue à redouter l'influence des écoles publiques, à craindre que ses propres filles suivent un jour l'exemple de leur tante. Très récemment, elle avait vu Deya dire au revoir à des garçons en descendant du bus scolaire ! Ce spectacle l'avait terrorisée, et elle avait grondé Deya, la traitant même de *charmouta*. Deya avait grimacé, et depuis, la honte n'avait pas quitté Isra. Comment avait-elle pu adresser à sa fille, une enfant de six ans, une injure aussi répugnante ? Qu'est-ce qui lui était passé par la tête ? Prise de migraine, elle tapota son front contre la vitre dans le but de la soulager.

C'était la honte qui l'avait poussée à agir ainsi, se disait-elle à présent, la honte d'être une femme. La honte qui l'avait poussée à se faire elle-même avorter. Elle n'avait prévenu personne qu'elle était de nouveau tombée enceinte le mois dernier, pas même Farida, qui, bien qu'elle pleurât toujours le départ de Sarah, avait encore assez d'énergie pour lui rappeler régulièrement qu'Adam avait besoin d'un fils. Mais quand bien même Farida lui aurait épargné ces commentaires, Isra n'aurait pas gardé le bébé. Dès que le test de grossesse était passé du blanc au rouge, elle avait grimpé les marches du sous-sol pour se jeter du haut de l'escalier, encore, et encore, frappant son ventre de ses poings rageurs. Farida l'avait surprise en pleine action, sans pour autant en comprendre la raison. Clairement, cela l'avait terrorisée. Elle lui avait ordonné d'arrêter, l'avait traitée de *majnouna*, hurlant qu'elle était folle, possédée, allant même jusqu'à appeler Adam pour lui demander de rentrer et de reprendre en main sa femme. Mais Isra ne s'était pas arrêtée. Il fallait qu'elle saigne. Et elle avait continué jusqu'à ce que le sang macule ses cuisses.

Isra se demandait à présent qui elle avait voulu sauver : l'enfant à naître, ou elle-même ? Elle n'aurait su le dire. Ce qu'elle savait en revanche, c'est qu'elle avait échoué dans son rôle de mère. L'expression d'horreur de Deya lorsqu'elle aussi l'avait surprise restait gravée dans son esprit. La douleur qu'Isra avait alors éprouvée avait été telle qu'elle avait hésité un bref instant à se donner la mort, en enfonçant la tête dans son four, comme l'avait fait son écrivaine favorite. Mais même pour cela, Isra était bien trop lâche.

Depuis, elle avait passé ses nuits à tenter de repousser les idées qui l'assaillaient, en se racontant des histoires semblables à celles des *Mille et Une Nuits*. Elle sortait parfois une feuille de papier de sa cachette au fond de l'armoire, et écrivait des lettres à Mama, des pages et des pages qu'elle ne lui enverrait jamais.

*

« J'ai peur pour nos filles », dit Isra à Adam une nuit, très tard, dès son retour. Elle s'était entraînée à prononcer ces mots face au miroir, s'assurant que ses sourcils restent immobiles, et que son regard ne flanche pas. « J'ai peur pour nos filles », répéta-t-elle face au mutisme d'Adam. Elle voyait bien qu'il était stupéfait de la voir s'exprimer aussi franchement. Malgré sa préparation, elle aussi était stupéfaite de sa propre audace, mais trop, c'était trop. Combien de temps encore allait-elle le laisser la réduire au silence ? De toute façon, il finirait par la battre, qu'elle le défie ou qu'elle se soumette, qu'elle dise tout ce qu'elle pensait ou qu'elle se taise. Le moins qu'elle pût faire, c'était de prendre la défense de ses filles. Elle leur devait bien cela.

Elle se leva et s'approcha de lui. « Je sais que la fuite de Sarah a été une catastrophe, mais je ne veux pas que nos filles en souffrent.

— Qu'est-ce que tu es en train de me dire, femme ?

— Je sais que ce n'est pas ce que tu veux entendre, poursuivit Isra en s'efforçant de contrôler le ton de sa voix, mais je me fais du souci pour nos filles. J'ai peur de l'existence qu'on leur réserve. J'ai peur de les perdre, moi aussi. Mais je pense qu'il n'est pas sage de les retirer de l'école publique. »

Adam la fixa. Isra n'aurait su dire ce qui lui traversait l'esprit, mais à en juger par ses yeux exorbités, elle était certaine qu'il était soûl. En trois longues foulées, il traversa la pièce pour se saisir d'elle.

« Adam, arrête ! Je t'en supplie. C'est pour le bien de nos filles que je te dis ça. »

Mais il ne s'arrêta pas. D'un mouvement soudain, il la plaqua au mur et fit pleuvoir ses coups de poing sur tout son corps, encore et encore, sur son ventre, ses flancs, ses bras, sa tête. Isra ferma les yeux, et puis, tout à coup, lorsqu'elle crut qu'il avait enfin cessé de la battre, Adam l'attrapa par les cheveux et lui assena une gifle qui la précipita par terre.

« Comment oses-tu t'opposer à moi ? s'écria Adam, la mâchoire tremblante. Ne me parle plus jamais de ça. » Et il disparut dans la salle de bains.

À genoux, Isra arrivait tout juste à respirer. Le sang coulait de son nez, recouvrant son menton. Mais elle essuya son visage et se dit que, pour défendre ses filles, elle était prête à se faire battre toutes les nuits.

Deya

Automne 2009

Deya se tient à l'angle de la Soixante-Treizième Rue, face à la bibliothèque de Brooklyn. Ses cheveux dansent dans la brise d'automne, et elle relit la liste qu'elle tient à la main. À lire : *La Séquestrée*, *La Cloche de détresse*, *Beloved*. Elle repense à Farida, à son expression lorsqu'elle l'a informée que sa candidature à l'université de New York avait été acceptée, et qu'elle avait même décroché une bourse. Malgré l'insistance de Sarah, Deya ne lui avait rien dit de ses démarches avant d'en connaître l'issue. À quoi bon aborder le sujet si elle n'était pas retenue ? Mais une fois la réponse arrivée, elle n'avait plus eu d'excuses. Elle avait trouvé Farida assise à la table de la cuisine, une tasse de thé entre les mains.

« J'ai été acceptée par une fac de Manhattan, lui avait dit Deya d'une voix posée. Je vais m'inscrire.

— À Manhattan ? » Elle lut la peur dans les yeux de sa grand-mère.

« Je sais que ça t'inquiète que j'aille là-bas, mais j'ai parcouru cette ville toute seule chaque fois que j'ai rendu visite à Sarah. Je te promets de rentrer tout de suite après les cours. Tu peux me faire confiance. Tu dois me faire confiance. »

Farida la dévisagea : « Et pour le mariage ?

— Le mariage peut attendre. Avec tout ce que je sais à présent, tu crois vraiment que je vais rester bien sagement ici à attendre que tu me trouves un mari ? Aucun de tes arguments ne pourra me faire changer d'avis. » Farida voulut protester, mais Deya la coupa : « Si tu m'interdis d'y aller, je quitterai cette maison. Je prendrai mes sœurs avec moi, et nous partirons.

— Non !

— Alors ne te mets pas en travers de mon chemin, dit Deya. Laisse-moi y aller. » En l'absence de réponse de Farida, elle ajouta : « Tu sais ce que Sarah m'a dit la dernière fois que je l'ai vue ?

— Quoi ? » chuchota Farida. Elle n'avait toujours pas revu sa fille.

« Elle m'a dit que je devais apprendre. Elle m'a dit que c'était le seul moyen de me forger mon propre *nasib*.

— Mais on ne maîtrise pas son *nasib*, ma fille. Notre destin s'impose à nous. C'est le sens même de *nasib*.

— Ce n'est pas vrai. Mon destin repose entre mes mains. Les hommes passent leur temps à faire ce genre de choix. Et c'est ce que je vais faire, moi aussi. »

Farida secoua la tête en ravalant ses larmes. Deya s'était attendue à ce qu'elle s'oppose à sa décision, à ce qu'elle geigne, ergote, supplie et refuse. Mais, à sa grande surprise, Farida ne fit rien de tout cela.

« Elle a envie de te revoir, tu sais, murmura Deya. Elle s'en veut, et elle aimerait revenir chez elle. Mais elle a peur... elle a peur que tu n'aies pas changé. »

Farida détourna le regard et essuya les larmes qui avaient fini par perler. « Dis-lui que j'ai changé, ma fille. Dis-lui que je suis désolée. »

*

Deya arpente les allées de la bibliothèque. Les rayonnages sont énormes, imposants, deux fois plus larges qu'elle. Elle songe à toutes les histoires rangées sur ces étagères, coincées les unes contre les autres, soutenant le poids des mondes qu'elles renferment. Il doit y en avoir des centaines, des milliers, même. Peut-être son histoire se trouve-t-elle quelque part ici. Peut-être finira-t-elle par la trouver. Elle fait glisser ses doigts sur les dos rigides, inspire l'odeur de vieux papier, l'esprit tendu vers cette quête. Et puis soudainement, c'est la révélation.

Je peux la raconter moi-même, maintenant, mon histoire, se dit-elle. Et c'est ce qu'elle fait.

Isra

Automne 1997

Isra ignorait à quel moment précis la peur l'avait submergée, mais ce fut avec une telle puissance que, plusieurs jours d'affilée, elle fut incapable de dormir et de manger. Depuis qu'Adam l'avait rouée de coups à propos de la scolarisation des petites, ses peurs quant à l'avenir de ses filles n'avaient fait que croître. Isra regrettait de ne pas avoir écouté Sarah, de ne pas avoir trouvé le courage de partir avec elle. Mais elle n'avait plus de temps à perdre avec de telles considérations. Elle se devait de sauver ses filles. Elles devaient s'enfuir.

Isra consulta sa montre argentée : quinze heures vingt-neuf. Elle n'avait pas beaucoup de temps devant elle. Farida était allée rendre visite à Oum Ahmed, et Nadine prenait sa douche. Il ne fallait pas traîner. Elle réunit les actes de naissance de ses filles ainsi que l'argent qu'Adam conservait dans son tiroir, puis monta au rez-de-chaussée pour collecter l'argent et l'or que

Farida cachait sous son matelas. Cela faisait plusieurs jours déjà qu'elle répétait ces gestes dans sa tête, et ils s'enchaînèrent de façon beaucoup plus fluide qu'elle ne se l'était imaginé. *J'aurais dû partir avec Sarah*, pensa-t-elle pour la millième fois en installant Layla et Amal dans leur poussette. Elle inspira à pleins poumons et ouvrit la porte de la maison.

*

Isra arriva en avance à l'arrêt de bus. Elle avait fini par s'habituer à ce petit trajet quotidien pour aller chercher Deya et Nora après leur journée d'école, en était même venue à attendre ce moment avec impatience. Mais ce jour-là les pâtés de maisons lui parurent plus gros que d'habitude, le trottoir plus large, comme si elle l'arpentait pour la première fois. Elle se répétait qu'elle devait à ses filles d'être courageuse. Elle aperçut le bus jaune au loin, et le fixa anxieusement jusqu'à ce qu'il s'arrête complètement devant elle. Quinze heures quarante-trois à sa montre. Deux minutes d'avance. *Peut-être que Dieu est en train de m'aider*, songea-t-elle alors que les deux battants automatiques s'ouvraient pour laisser descendre ses filles.

Un pas après l'autre, elles s'éloignèrent de l'arrêt de bus. À l'angle de la rue, les jambes d'Isra se firent cotonneuses, mais elle ne s'arrêta pas. *Sois forte*, se dit-elle. *Ce n'est pas pour toi que tu fais ça, c'est pour elles.*

*

Elles arrivèrent à la bouche de métro de Bay Ridge Avenue à seize heures quinze. Alors qu'elles descendaient les marches, Deya et Nora l'aidant à porter la poussette, Isra lâcha un profond soupir. Dans la station régnaient une obscurité et une chaleur propices à la crise de claustrophobie. Isra regarda autour d'elle, tentant de deviner ce qu'il convenait de faire à présent. Un alignement de bornes en métal bloquait l'accès aux quais, et Isra ignorait comment les franchir. Elle observa les hommes et les femmes qui passaient les bornes en mettant des pièces dans des fentes métalliques, et elle comprit qu'elle aurait besoin de jetons pour accéder aux rames.

Il y avait un guichet vitré sur sa droite, tenu par une femme. Isra s'avança avec sa poussette jusqu'à l'Hygiaphone. « Où est-ce que je peux trouver des pièces ? » demanda-t-elle, les mots anglais roulant maladroitement sur sa langue.

« Ici, répondit la femme sans relever les yeux. Combien vous en voulez ? » Isra était perdue. « Combien de jetons vous voulez ? » reformula la femme, plus lentement, en lui décochant un regard agacé.

Isra désigna les bornes. « Je dois prendre le train. »

La préposée lui expliqua les tarifs en vigueur pour un aller simple. Dépassée par toutes ces informations, Isra tira un billet de dix dollars de sa poche et le fit glisser dans le passe-monnaie.

« ... Merci », balbutia-t-elle lorsque la femme lui donna en échange une poignée de jetons.

Les mains d'Isra tremblaient. Après les bornes, deux petits escaliers menaient au niveau inférieur.

Isra ignorait lequel prendre. Elle regarda de nouveau autour d'elle, mais les usagers lui passaient devant sans la voir, comme s'ils participaient tous à la même course. Elle décida de prendre l'escalier de gauche.

« On est perdues, Mama ? demanda Deya lorsqu'elles arrivèrent en bas des marches.

— Non, *habibti*. Pas du tout. »

Isra inspecta les lieux. Elles se trouvaient au milieu d'un quai bondé, mal éclairé. De part et d'autre, le béton prenait fin aussi abruptement que le bord d'une falaise, laissant place aux voies ferrées. Curieuse de savoir où ils menaient, Isra suivit les rails des yeux, jusqu'à ce qu'ils disparaissent dans les ténèbres du tunnel, tout au bout du quai.

Un panneau rectangulaire noir surplombait les voies, avec la lettre R au milieu d'un disque jaune. Isra ignorait ce que pouvait symboliser la lettre R, et ne savait pas non plus où cette rame les emmènerait. Mais c'était sans importance. La meilleure marche à suivre était encore de monter à bord d'un train, n'importe lequel, et d'y rester jusqu'au tout dernier arrêt, aussi loin que possible de Bay Ridge. Elle ne pouvait plus faire marche arrière, à présent. Si Adam apprenait qu'elle était en train de fuir avec leurs filles, s'il la surprenait à cet instant précis, il la battrait à mort. Elle en était sûre et certaine. Mais cela non plus n'avait pas la moindre importance. Elle avait fait son choix.

Entourée de ses filles, Isra attendit le train sur le quai. Le monde semblait peu à peu se détacher d'elle, elle avait la sensation de flotter dans une brume au-dessus de son corps et de celui de ses filles. Puis un faisceau l'illumina, et un sifflement sourd retentit.

Lentement, très lentement, la lumière approchait et le sifflement gagnait en intensité, jusqu'à ce qu'Isra voie le train émerger des ténèbres, balayant ses cheveux en passant à sa hauteur. Lorsqu'il s'arrêta et que les portes métalliques s'ouvrirent face à elle, un sentiment de victoire rayonna dans la poitrine d'Isra. Elles allaient enfin être libres.

Remerciements

Je tiens à remercier Julia Kardon, l'agente qui a cru en moi alors que je n'y croyais pas. Merci pour ta patience, ton amitié, et les nombreuses heures que tu as passées avec moi sur ce roman. Tu m'as soutenue non seulement en tant qu'agente, mais aussi comme une sœur. Ta rencontre a été l'un des plus grands moments de ma vie, et je te serai toujours reconnaissante pour tout ce que tu as fait pour moi.

Merci à Erin Wicks, mon éditrice, pour sa sagesse et sa passion. Merci pour ta pertinence exemplaire, ta compréhension innée des buts que je voulais atteindre, pour toutes ces heures que nous avons passées au téléphone, et pour ce lien que nous avons su créer. Tu as porté cette histoire plus haut que personne n'aurait su le faire, et tu m'as aidée à grandir aussi bien en tant qu'auteure qu'en tant que personne. C'est un grand honneur pour moi de te compter au nombre de mes amis.

J'aimerais aussi remercier ma famille HarperCollins – Mary Gaule, Christine Choe, Jane Beirn et tous les autres –, qui a défendu cette histoire, et fait de la publication de ce livre une si merveilleuse aventure. Merci également à mes anciens collègues et anciens étudiants du Nash Community College, qui m'ont soutenue alors que j'écrivais les premières pages de ce roman. Je tiens aussi à saluer ma toute première lectrice, Jennifer Azantian, qui a cru à cette histoire dès ses prémices. Enfin, je veux remercier ma famille et mes amis – tout spécialement mes magnifiques sœurs, et plus particulièrement Saja – pour m'avoir encouragée durant l'écriture de ce livre, et pour toutes les heures passées à en parler, chaque fois que j'en éprouvais le besoin.

Cette histoire m'a été inspirée par mes deux enfants, Reyann et Isah, et par les femmes de Palestine.

*Cet ouvrage a été composé et mis en page
par Nord Compo à Villeneuve-d'Ascq*

Imprimé en France par CPI
en décembre 2020
N° d'impression : 3041396

Pocket – 92 avenue de France, 75013 PARIS

S31064/01